하늘을 날다

단편소설

하늘을 날다

弘海 이재근

동산문학사

책을 펴내며

　삶은 늘 평상심을 유지하려 하지만 변화무쌍한 정도에 따라 행복의 조건이 다르다. 아침이 저녁이 되고 봄이 겨울이 되는 수많은 계절의 변화를 좋든 싫든 겪어야만 이루어지는 삶을 우리는 인생이라 말한다. 무엇을 남기고자 살아왔는지 어차피 내가 선택한 길 후회는 없다.

　종심(從心, 일흔 살)에 가까워지니 곱이곱이 살아온 과거들이 시시때때로 엉키어 삶을 지치게 만들기도 하고 흔적도 없이 사라지는 것이 우리의 삶이다. 아무리 백세시대라 하지만 친구들이 하나둘 떠나고 관절마저 제구실을 못 하니 발등에 불 떨어진 마음은 저만치 앞질러 간다. 언젠가 쥐고 있는 손마저 펴지 못하고 떠날 것 같은 삶, 행여 마음 정리도 못 하고 떠날 우(愚)는 범하지 말아야 할 텐데 하는 걱정이 인생 간이역에서 고민하고 있다.

　삶은 걱정거리다. 있어서 걱정 없어서 걱정, 살아서 걱정 죽으로 가는 걱정, 걸어온 인생길은 살려고 발버둥 치고 있다. 벗어나려고 아무리 몸부림쳐봐도 올가미에 갇힌 듯 벗어나지 못한 3편의 소설 속 주인공들은 한 맺힌 인생을 뒤로 하고 푸른 하늘을 향해 날아가려고 한다. 푸른 창공을 날아가는 '하늘을 날다'는 꿈이고 희망이 되었다.

　인간사는 하늘을 날기 위해 구질구질한 세상을 벗어나기 위한 몸부림이다. 누구나 태어남은 성스러운 일이고 존경받으며 살 권리가 있는데 강자 앞에 약자들은 당하고 기죽어야 하고 전쟁 속에서 사라진 죽음의 시체들은 피워보지 못한 꽃으로 승자와 패배의 흔적으로 남아있을 뿐이다.

태어난 자체가 불행인 사람들, 살려고 하는 몸부림은 강압적, 계획적 앞에 속수무책으로 당하는 일이 일상이 됐고 목놓아 울지도 못하는 주인공이 되었다. 3편의 소설은 눈으로 보고 겪어온 사실들을 충실하게 엮어내려고 노력했다. 한계에 부딪힌, 아는 것이 부족함에 부끄러움이 앞선다. 무수한 시간을 보내면서 보석 같은 글들이 엮어져 고귀한 선물로 다가와 책으로 만들어졌다.

한 권의 책이 만들어지고 나면 홀가분한 휴식 기간이 필요할 것이다. 또 다른 나만의 넋두리의 시간이 재충전을 기다리고 있다. 불규칙했던 시간들, 변해버린 잠자리, 온종일 머리에서 떠나지 않는 단어들을 접어두고 일상 속으로 돌아오지만 습관화된 나만의 행복 찾기는 계속될 것이다. 더 멋지게 새로운 책을 만들기 위해 노력할 것이다.

책이 만들어지기까지 폐쇄된 공간에서 이야기를 나눈 자신에게 감사드리고 탈고까지 교정에 힘써주신 최수옥 여사님께도 두 손 모아 감사드린다. 출판 때마다 고생하신 동산문학사도 깊은 감사를 드린다.

연달아 3권(허수아비, 하늘다리, 하늘을 날다)을 내면서 출판회를 열지 못했다. 저를 아껴주시고 사랑해준 모든 분들에게 감사의 인사를 드려야겠다. 독자님들도 홀로 있어도 외롭지 않은 시간이 되시기를 기도드린다.

2024.10.

弘海 이재근

| 차 례 |

제2편 콩밭

제3편 올가미

제 1 편

하늘을 날다

꿈을 꾼 듯

하늘을 날고 싶다. 태어남과 죽음, 행복과 불행, 이게 인생이던가? 지나가 버린 지난 세월 하소연할 곳 어디에도 없다. 짓밟힌 더러운 인간 세상 벗어나고 싶다. 걸림이 없는 천상의 세계에서 가족들과 괴로움이 없는 세상을 살고 싶다.

묵은 가지에도 새싹이 돋아나고 저마다 웅크리고 있던 미생물까지 주어진 생명을 다하기 위해 봄은 시작된다. 가을은 떠나는 계절이라면 봄은 들어오는 계절이다. 신록의 계절은 그렇다. 온 산하를 청춘으로 만들어 가고 많은 사람들을 설레게 한다. 온통 마음을 휘어잡는 5월은 뭣이든 이루어질 것만 같고 어디론가 떠나고 싶은 계절이다. 산사山寺의 5월은 수행자(석이)의 마음까지 흔들어 놓는다.

매년 5월이 오면 틱 장애처럼 사소한 일에도 경련을 일으키게 만든다. 세수할 때, 걸을 때, 때를 가리지 않고 나타나는 경기에 마음 아파하고 있다. 무등산 너머 뭉게구름이 넘나들고 녹색 푸름이 물들어 가는 산야를 멍하니 바라보는 수행자가 있다.

시간이 얼마나 흘렀는지 그것이 망상인 줄 알면서도 잊으려 해도 잊혀지지 않는 5·18. 5·18은 모든 것을 내려놓은 수행자의 마음까지 갈피를 못 잡고 흔들리게 만든다. "오십팔~"이란 육두문자까지 써가며 괴로워하고 있다.

아무리 빌고 빌어도 가족사 일들을 부처님도 해결하지 못한 가슴 아픈 사연을 두고 시시때때로 시공時空을 넘나드는 스님(석이)은 자신을 뒤돌아보고 있다.

"부처님 나는 누구입니까?"

"부모·형제 떠난 빈자리, 누구를 위한 기도입니까?"

"목숨보다 귀한 것이 뭐랍니까?"

"진정 자유가 뭐랍니까?"

태어남이 무엇인지, 사는 것이 무엇인지 고민하고 있다. 태어남은 팔자소관, 의도된 것일까 아니면 지배당하는 존재일까? 사주팔자로 산다는 것은 순 거짓말이다. 5·18이란 광주의 아픔을 죽음으로 남기고 한 가정을 파탄으로 만든 전두환이란 시대의 악질자를 만나 의도되지 않은 삶을 살아온 지난 과거를 두고 '나는 누구인가'를 외치며 부르짖고 있다.

부처님의 인연법 연기법을 총동원해도 풀리지 않는 5월이 되면 마냥 가슴을 부여잡고 멍하니 꿈을 꾼 듯 헤매고 있다. 진정 자유를 찾아 깨달음의 경지가 무엇인지, 밤마다 잠 못 이루며 부처님 앞에서 진실이 뭔지 되묻고 있다.

대웅전 뜰을 거닐며 한 발 옮길 때마다 망상을 지우려고 처절히 몸부림치고 있다. 수도승의 자세로 흘러온 지난 세월을 인생이라고 받아들여야 하는지 5·18은 아직도 풀리지 않은 영원한 숙제로 남아있다. 진정 자유를 찾아 하늘로 날아가기를 꿈꾸고 있다. 밤이면 반짝이는 별을 보며 훨훨 날아간다.

사는 게 뭔지 원…….

별똥을 바라보며

추운 겨울을 이겨내고 봄이 되면 생명력들이 되돌이표 되어 시작을 알리고 봄날은 그렇게 시작된다. 아침이면 안개들이 대지의 생명을 깨우는 의식을 치르고 활기가 넘쳐 사람들을 들로 산으로 일터로 내몰게 만든다.

자연은 늘 인간을 이끌고 변화를 주며 우리의 삶을 다스려왔다. 그 속에서 주어진 삶의 몫을 살다가 흔적도 없이 우리는 언젠가 떠나고 만다. 자연의 변화가 우리를 성장해주듯 우리도 자연 속에서 희로애락의 쓴맛 단맛으로 우리들의 삶은 만들어진다.

우리는 인생이라는 허울 속에서 진흙탕 속에서도 살아봤고 피멍이 든 아픔까지 오만가지 흔적을 역사 속에 남긴 후에야 우리는 증거인멸의 의식을 치르고 미련 없이 떠나가야 한다.

별똥을 바라보며 일찍 일어나 꿈을 키운 가정은 희망차다. 날마다 힘든 생활 속에서도 각자 해야 할 일이 있고 저녁이 되면 옹기종기 모여 웃음이 넘치는 우리 가정은 행복했다.

집안 대대로 대를 이어 선영 봉사 잘하고 마을에서 나쁜 소문에 휘말린 적이 없는 평범한 가정은 점점 활기가 넘치고 더 넓은 세상을 향하여 발돋움을 치는 부푼 꿈이 있는 가정이었다. 열심히 노력하면 뭐든지 이루어질 것 같은 하루하루가 흥이 절로 났다.

계절이 바뀌어도 희망찬 우리 집은 개천에서 용이 되기 위해 '가르쳐야 한다, 배워야 한다'는 슬로건을 걸고 시골구석에서는 더 이상 희망이 없다는 것을 알았기에 모든 것을 접고 도회지로 향할 수밖에 없었다.

떠남은 더 나은 곳을 향하여 반복되는 것이다. 역사는 이동과 멈춤의 반복 속에서 만들어져 왔고 수많은 희생을 감수하며 도도히 흘러왔다. 그리고 현재에 안주하지 않고 역사는 흘러갈 것이다.

사람들은 계절 속에 성장하고 인생 종착역을 향해 살아간다. 하지만 해와 달이 바뀌는 자연의 이치를 안다는 것은 가진 자들의 소유물이지 가난이란 굴레에서 허덕이며 입에 풀칠하기도 어려운 가정에서는 뜬구름 잡는 일이다.

매일 허덕이는 삶에 무슨 계절의 변화를 느끼겠는가? 봄이 오면 오는 것이고, 가면 가는 것이다. 그저 꽃이 저절로 피고 지는 것이지 향기에 젖어 낭만을 느낀다는 것은 호강에 초친 일이다. 피고 지는 세월을 골백번 겪어보고 뼈에 사무치게 느껴본 후 흰머리가 늘고서야 깨닫는, 세상은 꿈이고 일장춘몽이다.

"똘(재돌)이야, 언능 일어나야 학교가야지이!" 별똥을 바라보며 분주한 아침을 맞는다.

검은 그림자

1980년 5월 18일 일요일.

고향을 떠나 더 넓은 세상에서 배우면 성공한다는 희망을 안고 떠나온 석이(재석)네 가정은 시대의 아픔 광주 5·18을 겪으면서 망가지고 뒤틀린다.

재석의 젊은 피를 끓게 한 비극, 일어나지 말아야 할 5·18은 쥐덫에 걸린 올가미가 되어 헤매고 있다. 희뿌연 최루탄 가스와 M16 기관단총 소리가 환청 되어 귀청을 때리면 사지가 사시나무 떨 듯하고 오뉴월 뙤약볕에 오그라지듯 메말라간 재석네 가정은 의지할 곳이 아무 데도 없었다.

5·18, 어린 재석은 먼발치에서 바라보고 있다. 전남도청을 중심으로 '임을 위한 행진곡' 노랫소리와 함성들이 벌집 건드리듯 울려 퍼져가는 봄날의 어느 날.

무슨 날벼락인가? 총소리와 함께 피를 흘리며 실려 가고 쓰러진 사람들이 여기저기서 아우성이다. 비극의 한가운데서 중학생인 재석의 정체성을 흔들어 놓았다.

"독재 타~도! 호헌 철~폐!"

"전두환은 무울러~가라 무울러~가라."

"사랑도 명예도 이름도 남김없이~ 한평생 나가자던 뜨거운 맹세…"

여기저기서 울려 퍼지는 함성들이 벌집 쑤셔 놓은 듯 그룹별로 삼삼오오 외쳐대는 함성이 무등산 아래 조용한 광주의 하늘은 민주화로 뒤범벅이 됐다.

마치 일요일이라 구경 나온 사람, 학생들과 사람들로 거리는 어수선하다. 통신도 끊기고 광주로 입출입하는 교통망도 끊긴 독 안의 쥐들처럼 시민들은 민주화를 위해서 아우성을 친다. 금남로 입구와 출구가 폐쇄된 채 광주시민 전체가 나온 것처럼 운집되었다. 차량들은 경적으로 맞대응하고 시민들의 함성과 어우러져 용광로와 같은 민주화의 열풍이 극에 달한다.

"폭도들은 들어라. 무기를 버리고 자수하라. 모든 것을 용서하겠다." 하늘에서 헬기는 쉼 없이 돌며 자수를 강요한다.

"북한 간첩의 지령을 받은 광주는 무법천지가 되었다, 폭도들에게 현혹되지 말고 모든 가정은 정부의 지시를 경청하고 따라주기 바란다." 모든 방송사는 정규방송을 끊고 이희성 계엄사령관이 논평을 낸다.

"폭도드으을? 우리가 폭도여? 북한 간첩 지령을 받았다고요? 니미럴 연병하고 자빠졌네." 중년 남자가 혀를 차며 외쳐댄다.

"하나로 뭉쳐야 되야. 광주의 뽄대기를 보여줘야 혀. 전두환 그놈이 군사 반란을 일으켜 우물딱주물딱 헐라고 하는지 우리가 모를 줄 알고오." 지켜보고 있던 나이 지긋한 분이 분을 못 이겨 뭉치자고 외쳐댄다.

"방송국이 뭐하는 곳이여. 사람들이 죽어가고 있는디 제대로 보도를 해야제. 정부 눈치나 보는 방송국은 필요 없당께." 정장을 입은 중년 남자가 허리춤에 팔을 올리며 MBC 방송국을 쳐다보며 일갈一喝을 한다.

"우리 모두 방송국으로 쳐들어갑시다. 우리의 현실을 알립시다." 군중들 속에서 함성이 울린다. 시민들은 도로를 가득 메우며 물밀듯이 MBC 방송국 쪽으로 향한다. 조금 있다가 방송국 창문마다 불길이 솟아올랐다.

"광주시민 여러분, 오늘 저녁에 도청 앞으로 모입시다. 우리의 의지를 하나로 뭉칩시다. 호헌철폐 독재타도, 호헌철폐 독재타도." 지나가는 차량 위에서 목이 쉰 목소리로 반복적으로 거듭 외쳐댄다.

"절대로 앞장서지 마라잉. 모난 놈이 정 맞은 께 공부나 열심히 혀 알았제에……." 아침밥을 먹을 때 어머니는 밥 먹듯이 자식들 앞에 당부를 한다. 어머니는 모난 돌이 정 맞은 일을 너무 많이 겪어봤기 때문이다.

일제강점기 때도 그랬고 한국 전쟁으로 가족을 잃은 적이 있었기에 목숨보다 더 귀한 존재는 세상에 어느 것도 없다는 것을 누구보다도 잘 알기에 신신당부를 한다.

"전두환 개색끼, 정권에 눈먼 도둑놈들 광주시민이 뽄대기를 보여줘야 돼야. 쿠데타로 잡으려는 정권 더 이상 용납해서는 안 디야아." 어머니의 부탁에도 아버지는 아랑곳하지 않고 울분을 토한다. 아버지는 택시 운전이 직업이라 아침마다 열변을 토해내시며 일터로 향하고 형님은 대학생이라 천방지축 고기가 물 만나듯 데모에 열을 올리며 시국에 동참하고 있다.

"뭔 일이다냐, 난리 났구만 난리여. 난리보다 징한 것은 없는디……." 갑자기 총소리가 울려 퍼졌다. 불꽃놀이 퍼지듯 사람들이 흩어졌다. 나이 드신 아주머니가 종종걸음을 하면서 골목으로 사라지며 혀를 찬다.

재석은 충장로 서점에 들러 불로동 쪽으로 걷고 있는데

총소리가 처음으로 요란하게 뒤흔든다. 함성 소리가 멈추고 총소리만이 정적을 깨우며 울려 퍼진다. 광주의 하늘은 뿌연 안개 속에서 생사를 넘나들고 있다.

"죽지 마! 친구야 죽으면 안디야." 목에서 피를 흘린다. 두 방의 총탄구멍이 선명한 친구를 학생 두 명이 어깨를 잡고 질질 끌며 기독교 병원 쪽으로 울음을 토하며 다급히 지나간다.

"피웅 피웅~" 불로동 쪽으로 물밀듯이 사람들이 흘러나온다. 넘어지는 바람에 사람으로 엉켜 뒤죽박죽 도로에 쓰러진다. 총소리는 넘어진 사람들 속으로 파고든다. 아비규환阿鼻叫喚이다.

한바탕 총소리가 지나가고 119구조대와 병원 차량들이 요란한 소리를 내며 길을 비켜달라고 경적을 울린다.

"광주시민 여러분 피가 부족합니다. 우리 모두 헌혈에 동참합시다." 연발로 독려하는 방송이 계속되며 시급함을 알린다.

석이(재석)는 동명여중에 부상자와 헌혈자들이 물밀듯 들어가는 것을 보고 있다. 부상자와 시체들이 알아볼 수 없는 총탄 흔적들이 눈 앞에 펼쳐지고 있다. 한쪽에서는 무수한 사람들이 줄을 이어 헌혈에 동참하고 있다.

"기언치 터지고 말았구먼, 아이고 아버지와 형님은……." 한참 후에야 '우리 가정은'이란 생각에 금남로를 가로질러 계림동 집으로 달려갔다. 지켜보고 있는 은행나무 잎들도 총소리에 흔들거린다. 어머니는 집에서 밀린 집안일을 하고 계셨다.

"엄마아, 아부지 형님 안 들어왔어? 난리 났당께에. 사람이 다 죽아간당께." 석이는 헐레벌떡 엄마를 부른다.

"뭔 일이다냐? 아부지 니 형님(재돌)은 어디 있다냐아?" 어머니는 황급히 나오시며 갈 길을 못 잡고 서성인다.

"석아아, 아부지 좀 찾아봐야아. 으쩌끄나아." 한국 전쟁을 치르며 총소리가 얼마나 무서운지 알고 있었다.

"어디가 있는 줄 알고 찾는당가. 총소리 때문에 다 죽어간디 어디 가서 찾나고오. 기다려보드라고오." 석이는 죽어가는 사람들을 봐선지 찾으러 나갈 엄두가 안 났다.

"으쩌끄나, 으째 별 일이 없어야 헐 것인디." 어머니는 가슴이 요동치는 것을 간신히 억누르며 금남로 쪽을 바라본다. 발을 동동거리며 별일 없기를 간절히 기도하고 있다.

"큰일 났구나, 큰 일이여어. 사람 죽인 놈들이 사람이 아니제에. 같은 민족끼리 먼 짓거린지 징한 노무 세상." 할머니는 총소리만 들어도 6·25 때 죽어간 시체들이 아른거렸다. 발을 동동거리며 총소리가 나는 곳을 바라보며 혀를 차신다.

시민군 차가 지나간다. 한가득 사람들이 머리에 띠를 두르고 함성을 지르며 광주를 지키자고 목청껏 함성을 지르고 있다. 어머니는 행여 남편과 큰아들 재돌이가 있는지 고개를 길게 내밀며 바라보고 있다.

가정의 몰락

5~60년대 6·25를 보내고 황폐한 생활은 어느 가정 할 것 없이 누추하기 그지없이 살았다. 전쟁을 치르고 황폐한 땅에서 일구어낸 곡식으로 생계를 유지하기는 버거웠다. 재석네도 생활은 마찬가지였다.

일제의 잔재들이 난무하고 후안무치한 정치 세력들이 판을 치다 격동기를 맞이한 70년대 말. 박정희 정권이 김재규 손에 몰락하고 잠들었던 병아리가 알에서 깨어 나오듯 80년은 민주화 기치旗幟 아래 나라 바로 세우겠다는 국민들의 함성으로 연일 어수선한 분위기이다. 피폐한 나라를 바로잡겠다고 일제히 앞장서서 민주화 열풍이 휘몰아쳤다.

아버지(대광)는 5·18 한가운데서 투쟁하다 잡혀 상무대 철창에서 고문으로 돌아가시고 재돌 형님은 대학생이라 누구보다 앞장서서 투쟁하다 강제 징집으로 최전선 민정수색대 대로 끌려가 혹독한 5·18 가담자로 곤욕 속에 구타당하여 의가사 제대하는, 한 가정을 죽음으로 몰아 넣은 5·18은 빽도 없고 힘도 없는 석이네 가정을 한없이 추락하게 만들었다. 희망을 안고 도시로 나와 성공하겠다는 꿈은 한순간에 사라지고 지옥으로 몰아 꿈이 없는 사지가 되었다.

하루하루가 힘겨운 가정에서 사지 멀쩡한 사람들도 살기 팍팍하고 힘든 일인데 나라에 배신당하고 장애까지 당한 가정이 있다면 지옥이 아닐 수 없다. 어려서부터 장애로 태어낳다면 그나마 감수하고 살아갈 텐데 5·18로 장애를 가졌다면 그 원망과 한은 풀릴 수가 없다. 그 얼룩진 긴 세월을 풀릴 수도 없지만 감당하고 살아가기에는 더욱 힘들다.

한 가정이 탄생해서 희망을 안고 오순도순 평범한 삶으로 살아간 석이네 가정은 5·18로 산산조각이 되어 무너지고 말았다. 냇물이 넓은 바다로 흘러가면 좋으련만 5·18은 희망을 안고 살아가는 석이네 가정을 갈기갈기 찢어놓은 불운의 씨앗이 되고 말았다.

많은 세월이 흘러가도 한번 망가진 가정은 구제될 수가 없다. 다시 태어날 수도 없는 세상, 엉클어진 실타래는 언젠가는 풀릴 수 있지만 망가진 인생은 되돌릴 수가 없었다.

제주 4·3사건, 거창양민학살사건, 여순민중봉기, 5·18항쟁 그리고 6·25 이념 갈등으로 무수히 죽어간 선량한 양민들의 후손들은 어디에도 하소연은커녕 입 밖으로 말 한마디 못하고 가슴에 응어리진 한을 품고 살다가 돌아가셨다.

가칭 5·18민주화추진위원회에서 죽은 자들을 위해 추모를 하겠다고 하는데도 추모 방해를 하고 매년 돌아오는 기념식마저 못하게 만들고 전두환과 노태우 정권은 사회정화 운동이랍시고 어떠한 행사와 기념도 못 하게 만들었다.

서슬 퍼런 독재정권에서 무엇으로 구제할 수 있겠는가, 망가진 가정을 되돌리기엔 아픔이 너무 컸다. 석이네 가정은 하늘이 무너지고 희망 없는 세상에서 살아야만 했다. 사람 사는 세상인데 가정이 무너지고 사람 노릇을 못 하게 만든 세상, 살아갈 이유도 없어지고 넋이 나간 행동은 거리를 방황하게 했다. 빈 하늘만 쳐다보는 석고상이 된 재석은 우주라는 공간에서 헤어나지 못한 나그네가 되고 말았다.

"너무 합니다, 어떻게 사냐고요. 사람 사는 세상인데 너무 하지 않소오. 한 가정을 이렇게까지 짓밟힌 나라가 어딨다 요. 니기미 씨팔!" 석이는 울부짖고 있다. 산 자들까지 정신 이상 자로 만들기 충분했다.

"내가 너무 오래 살았나 보다. 이 징한 놈의 세상을 또 보다니 어서 죽어야 하는디." 거동이 불편한 할머니는 혀를 차시며 일제강점기도 살았고 한국 전쟁을 겪으면서도 이러 지는 않았다고 열변하며 자신을 한탄하신다.

"우리가 뭘 잘 못 했다고 가혹한 운명의 벌을 내리시나이 까. 하느님도 무정하시지, 어찌 이럴 수가 있다요오. 못 살 것소오, 못 살아아." 어머니는 식음을 전폐하고 땅을 치고 통곡하다 정신을 잃고 말았다. 어머니의 허공 속에 외침을 보고 석이는 사춘기를 보낸다.

무등산은 말이 없다. 그냥 지켜볼 뿐이다. 5·18을 겪은 광 주시민들을 지켜봤고 죽어간 자들의 모습을 말없이 낱낱이 지켜보고 있다. 말은 없어도 기억을 하고 있을 것이다.

5·18 역사는 그렇게 만들어졌다고.

살아서 뭐하지

5·18은 날벼락이다.

경제적으로 힘든 생활에서 어렵게 살아가지만 유년 시절에는 꿈이 있고 희망이 있는 행복한 석이네 가정이었다. 가난해도 담 너머로 웃음기 넘치는 가정이었다. 해 뜨면 부지런히 일하고 해 넘어가면 호롱불 밑에서 부모님은 새끼 꼬고 우리들은 공부하는 그날의 기억들이 최대의 행복이었다. 재석의 유일한 추억으로 남아있다.

시골에서 농사지어 살아가기에는 입에 풀칠하기도 힘들고 미래가 보장되지 않았다. 자식들 학교 보내기도 힘든 현실 앞에 고향을 떠나 도회지로 나오기를 결심했던 부모님, 아버지는 택시 운전하시고 어머니는 식당 일 나가시며 근근이 생활을 이어가는 어느 가정과 똑같이 열심히 살아가는 평범한 가정이었다.

80년 5월, 머릿속에 지워야 할 흔적들은 세월이 흘러도 얼룩진 핏자국이 선연히 남아 아무리 지우려고 해도 지워지지 않았다. 한 가정을 묵사발로 만든 5·18 사건을 어찌 잊겠는가? 한 가지, 죽은 후에나 잊혀질까? 아니 저승에서도 못 잊을 5·18이여.

재석의 인생 전환점을 만들어준 5·18. 사상과 행동을 한순간에 바꿔버린 시대의 비극이자 한 가정을 나락으로 떨어뜨린 참혹한 현실이 재석을 엉뚱한 미래로 가게 만들었다.

거리를 방황하는 재석에게 살아야 할 의미가 없었다. '살아서 뭐 하지'를 가슴에 품고 인생무상을 느끼며 점점 어두운 곳으로 내몰았고 침묵하게 했다.

시간이 흐르면서 종교에 귀의하라는 주위 사람들의 조언에 교회 종소리를 듣게 되었고 멀리서 들려오는 범종 소리에 부처님을 알게 되었다. '자신을 사랑하라, 나는 누구인가'의 대명제 앞에 안주하지 못하는 방랑자가 되었다.

한 가정을 송두리째 앗아간 비극적인 사건 5·18. 역사는 어떻게 평가하고 있는가? 현재까지 북한 지령에 의해 폭도들이 반란을 일으켰다고 주장하는 권력자들, 무엇이 두려운가? 국민이 두렵다는 것을 보여줘야 한다. 아직도 사과 한마디 없이 정당하다고 부르짖고 있는 족속들을 생각하면 피가 거꾸로 솟는다.

권력에 눈먼 전두환 망나니의 총칼 앞에 조용한 광주의 빛고을은 짓밟힌 대가가 너무 컸다. 나날이 바쁘게 입에 풀칠하며 살아간 조용한 광주의 선량한 시민들을 수렁 속에 빠뜨린 5·18은 재석을 다시 태어나기를 종용하고 있다.

종교에 의지하라는 주위 사람들의 말에도 종교는 최소한의 인권이 보장되어야 믿는 것이지 총칼 앞에 가정이 망가지고 삶을 송두리째 앗아간 현재로는 어떠한 조건에도 마음에 와닿지 않았다.

"나에게 어찌 이런 일이, 누구를 의지하며 살아가야 합니까? 너무 하지 않습니까? 너무하요." 석이는 어린 나이에 목 놓아 울 수밖에 없었다.

행복한 가정

"빨리 일러나야. 밥 먹고 학교가야지 언능."

동이 트기 전 조용한 마을에 닭 홰치는 소리가 아침을 알린다. 시계도 없는 집에 시간을 알리는 유일한 닭 울음소리가 마을의 고요한 정적을 깨어준다. 닭 울음소리와 더불어 개 짖는 소리가 이 마을 저 마을로 울려 퍼지면 각 가정마다 선잠을 깨고 기지개를 켜며 바쁜 하루가 시작된다. 닭들의 합창소리가 농촌 마을의 고달픈 하루의 시작임이 틀림없다.

누님(덕순)은 닭 울음소리에 선잠을 깬다. 전등도 없는 어두컴컴한 방안을 더듬어 호롱불에 불을 켠다. 누님의 옷 입는 소리, 양말 신는 소리를 듣고 아침은 시작된다. 그리고 문 열린 소리가 들린다. 차가운 바람이 이불속까지 파고든다. 엄동설한 구정물이 얼어버린 추운 겨울이다. 아낙네들이 어둠을 뚫고 종종걸음으로 물동이를 이고 마을 앞 샘터로 나간다.

물 긷는 소리와 부삽에 밥 짓는 소리로 아침을 맞는 누님은 동생들 도시락 싸서 학교 보내기 위해 분주하다. 눈 비비고 부스스 일어나 세수하고 학교 가는 동생들을 보살피기 위해 어린 누님의 하루는 바쁘게 시작된다.

부모의 빈자리를 채우기 위해 어린 시절 가장이 된 누님은 동생들의 돌봄부터 시작해서 온종일 손에 물 마를 날이 없다. 힘겨운 부모님 일손을 도와야 하고 동생들의 일과를 챙겨준 우리 집의 대들보 살림꾼 누님은 부모님 역할까지 책임을 져야 하는 소녀 가장이었다.

아버지(대광)는 남 머슴으로 살고 정부에서 나온 울력으로 밀가루를 받아 생계를 이어가기도 했다. 소작농으로 손바닥만 한 땅 일구며 살아간 석이네 가정의 세대주 아버지는 가난함을 대물림받은 전형적인 농부이다.

어머니(분희)는 가난이란 혹독한 현실을 살아오셨기에 대물림되어서는 안 된다는 신념이 있어서 닭이 울기 전에 이십 리 길을 걸어 장사를 나가시곤 했다. 그런 가정에서 어린 누님은 학교도 못 가고 어머니 대신 가정의 일을 도맡아 생활하는 실질적인 가장이다.

"학교도 못 가고 느그들을 위해서 뒷바라지한 누님인께 부모 말과 똑같이 알아듣고 공부 잘해라잉." 어머니(분희)의 당부 말씀은 하느님 말씀과 같았다. 단호하고 싸늘하게 들려왔다. 동생들은 거역할 수 없는 일침으로 받아들였다.

"김칫국 안 흘리게 도시락을 반드시 가지고 가그라잉. 늦었은께 해찰하지 말고 언능 가아. 공부 열심히 하고오." 덕순은 부모님이 하던 말투로 아침을 먹이고 동생들 학교 보낸다.

동생들 배곯을까 봐 보리밥을 꾹꾹 눌러 김치에 도시락을 싸서 학교 보내고 나면 동생들 옷 빨래하고 집안 정리하고 나면 땔감 나무하러 산으로 달려가곤 했다.

"고구마 쪄놨은께 배고프면 묵고 공부하고, 빨랫감과 양발 구멍 난 것은 꿰매줄게 벗어놓고오." 학교 갔다 돌아오면 배고픈 동생들에게 잔소리 많은 덕순이지만 거역할 수 없는 착한 누님이었다.

"땟물이 질질 흐른께 까마귀가 친구하자 하것다야. 더럽게 하고 다닐래에 언능 목욕허게 와야." 망아지 같이 뛰어논 동생들을 돌아가며 목욕시켜 주던 덕순은 자신이 못 배운 한을 동생들에게 헌신하며 지냈다.

학교 문턱도 못 간 덕순은 친구들 학교 가는 모습을 보면 마음으로 삭였다. 차마 쳐다보지 못하고 숨기를 여러 번, 가난은 죄가 아니지를 거듭 되뇌면서도 한탄할 수밖에 없는 어린 나이에 큰 멍에를 짊어진 덕순은 아이 어른이 되어간다.

순애보 덕순, 덕스럽고 순해서 할머니가 지어준 이름이고 '이삐 누님'의 별칭을 석이가 지어주었다. 이삐 누님하고 부르면 수줍게 웃어주었다. 얼굴은 둥글고 머리카락이 허리까지 내려온 모습이 선녀 같았다. 거짓말도 못 하고 시키면 시킨 대로 말 잘 듣는 누님, 반항 한번 못하는 순하고 순한 덕순은 천사였다.

큰딸이란 이유로 자신의 배움을 뒤로하고 동생들을 위해서 태어난 살림 밑천 덕순은 지고지순한, 고달픈 현실을 어디에도 하소연할 곳은 없었다. 오로지 가족을 위해서 태어난 감옥 같은 현실을 묵묵히 받아들이고 살아가야만 했다. 그러면서도 덕순은 자기만의 신념이 있었나 보다.

아버지가 핀 담뱃갑 종이로 학을 접어 가득 모으면 소원이 이루어진다는 생각에 틈만 나면 학을 만드는 모습을 보이곤 한다.

"이삐 누나야, 뭐하려 학을 만든 거야? 시집가려고 좋은 남자 만나달라고 소원 빌고 있는 거야?" 학 만든 종이로 딱지를 만들고 싶은 석이는 누나를 놀렸다.

"아니여야, 학을 만들면 한 가지 소원은 들어준대."

"한 가지 소원이 뭔디?"

"서울 가서 돈 벌게 해달라고." 친구들은 서울 가서 돈 번다는 소리를 듣고 부모 곁을 떠나고 싶었다.

"엄마아, 나도 서울 갈래." 어느 날 덕순의 반란이 시작되었다. 친구들이 서울 가서 식모살이도 하고 공장에 다닌다는 소식을 듣고 지긋지긋한 시골뜨기 촌년을 벗어나고 싶었나 보다.

"안 디야아, 니 없으면 나는 못 살아야. 갈 생각 말허어." 덕순이 없는 석이네 집은 상상할 수 없었다. 어머니는 고개를 살래살래 흔드신다.

"서울 가서 돈 많이 벌어 집도 좋게 짓고 동생들 공부도 갈치면 되제에." 친구들을 보고 마음은 벌써 서울에 가 있는 듯 당당하게 말하지만 씨알도 안 먹혔다.

"생각을 해봐라, 생각이 있는 놈이냐 없는 놈이냐? 아부지 알면 디진께 암 소리 말허랑." 어머니는 화부터 내시며 말끝을 잘랐다.

동생들 학교 보낸다고 살림 밑천이라는 수식어가 항상 뒤따르는 덕순은 희망 한 번 펼쳐보지 못하고 고달픈 농촌 생활과 동생들 뒷바라지에 헌신하며 살아야만 했다.

어린 나이에 쓰디쓴 익모초를 씹은 것처럼 손발이 닳도록 일하면서 세상 언제 풀릴지 가늠하기도 어려운 어린 나이에 친구들 고향 떠난 것을 눈으로 보면서 떠날 수 없는 덕순의 어린 손은 거칠고 가냘프기만 했다.

석이네는 부모님과 이쁜 누님 덕분으로 살아갈 이유가 있었다. 배곯고 힘든 시간들이었지만 꿈이 있고 희망이 있었다. 해가 지면 가족들 모두 모여 웃고 떠들고 내일이면 다시 일할 수 있는 가정이었다.

석이네 집 대들보 재돌은 영리하고 공부를 잘해서 상장은 도맡아 받아왔다. 똘똘해서 '잿똘'이라고 부르다가 '똘이'라고 불렀다. 우리 가정을 일으킬 선봉장이 될 거라고 가족 모두 믿고 있었고 마을에서도 칭찬이 자자했다. 석이는 형님 재돌의 그늘에서 공부도 못하고 놀기를 좋아해서 '석이'라는 별칭을 어머니가 지어주었다.

석이는 형님 몫까지 오만가지 힘든 일, 잡일을 도맡아 해야 했으며 꾸지람의 대상이 된 석이는 항상 형님 그늘에서 숨죽이고 살아갈 수밖에 없었다.

"니는 언제나 공부 잘해서 똘이 형님 따라 갈래. 이거사, 공부 못하면 일이라도 잘해야지. 언능 산에 가서 낭구나 한 짐 해오고 석유기름 떨어졌으니 심부름 좀 다녀오그라." 부모님은 대놓고 언제나 석이를 힘들게 했지만, 형님 덕분에 우리도 언젠가 잘살 수 있다는 희망이 있기에 견딜 만했다. 이삐 누님보다는 나은 편이어서 당연하게 받아드리고 수긍할 수밖에 없었다.

"이삐 누님, 이거 묵어어. 우리는 형님 꼬봉이 되는 거 아니여 맨날 낭구해라. 물 길러라 으쩔 때는 형님과 너무 차별형께 성질이 난당께에." 석이는 아무 말 없이 고생만 한 착한 이삐 누님에게 감나무에서 떨어진 감똑을 앙골에 꿰매어 갖다준다. 속마음을 털어놓고 말할 수 있는 사람은 이삐 누님밖에 없었다. 이삐 누님은 웃기만 한다.

"똘이(재돌) 학교 졸업할 때까지 아무 소리 말고 일허자,

마음 같으면 지금이라도 떠나고 싶지만 엄마·아빠 고생한 것을 보고 갈 수 없잖아아" 이삐 누님은 석이를 다독여 준다.

희망이 있는 가정, 웃음이 넘친 가정은 날마다 새롭게 뜨는 태양을 보며 꿈을 키웠다. 아침에 눈 비비고 일어나 동생들 밥해서 학교 보낸 이삐 누님의 희생으로 꿈을 키운 가정, 고달프지만 오늘보다 내일을 위해 노력하는 가정이었다.

고향을 떠나다

가진 것 없는 아버지(대광)는 고향을 떠나지 못하고 홀어머니 밑에서 효자란 말을 듣고 자랐다. 조상의 대를 이어 농사를 지으며 선영 봉사하는 것을 천직으로 알고 사는 전형적인 농부인 아버지다. 시골에서 농사지을 때는 착하다는 말을 듣고 사는 평범한 아버지다. 어머니(분희)를 만나 살림 맛을 안 아버지는 공부 잘한 똘이(재돌)가 생겨난 뒤로 꿈이 생겼다.

결혼한 뒤로 어머니 모시고 잘살아 보겠다고 다짐한 아버지이다. 그러나 농한기가 되면 가정일과 누님의 뒷일을 도와주면 좋으련만 이 마을 저 마을 남자들이 마을 점방에 모여 노름 도박을 좋아하는 것 빼고는 흠잡을 데가 없는 아버지다.

"누구 닮아서 노름을 좋아허냐? 이거사." 할머니의 지청구 대상이었다.

아버지(대광)란 그 이름은 크게 빛나라고 할아버지가 지어준 이름이다. 하지만 크게 빛나기는커녕 노름만 한 아버지를 어린 석이는 알다가도 모를 사람이었다.

힘들게 벌어서 잃고 들어온 아버지의 축 처진 모습이 얄밉고 처량하게 보였다. 그래서 식구들은 아버지 별명을 '꾼님'이라고 불렀다. 노름꾼에서 따온 별칭이었다. 힘없이 들어오신 아버지를 보면 우리는 '꾼님' 나타났다고 서로가 눈치를 보면서 숨곤 했다.

"댐배 좀 자그마니 피워라야. 몸에 좋지도 않은데 필요 없는 댐배를 뭐다라 그렇게 피워쌌냐? 돈이 아깝지도 않냐?" 신탄진 담배를 피우고 있는 미움의 대상인 아버지를 보고 할머니의 지청구는 계속되었다. 담배를 안 피면 남자 노릇 못하는 시절인데도 할머니는 깨어있는 생각을 가지고 계셨기에 한 푼이라도 아껴야 산다는 것을 잘 알고 있었다. 아마도 솔직히 담뱃값이 아까워서 그랬을 것이라고 석이는 생각했다.

"댐배라도 피워야 속이 내려간디 어쩌겠어요?" 못 끊겠다는 항변이었고 끝까지 담배를 끊지 못했다. 담배가 오로지 자기를 안심시켜주는 낙으로 생각한 아버지다. 날마다 묵묵히 일만 한 아버지의 심정을 석이는 나이가 들면서 이해를 할 수 있었다.

"니 각시는 한 푼이라도 아낄라고 고생한 것 안보이냐? 모든 것이 마음 묵기 나름이제." 아버지는 항상 듣는 소리이기에 할머니의 잔소리를 듣고만 있다.

집집마다 한 가득씩 사람들이 도시로 나갈 줄도 모르고 북적되는 60년대, 전쟁 뒤끝으로 도시에도 거지들이 가득하고 시골에도 마을마다 떠돌아다니는 거지들이 많았으니 남정네들이 딱히 할 일이 없어 반복되는 노름을 벗어날 길이 없었다.

"아부지이, 아부지이이……." 몇 번을 불러도 대답이 없다. 해가 넘어가면 노름 주막집 앞에는 아버지를 기다리는 사람들로 장사진을 친다. 나 아닌 다른 친구들, 아주머니들도 주막집 앞에서 추위에 떨며 줄지어 노름하는 아버지들을 기다리는 모습들이다.

마을 점방 안 골방 앞에는 검정 고무신 신발들이 널브러져 있고 문지방 옆에는 오줌 눈 항아리가 제자리인 양 하얀 이끼를 머금고 냄새를 풍기며 자리 잡고 있다.

신탄진 금잔디 같은 피우다 남은 담배꽁초들이 버려지 기어가듯 셀 수 없이 바닥에 깔려 있는 풍경이다. 방안에는 얼굴도 알 수 없을 정도로 담배 연기가 자욱하다.

"아부지, 식사 허로 갑시다." 재차 부른다.

"금방 갈텐께 걱정 말고 느그들 끼리 가서 밥 묵으란 말이야." 다분히 신경질적이다. 더 불렀다간 혼날 것 같아 더 부르지도 못하고 되돌아간 친구들도 있다.

"니미럴, 문둥이 족속들을 가만두면 안 뒤야. 허구헌 날 가정을 팽개치고 노름한 놈들이 사람이여 뭐여." 친구 어머니가 주막집으로 들어간다. 독이 오른 상태로 악을 쓰며 문을 열고 들어간다.

"못 살아아, 묵도 못 하고 포도시 살라고 한 푼 두 푼 모아노면 저 지랄연병을 하고 노름을 하니, 어찌 살아 오늘니 죽고 나 죽자."하고 골방문을 열고 악을 써댄다. 문을 열면 담배 연기가 밖으로 굴뚝에서 연기 나오듯 한다.

"저 노무 여편네가 디질라고 환장허네잉." 화투를 치면서 얼굴도 쳐다보지도 않고 항상 했던 것처럼 허투루 대꾸를 한다.

"어이, 자네는 가랑께. 언능응!" 함께 노름하고 있는 옆사람이 가라고 다그친다.

"그래 환장했소오. 으쩔라요?" 친구 어머니가 방에 들어가서 화투판을 엎어버린다.

"다음에 만나세에⋯⋯."하며 노름꾼들이 자기 앞에 놓인 돈 챙기기 바쁘게 스멀스멀 뒤로 빠져나온다. 그렇게 하고 나면 아버지도 그때서야 집에 오곤 했다.

"일 년 내내 농사지어 몽땅 잃어버린 적이 한두 번이냐. 뭐 하러 농사짓냐? 누구 돈 따묵것다고 그러냐 이거사? 적게 묵고 가는 똥 싸는 것이여. 알 것냐 이거사? 왜 말을 못 혀." 집에 온 아버지에게 할머니의 야단과 당부는 계속됐다.

"죄송합니다. 담부터는 안 할라요오." 담배만 뻐끔뻐끔 피우면서 고개 숙인 아버지의 추한 모습을 자주 보곤 했다.

"자식들 잘 가르쳐서 남부럽지 않게 살아야 할 거 아니냐. 열심히 살아도 힘든디 그러고 잡냐 이거사. 명심해라잉." 할머니의 애절한 부탁 말씀을 듣는 것이 한두 번이 아니었다.

"알것써라우, 알것써러우, 죄송허구만요." 각성하듯 할머니께 빌고 빌었지만 해가 바뀌면 또다시 할머니의 지청구를 듣곤 했다. '꾼님'의 버릇은 마약과도 같았다. 때가 되면 도지는 병이다. 그 못된 병은 고칠 수가 없었다.

"안 되것다. 이대로 살다가는 내가 미쳐버리겠다. 니 애비 때문에도 도저히 살 수 없으니 죽이 되든 밥이 되든 여기를 떠나자." 분희는 남편 노름 핑계도 있었지만, 자식들 교육을 위해서라도 마을을 무작정 떠나기로 다짐을 한다.

대광도 생각은 같았다. 시골에서 살다가는 농한기에 도박을 벗어날 길이 없었고 잘 산다는 보장이 전혀 없는 다람쥐 쳇바퀴 돌듯하여 도시로 나가기를 결심한다.

아무것도 모르고 도시로 나와 처음에는 힘들었지만, 가족을 위해서, 큰아들 재돌이가 잘되어 우리 가정을 일으킨다는 희망을 안고 뒷바라지를 하기 위해 닥치는 대로 일을 했다.

힘든 건축일부터 허드렛일까지 오만가지 일을 거듭하다가 출근하고 퇴근할 수 있는 당당한 직업 택시 운전으로 안정을 찾았다. 열심히 가정을 위해서 살아가는 대광은 날마다 신이 나고 행복했다.

"똘이 니는 어쩌든지 고시 합격으로 우리 가정을 빛내야 헝께 공부만 열심히 혀. 돈 걱정 말고 알았제." 아버지는 공부 잘하는 재돌을 대견스럽게 여기며 잘될 것이라 믿고 있었다. 어머니도 힘든 일을 하면서도 힘든 줄 모르고 형님을 챙겨주며 신이 나게 일했다.

"내년에는 시험에 도전하려고 준비하고 있어라우. 열심히 하면 존 일이 있겠지라우. 걱정하지 마시오." 부모님 얼굴에는 '밥 안 먹어도 배부르다'는 말이 있듯이 희망차게 들렸다.

덕순과 석이도 부모님 기대처럼 자랑스러운 똘이 형이 있기에 든든했다. 같은 형제이지만 격이 달랐다. 형님 일이라면 집안 식구 모두 아낌없이 도와주었기에 기대치가 컸다.

"남들은 자식들이 많아서 좋아 보이드라. 아야, 우리도 자식을 더 날 것인디 잘못항 거 아니냐?" 할머니는 결혼할 때부터 자식 욕심이 많아 분희에게 처음부터 아들 셋, 딸 둘은 있어야 한다고 하소연했다. 똘이가 공부를 잘해서 자식이 더 많은 것이 좋아 보였고 살림 형편이 나아지자 외아들을 홀로 키운 아버지에게 푸념처럼 말하곤 했다.

"어머니는, 먹고 살기도 힘든 세상에 자식만 많으면 뭐한다요." 어머니는 할머니 말씀을 단호히 무찔러 버린다.

"그래도오오……" 말을 잇지 못하며 서운해하신다.

늙은 홀어머니를 모시고 가난하고 착한 효자 아버지하고

결혼해서 행복하게 사는 것이 소원이었던 어머니는 똘이 형 기대치 때문에 이제 꿈이 이루어지겠다는 설렘에 행복했다. 공부 잘한다고 온 동네 소문이 났고 온종일 일을 해도 피곤하지 않았다.

이삐 누님과 재석은 어머니의 희망에 조금도 누가 되어서는 안 되어 똘이 형님 공부하는 데 소홀함이 없이 쥐 죽은 듯했다. 힘든 일은 언제나 이삐 누님과 내 차례다.

아버지의 죽음

"새벽종이 울렸네. 새 아침이 밝았네. 우리 모두 일어나~"
추운 겨울이 지나가고 봄이 왔다. 아침이면 청소 차량이
새마을 노래를 크게 틀어놓고 거리를 누비며 새벽을 알린다.
새벽녘에 새마을 노래를 듣고 있으면 할 수 있다는 상쾌함
과 희망이 생길 것만 같았다. 각 가정마다 어느 때와 변함
없는 그렇게 아침은 시작된다.

"라디오 들어봐, 박정희 대통령이 죽었대." 똘이 형님 친
구가 아침 일찍 다급하게 전화가 온다.

"뭔 소리여? 쓸데기 없는 소리하지마. 사람 놀릴거냐?"
절대로 변하지 않을 줄 알았던 세상이 자고 나니 바뀐 것처
럼 1979년 박정희가 김재규의 총에 맞아 죽자 18년간 권좌
에 앉아 장기집권을 누리던 세상이 하루아침에 변해버렸다.

10·26사태가 일어나고 자유민주주의 수호를 위해서 각처에
서 들불처럼 데모가 일어났다. 역사의 귀로에서 항상 호남은
역사의 중심에서 앞장섰다. 광주학생독립운동은 일본 식민시
대 분노를 표출한 사건이며 민족독립을 위한 열망을 가중시
킨 호남인의 긍지를 키운 대사건이다. '호남인의 본때를 보
여줘야 하고 한번 한다면 한다'라는 말이 어울리게 민주화
열풍 데모는 극렬하게 진행한다.

광주는 역사적으로 항상 피해자가 되어야만 했고 왕따를
당했다. 그래서 5·18은 광주를 피로 물들어 버렸다. 아버지

와 재돌 형님은 앞장서서 수건으로 마스크를 하고 머리에 띠를 두르며 날마다 최루탄 가스 속에서 전두환 정권과 싸웠다.

"이 나라가 어떡게 될라고 이런다냐? 어제 전두환이가 계엄령을 내렸드라. 우리가 가만히 있을 줄 알고 택도 없어. 국민을 지 소유물로 생각하고 지그들 정권탈취 욕심에 우리들이 희생을 당해, 광주시민이 모를 줄 알고오? 택도 없어. 우리가 대동단결해서 뭉쳐야혀. 니미럴!" 밥상머리에서 아버지는 '택도 없어란 말과 뭉쳐야 한다'는 말을 반복하며 격한 분노를 표출한다.

"생명이 제일이어야. 죽으면 아무 소용이 없어. 난리통에 죽으면 파리 목숨과 똑같어. 항상 몸조심해라잉." 할머니는 아버지의 말끝에 당부의 말을 잊지 않고 반복적으로 한다. 한국전쟁과 일제강점기를 겪어온지라 너무나 목숨의 소중함을 알고 계셨다.

"오늘은 도청에서 윤상원 동지와 회의가 있당께 거기 좀 갔다 올탱께, 늦어도 걱정허지 말어요." 아버지는 아침을 먹고 할머니에게 "잘다녀오겠습니다." 인사을 하고 그 뒤로 소식이 끊겼다.

"아부지, 오늘 우리도 박관현 회장과 학교에서 결의대회가 있는디……"하며 재돌이도 그렇게 집을 나섰다. 그리고 석이네는 아버지를 찾으려 다녔고 재돌은 하루 이틀 행방이 묘연하여 안 들어오기도 하고 며칠째 소식이 끊기기도 했다.

"여기는 보안사입니다." 검정 지프차가 멈추더니 독이 오른 목소리로 대문을 두드린다.

"근디요, 뭔 일이다요?" 할머니의 말이다.

"샅샅이 다 뒤져!" 서너 명의 군인이 군화를 신고 들어와 뒤지기 시작한다.

"우리집 양반 어딨다요? 뭔 잘못이 있어서 이런다요?" 분희는 다급하게 부엌에서 들어오며 말을 잇는다.

"우리 집 양바안, 이 빨갱이 집구석 모조리 끌고 가!" 군화발로 짓밟힌 석이네 가정은 한순간에 쑥대밭으로 변했다. 봉변을 당하고 나니 그때서야 뭔가 잘못되어 간다는 것을 직감으로 알 수 있었다.

"우리는 빨갱이가 아니랑께요. 군인 양반 나를 봐서라도 봐주시요오. 한 번만." 할머니는 애원하듯 하셨다.

광주사태로 천여 명이 죽었다는 소문이 돌고 돌았다. 뒤숭숭한 소문들이 사람을 질리게 만들었다. 아버지는 온데간데 없어 찾을 길이 없었다. 전남도청과 상무관으로 찾아 헤매기도 하고 병원 영안실로 온 집안 식구들이 찾으려 다니며 '제발 살아만 계시기를…' 간곡히 빌고 빌었다.

"댁 양반이 맞는가 확인하세요"라는 병원 전화를 받고 달려갔다. 대광은 싸늘한 죽음으로 되돌아왔다. 가족들의 애원에도 불구하고 아버지는 현실 속에 아버지가 아니고 밥상머리에서 남긴 말씀을 마지막으로 우리에게 남기고 죽음으로 나타났다.

죽음이란 시신은 절망 그 자체였다. 색깔도 형태도 영혼도 사라진 시커먼 수렁이었다. 시작도 없고 끝도 없는 우리와의 연결이 끊긴 모든 것이 정지되고 소멸하는 마침표, 혹독한 시련과 고독을 남겨줬다. 그 공포와 불안이 석이네의 영혼을 갈기갈기 짓밟아 놓았고 아버지란 사람은 식구들의 몸 마디까지 뒤흔들어 옴짝달싹을 못 하게 만들었다.

"이 빨갱이 자슥, 존 말 할 때 이실직고혀라. 글 안 하면 여기가 무덤이 될끼야. 알았어? 누구 지령을 받고 했는지 대란 말이야." 상무대 철창 안에서 공수부대들이 아버지를 신문한다.

"저는 잘 몰라요오. 빨갱이도 아니고 폭도도 아니랑께요. 많은 사람들이 함께 나도 민주화를 위해서 했을 뿐이어라 우."

"뭐라? 민주화아 폭도오? 민주화가 뭔지 알아아? 빨갱이 들 잡는 것이 민주화야 임마!" 더욱 강렬하게 권봉으로 머리를 내리쳤다.

"누구의 지령을 받고 했어어?" 재차 신문하듯 후려갈겼다.

"저는 전혀 모른당께요. 사람들이 형께 그냥 혼자 했당께 요."

"그러면 왜 도청에서 있었던 거야? 누구누구랑 있었어 어?" 얼굴에 독이 오른 공수부대 모습과 하얀 눈동자가 사람을 질리게 만들었다. 5·18 진압군 공수부대들의 눈동자가 뒤집힌 것을 보고 사람들은 마약중독자라 칭했고 정신이상자, 사람이 아닌 환각 상태인 것처럼 보인다고 했다.

"이름도 모르는 사람들이여라우." 사실 안 사람은 박관현 씨 밖에 몰랐다. 그 외는 군부독재를 몰아내기 위해서 자연발생적으로 의기투합한 것뿐이다. 끝까지 이름을 대지 않고 버티다 보니 더 구타를 당할 수밖에 없었다.

지만원인가 뭔가 놈이 지금도 5·18은 북괴군 600명이 잠 획해서 벌인 폭도들이라고 떠들고 있다. 외국 기자들이 촬영한 사진을 보고 북한 노동당 김영철이라는 허무맹랑한 말로 분열시키는 작당들은 진정 누구의 지령을 받고 그러는지 나이 어린 석이는 의심할 수밖에 없었다.

상무대 감옥에서 무슨 일이 저질러졌는지 대광의 시신은 두개골이 함몰당하고 피로 검게 물들어 있었다. 골절은 골절대로 따로 놀고 얼굴 형상을 알아볼 수 없는, 한여름 아스팔트 위 개구리 로드킬 당한 것처럼 망가져 있었다.

금방 들어올 것 같은 아버지의 모습, 함께 밥 먹고 잠자며 일거수일투족을 함께한 사람이 한순간에 자취를 감추고 나니 집안 공기마저 멈춰버린, 습관화된 행동들과 생각들이 꿈을 꾼 듯 현실을 이해할 수가 없다. 키우던 강아지도 잃어버리면 한동안 허전함에 마음 아파하는데 피를 나눈 식구가 사라진다는 것은 곡소리 날 일이 아닐 수 없다.

"어찌 살끄나, 어찌 살아아. 무슨 죄가 많아서 내 팔자가 이런다냐. 남편 복도 없는 내 팔자야. 뭐다라 시골에서 살 것인디 올라와서 이 모양일 거나. 못 살아아 못 사라아아." 분희는 한숨 속에 팔자타령을 하며 시골에서 올라온 것을 원망했다. 살아야 할 희망도 없어졌고 이유도 없어졌다. 온 세상이 그대로 정지된 상태, 분희는 그대로 실신했다.

"끝까지 아버지의 원수를 갚으리라. 지구 끝까지 아니 저승까지 따라가서 원수를 갚으리라. 소중한 목숨을 지들 맘대로 좌지우지한 망나니들, 부모·자식도 없는 또라이들, 선악도 구분 못 한 버러지 같은 놈들, 오로지 지들 목구멍만 채울 줄 아는 인간쓰레기들!" 남의 마음을 아프게 하면 언젠가 자신의 마음도 아프다는 것이 진리이거늘 어린 석이는 우리 가정을 망가뜨린 족속들을 그냥 둘 수 없다는 생각에 이를 악물고 다짐하고 또 다짐했다.

의가사제대

5·18은 끝났지만 한여름 뜨거운 열기가 5·18의 진상을 부르짖기라도 하듯 뜨겁게 대지를 달구고 있다. 추모식도 못 열게 가로막고 단체행동을 금지시킨 정권은 점점 광주시민들을 옥죄려 하고 있다. 정글에 숨어있는 맹수처럼 호시탐탐 기회를 엿보고 있는 광주시민들 가슴은 타들어 갔다. 하지만 가족을 잃은 사람들은 정신적 고통을 이기지 못해 시름시름 앓다가 스스로 세상을 등졌다는 소문들이 여기저기서 들려온다.

"엄니, 언젠가 갔다 올 군대, 걱정 말어 언능 갔다 올텡께. 동생 니는 힘들어도 참고 엄마 잘 모시고 있어." 대학생인 재돌은 강제로 징집명령이 떨어져서 가족들에게 인사를 하고 입대를 하게 된다. 아버지를 잃고 차마 떠날 수 없는 재돌은 재석에게 신신당부를 하며 대문을 열고 나간다.

사회 분위기는 어수선했다. 5·18이 끝나고 인권유린 끝판 왕인 삼청교육대가 만들어져 머리가 긴 사람, 부랑아들, 깡패들, 어슬렁거리고 돌아다닌 사람들을 마구잡이로 끌려갔다. 사회정의를 부르짖으며 불량배 소탕 작전이란 명목 아래 잡아갔지만, 다분히 5·18을 덮으려고 하는 수작이었다.

"인자 학생인디 어떡게 어린 것이 군대 갈 수 있다요. 학교나 졸업하고 보내야제." 석이네 대들보가 군대를 끌려간다니 어머니는 아버지도 잃고 똘이 형님까지 끌려간다는 현실이 믿기지 않았다. 입영 통지서를 가지고 병무청에 항의도 해봤지만 재돌은 괘씸죄로 끌려간 것 같았다.

"니 고향이 어디야?"

"절라돈디요."

"절라도가 전부 니 고향이야 자식아, A백(전라남도)이야 B백(전라북도)이야? 임마." 신병 교육을 받고 배치받은 곳이 최전방 민정수색대대였다. 군 생활을 선배들에게 들어선지라 대충 알고 있었고 최전선이라는 곳이기에 살벌한 분위기 속에서 군인 생활이 시작되었다.

"니 고향이 절라도라 했나? 그나마 광주서 대학교 다니다 왔다고, 공부는 안 하고 날마다 데모하고 왔지? 이 자식 빨갱이 짓거리하고 왔지이? 골수분자 아니야아? 이쪽으로."

몸집이 황소만 하고 얼굴도 우락부락한 모습의 상사가 입대한 신병들의 기를 꺾기 위해 다분히 위협적으로 다스린다고 생각했었다. '빨갱이 골수분자'란 말에 사태가 심상치 않다는 것을 느낀다. 부대 배치를 받고 신고식을 하는 마당에 경상도 지휘관의 목소리가 예사롭지 않았다. 별도로 열외를 시켰다.

"이 빨갱이 자슥, 니 광주사태 때 뭐한 놈이야? 하라는 공부는 안 하고 데모나 해? 나라에서 밥을 주라고 허냐 죽을 주라고 허냐? 니들은 공부 열심히 혀서 이 나라에 보탬이 되어야지 데모나 하고 자빠졌어. 이 자슥들 머리통이 빨갱이 아니야?" 분노를 삭이지 못하고 고함을 지르며 곤봉으로 후려갈기기 시작한다. 발길질로 걷어찼다.

"이 빨갱이 같은 놈, 나라가 잘되는 것이 배 아픈 놈들 아니야? 하라는 공부는 안 하고 데모를 해? 이 빨갱이 같은 놈아. 이 자식 정신이 번쩍 들게 해봐." 또 다른 병사가 눈동자를 부릅뜨고 다가오더니 무섭도록 흘기며 때린다.

"광주시민이 전두환 정권에 맞서 얼마나 많은 사람이 죽었는디요 그냥 보고만 있으라고요? 대학생들이 가만히 있을 수 있겠습니까? 울 아부지도 죽었당께요. 내가 가만히 있겠냐 말이요. 당신 같으면 가만히 있겠냐고요. 나라 지키려 왔제 두들겨 맞으려 안왔당께요. 때리지 마세요." 남에게 한 번도 맞아본 적이 없는 재돌은 가혹한 구타를 이겨내지 못하고 있다.

아버지 잃고 광주사태란 말이 가슴에 박혀서 본인도 모르게 울분이 줄줄이 흘러나왔다. 우리 가정을 쑥대밭으로 만들어서 눈에 보이는 것이 없었다. 그나마 아버지까지 당한 마당에 감정이 가시지 않아 참을 수가 없었다.

"전두환 정궈어온? 이 빠가야로 색끼, 나라 지키려왔어어니 같은 놈한테 나라를 맡겼다가는 이 나라가 어떡게 되겄냐? 애비부터 빨갱인데 자식도 빨갱인기라 틀림없어. 어이 이 자슥 손 좀 봐나. 정신이 똑바로 돌아오도록 단단히 교육시켜 놔." 일본 말까지 하며 권봉으로 머리통을 몇 대 후려치더니 하급 병사에게 인계하고 나가다가 다시 돌아서 한마디 한다.

"아니, 이 자슥 뒷조사 좀 해봐. 머리에 피도 안 마른 놈이 여기가 어디라고 따박따박 말 대꾸야." 그리고 나가버렸다. 알고 보니 이 분대는 거의 경상도 사람들이 많았다. 이 사람이 때리고 저 사람이 구둣발로 인정사정없이 짓밟았다. 그리고 정신을 잃어 기억이 없다.

"병원에 가서 치료받고 완쾌되면 다시 복귀해야 합니다."

군용트럭이 석이네 집 앞에 멈추더니 군인 두 명이 형님을 양어깨를 붙잡고 차에서 내리더니 질질 끌 듯 집어 던지고 요란한 구둣발 소리와 차 엔진소리를 내며 달아난다.

"무슨 날벼락이다냐? 하늘도 무심하시지, 집안 꼴이 이게 무엇이다냐? 애비도 그렇고 아들도 그렇고 먼 복이 지지리도 없으끄나." 원통하여 말을 잇지 못한 어머니는 넋이 나가고 말았다. 청천벽력 같은 사건이다. 아버지를 잃은 뒤 얼마나 울었던지 이제는 눈물도 안 나왔다. 어머니는 몇 날 며칠을 앓다가 눈동자가 흰 눈동자로 변하여 혼절하기를 거듭하였다.

우리 집 대들보, 우리 집을 일으킬 대장감인 재돌은 강제로 군대에 끌려가서 정신병자가 되어 돌아왔다. 말문이 막혔다. 희망이 없는 가정으로 변했다. 아버지의 울분이 차마 가시기도 전에 형님의 비보가 들려와서 어머니 눈동자는 흰자위로 돌면서 실신한다. 어머니는 병원으로 실려 가고 가족 모두 주저앉고 말았다.

"내 아들 살려내라, 살려내. 어뜬 자식인데 이 모양으로 만들었냐. 니 죽고 나 죽자 이 놈들. 어뜬 놈이 내 아들 이렇게 만들었냐아. 공부 잘하고 영특한 아이를 어뜬 놈이 이 꼴로 만들어 꽃도 피워보지 못하게 만들었냐 이놈들아." 어머니는 푸념처럼 횡설수설하기도 하고 가슴을 치며 화를 토해내셨다. 우리 집 기둥이 망가지면 살아갈 이유가 전혀 없었다. 돈 벌 이유도 없고 희망도 없어졌다.

"언젠가 진상을 밝혀내리라. 이대로는 안 된다. 당할 수만 없다. 기언치 알아내야 한다." 정부에서는 대광 아버지가 5·18과 관련해서 사망한 증거가 없다느니, 재돌 형님의 의가

사제대가 훈련을 받다가 개인적인 일로 다쳤다는 허무맹랑한 말들이 재석을 화나게 했다. 진상규명 위원회가 만들어지면서 재석과 분희는 국민청원위원회까지 접수를 한다.

"형님 밥 챙겨주고 밖으로 안 나가게 해라잉." 날씨가 우중충하거나 저기압일 때, 비가 올라치면 가정을 책임진 어머니는 형님을 누님에게 맡기고 밖으로 나가신다.

의가사제대 한 형님은 온종일 어두운 방 안에 있기도 하고 악을 쓰기도 하고 벽에 머리를 박기도 했다.

우리 가정을 한순간에 쑥대밭으로 만들었던 5·18. 온통 세상이 착각 속에 사는 것만 같다. 사는 게 꿈이라면 어서 깨어나 시골에서 옹기종기 사는 그때로 되돌아가고 싶었다.

"앞으로 앞으로~ 전진이다. 빨리 숨으란 말이야. 무서워요, 때리지 말어라우. 니미럴 씨팔놈들 전두환 개색끼." 형님은 알 수 없는 말만 되풀이한다. 의가사 제대하고 나온 형님은 처음 부대 배치받고 겪었던 일부터 훈련받으며 일어난 일들을 틱 장애처럼 반복적으로 행하고 있다. 안절부절못하다 멍하니 한 곳만 주시하는 사람으로 변했다. 재돌은 군대가서 무슨 일이 저질러졌는지, 이 지경까지 왔는지 아무도 알 수 없었다.

"나는 빨갱이도 아니고 폭도도 아니여라우. 무서워. 불 끄지마. 가까이 오지마. 나 좀 살려줘. 내보내 줘." 똘이 형님은 겉으로는 멀쩡하게 보이면서도 날씨가 궂을 때면 알 수 없는 말만 되풀이하기도 하고 정상인처럼 행동하기도 했다.

"저 색끼 죽여야 해. 저 씨팔놈을 죽여야 해." 텔레비전 뉴스에 전두환 얼굴이 보이면 악을 쓰고 대들었다. 오로지 공부와 가정밖에 모른 형님은 다른 사람으로 변해 있었다.

하루 벌어 하루 먹고 사는 평범한 가정에 5·18로 아버지 잃고 똘이 형님까지 수모를 당한 것은 날벼락이고 하늘 아래에서 있을 수 없는 현실이 되었다.

"니기미 씨팔 왜 사람 목숨을 닭 잡듯 허냐고오. 무슨 이유로 뭘 잘못했다고 지그들 맘대로 총질이여. 공산당 잡으라고 총 만들었제 먼 연병났다고 우리 가족에게 총질이여. 오매오매 환장하것네. 니기미시팔, 나라가 국민들 잘 살게 해주는 것이 나라제. 국민들 쥑이는 것이 나라여. 니미럴 연병하고 있네."

5·18을 보내고 가정이 망가진 것을 본 석이는 하늘 높이 외쳐댔다. 석이는 총만 있으면 갈기갈기 죽이고 싶은 마음이 굴뚝같았다. 무슨 죄가 있다고 평화로운 가정을 산산조각 나게 했는지 목에서 피가 넘어오도록 악을 쓰며 외쳐댔다. 하늘도 울고 땅도 울고 눈에 보이는 것들은 의심덩어리로 보이고 미치게 만들었다. 도저히 믿기지 않은 현실이 우리 가정을 수렁으로 깊이깊이 빠져들게 만들었다.

착실하고 공부밖에 모르고 장차 우리 집을 짊어지고 나아갈 형님이 다른 사람이 되어 돌아온 가정은 모든 것이 멈춰버렸다. 아버지는 흔적 없는 영혼이 되어 우리 곁에 안 계시고 형님은 정신질환자가 되어 돌아온 집안은 시간이 갈수록 정적과 침묵 그 자체였다. 군대에 간 지 얼마 되지 않아 되돌아온 형님은 옛날의 형님이 아니라 아무 느낌이 없는 축 처진 버드나무 같은 존재로 변해버렸다.

"차라리 시골에서 머다라 올라왔쓰끄나. 그대로 살 것인디, 내가 죄인이다 죄인이여."하며 어머니는 똘이를 앞에 두고 후회하며 가슴을 친다.

"우리는 패배한 것이 아니여. 우리의 역사가 우리를 승리자로 만들 것이여." 똘이는 이글거린 눈빛으로 우리를 응시하며 말을 한다.

"다 필요 없어. 인자 어떡게 사냐고오." 석이도 울분에 차서 토하듯 한다. 어머니는 어머니대로 형님은 형님대로 5·18은 석이네 가정을 산산조각 만들었다.

"어찌 살끄나, 어찌 살아." 어머니는 석이에게 하소연하듯 울부짖었다. 형님이 군대 가서 정신병자가 되어 돌아오고 아버지까지 안 계신 우리 집안은 동네에서 빨갱이 집으로 입방아에 오르내리는 현실이 되고 말았다.

"창피해서 어떡게 살끄나. 오도 가도 못하는 신세." 지나가는 사람들이 모두 우리를 쳐다보는 것 같고 흉보는 것 같아서 어머니는 한숨처럼 내뱉으신다.

"조상 메똥을 잘못 써서 그란다냐 으쩐다냐. 뭔 죄가 이렇게 많을 끄나. 이번 주에는 선산이나 다녀오자." 어머니는 조상 모시기를 부처님 모시듯 하셨고 남에게 손끝만치도 해를 가하지 않은 사람인데 어떤 악업으로 힘든 과업을 받았는지 알 수가 없어 우리들 앞에서 조상 타령까지 하시며 자책을 하셨다.

"엄마아, 그런 거 필요없당께. 뭐다라 돈만 허비하냐고오. 전두환 그 놈 때문이랑께." 가정이 몰락하고 보니 어머니는 무당을 찾아가기도 했다. 우리 가정에 무엇이 얽히고설켰는지 무당에 의지하고 싶었나 보다.

"아니다 니는 모른다." 석이 말에 어머니는 머리를 흔드신다.

잘된 집은 잘된 대로 말이 많고 못된 집은 못된 대로 말들이 많다. 남편이 북에 친척이 있어 연락하고 산다느니, 똘이가 너무 영리해서 머리가 돌았다느니 온갖 추측들이 나무한 것들이 더 마음을 아프게 만들었다. 마을 사람들이 잘 아는 점쟁이에게 점을 봐서라도 조상을 달래줘야 한다고 말들이 많아 어머니의 마음을 흔들어 놓은 것 같았다.

희망이 없는 우리 가정은 해가 뜨면 뜨는 것이고 지면 지는 것이지 개념이 없이 지내고 있었다. 각자 무의식 속에서 살아가고 있는 좀비처럼 꿈인지 생시인지 바람 부는 대로 흔들리는 갈대처럼 의미 없이 숨만 쉬고 있지 정신이 분리된 가상현실인 듯싶었다. 꿈이기를 바란다. 온통 세상이 꿈인 듯싶다.

석이는 빨리 꿈이라면 벗어나기를 빌고 빌었다.

어머니(분희)의 恨

날씨가 우중충하다. 비가 올 듯 검은 구름들이 하늘을 뒤덮고 있다. 비가 올라치면 석이네 집은 재돌 형님 때문에 비상이 걸린다. 과격한 행동으로 자해를 하기 때문에 석이가 옆에서 돌보지 않으면 안 되었다. 신경안정제를 달고 살아도 효과는 무의미했다.

동이 트면 옛날에는 부모님은 부모님대로 누님은 누님대로 먹고살기 위해서 바쁘게 일과가 시작됐지만, 지금은 형님 똘이의 이른 기상으로 아침을 깨운다. 옛날에는 닭이 홰를 치면 일어나는 희망이 있는 아침이었다면 지금은 고달픈 하루의 시작이다.

형님은 무엇이 두려운지 새벽 6시 자명종 소리만 나면 일어나서 국기에 대한 경례를 붙인다. 결연한 자세로 충성심이 가득 차게 맞이한다. 국기 하강식이나 지나가는 군용차만 봐도 경례를 붙였다. 만나는 사람마다 알 수 없는 말로 시비를 걸고 혼자 말로 궁실거리며 군대서 행했던 행동들을 거듭하며 동네를 배회하는, 말 그대로 미친 사람이었다. 누나를 더 힘들게 한 형님은 날씨가 흐리고 비 올라치면 더 심한 증상이 나타났다.

"천지신명이여, 빌고 비나이다. 죄가 있다면 모다 내가 짊어질 테니 용서해주시라요. 우리 영리한 똘이 손지를 낫게 해주시기를 온 정성을 다하여 비나이다 비나이다. 어쩌든지

나아서 이씨 집안 기둥이 되게 비나이다." 할머니는 앉으나 서나 손을 모으고 빌고 빌었다.

"못난 어미를 용서해라. 부모 잘못으로 시절 인연을 잘못 만나 꿈 많던 니를 이 지경으로 만들었으니 어찌하면 좋을 끄나 불쌍하도다 불쌍혀." 어머니의 긴 한숨은 계속되었다. 몸은 피곤하지만 행복했던 시골 생활을 떠올린다. 무슨 부귀영화를 얻기 위해 도시로 올라와서 이 꼴이 되었는지 한탄할 뿐이다. 모든 것이 부모의 잘못으로 치부하며 한숨 속에 나날을 보냈다.

"우리 동생 똘이 어서 빨리 낫게 해주세요. 옛날처럼 가방 들고 학교 다니며 공부 잘할 수 있게 해주세요." 덕순 누님도 어머니와 똑같이 빌고 빌었다. 자신이 못 배운 공부를 동생들이 잘해주기를 얼마나 기대하며 혼신을 다하여 도와주었는데 해준 보람도 없이 정신병자가 된 것을 한없이 원망했다.

"내 좆같은 세상, 개새끼들 지그들이 뭔디 우리 가정을 망가뜨려. 연병할 놈들, 천벌을 받을 놈들. 니미 씹어갈 놈들……." 석이는 저도 모르게 울분이 입 밖으로 흘러나왔다.

동네에서는 속 모른 사람들은 똘이 형님이 공부를 잘해서 머리가 돈 정신병자라 칭했고 지나가는 모르는 사람들은 손을 머리에 대고 동그라미를 그리며 기우뚱거렸다. 어린아이들에게는 바보, 멍청이, 또라이, 정신이상자란 말을 들으며 손가락질을 당한 사람으로 변했다.

"무정도 하시오. 나를 두고 어찌 그리 먼저 갈 수 있다요. 이 일을 어찌하면 좋단 말이요오." 어머니 분희는 홀로 가정을 책임지게 만든 아버지를 원망했다. 날마다 늙으신 할머니

간호하고 자식들 챙기는 하루하루는 어머니를 지치게 만들었다. 일을 해야 잊을 것 같아서 어머니는 밖으로 나가시곤 했다.

어린 시절 친정도 가난해서 입에 풀칠을 덜까 하는 마음에 어린 나이에 아버지 대광과 결혼을 했다. 막내로 태어나 밥을 할 줄도 모른 분희는 세상 물정을 모르기에 생전 해보지 못한 일들을 몸소 헤쳐가야만 했다.

"불쌍혀서 으쩔끄나. 산 사람은 살아야 한다. 지금은 고달퍼도 좋은 날도 올 것이다. 엉뚱한 생각 하지 말고 살다 보면 좋은 날도 옹께 참고 살아야 한다." 할머니는 어머니를 안쓰럽게 여겼다. 남편 없고 똘이 형님 망가진 뒤로 할머니까지 시름시름 앓다가 돌아가셨다. 옆에서 힘이 되어준 할머니를 심적으로 의지하며 보냈는데 돌아가신 뒤로 그 그늘이 너무 컸다. 배가 침몰하기 직전으로 가세가 기울어 희망이 없었다.

어머니는 아버지 빈자리와 똘이 형 때문에 안정제 없이는 하루도 생활할 수 없었다. 몸이란 놈은 빙의가 되어 혼돈의 시간을 보내게 됐고 망상에 사로잡혀 정신까지 힘들게 만들었다. 그래서 집에만 갇혀 있다가는 가족 모두 환자가 되기 충분했다. 그래서 일터로 나가시고 집에 들어오면 배회하는 날들이 많아졌고 멍하니 하늘을 쳐다보는 시간이 많아졌다. 가끔 지나가는 차들만 바라보며.

"우리 똘이도 어서 빨리 활기차게 달리는 차들처럼 살아주기를 천지신명께 비나이다." 어머니는 차를 바라보며 두 손을 모으며 빌고 빌었다.

어머니는 늙은 할머니들이 손수레를 끌며 힘들게 폐지를

줍는 모습을 보게 되면서 생각이 점점 바뀌셨다. '먹고 살아야지. 내가 이러고 있으면 안 되지.' 정신이 들었다. 밖으로 나가 사람들을 만나면 한순간이라도 가정일을 잊을 것 같았다.

어머니는 다시 고무 다라를 이고 골목 장사를 하게 됐다. 시골에서 해봤던 일이라 어림잡아 할 수 있었다. 멈춰 있는 것은 싫었다. 멈춤은 잡생각을 만들었다. 마냥 돌아가는 다람쥐 쳇바퀴처럼 이동하며 움직여야 했다. 몸을 자해한 것처럼 사람들 만나고 떠돌다 보면 모든 시름 잊을 것 같았다.

"산 사람은 어쩌든지 산당께라우. 힘들어도 세월이 약인께 석이보고 살아야제 으쩌 것소오." 가까운 지인들이 보다 못해 위로 차 안쓰러워했다.

죽은 사람은 말없이 가버렸지만 산 사람은 모든 업을 안고 질긴 목숨을 살아가야 한다. 죽고 싶어도 죽을 수 없는 목숨, '살아서 뭐 하지, 이 꼴 저 꼴 안 보고 죽을 수만 있다면…'하는 생각이 하루에도 몇 번씩 들곤 했다.

"일을 해도 보람도 안 나고 재미가 있어야 일을 하제. 낙이 없구나, 없어어." 어머니는 하루 일을 다녀온 뒤로 녹초가 되어 안 마신 술을 드시고 원망과 체념을 한다. 마음에 병, 가슴에 화병이 생겨 가슴을 두드리는 행동을 자꾸만 했다.

"나서지 말고 쥐 죽은 듯이 살아야 한다. 나서다간 애비 꼴 나고 똘이 꼴 난 것을 두 눈으로 똑똑히 봤지 않느냐?" 술 드신 어머니는 누님과 나를 두고 당부하곤 했다. 더 이상 남은 자식을 나락으로 떨어지게 할 순 없었다. 자신의 아픔으로 태어난 자식들이 공부 잘하고 남부럽지 않게 살기를 바랐지만, 이제는 더는 소원이 없어졌다. 그냥 목숨 부지하고 사는 것이 최선이란 것을 알게 되었다.

"똘아 똘아, 나 알아보것냐? 내가 누구여?" 술을 드신 어머니는 똘이 형님에게 묻는다.

"엄마제에."하고 당연한 듯 알아보면.

"그래그래, 내 새끼이."하고 어머니는 형님을 부둥켜안고 미친 듯이 얼굴을 비볐다. 알아보지 못하고 횡설수설 할까 봐 노심초사했는데 어미를 알아본 자식이 대견할 수밖에 없었다. 어머니는 어쩌든지 형님의 병을 낫게 하려고 명의를 찾아 헤맸고 좋은 약이 있다면 어디든 찾아가서 달여 먹였다.

"남은 자식들 때문에 참고 살아야 해요. 으쩌것소오." 이웃들을 만날 때마다 안쓰럽다는 듯이 자주 말하는 것도 이제는 듣기 싫었다. 웅성거리는 것도 자신을 흉보는 것 같고 모든 사람들이 자신을 쳐다보는 것 같았다. 어쨌든 남은 자식을 위해 살아야 한다고 다짐했다.

어머니는 아침마다 정화수 떠 놓고 천지신명을 찾으며 있는 신 없는 신 모두 불러 기도하기도 하고 영하다는 의사 찾아다니며 헤매기도 여러 번, 그리고 영한 점쟁이를 찾아가서 형님 병을 낫게 해달라고 빌고 빌었다. 무당을 집에 불러서 굿을 하기도 했다.

"천지신명이여, 우리 아들 제발 옛 모습으로 되돌려주세요. 잘못된 죄 모다 제가 받고 갚아가겠으니 사람 노릇 하게 해주세요. 비나이다, 비나이다." 주무실 때나 일할 때나 걸어갈 때나 시시때때로 어머니 입에서는 주문처럼 흘러나왔다.

오로지 아들 똘이에게 집중하다 보니 어머니는 자꾸 야위어 갔다. 정신적으로 육체적으로 힘들고 먹는 거 제대로 먹지 못하니 어머니는 자꾸 가슴을 만지기도 하고 헛구역질을 해댔다.

"엄마아 그러다 엄마까지 쓰러지겠소. 엄마가 건강해야 우리가 산당께. 잡사야 힘이 나제에, 엄마 아프면 큰 일잉께 알아서 혀." 석이는 더 이상 아픔이 있는 세상은 없어야 한다고 다짐을 한다. 그래서 어머니를 보면 간섭 아닌 간섭을 하게 되었다.

어머니는 행상을 하면서도 5·18이라는 악몽 같은 광주 땅을 벗어나고 싶었다. 징글징글 꼴도 보기도 싫었다. 아무도 모르는 곳에서 살고 싶었다. 이곳을 벗어나면 정신적으로 육체적으로 이보다는 나을 듯싶었다.

"석아아, 떠나자."

어머니(분희)는 석이를 앞에 두고 다짐한다.

다시 마을을 떠나다

무더운 여름이 지나가고 계절은 쉼 없이 뒤바뀌면서 변하지만 간절한 기도와 치료에도 똘이의 증상은 변함이 없다. 모든 것을 받아들이려고 마음을 먹었지만 세월만큼 가슴속에 자리 잡은 한恨은 가시지 않았다.

이 꼴 저 꼴 안 보게 아침이 되돌아오지 말기를 바랬다. 아무리 빌고 빌어 봐도 소용이 없고 발품 팔아 몸부림쳐 봐도 들려온 것은 희망 없는 기억과 소문들, 온종일 장사하고 집에 들어와서 집안 꼴을 보면 맥이 풀렸던 지난날, 속 알아준 사람 아무도 없는 인생, 차라리 죽고 싶었다. 있는 거 없는 거 모두 뒤로 하고 훌훌 떠나고 싶었다.

죽으면 편안할 것만 같았다. 죽는 것 말고는 해답이 안 나올 것 같았다. 그러나 똘이를 생각하면 잠이 안 왔다. 이삐 누님과 석이를 두고 떠날 수는 없었다.

"석이야, 숨을 쉴 수가 없구나. 어딘들 못 살겠냐? 남 부끄러워 못 살겠으니 떠나자. 더는 여기서 살 수 없으니 준비하그라." 며칠을 두고 어머니는 결단을 내리신다. 도저히 살 기력도 없고 남은 자식들을 위해서라도 광주 땅을 벗어나고 싶었다. 지긋지긋한 광주, 숨 막히는 광주에서 살고 싶은 생각은 손톱만치도 없었다. 어머니 역시 한恨이 맺힌 광주를 벗어난 것이 최선이라고 여겼다.

죄 많은 자신을 한탄하신 어머니, 살 수가 없는 아픈 기억 때문에 미쳐버릴 것만 같았다. 창피하기도 하고 쑥덕거린 소리도 듣기 싫었다. 자식들을 앉혀놓고 결단을 내리셨다. 살기 위해서 떠나기로 마음먹었다.

어머니는 고달픈 인생을 뒤로하고 손가락질당한 광주를 등진다. 두 아이를 앞세워 몇 안 되는 짐 꾸러미를 이고 알 수 없는 곳을 향하여 떠난다. 광주하면 우리 가정을 망가뜨린 꼴도 보기 싫은 곳이다. 새로운 곳에서 다시 생활하기로 마음먹었다.

사람은 자기가 살던 곳에서 떠나면 못살 것처럼 떠나기가 싫은 것이다. 그래서 쉽게 떠나지 못한다. 한곳에서 정이 들다 보면 딴 곳에서는 못살 것 같아도 그게 아니다. 막상 떠나더라도 정들면 고향이란 노래 가사도 있듯이 정붙여 사는 것 인생살이다. 그래서 '사람 살 곳은 도는 곳마다 있다'란 어른들의 말이 있는가 보다.

악랄한 일제강점기도 이겨내며 살았고 한국동란 때도 피비린내 나는 가족을 잃으면서까지 살았건만 박복한 인생살이까지 힘든 생활을 하게 될 줄을 그 누가 알았겠는가?

"어딘들 못 살겠냐. 못난 남편도 니 하기 나름이여야. 어쩐든지 심지 굳게 먹고 살아야 쓴다. 자식 낳고 살다보면 존 일도 있을 것이다." 시집가던 날 눈물 바람으로 말해주던 친정어머니 말씀이 정든 마을을 떠나면서 떠오르게 한다. 시집가던 날, 잘살아 보겠다고 마음속으로 굳게 다짐을 했던 기억들이 주마등처럼 지나갔다. 이제 의지할 곳은 어디에도 없다.

자식이 웬수고 남편이 웬수인 현실을 실감하면서 자식들 앞세워 무겁기만 한 발걸음을 걸으면서 하늘을 원망할 수밖에 없었다. 남은 자식들은 내가 지킨다는 생각으로 정든 마을 떠난다.

가는 발걸음 어디메뇨
태어나지나 말지
이 자식들 데리고
어디로 갈끄나!
목숨 걸고 살았건만
남편 복 자식 복 없는 년은
어디 가도 찬밥일세
그 누가 알아주리오.

꿈 많던 내 인생 어디 가고
못난 남편 만나 떠돌이 신세 됐으니
울어봐도 소용없고
한탄한들 무슨 소용이요
하소연 받아줄 사람 아무도 없네.

나도 울고 산천도 울며
정처 없는 내 인생
가도 가도 끝이 없는
무지막지한 서러움 길
반겨줄 곳 어디 맨고.

걷는 걸음마다 눈물 뚝뚝 떨어뜨리며 입에서 씹힌 대로 흘러나온 말들은 속앓이 되어 한으로 나왔다. 알 수 없는 노래 가사는 곡이 되어 떠돌기도 하고 한 발 뛸 때마다 그

설움 복받쳐 올라왔다. 무등산을 바라보며 한 많은 광주 땅을 잊으려고 한다. 마을 골목을 바라보고 한없이 울었다.

"서방, 자식 색끼 저렇게 돼서 어찌 살끄나. 그래도 꾹 참고 살아야 쓴다. 엉뚱한 생각 하지 말고." 시집가서 잘 살라며 간곡히 부탁하신 친정어머니가 되돌아오신 것처럼 귀에서 맴돈다.

"어머니 어쩌겠서요, 내 팔잔디. 자식들 데리고 어찌 살까요?"

"니 사는 꼴을 보고 어찌 눈을 감겠느냐? 불쌍한 내 새끼." 돌아가신 어머니의 목소리가 가까이 들려왔다.

"질기고 질긴 사람 목숨 살다 보면 존 일도 생겨야 절대로 엉뚱한 생각하지 말고 잘 살아야 한다." 어머니를 생각하면 엉뚱한 생각 말라는 말씀을 잊을 수가 없다. 어머니는 가는 곳마다 계셨다.

처음에는 속 알아준 친정 쪽으로 가까이 갈까 생각도 했지만, 친정 식구들에게 거지꼴을 보여주기 정말 싫었다. 잘 살라던 친정어머니 말씀이 귓가에서 아른거렸다. 울고 울면서 걷는 발걸음이 천근만근이다. 짐작할 수 없는 발걸음을 반겨주는 세상은 어디에도 없었다. 살길이 막막한 더딘 걸음은 방향감각을 잃었다.

어머니
왜 나를 낳으셨나요?
불러봐도 소용없는 어머니

떠나고 안 계신 어머니여

나를 두고 어디 계시온지
무정한 세월
날 버리고 가시면
나는 어떻게 삽니까?

하늘에서
내려다보고 계신다면
어머니
나를 데려가 주세요.

이러지도 저러지도 못한 목숨, 목숨 끊기가 이다지도 힘들
까? 마음 한구석에 항상 친정어머니를 기둥 삼아 살아왔는
데 이제는 안 계신다. 마을 고갯마루를 내려다보며 돌아가신
친정어머니를 부르며 한없이 울었던 기억, 자식들을 앞세워
십오 리 길을 걸으며 어머니에게 다짐한다.

언젠가 어머니 묘소를 찾아뵙고 '어머니 자식들 건사하고
잘 살고 왔습니다, 태어나게 해주셔서 감사합니다, 어머니가
주신 인생철학 잊지 않고 누가 되지 않게 살 것을 다짐합니
다, 걱정하지 마세요'라며 보란 듯이 잘살았다고 말할 날이
기필코 올 거라고 다짐했다.

정든 마을을 떠나간 날 열차 창밖으로 밀쳐지는 풍경을
보고 똘이 형님은 군대 입대한 것처럼 흥이 나 아이들처럼
좋아했다. 지칠 대로 지친 재석도 차라리 좋았다. 동네 아이
들이 흉보고 손가락질당한 것이 못내 싫었다.

누님도 마찬가지였는지 차창 유리에 비치는 자신의 얼굴
에서 나타났다. 친구들이 학교 오가는 모습을 안 봐서 좋았

고 광주라는 이름을 머리에서 지우고 싶었다. 그래서 우리 가정 아무도 모르는 편한 곳에서 살고 싶었다.

어머니만은 달리는 기차 안에서 먼 산을 바라보며 고심에 찬 얼굴을 하고 있다. 무엇을 해서 이 자식들 데리고 먹고 사나 걱정이 태산이다. 한편으로 마음이 편하기도 했지만 두려움도 있었다.

발걸음이 천근만근이다. 목적지가 없는 발걸음, 가도 가도 끝이 없는 인생길, 기차를 타고 버스를 타고 아무도 알아보지 못할 깊은 수렁으로 빠지는 것만 같았다.

"내리자아, 어서어." 어디쯤일까? 밤을 꼬박 새우고 아침 햇살이 붉게 오르고 있는 아침이다. 어머니는 아무 걱정 없이 자고 있는 자식들을 데리고 영등포역에서 내렸다.

밤새 달려온 열차는 사람들을 내려놓고 미련 없이 떠난다. 사람들을 내려놓고 떠난 기차는 힘차게 달려가고 사람들은 저마다 어디론가 흩어진다. 갈 곳 없는 석이네 식구들만 어디로 갈까 망설이고 있다.

사람은 땅을 밟은 순간 살고 싶은 간절함이 되살아나는가 보다. 평생 땅을 일구며 살아온지라 본능적으로 적응하려는 의지가 생긴 것 같았다.

어머니의 뒤를 따라 개미 줄지어가듯 무작정 걷고 있다. 눈 감으면 코 베어 간다는 서울에서 받아줄 곳은 없었다. 차를 타고 고개를 넘어 신설동 언덕배기 판자촌이 다닥다닥 붙어있는 곳까지 다다랐다.

아는 사람 아무도 없는 곳 서울, 사람들로 들끓은 수도 서울에서 뭐를 한들 못 살겠느냐 했지만 받아주는 곳 없는 거리를 헤매고 있다. 정신병자 환자 똘이를 데리고 방 달라 말이 안 나왔다. 알아주는 이도 없었고 받아줄 곳은 더더욱 없었다. 간신히 허름한 집이 있는 본 건물과 떨어진 남루한 건물에서 새로운 살림살이가 시작되었다.

북극 한파에 내몰린 듯, 태평양 한가운데 홀로 서 있는 돛단배, 비바람 몰아치는 인생 서러움을 안고 내린 서울 하늘은 맑고 청명하기만 하다.

석이네는 광주를 벗어난다는 것만으로 안도의 한숨을 쉬었지만 가슴에 뚫린 아픔과 허전함은 지워지지 않았다. 그러나 살아야 한다. 대책도 없지만 현실과 싸워야 한다. 새로운 시작이라고 생각했지만 꼬리표처럼 따라다니는 아픔은 어쩔 수가 없었다.

어머니의 병

어머니는 밑천 안 들고 할 수 있는 장사는 발품 팔아 길거리 장사뿐이었다. 인천을 오가며 무거운 생선을 이고 집집마다 떠도는 길거리 장사를 시작하면서 하루하루가 시작되었다.

계절 따라 들어오는 어판장에서 젓갈, 조기, 고등어, 명태, 병치, 갈치, 오징어 등등 이름도 생소한 잡어 등을 팔기도 하고 계란, 쌀, 과일도 머리에 이고 다니며 돈이 된다는 것은 일체 발품 팔아 다니셨다. 겨울이 되면 얼어있는 생선을 만지면서 동상까지 걸리는 일은 다반사였다.

"멸치젓갈이 맛있어요, 젓갈 사세요. 젓가알~" 앞치마 두르고 머리에 똬리를 틀어 무거운 생선을 이고 목이 아프도록 외치며 하루를 보내고 해가 넘어가야 들어오시곤 했다.

흔한 붕어빵과 팥죽도 맘대로 사 먹지도 못하고 아끼며 이 집 저 집 대문을 두드리며 무거운 생선을 이고 목적 없이 거리의 악사처럼 떠돌아다니셨다. 허기진 배를 곯으며 눈이 오나 비가 오나 자식들을 위해 억순이가 될 수밖에 없는 어머니였다.

어느 날 어머니는 개에게 물려 다리에 상처를 안고 들어오기도 하고 문전박대를 받으며 양동이가 깨지기도 했다. 넘어지고 다치는 무릎과 발톱은 성할 날이 없었다. 안 빠진 발톱이 없을 정도로 만신창이가 된 어머니는 밤마다 끙끙 앓으셨다. 하루 종일 걷다 보니 발바닥에 티눈이 들어 어머니의 힘겨운 나날은 계속됐다.

곱게만 자란 어머니는 시집와서 망가진 가정을 보고 '살다 보면 좋은 날이 오겠지!' 하며 체념하기도 하고 어쩌든지 가족을 위해 나쁜 기억을 지우려고 일터로 나가셨다. 점점 단골도 생기고 외상도 늘어갔다. 글도 배운 적이 없는 어머니는 매일 잠자기 전에 외상값을 안 잊으려고 되뇌며 잠드시곤 했다.

"엄마아, 오늘 월급 받았어어." 석이는 시간 나는 대로 틈틈이 알바를 해서 모은 돈을 어머니에게 드렸다. 그게 석이가 어머니에게 처음 드린 월급이고 기쁨을 줄 수 있는 최선의 방법이었다.

"인자는 내가 도와드릴 테니 엄마 몸 생각하세요."

"걱정 마라, 니는 공부나 열심히 혀. 그게 도와준 것인께."

"어머니, 공부가 중요하지 않잖아요. 내가 어쩌든지 돈을 벌어 어머니 고생을 덜어드릴 테니 건강 챙기세요. 건강 잃으면 모든 걸 잃은 다는 것을 잘 알잖아요?" 석이는 어머니 걱정을 한다. 어머니는 가슴으로 울고 있다.

"엄마 어디 아퍼어?" 오늘은 다른 날보다 일찍 들어오셨다.

"배 좀 주물러줄래. 오목가슴이 아프다야." 오시자마자 누어 끙끙 앓으신다. 비가 온 날이면 어머니는 더 앓고 계셨다. 날마다 일을 하지 않고는 마음에 병을 이길 수가 없는 어머니가 가여웠다.

"엄마 왜 진지 안 잡사아. 어디가 아푸요오?"

"가슴이 답답해서 안 묵고 싶다야. 형님 데리고 밥통에 밥

있은께 퍼서 묵어라."

"언능 병원에 가봐야제."

"아푸다 말 것제에, 별 거 있것냐아?" 어머니는 가끔 가슴을 때리며 배를 만지곤 했다.

아버지 돌아가시고 형님 모습을 생각하면 전신의 맥이 풀린 듯하여 일손이 잡히지도 않았다. 한숨 속에 멍하니 하늘만 쳐다보다가 배를 만지는 습관까지 들었다.

"오늘은 고향 사람 만나서 밥을 얻어먹었다. 니들이나 먹어라잉." 어떨 때는 식사를 거르시고 에둘러 우회적으로 말씀을 피하신 것 같았다. 어머니는 시간이 흐를수록 힘들어하시면서도 아침 일찍 장사를 나가시고 녹초가 되어 들어오셨다.

"엄마아, 힘들면 쉬어어. 병원에도 가보시고."

"놀면 누가 밥을 주냐아. 걱정 마라 팔자가 그러니 어쩌겠느냐?" 뻔한 가정 살림이라 단호히 말씀하신다.

"엄마아, 그래도……." 어머니까지 아프다는 생각은 꿈에도 싫었다.

"엄마아, 누나와 내가 돈 벌 테니 엄마는 쉬어. 인자 우리도 컸당께."

"니는 형 몫까지 공부 열심히 항 것이 우리 가정을 도와준 일이여. 어미 걱정 말고 공부나 열심히 혀라잉, 알 것냐아."

"또 그 노무 공부 이야긴가? 엄마가 아프면 무슨 소용이 있냐고오. 병원에 가보자 언능." 애원했다.

어머니는 몸이 아픈 데도 걱정 말라며 아픈 몸을 이끌고 일을 나가셨다. 몸도 지쳐가고 똘이 형님의 안타까움과 자식들을 지켜야 한다는 의무감에 하루가 다르게 야위어 갔다. 안쓰러웠다.

"엄마아, 병원 가자. 엄마가 아프면 우리 가정은 끝이야아." 애원하듯 어머니를 모시고 병원을 갔다.

"빨리 큰 병원으로 가봐야겠습니다." 동네 병원에서 한 말이다.

"이런 지경까지 어떻게 지내셨어요? 위암 4기입니다. 다른 장기까지 전이되어서 수술도 어렵습니다. 길어야 6개월 정도니 준비한 것이 낫겠습니다."

청천벽력 같은 의사의 말을 듣고 울음도 메말라선지 울 수도 없고 넋이 나가고 말았다.

"엄마가 잘못되면 안 디야. 엄마 기적이란 것이 있어어. 최선을 다해보자." 애원하듯 했다.

"돈 쓸 것 없다아. 더 뭔 미련이 있겠느냐? 더 이상 살아서 뭐 하겠느냐. 이 꼴 저 꼴 안 보고 죽는 것이 차라리 잘됐지 않겠느냐?" 질긴 세월을 살아오셔서 미련이 없다는 듯 강인한 말씀을 한다. 아니 차라리 우리와 정 떨치려고 일부러 그러지 않나 생각이 들었다.

"그게 아니지이, 우리가 있잖아. 우리가 잘하면 되잖아. 엄마 힘내자아. 엄마 없으면 우리는 못살아 어떡게 사냐고오." 누님과 나는 애원을 거듭했다.

"할머니가 가시고 남편도 가고 나도 언젠가 가야할 몸 기대하지 마라. 욕심부리고 기대하다 우리 가정, 이 꼴이 되지 않았느냐. 대충 사는 거다, 물 흐른 대로 살그라." 숨을 크게 내쉬더니 다시 말을 이으신다.

"친정 부모님, 할머니, 남편 만나서 다툼 없는 곳에서 살고 있을 테니 니들도 언젠가 만나 우리 가족 행복하게 살고 싶다. 너무 걱정 말그라." 생각을 정리한 듯 단호하게 말씀을 하신다. 형님 말씀은 일체 안 하고 머뭇거린다.

"엄마아……." 언젠가 이런 날이 올 줄은 알았지만 너무 빨리 와버렸다. 어머니는 지쳐 있었다. 포기한 듯 보였다.

어린 나이에 우리가 할 수 있는 방법은 없다. 잡술 것 아끼시며 자식들 가르쳐야 한다는 생각에 병원 한번 제대로 가보지 못하고 병을 키운 어머니가 미워 보이고 불쌍하게 보였다.

"부모 없이 어찌 살끄나아, 불쌍한 내 새끼이. 부모 잘못 만나 니들이 고생이다. 석아아, 형님 보필 잘하고 누나와 함께 어쩌든지 잘 살기 바란다. 어미가 죽어서도 내 자식들 잘되기를 기도하마."

마지막 힘든 고비를 넘기면서 남은 자식들을 걱정하는 어머니 모습은 너무 인간적인 말씀을 남기고 떠나셨다. 그렇게 한 많은 생을 사시고 가셨다.

석이 눈에 보이는 모든 것들이 적으로 보였다. 그리고 세상 모든 것을 부정하고 싶었다. 열심히 살면 우리 가정 화목하게 살 걸로 믿었는데 망가지고 망가진 꿈같은 현실을 보니 하느님 부처님 천지신명 모두가 내 편이 아니었다.

어머니가 돌아가시고 한동안 제정신이 아니었다. 어쩔 줄을 모른 이삐(덕순) 누님과 나는 메말랐던 눈물을 하염없이 흘렸다.

"석이야, 니는 공부 열심히 혀. 내가 공장에 다니면서 똘이 돌볼 테니까 걱정 말고." 우리 집 살림꾼 이삐 누님은 나를 안심시켰다.

"어떻게 공장 다니고 형님 돌본다는 것이여? 공부가 뭔 필요가 있어? 내 멋대로 살 거야. 상관하지 말허." 어머니가 안 계신 것만으로 우리는 고아가 됐다. 눈에 보이는 것이 없었다. 집을 뛰쳐나간다.

무수한 불빛들이 오고 가는 도시의 밤거리를 하염없이 걷고 걸었다. 한강 다리가 멀리 보인다. 양화대교였다. 도시의 불빛들이 한강 물결에 반사되어 윤슬이 너울거린다. 어머니가 안 계신 지금 내가 존재한다는 것은 거짓이고 가식이었다. 죽고 싶었다. 살아갈 이유가 없었다. 죽음이란 자체가 이제는 고마움이라고 생각했다. 죽음은 마무리라고 생각했다. 산다는 것은 멍청한 짓이라고 생각했다.

"석아아, 똘이 형 원수 갚아야지. 절대로 그러면 안 디야아. 니는 인자 가장이여." 양화대교 위에서 서 있다. 어머니 목소리가 환청 되어 울림으로 다가온다.

"어머니이이, 어머니 어디 계셔요오."하고 정신을 잃었다. 꿈속에서 아버지가 강 건너에서 빨리 오라고 손짓을 한다.

"못 가요오, 우리 어머니 만나려 가야해요." 헤매다 깨어나 보니 병원이었다. 어깨에 주삿바늘이 꽂혀 있고 간호사들이 분주히 오고 간다.

"석아아, 석아아." 이삐 누님은 석이의 손을 잡고 울고 있다.

"왜 그랬어어, 니 없으면 나도 못 살아야." 나의 얼굴을 어루만지고 있다.

한동안 나는 정체성을 잃었다. 사람으로 태어나서 처음으로 죽음이란 정체성에 고민하고 있다. 해법은 없다. 진정 자유인이 되고 싶었다. 그래도 어머니의 마지막 말씀이 못에 박히듯 떠오른다.

'공부고 지랄이고 아무 소용이 없었다. 무슨 일을 해서라도 돈 벌어서 엄마를 도와드릴 것인디 필요도 없는 공부한답시고 에라이 못난 놈' 하며 뒤늦은 후회를 한다.

시골에서 부모님과 행복하게 살던 기억과 새벽닭 홰치는 소리 들으며 누님이 싸준 도시락 먹던 희망찬 시절이 주마등처럼 지나간다. 인생은 존재한 것만으로 행복한 것인데 불나방 되어 더 높은 곳을 향하여 욕심부리다 망하게 된다. 죽으려고 해도 맘대로 안 되는 지금. '나는 어디로 가야 하나, 무슨 짓을 하고 살아야 하나'를 고민한다. 홀로 남겨진 자유를 꿈꾸며 높은 하늘만 멍하니 쳐다보고 있다.

산은 산이되 산이 아니고 강은 강이되 강이 아니고 바람은 바람이되 바람이 아닌 것을 이제 사 알았다. 변하지 않은 것이 아무것도 없다는 것을 체득하게 된다. 인생은 홀로 걷는 방랑자다. 누구도 함께할 수 없다는 것을 어머니가 떠난 뒤로 알게 된다.

형님의 하루

청명한 가을이다. 밤이면 남산타워 야경이 아름답게 보인다. 무수한 사람들이 몰려있는 수도 서울에서 어머니가 돌아가신 뒤로 이삐 누님과 나는 똘이 형님을 위해 돌아가며 돌보고 있다.

"형님 오늘은 밖에 구경이나 갈까아?" 한동안 집에서만 있었기에 나는 학교 다녀와서 형님을 대동하고 밖으로 나갔다.

"충서엉!" 집 가까이 군부대가 있어서 형님은 지나가는 군인만 봐도 경례를 붙인다. 결의에 찬 굳은 자세로 경례를 붙이며 할 일을 했다는 듯 당당한 모습을 보인다.

"형님 군인이 무서워?"

"군인은 명령에 살고 명령에 죽는 것이야아."

"인자는 군대 제대했잖아."

"계엄군이 언제 쳐들어올지 모른 께 항상 준비를 하고 있어야 되야. 우리가 한두 번 당했냐?" 눈을 부릅뜨고 말한 모습이 정상적인 사람처럼 보인다.

"전두환 계엄군은 끝났어어. 안 쳐들어온당께 걱정 말어."

"다 죽었당께, 동지들이 얼마나 죽었는디." 형님은 아직도 5·18 계엄군에 쫓기고 있는 것으로 착각하고 있나 보다.

"저놈이 전두환 아니여. 이야 전두환 너 이리 와. 이 씨부

럴 놈을 죽여……." 머리가 벗겨진 사람만 보면 전두환으로 오인하며 다투기도 여러 번이다.

"윤상원 동지를 만나기로 했는디 왜 안 올까아? 계엄군한테 끌려간 거 아니여? 그러면 안 된디 빨리 찾아야 디야." 하며 도로를 무작정 무단횡단하며 달려간다. 그래서 사고도 여러 번 날 뻔했다. 정처 없이 날뛰는 형님을 챙겨주지 않으면 안 됐다.

시간이 나면 거리를 나서며 잠시라도 운동을 시켰다. 가까운 학교 운동장도 걸어봤고 공원도 걸어봤지만, 형님은 항상 군인들이 있는 부대 쪽으로 가기를 원했다.

"이야 개쌔끼들아! 니들이 사람이여 뭐여? 왜 동지들을 죽였냐고오. 뭐 때문에 죽여 이 씨발놈들아. 저 전두환 족속들을 다 죽여야디야. 너 이리 와 임마, 우리 동지를 왜 죽였어어?" 똘이 형님은 정상적인 사람처럼 침을 뱉으며 삿대질을 한다. 도로를 가로질러 달려간다. 눈알이 뒤집히면서 군인을 보고 욕설로 대든다. 석이는 군부대 앞에서는 한순간도 마음을 놓을 수 없었다.

"제발 부대 앞에 오지 말게 해주세요." 모자에 밥태기 세 개를 단 중대장급 되는 대위가 애원하듯 했지만, 형님은 반복적으로 부대 앞을 서성이며 군인들을 보고 열을 올렸다.

"5·18때 계엄군들에게 당한 뒤로 그럽니다. 이해해 주세요."하며 사정 이야기를 했지만 돌아온 이야기는.

"앞으로 한 번만 더 부대 앞에서 소란을 피우면 군법에 의해 처리하겠습니다." 최후통첩이란 말로 우리를 겁주었다. 그래도 아랑곳하지 않고 군인을 보면 '충성'이라는 거수경례를 붙이기도 했고 삿대질을 하며 '전두환 독재 타도'를 외치며 반항하는 형님은 외로운 늑대 같았다.

"니미 씨팔 놈, 개색끼들." 형님은 욕을 입에 달고 살았다. 지나간 사람들이 보면 미친 사람으로 보였고 스멀스멀 피하곤 했다.

"사랑도 명예도 이름도 남김없이 한평생 나가자던 뜨거운 맹세……" 고함을 지르다 노래를 부르며 울기도 하고.

"5월 그날이 다시오면 우리 가슴에 붉은 피 솟네. 왜 쏘았지? 왜 찔렀지? 트럭에 싣고 어디 갔지 망월동의 부릅뜬 눈 수천의 핏발 서려 있네……"

목이 갈기갈기 찢어져라 울부짖던 오월. 그날의 함성이 가슴을 뚫고 빈 허공을 가르며 울려 퍼졌다.

"나를 죽이란 말이야 제발 죽이란 말이야, 동지들 옆으로 가게" 한참 욕설을 퍼붓다가 죽여 달라고 애원한다.

"우리 아부지 어디 갔어어. 울 아부지 살려내 이 새끼들아아. 울 아부지 보고 싶단 말이야. 울 아부지 어디 갔어어 살려내란 말이야." 똘이는 정신이 돌아오면 아버지가 보고 싶다고 울부짖었고 도로 한 복판에 눕기도 했다.

계절이 바뀌고 세월이 흘러도 치유될 수도 없는 5·18, 사람들은 생계를 위해서 아무 말 없이 바쁘게 살아가지만, 광주시민들의 응어리는 아직도 풀리지 않아 무등산을 맴돌고 있다. 가끔 매스컴에서 떠난 자들 뒤를 이어 가족들이 목숨을 잃었다는 소문들이 종종 들려오곤 했다.

석이는 5·18을 겪은 몸으로 형님을 돌보면서 불만이 가득했지만 어쩔 방법이 없었다. 주어진 현실이 안타까울 뿐이었다. 죽음이란 어려운 것이 아니고 항상 가까이 있다는 것을 알게 된다. 형님의 행동을 보며 석이까지 울분을 참지 못하고 지켜볼 수밖에 없었다.

"나는 어디서 와서 어디로 가는가?"

'진정 나는 누구인가?'를 숨을 길게 쉬며 마음을 다잡아본다. 아무리 소리쳐도 치유되지 않는 5·18은 석이 앞에서는 공염불이라는 것을.

"자유를 찾자. 자유를 찾자." 석이는 머리 속에서 자유란 단어가 떠나지 않았다.

제행무상 諸行無常

　나는 허무라는 리얼리즘에 빠져서 헤어나오지 못하는 생활을 계속하였다. 계절의 변화를 알 수 없고 관계 속에 살아가는 일체들과 멀어질 수밖에 없었다. 돌파구 없는 암흑 속 공간에서 의지할 곳은 아무것도 없었다. 해가 뜨고 지는 것도 모르고 거리를 방황하는 똘이 형님과 방랑의 시간은 삶을 송두리째 질리게 했다. 아버지 돌아가시고 형님 사람 되게 해달라며 조석으로 정화수를 떠 놓고 빌고 비는 어머니의 정성도 이제는 어디에도 없었다.

　몸은 정처 없이 받아주는 곳 없이 헤매고 있지만 마음은 밤마다 꿈속에서 어릴 적 시골마당에서 뛰놀던 꿈, 어머니 향기를 맡으며 이삐 누님이 해주던 도시락 까먹던 꿈을 깨면 맥이 풀렸다. 어디에도 안주하지 못하고 있는 자신이 불쌍하게 보였다. 무녀진 5·18은 시간이 지나갔는데도 나를 궁지로 몰았다. 왜 사느냐고, 어떻게 살아가느냐고? 사람 사는 게 법칙이 있는가? 공식이라도 있나요? 그냥 살다 가는 거지, 맘대로 살다 가는 거지 별것 있나요. '욕심부리지도 기대하지도 말고 물 흐른 대로 사라'는 어머니의 마지막 말씀이 고스란히 다가온다.

　바람 따라 뭉쳤다 사라진 구름처럼 떠도는 나는 침묵은 수렁 속으로 파고 들어갔다. '석아아, 석아아' 어머니의 부름이 귓가에 맴돈다. 잠을 깨고 나면 허전함이 밀려왔다. 공허함은 조석으로 들려오는 은은한 범종 소리를 들으며 침묵에 잠긴 나를 깨운다.

　도시의 무리 속에서 성공하리라는 꿈, 선망의 대상이던 도시, 편리하단 이유로 물질문명이 아우성치던 도시를 황홀하게 동경했던 모든 것들이 나를 억압하고 있다. 즐비하게 매연을 품어내며 흘러가는 차량들, 시멘트와 아스팔트 위에 수백 수십억의 집값으로 치장된 빌딩들이 거대한 이무기처럼 허우적거린다. 징그럽게 보였다. 웃음 속에 숨어있는 도시의 이기와 독선들이 피부에 닿으면 피하고 싶었고 어둡고 고통스런 자신을 숨기고 남의 약점을 파고들어 우뚝 서야만 하는 도시의 시뻘건 눈동자들이 정말 싫었다.

　이상과 욕망으로 뒤덮인 불꽃으로 불바다가 되어버린 도시의 늪을 이제는 벗어나고 싶다. 우리 가정을 앗아간 도시의 오염된 희뿌연 연기가 꼴도 보기 싫어졌다. 구역질이 난다. 나는 떠나고 싶다. '나는 누구인가, 태어나기 전 나는 누구이며 현재 이 몸뚱이는 누구인가?' 머리 속의 의심덩어리는 나를 변방으로 내몰았다. 한 가정이 목숨 걸고 살아왔던 지난날이 산산이 조각난 현실 앞에 선택은 없다. 5·18로 망가진 우리 가정을 보고 나는 오갈 데가 없었다. 수액에 빨려 기력을 다하고 뒹구는 낙엽처럼 죽음의 나락으로 떨어지는 것이 보였다. 5·18은 정말 사람을 추하게 만들었다.

　'굶주린 적 있어 봤나요? 몰락한 가정에서 땅을 치고 통곡해봤나요? 간신히 버티고 살아가는 생명 줄을 놓치지 않으려고 몸부림친 적 있어 봤나요? 입에서 난 쓴맛이 목을 조를 것 같은 아픔을 느껴보셨나요? 부질없도다, 부질없도다, 피안으로 가는 자여.'

해법은 없었다. 냇물이 흐르듯 부딪치면 부딪친 대로 바다로 가는 거다. 반야般若의 길로. 멀리서 야광 불빛이 보인다. 무작정 미친 듯이 걸었다. 가시밭길에 몸이 찢기고 만신창이가 되어도 아픔이 없는 곳을 향하여 가야 했다.

수의에는 주머니가 없고 들어 마신 숨마저도 다 내뱉지도 못하고 눈 감고 가는 길, 무엇이 두렵습니까? 분명하게 부모님의 환청이 가까이서 울린다.

"당신은 누구십니까? 갈 길 잃은 중생을 깨달음의 길로 인도해 주십시오." 알 수 없고 대답 없는 허공에 부르짖고 있다. 석이는 가을 산 낙엽을 보고 한없는 눈물이 나왔다. '나는 누구인가? 무엇 하려고 태어났는고?'를 의심하지 않을 수 없었다. 애원해 봐도 그 누구 달래주고 가르쳐주는 이 아무도 없다.

'가는 자여, 가는 자여, 피안으로 가는 자여, 푸른 하늘 두둥실 떠 있는 한 조각의 뜬구름, 바람 부는 대로 흘러가고 꽃이 피고 지고 다시 피나니 무상하도다, 무상하도다'를 되뇌며 걷고 있다. 한참 헤매다가 희미하게 불빛이 나에게 가까이 다가온다. 알 수 없는 구름 속에 숨어있는 부처님의 화신이.

꿈틀거린 솟아오른 해를 바라본다. 멀리서 여명이 밝아온다. 신선한 바람이 석이를 감싼다. 아무 생각도 없는 제법무아諸法無我를 발견한다. 일체가 불안정한 공허한 상태에서 나는 우뚝 서서 밝아오는 아침을 맞이하고 있다.

길을 나선다. 자유를 찾아가야 한다. 멀리서 여명이 밝아오면 나를 찾는 해답이 있을 듯 싶다. 살아야만 이유가 있고 존재하고 있다는 자신을 발견할 것 같다.

바람 부는 대로

추위가 물러가고 봄이 시작되는 입춘이 지났다. 따뜻한 봄볕이 살갗을 밖으로 내밀게 한다. 봄이 되면 자연계는 서로 다투며 희망을 노래하듯 누구에게나 생명을 잉태하게 만든다. 봄은 꿈이다. 꿈을 먹게 한다.

석이는 과거를 잊고 일체가 마음에서 일어나는 일체유심조一切唯心造를 깨닫는다. 변화무쌍 속에서 자신의 '존재란 무엇인가?' 화두를 가지고 고민하고 있다.

"이게 무엇인고" 되묻고 되물어 만행의 길을 떠난 정처 없는 길, 변함없이 굳건히 다짐한 마음, 이제는 걸림이 없는 무애無㝵의 길을 가련다.

모든 인연 뒤로하고 떠나는 홀가분함, 온종일 걸어 어두운 밤길이다. 모두 잠든 어두운 길, 멀리서 희미하게 반딧불이 깜박거린다. 묘한 기운이 서린다. 어서 오라 손짓한다. 나만의 길이 뚫린 별도의 길이 있는 것처럼 반딧불이 나를 안내하고 있다.

가는 길 정처 없이 떠나면서도 한 가지 못다 한 미련은 나를 태어나게 해준 '어머니'란 세 글자다. 어머니란 이름만 들어도 가슴에서 쇳덩어리 같은 불구덩이 솟아오른다. 어디에서도 금방 알아볼 수 있는 나의 어머니의 모습과 향기, 아무리 잊으려 해도 잊을 수가 없는 나의 어머니만의 행동과 목소리, 어머니를 생각하면 가던 길도 멈춰 서게 만든다.

누추한 어머니의 몸에서 나는 생선 냄새가 그리움으로 다가온다. 나를 낳아주신 저민 어머니의 향기가 사무치게 그립게 다가온다. 어머니란 이름은 그리움과 감사함과 미련이 남아있는 말할 수 없는 물고 물리는 나만의 인연의 고리로 이어져 '존재'란 화두를 안고 가던 길을 멈추고 여기에 서 있다. 항상 옆에 계실 것만 같은 나의 어머니.

"석아야, 석아야" 부른다. 두리번거려도 안 보인다. 어머니는 우주 공간에서 나의 일거수일투족을 바라보고 있다.

"어머니이~" 꿈속에서 부르짖고 있다.

앓을 사 그릇될 사 걱정하시며
키워주신 어머니
동구 밖 발소리만 들어도 알 수 있는
어머니의 음성, 어머니의 향기
지금은
어디서도 찾을 길 없네
할퀴고 긁히다
이슬처럼 사라진 어머니.

광주란 이름만 들어도
치가 떨리는
힘없고 빽없는 서러움
인생 고개 넘고 너머
마음의 병 앓으시다
자식 사랑받지 못하고
뜬 눈으로 떠나신 나의 어머니.

어머니의
인연으로
존재한 나
항상 곁에 나투시는 어머니
나의 진정한 스승입니다.

　저미어 오는 냉가슴은 어쩔 수 없나 보다. 나를 태어나게
해주신 어머니, 만월 같은 넉넉함으로 나를 품어주시고 한
마리 학처럼 고귀한 자태의 어머니, 아무리 많은 사람들 안
에서도 단박에 알아볼 수 있는 나의 어머니, 5·18로 가정 망
가져도 오로지 나만 믿고 의지한 어머니, 초롱초롱한 눈빛으
로 안쓰럽게 나를 안아주시고 걱정해주신 어머니를 도저히
잊을 수 없다. 내가 존재한 유일한 증거는 변함없는 어머니
의 향기와 사랑이다.
　어머니만 생각하면 열린 장벽이 나를 가로막게 한다. 가슴
이 먹먹해진다. 일손이 잡히지 않는다. 가슴이 떨린다. 온몸
을 굳게 만들고 정지 상태로 감각을 잃게 만든다.
　잊어야지 하면서도 골백번 번민에 싸인 어머니를 한시도
잊을 수 없는 어머니. 나는 천생 깨닫지 못한 중생이나 보
다. 고민하면서도 떠나야 하는 나의 운명, 언젠가 풀리겠지.
풀어야 하는 과제를 안고 앞으로 가야 한다.
　가슴에 간직한 채 바람 부는 대로 나는 떠나고 있다.

인생은 허수아비

"할 수 있다. 해야만 한다."

매년 돌아오는 가을이지만 올가을은 새롭게 출발하려고 의미를 두었던 가을인데 생각한 만큼 의미 없이 저물어가고 있다. 가을걷이한 들녘은 황망하게 다가온다. 가을걷이를 바라보니 황망한 들판에 홀로선 허수아비가 내 모습이고 외롭게 떠난 어머니인 듯 보였다. 내 마음을 알아주는 듯 가을바람 타고 무언의 대답으로 맞이해준다.

"머물지 말고 떠나라, 그리고 정진하라"라는 음성이 한 걸음 걸을 때마다 들려온다.

"無常하도다, 모두가 空이로다, 죽고 사는 고달픔이 없는 윤회의 굴레를 벗어버리고 자유를 찾아 떠나자, 미련 없이 떠나자" 석이는 결심을 하고 떠난다.

지친 마음을 가눌 길 없어 인적이 끊긴 곳, 홀로 걷는 시간들이 많아졌다. 내가 의지하던 어머니도 안 계시고 운무의 안개 속을 걸어가는 것처럼 내가 찾는 길이 어디쯤인지 나의 외로움의 끝을 만나고 싶었다. 그 외로움의 끝을 벗어버리면 나는 언젠가 다시 태어날 것만 같았다.

설산 에베레스트 극한의 고행길을 겪어보고 싶었다. 거기를 가면 뭔가 새로운 나를 만날 것 같은 예감이 들었다. 무작정 떠나기로 다짐한다. 고등학교 때 선생님이 버킷리스트로 에베레스트 트레킹을 꼭 가봐야 한다는 말씀이 도움을

줬다.

높은 하늘이 맞닿은 어디쯤에는 새로운 세계가 있을 것 같았다. 그래서 무작정 떠나고 싶었다. 바람 따라 허공을 맴도는 나는 하얀 설산의 부름을 받고 있다. 떠나야 한다는 마음이 저 멀리 앞장서고 있다.

엄홍길 대장이 설산을 오르는 것처럼 하얀 설경에 갇힌 모습, 목까지 차오른 거친 숨소리, 들숨과 날숨만을 교차하며 인간의 마지막 한계가 어디인지 느끼고 싶었다.

냉동인간으로 변해버린 차디차게 돌아온 손가락 없는 광주의 아들 김홍빈 산악인의 마지막의 한계가 무엇인지 만나고 싶었다. 그의 마지막 산 너머 하늘의 별이 된 인간의 한계가 어떤 것인지 알고 싶었다.

세계에서 제일 높은 곳을 오르면 새롭게 충만된 나의 모습을 발견할지도 모른다는 막연한 기대감이 들었다. 그래서 나는 네팔 에베레스트로 떠나기로 한다. 걸림이 없는 홀로 걷는 길, 뼈저린 구도의 길이 무엇인지, 진정 나란 존재가 무엇인지 알고 싶었다.

카트만두 공항에 도착한다. 일반인의 최종종착지 칼라파트라(5,555m)까지 가는 길은 육체의 한계가 어떤 것인지 구도의 길이 얼마나 힘든 것인지 한 계단 한 발자국 걸어 오를 때마다 '지나온 흔적은 무엇이며 지금 걷고 있는 나는 누구인가'를 찾고 싶었다. 어쩜 꿈속을 헤매고 있는 나를 깨우고 싶었다.

에베레스트 관문 남체바자르를 거쳐 템보체 사원에 도달한다. 자연에 구속된 작은 나를 발견하게 된다. 인간이란 존재가 대자연 앞에서 얼마나 미미한 존재란 걸 여실히 보여준다. 안주하지 못하고 떠도는 나를 불멸의 설산은 죽비로 후려치듯 숨이 멈춰버렸다. 템보체 사원의 부처님이 생불生佛처럼 보였다.

"너의 알량한 인간사 식견으로 수심이 가득 찼구나, 그 정도 가지고 어찌 그러느냐? 죽고 사는 것도 있는데, 까불지 마라, 여기까지 오면서도 모르겠느냐?" 부처님의 광빛이 나를 응시한다.

"부처님, 심각해서 찾아왔습니다. 내가 누구인지를 알고 싶어서 부처님을 찾아왔습니다. 삼배를 올립니다" 합장을 하고 공손히 삼배를 올린다.

"심각하기는 뭐가 심각하단 말이냐? 니가 니지 누구란 말이냐? 니를 옆에 두고 어디서 니를 찾는단 말이냐?" 칼침을 놓은 듯 빈틈이 없다.

"세존이시여, 나는 우리 가족 한을 풀어줘야 합니다. 이대로는 멈출 수 없습니다. 지구 끝까지라도 가서 응징해야 합니다. 어떻게 해야 합니까?" 부질없다는 듯 나를 응시하고 계신다.

"가엾는 중생아, 니가 니를 모르는데 누구의 한을 풀어준다는 것이냐? 응징은 또 다른 인연을 맺는다. 윤회의 굴레를 언제 벗어날꼬?" 부처님의 음성이 들리는 듯 설산을 울리고 있다.

나는 어느 곳에서도 안착을 못 하고 서성이고 있다. 홀로 빈 공간에서 넋을 잃고 걷고 있다. 많은 셰르파(포터) 짐꾼들이 무거운 짐을 지고 숨을 헐떡이며 지나간다. 오로지 생계를 위해서 구김살 없이 '나마스테!' 인사를 하며 지나가는 셰르파가 행복해 보였다.

우리 아버지를 죽게 한 놈들, 형님, 어머니의 죽음으로 몰고 간 놈들을 언젠가 꼭 보복하겠다는 마음을 잊으려 해도 한 발자국 걸을 때마다 아픈 상념들은 꼬리를 물고 사라졌다 나타났다. '부질없도다. 잊어야 한다. 그게 살길이다. 내가 갈 길이다.'라는 몸부림 속에 나는 번민하고 있다. 내가 나를 알아야 한다.

'사랑도 부질없어 미움도 부질없어 청산은 나를 보고 말없이 살라 하네'라는 글귀가 가슴을 거쳐 입 밖으로 흘러나온다. 성냄도 벗어버리고 번뇌 망상을 끊어버리라는 부처님 음성이 걸음마다 들려온다.

템보체 부처님을 보고 석이는 태어나고 죽는 인연의 고민을 떨쳐내려 떠나왔던 에베레스트 냉엄한 현실을 보고 깨닫는다. 왕자의 부귀영화를 버린 부처님의 고행의 행적들이 내가 가야 할 길이라는 암시가 절실히 다가온다.

티베트를 거쳐 인도를 향하는 수많은 수행자들의 오체투지를 보면서 경이로움과 신앙심을 느끼게 한다. 머리 위에서 합장하고, 가슴에서 합장하고, 배에서 합장을 하고, 무릎을 꿇고 두 팔꿈치를 땅에 댄 다음 머리가 땅에 닿도록 절을 하며 200㎞가 넘는 거리를 6개월 동안 길에서 살아야 하는 수행자들을 생각하면서 내 모습을 확인한다. 기쁨에 찬 환희심이 나온다.

"모든 걸 내려놓아라."라는 부처님의 음성이 들려온다.

내가 찾고자 하는 길이다. 온몸의 진액을 마지막 한 방울까지 쏟아내야 한다. 정신과 육체의 분리되는 현상을 눈으로 확인하는 순간이다. 육신의 허상을 과감히 벗어버리는 용기가 필요하다. 지긋지긋한 지나온 아픔들, 저주스러운 올가미에 걸린 내 영혼을 갈기갈기 찢어버리고 싶었고 한 줌 흙으로 돌아가는 육신의 고통이 무엇인지 알고 싶었다. 내가 숨이 멈출 때까지 자유의 영혼이 되어 생사生死를 면할 인과법因果法을 알 때까지 정진에 힘쓰리라 다짐한다.

칼라파트라에서 바라본 설경의 정상은 나의 모든 고통을 안아주고 숨이 막힐 정도로 의연하게 다가온다. 불어오는 칼날 같은 바람에 모든 것을 날리기 위해 크게 숨을 들이마신다. 그리고 가슴속에 뭉쳐있는 뜨거운 응어리를 피를 토하듯 뱉어낸다.

"정진精進하리라. 인욕忍辱하리라."

가슴에 맺힌 응어리들이 긴 호흡을 통해 발끝을 타고 설산으로 스며드는 환상에 젖어본다. 한동안 정상을 바라보며 합장을 하고 있는 자신이 무상함을 깨닫고 있다.

얼마나 흘렀을까 눈보라를 헤치고 나타난 정상은 숭고한 부처님의 화상처럼 다가와 우러러 보였다. 자동적으로 두 손을 모아 기도한다. 나 자신이 위대하고 정말 소중함을 느끼게 한다. 온 우주에 나의 존재가 가득 차 있다는 것을 처음으로 느껴본다.

부처의 길은 내가 도달해야 할 길이요, 가야 할 길임을 거듭 느낀다.

나고 죽는 물결 따라 살아온
번뇌망상 벗어버리고
無明 속에 살아온 한 바탕 꿈
내 어이 알랴 만은
보고 듣고 살아온 지난 세월

허공에 날리고
나를 찾아 떠나리라.

육신 덩어리 가식의 옷을 벗고
삼독번뇌三毒煩惱 끊고
지옥아귀地獄餓鬼 벗어버리고
삼계고해三界苦海 절단내어
윤회고輪廻苦를 벗어나리라.

나를 찾다

고행의 길을 다녀와서도 '나는 누구인가'에 더욱 집착하게 되었고 며칠이 흘렀는지 두문불출 방 안에 있는 나를 발견한다. 그리고 밖으로 나와 태양을 바라보니 눈이 부시다.

방랑의 시간이 시작된다. 떠나지 않고는 못 배길 것 같은 하루, 나는 발길 닿는 대로 조계산 송광사로 향하고 있다. 소나무 상수리나무 잡목들의 우거진 오솔길이 정처 없는 나의 동행이 되어준다. 수액으로 빼앗긴 낙엽들이 나 자신의 쪼그라진 육신처럼 보였고 바람 부는 대로 낙엽 뒹군 모습도 어쩜 나와 비슷한 처지인 듯 처량하다.

홀로 벗은 우뚝 선 고목나무는 든든한 아버지와 같고 태풍에 비스듬히 휘어진 나무는 헤매고 있는 똘이 형님처럼 보였다. 축 처진 가지들은 이쁘 누님 같았고 뒹굴다 지쳐 썩은 나무 조각은 어머니 같았다. 간섭받지 않고 계곡물 흐르는 소리는 어머니 음성처럼 들려온다.

"석아아, 석이야아" 어머니의 부름, 끝없이 흐르는 물소리가 환청 되어 다가온다. 그리고 물처럼 바람처럼 살라 하신다.

조계산 정상에서 밀려 내려온 바람은 나를 더 깊숙이 내몰고 있다. 나만의 공간에서 땀 흘리며 걷고 있는 나에게 에베레스트 부처님의 가르침이 들려온다.

'모든 걸 내려놓아라!' 방하착放下着하라는 음성이 밀려온다.

"스님, 이 길 끝에는 어디 옵니까? 부처님이 계십니까?" 합장하고 걸망을 짊어지고 내려오신 스님에게 묻는다.

"부처님이 여기 있는데 어디 가서 찾고 있소?" 선문답만 남겨 주시고 떠나신다.

'부처님이 여기 있다고?' 의심을 품은 찰나 다시 묻고 싶어서 뒤돌아보았다. 금방 계신 스님이 흔적은 어디에도 없었다. '이 뭣꼬?' 어느 법의 화신이 나를 실험하고 있을까 나는 주저앉고 말았다. 스님의 정체는 누구란 말인가? 어느 누군가 나를 조정하는 조력자가 있다는 사실에 놀랐고 정진을 하면 깨달음을 얻을 수 있다는 사실에 자신감이 생겼다.

'부처님이 여기 있다'는 스님이 말해준 의미를 곱씹으며 간간이 불어오는 바람을 따라 오르고 또 올랐다. 이름 모를 새들과 길섶에 이름 모를 꽃향기를 헤치고 끈질긴 생명의 소리를 귀담아들으면서 스쳐 지나간 스님이 어머니의 화신일까 아버지의 화신일까를 생각하니 몸부림치고 있는 나는 지원군을 만난 듯 미소가 머문다. 나를 찾기 위해 쉬지 말고 정진하라는 의미로 받아들였다.

"너는 누구냐, 자유롭게 뛰어다닌 너는 누구냐?" 바위틈에 다람쥐가 자유롭게 뛰어다니다 나를 쳐다본다. 나도 걷는 걸음을 멈추고 다람쥐 눈과 마주 보며 한동안 앉아있었다.

"집착을 버리시오. 뭘 얻으려고 고민하오. 속물들 세계를 벗어나시오. 사는 게 별것 아니라는 것을 알게 될 거요." 다람쥐는 나를 보고 말한 것처럼 맑은 눈으로 응시한다.

다람쥐는 내 마음을 알고 있다는 것인지 나의 속마음을 들킨 듯했다. '다람쥐만도 못한 놈'이란 한숨을 내뱉으며 다시 걷는다.

지난날의 흔적들이 스쳐 지나간다. 걷는 걸음마다 세속에서 얽힌 사연들이 선명하게 떠오른다. 누님이 싸주신 도시락 까먹던 시절이 나에게 잠시 행복한 시절이었고 5·18, 아버지의 죽음, 똘이 형님의 사고, 어머니의 마지막 모습들이 걸음마다 젖어온다. 부처님의 간곡한 가르침에도 과거의 흔적들은 각인되어 왜 지워지지 않는지 집착하는 속물들 세계는 알다가도 모를 일이었다.

산길 끝에는 암자가 있었다. 불일암이다. 양지바른 곳이다. 바람마저 숨을 죽이는 곳, 정적이 머물다 가는 곳 같았다. 조금 전에 만났던 스님이 말해주던 부처님이 계신 곳이 이곳이 아닌가 생각이 든다.

불일암은 나를 마중 나왔다는 듯 어루만져준다. 백척간두 百尺竿頭에 선 듯 모든 것이 정지된 상태다. 언어가 끊긴 곳이다. 아무도 나를 간섭하지도 않고 신경도 안 쓴다. 처마 끝 풍경소리만이 나를 부른다. 점점 가까이 갈수록 가쁜 숨소리가 잦아들며 들이마신 공기마저 조심스럽다.

검정 고무신 한 켤레가 다소곳이 놓여있다. 없는 듯 있는 듯 뭔가 가득한 충만감을 준다. 틀 앞에는 굵직한 동백나무가 화사하게 꽃을 피우고 있다.

"너는 누구냐." 그 아름답던 동백꽃이 발등에 통째로 뚝 떨어지면서 나에게 너는 누구냐고 묻고 있다. 아직 아물지도 않는 꽃다운 청춘인데, 어떤 아픔이 있기에 서러움 뒤로하고 통째로 맨바닥으로 떨어지는지 정신이 번쩍 들었다. 동백꽃을 닮은 나, 나는 넋을 놓고 바라보고 있었다.

나는 동백꽃을 닮은 가냘픈 티끌만도 못한 존재라는 것을 알았다. '말이 끊긴 경지가 이런 걸까?' 한동안 나의 영혼과 동백꽃은 시공을 떠난 자리에서 긴 시간을 보냈다.

"꽃이 지기로서니 바람을 탓하랴. 꽃이 지는 아침은 울고 싶어라."라는 글귀가 이내 심정인가 한다.

꽃 피고 지고 흐르는 물처럼 낙화유수落花流水를 닮아가야 한다는 것을 알면서도 업보가 많은 중생인지라 어쩔 수가 없다. 세상 모든 것은 지나고 나면 변한다는 깨우침을 준다. 영원한 것은 아무것도 없는데 무상無常의 절실함을 느낀다. 걸림이 없는 원효대사의 무애행無碍行으로 가는 길이다.

안정된 마음으로 오던 길로 내려가고 있다. 뭔가 얻어가는 심정이다. 빈 마음이 충만 되어 돌아간다.

"부처님 만나고 갑니까?" 잽싸게 뛰어가는 다람쥐가 멈춰 서서 묻는다.

떨어진 동백꽃이 무슨 의미인지 미소가 얼굴에 퍼진다. 세상을 바라본 허수아비처럼.

무애행無碍行의 삶

어머니가 돌아가신 뒤로 발등에 뚝 떨어진 동백꽃을 보며 나는 결심했다 하면서도 어머니 영혼은 나를 지배하고 있다. 어머니의 정신적인 흔적은 걸음걸음 곳곳에서 나를 지배한다. 현실적인 중생들의 삶과 걸림이 없는 깨달음과의 차이에서 번민하고 있다. 그러나 '피안으로 가야 한다, 기필코 가야 한다' 굳은 의지로 다짐하고 또 다짐한다.

과거의 흔적들이 지금이 되고 지금은 미래의 나의 모습일 것이다. 그런데 과거를 지우고 현재의 나를 인정하기란 쉬운 일이 아니다. 나는 자꾸 과거로 인해 현재가 지배당하고 있다.

피 맺힌 가족들의 아픔이 발목을 잡는 듯 가슴 한구석에 응어리는 사라지지 않았다. 성불成佛하여 언젠가 도달해야 할 길이지만 나는 중생의 윤회를 벗어나지 못하고 있는 나의 모습이 역겹도록 자책하고 있다. 그중에서도 어머니의 얼굴이 환상되어 떠오르면 쌓아놓은 모래성이 한순간에 무너지고 만다. 어쩔 수 없는 중생의 업이다.

물건들은 주인이 사라지면 함께 빛을 잃고 사라진다. 아무리 애지중지 희로애락을 함께했음에도 생명의 가치를 잃고 만다. 그럼에도 부모 자식 관계에서는 놓지 못하고 부여잡고 있다. 부모님이 떠나시면 주인 잃은 물건처럼 냉정히 떠나보내지 못하고 평생 가슴에 담고 살려 한다. 동백꽃 뭉치 떨어지듯 恨으로 남아 서럽고 그립고 애닯고 안쓰러운 기억으로 남기려 한다.

부질없다는 생각들이 허상인지 알지만 나는 중생을 벗어나기 위해 몸부림치고 있다. 인연 따라 태어나면 반드시 소멸한다는 것을 뼈저리게 느끼지만 소멸한다는 것들에 집착하고 있다.

끝없는 길을 걷고 있다. 자유로움, 걸림이 없는 삶을 살고 싶다. 얽매인 아상인상중생상我相人相衆生相들이 나를 몸부림치게 한다.

"다람쥐만도 못한 놈 언제 사람 될꼬?" 나는 번민과 싸우고 있다. 나를 붙잡지만 나는 가야 한다.

있거니 없거니 후회하지 말자
옳거니 그르거니 따지지 말자
산과 구름은 그대로인데
무애행 화두 찾아
떠나는 길손아
먹구름 걷히면 청산인 걸
왜 모르느냐.

인연 따라 생멸 되고
변하지 않는 것이 있던 고
현재의 모습
그것이 전부인 나
시시때때로 변한
나를 찾아 떠난다.

앞치마를 두르고 고무다라를 이고 행상하는 아주머니와 마주쳤다. 분명 우리 어머니였다. "엄마아!"라고 부를 뻔했다. 짤막하고 아담한 어머니, 걸음걸이마저 닮았다. 분명 어머니 같았는데, 어머니 생각에 잠을 깬다. 모든 행상을 한 사람들을 보면 어머니로 착각한다. 어머니로 인해 나의 갈 길은 더디기만 하다.

또 다른 오월이 돌아왔다. 오월이 돌아올 때면 요동치는 가슴을 억제하지 못하고 냉가슴 앓듯 번뇌하고 있다.

길을 걸으면서도 마음 한구석에서 떠나지 않는 어머니. 구곡장천九曲長天을 떠돌고 계신 불쌍한 어머니는 지금 어디서 무엇이 되어 계신지, 살아생전 어머니의 따뜻한 온정이 서럽게 다가온다. 자식들 위해 몸 망가진 줄 모르고 살다 가신 어머니를 생각하면 어서 빨리 성불하여 아무것도 걸림이 없는 부처님을 닮고 싶었다,

간절한 것은 내 가족이다. 구천을 떠도는 아버지 어머니를 구원해드려야 하고 형님의 한이 소멸하기를 빌고 빌었다. 꿈에서라도 한번 뵙고 싶은 부모님, 미련 없이 사바세계를 훨훨 떠나시기를 기도드렸다.

아버지는 부처님 법문을 들으시고 지옥고를 면하여 괴로움 없는 불법 인연 만나기를 서원했다. 형님의 우수한 두뇌가 부질없는 일장춘몽一場春夢이었다는 것을 깨닫고 이제는 아픔이 치유되어 하루를 살아도 편안한 삶이 되기를 빌고 빌었다. 오월이 돌아오면 아무리 빌고 빌어도 까닭 모를 슬픔과 울분이 가슴 밑바닥에서 응어리 되어 올라온 것은 어쩔 수 없는 중생인 나를 발견한다. 인간적인 고뇌를 하고 있다. 그 고뇌를 잊고 벗어나야 한다. 에베레스트 설산을 넘

어가듯 다짐하고 또 다짐해본다.

　지리산 화엄사에서 도광스님에게 사미계를 받고 법명 청
송靑松을 받아 나는 구도의 길을 택한다. 의지할 곳을 만나니
행복했다. 뭔가 만들어질 것 같고 희망이 보인다. 부처님 인
연법을 만난 것을 천만다행으로 생각하니 흥이 절로 났다.
　고통을 있는 그대로 마음에 묻고 수용하자. 아무리 힘든
고통이 있더라도 뒤도 돌아보지 말고 미련 없이 버리고 떠
나자. 부처님은 보리수 아래에서 부귀영화를 버리고 6년 고
행으로 깨닫듯이 나는 10년 아니 100년이 걸려도 행하리라.
어둠은 밝음으로 근원을 찾아 해방될 수 있다는 자신감으로
정진하자.
　대웅전 문을 열고 왼발을 내딛는 순간 장엄한 부처님이
하찮은 중생인 나를 기다리고 있었다. 고개를 들 수가 없었
다. 미미한 존재를 침묵으로 압도한다. 그리고 긴 세월 동안
생사 해탈의 숙제를 풀고자 수행하신 수많은 역대 선승들의
혼이 대웅전을 가득 메운 듯하다. 석가여래가 모든 것을 알
고 계신 듯 지그시 내려 보시고 관세음보살, 문수보살, 지장
보살, 비로자나 부처님과 시방삼세 모든 부처님들이 나를 응
시하고 있었다.
　"대비하신 부처님이시여, 가녀린 한 중생이 엎드려 비옵니
다.
　어둡고 고민에 빠진 불쌍한 중생을 제도하여 주십시오, 살
생한 죄가 있다면 참회하게 해주시고 도둑질하고 사음하는
죄, 거짓말하고 이간질한 죄, 탐내고 성낸 죄, 어리석고 게
으른 죄를 진심으로 참회합니다. 그리고 불쌍한 우리 가족

부모님 형님 자비하신 원력으로 어루만져 주십시오" 부처님에게 일념으로 염원한다.

삼천 배를 하며 온몸의 진액이 무엇인지 알았다. 에베레스트에서 겪었던 진액보다 더 진한 아픔들이 쏟아진다. 오체를 부처님 앞에 수도 없이 엎드리고 참회를 한다. 묵은 찌꺼기가 진액이 되어 하염없이 빠져나온다. 오로지 부처님을 닮으려는 소원 하나만으로 참회懺悔하며 일념돈탕진一念頓蕩盡으로 물리치기를 서원해본다.

부처님 앞에 몸을 태워 밝히는 촛불처럼, 향이 자신을 태워 온 우주를 향기롭게 한 것처럼 진심으로 참된 무애행의 삶을 살겠노라고 무수히 엎드려 빌었다. 한번 마음먹은 초발심初發心을 잊지 않고 게으르지 말며 용맹정진 수행하겠노라고 서원을 세웠다.

범종 소리, 목어 운판 소리가 부처님 불음佛音으로 널리 널리 퍼져 5·18로 떠난 한 맺힌 임들의 아픔이 사라지기를 기도드렸다. 개인의 사사로움에 얽매여서는 안 된다. 우주를 포함해야 하고 광대무변한 깨달음으로 중생을 구원하는 삶을 살아야 한다. 빈틈이 없어야 한다. 바늘구멍만큼이라도 여유를 줘서도 안 된다. 다짐하고 또 다짐한다.

안거安居가 끝나고 망중한忙中閑의 만행 길에 접어들었다. 걸망 하나를 짊어지고 무소유無所有를 찾아 떠난다. 아무것도 없는 빈손이다. 산을 넘고 들을 지나 목적지 없는 길을 걷고 있다. 들어 마신 공기마저 새롭다. 새롭게 태어난 나는 거듭 희망차다. 발 닿는 곳마다 주인인 나를 발견한다.

괴로울 때 하늘을 날고

슬플 때 바람이 되어
울고 싶을 때 빗물이 되고
외로울 때 새가 되어
훨훨 자유 찾아 날아간다.

진정 그리움이 밀려올 때
하염없이
부처님 앞에 절을 한다.

애보愛普스님

은사 스님 말씀대로 나는 승가대학을 나와 외부적으로는 멀쩡한 스님대열에서 소임을 다하고 있다. 부처님 가문에 의지하는 가족이 되었다. 문제가 될 게 전혀 없이 절 생활을 하고 있었지만, 가슴에 숨겨둔 아픔들은 쉽사리 가시지 않아 신앙심으로 이겨나가기를 간곡히 기도하며 업장 내려놓기를 잊은 적이 한시도 없었다.

자신의 과거를 모조리 내려놓고 부처님의 진리를 찾아 용맹정진하리라는 굳은 마음은 변함이 없건만 매년 돌아오는 오월이 되면 가슴속 맥박수가 빨라진다. 그 5·18은 아무리 잊으려 해도 잊을 수가 없었다. 한시도 놓쳐서는 안 될 화두에 몰두하고 낮에는 소임의 임무로 경을 읽고 육체의 노동으로 잊혀지지만 잠든 꿈속에서는 그날의 현실들이 나를 괴롭히고 있다. 중생인 나는 몸과 영혼이 분리된 세상을 살고 있다. 어찌할 도리가 없었다.

"호헌철폐, 독재타도. 전두환 니 나와. 내 가족 죽이고 니는 살 것 같으냐? 니 영혼까지 쫓아가서 응징할 거야. 니미 씨팔놈아." 밤마다 찾아오는 악몽은 나를 힘들게 한다.

어떨 때는 임을 위한 행진곡을 부르기도 하고 최루탄 연막 속에서 도망치다 낭떠러지에서 떨어지는 꿈도 꾸고 삼베 적삼 입으시고 나를 보고 싶어 진흙탕을 걷는 어머니를 아무리 가까이 가서 잡으려 해도 만날 수가 없었다. 아버지는 묵묵부답 말없이 나를 바라보고만 있다가 떠나시곤 한다. 그렇게 베개에 눈물을 흥건히 적시며 아침을 맞이할 때가 제일 괴로웠다.

"어리석도다. 출가한 자로서 세속에 얽매어 애착을 끊지 못 하는고오. 수행자로서 수치로다. 백척간두에 서서 흔들림 없이 정진해야 한다." 하얀 비단결로 몸을 가리고 황금빛 장식을 한 장엄한 관세음보살님이 일침을 놓고 살아지는 꿈이 나를 지탱하는 이유이기도 했다. 그래도 언제나 나는 홀로였다. 부처님께 다가가지 못한 미아迷兒이다.

모두가 나를 버리고 외면한 것 같았다. 부처님 앞에서 발버둥을 쳐봐도 부처님이 받아주지 않은 것 같았다. 알 수 없는 미지의 세계로 매몰차게 홀로 되어 거리를 방황하는 것 같았다. 나의 외로움 고독은 얼마나 더 기다려야 없어지는지 부처님께 한없이 애원하듯 묻고 물으며 스님 생활을 연명하고 있었다.

나는 하안거夏安居를 마치고 만행의 길을 떠났다. 봄의 끝자락에서 자연의 수액들이 몸부림치는 계곡의 물소리도 한결 우렁차게 흘러가고 있었다. 나는 몇 개의 사찰을 거쳐 영취산 불법사찰 통도사에 도달했다. 부처님의 진신사리를 보는 순간 희열이 느껴진다.

"뭐가 그리 바쁘노, 밥은 묵었나?"

"아직 안 묵었습니다."

"공양간에 가서 밥부터 묵고 오니라."

당대에 선승인 경봉스님의 말씀 중에 '뭐가 그리 바쁘노와 밥 묵었나'가 스님의 화두였다. '먹었다 안 먹었다'에 얽매이고 집착하여 깊은 뜻을 모르는 나는 미천한 중생이었다.

"나는 뭐가 그리 바쁘게 살았는고? 밥이나 먹고 다니는 고?"를 안 뒤로 부처님을 만나기 위해서 더욱 정진했다.

"바보가 되그라. 바보가 되는 데서 부처가 나온다." 스님의 법문을 듣고 '바보같이 살아야 한다, 모나지 않아야 한다.'를 수없이 되뇐다.

경봉스님이 계신 극락암과 삼소굴을 거쳐 인사드리고 영취산 정상에 오른다. 바쁘게 돌아다니며 밥도 못 먹고 다닌 놈은 어떤 놈인 고를 곱씹으며 걸음을 옮기고 있다.

통도 팔경 중의 하나인 극락영지와 삼독(탐진치) 버리고 극락으로 가는 홍교에서 바라본 푸르름은 가슴속 응어리를 풀어주기에 충분했다. 영취산 줄기를 바라보며 꽃들이 만발하면 꽃이 즐거운 것이 아니라 내가 즐겁다는 것을 느껴본다. 에베레스트 하얀 설산이 편안함을 주듯 나는 새로운 부처의 세계를 누려야 한다고 마음먹었다.

마음이란 놈은 천방지축이다. '있다 없다, 좋다 싫다'에 얽매여 눈에 보이는 대로 처소마다 일희일비―喜―悲하는 꼴을 보니 아직도 중생을 벗어나기엔 멀었다는 자책을 하며 내려오고 있다.

"누구지이?" 스님 한 분과 지나쳤다. 묘한 에너지의 전달, 향기 같기도 하고 고향 냄새 같기도 한 내음이다. 관심을 가지기에 충분하다. 뒤돌아볼 수밖에 없다.

언젠가 꿈속에서 봤던 기억, 기억하고 푼 사람, 어머니 같은 애절함이 묻어난 스님이 내 곁을 스치고 지나간다. 의례적인 스님과 합장을 하고 몇 발짝 더 걸은 후에 이상하리만큼 전율에 번민을 느낀다.

나무와 계곡 사이를 흙고 올라오는 바람결이 지나간 스님의 회색빛 승복을 스치면서 지극히 인간적인 향기, 어릴 적부터 느껴보았던 생소하지 않은 알 수 없는 느낌이다. 숨어 있던 감성이 코끝을 자극한다. 한동안 머릿속에서 떠나지 않았다. 심금을 울린 향기임이 틀림없었다.

우리는 각자마다 지니는 향기가 있다. 어머니 품속에서 느껴보았던 향기, 뒹굴고 놀았던 형제들의 냄새, 음성만 들어도 알아볼 수 있는 향음은 아무리 오랜 세월이 지나도 어디에서도 잊히지 않는다. 화탕지옥火湯地獄에서도 알아볼 수 있는 가족 내음은 귀소본능歸巢本能처럼 알아볼 수 있다.

얼굴도 보지 않았고 발걸음 소리와 걷는 형체만 느꼈을 뿐인데 언젠가 겪어보았던 착각이 되살아난 듯 묘한 기분을 남기고 스쳐 지나간 스님이 머릿속에서 맴돈다.

스님들의 하루는 철두철미하고 엄격하게 돌아간다. 강원講院은 절집의 법도와 대중 처소에서 생활함을 익히고 부처님 경전을 배우는 단체생활인 동시에 나를 찾는 공간이기도 하다. 한 치 흐트러짐 없이 죽비 소리에 맞춰 공양을 하고 가부좌를 틀고 용맹정진하는 빈틈없는 하루하루의 시간이다.

큰스님을 모시고 대중 법회를 할 때는 빡빡머리 스님들을 알아볼 수 없을 정도로 구름처럼 운집해 있다. 스님들이 수행의 의심덩이를 가지고 경합을 하기도 하고 자유토론장이기도 하다. 스님들이 정진하는 생활 터전이다.

일요일에는 묵혀두었던 빨래도 하고 도반들과 차를 나누며 담소도 나누는 시간들이다. 일주일 동안 정진했으니 주말은 공휴일인 셈이다.

"쓱쓱 쓱쓱쓱~"

빡빡머리에 털모자를 쓴 몇몇 스님들이 계곡물에서 반반

한 돌판에서 빨래를 하고 있다. 아직도 겨울 산은 냉기로 가득 차서 손을 불며 빨래를 해야 하는 추운 계곡물이다. 예비군 옷을 입혀놓으면 누가 누군지 모르듯이 스님들도 남녀를 구분 못 한다. 목소리를 듣고서야 구분할 수 있다.

나도 묵혔던 빨래를 들고 개울가에 앉았다. 스님 한 분이 얼굴을 묻고 빨래 문지른 소리가 대충 문지른 것이 아니라 어려서 많이 봐왔던 몸에 밴 듯한 박자로 어깨를 들썩이며 빨래한 모습이다. 어릴 적 마을 공동 우물터에서 어머니와 누나가 하던 그 모습이다. 남자 스님들은 힘으로 윽박지르듯 문지른 모습과는 대조적이다.

"스니임, 빨래를 많이 해본 솜씹니다." 친근감 모습 때문에 묻는다.

"빨래하는데 법칙이 있나요? 그냥 하는 것이지요"

목소리를 듣는 순간 빨랫감을 놓치고 엉덩방아를 찍고 말았다. 어디서 많이 듣던 음성, 꿈에서도 잊을 수 없는, 가슴 밑바닥에 숨어있던 음성을 듣는 순간 의심했던 용솟음으로 서로 동시에 마주 본다.

어릴 적 어머니 장사 나가시고 늦게 들어오면 이삐 누님과 함께 언덕배기에서 깜깜한 밤이 되도록 기다리며 어머니를 불렀던 기억이 되살아난다. 어둠 속에서 들려오는 어머니 음성은 단박에 알 수 있었다. 몸과 얼굴은 변할 수 있지만 목소리만은 변할 수 없다는 것은 진리인가 보다.

전번 극락암에서 경봉스님을 뵙고 내려오던 때 스쳤던 감정이 순간 스친다. 그때의 의심이 한순간에 풀리는 순간이다.

"혹시……" 절에서는 스님들의 과거는 알려고도 않고 알

필요도 없다. 고향이 어디냐, 어떻게 출가했냐, 모든 신상에 대한 것은 불문율이다.

머리를 깎아놓으면 누가 누군지 전혀 다른 사람으로 변한다. 알 수 없다. 마주친 스님 얼굴은 둥글고 눈꼬리가 약간 내려가고 이빨이 가지런한 얼굴, 어릴 적 긴머리를 단정히 하고 있는 모습과는 다르게 전혀 알아볼 수 없는 이삐 누님이다. 보듬을 뻔했다.

"이삐 누님……" 나도 모르게 뛰어나온 말이다. 절에서는 사적인 언행은 용납이 안 되는데 나도 모르게 뛰쳐나오고 말았다.

"석이야!" 두 눈은 놀랜 표정이었지만 금방 냉정을 찾으며 구도자의 면모로 돌아간다. 그러나 들뜨지 않은, 조금은 냉정하리만큼 누님의 음성이 나를 당혹해한다.

"어느 은사님 두고 공부하고 계십니까?" 존칭을 써가며 나를 대한다. 이삐 누님(애보스님)의 말씀이 귀에 들어오지 않았다. 멍하니 얼굴만 쳐다볼 수밖에 없었다. 부둥켜안고 날뛰고 싶었다. 서로 절밥을 먹고 있는지라 존중할 수밖에 없다.

"나무아미타불 관세음보살"을 되뇌며 나는 한동안 말이 끊긴 시간을 보내고서야 중심을 잡을 수 있었다.

하늘을 날다

설산을 오를 때에도 그랬고 혼자 있을 때, 걷다가도 갑자기 현기증과 함께 내 육신에서 영혼이 빠지는 소리가 들려온다. 식은땀과 경련으로 앓기 시작하여 한동안 시간이 흘러야 진정되곤 했다. 죽음과 고통의 흔적들, 색깔도 없고 형체도 없는 그러나 흔적만 남겨두고 시커먼 수렁으로 빠져버린 나의 정체성은 외로움과 고독이었다.

생사란 명제 앞에 고민하지 않을 수 없다. 태어남도 억겁의 인연이 있어야 태어난다지만 우리 가정의 죽음은 의도되지 않은 타의에 의해서 결정됐다는 것을 알았기에 남는 것은 절망 그것이다. 모든 것이 정지하고 소멸하는 마침표, 공포와 불안이 내 영혼을 짓밟았으며 온몸을 갈기갈기 찢어놓고 뒤흔들어 놓은 악몽 같은 시간들이다.

지나온 흔적들이 눈을 감으면 선연히 다가왔다가 눈을 뜨면 가슴에 가득 차 있고 아무리 지우려 해도 지울 수 없는, 떨치려 해도 떨어지지 않은 죽음과 같은 시간들, 그 고통들 속에서 헤어나지 못하고 길을 헤매던 나날들, 그 모든 것들이 나를 실험하는 대상인 듯했다.

어려서도 그랬지만 유독 애보스님을 좋아했고 따랐던지라 애보스님을 만난 뒤로 심신의 안정이 찾아왔고 정진하는 데 도움이 많이 됐다.

어느 주말 오후 조석으로 싸늘한 기운이 도는 단풍 든 산

사에서 템플스테이가 열리고 있다. 많은 남녀 학생들과 일반인이 참석하여 스님들도 짜인 시간표대로 진행을 하고 있었다.

"똘이 형님은?"

거동이 불편한 장애를 가진 학생이 유난히 밝은 모습으로 모범을 보이고 솔선수범하는 봉사 정신까지 있어서 눈에 들어왔다. 똘이 형님 생각이 났다. 애보스님에게 형님 소식을 목 넘어간 소리로 조용히 여쭈어보았다.

"나무아미타불 관세음보살……" 애보스님은 표정 없는 얼굴을 지으며 낮은 목소리로 주문을 읊었다. 그리고 해가 바뀐 어느 해에 알게 되었다.

똘이 형님은 동생인 내(재석)가 사라진 뒤부터 동생을 찾아 헤매다가 교통사고로 돌아가셨다는 사실을. 그 사실을 알고 한동안 마음을 잡지 못하고 방황을 하다가 석가모니 부처님 앞에 '나무아미타불 관세음보살'을 수없이 불렀다. 가슴이 울리도록 거침없이 목탁을 치며 절을 했다. 그리고 아버지 어머니 형님 생각에 하염없이 눈물을 흘리며 밤을 꼬박 지새웠다.

무진번뇌가 뿌리 깊이 박혀 마음을 괴롭혔던 지난날들, 허공계와 중생계가 다할 때까지 오늘 세운 이 서원을 잊지 않으리라 수도 없이 기도하며 다짐을 했지만, 머릿속에 가득 찬 원한들은 애보스님을 만난 뒤로 치료의 효과가 있었다.

스님이 되었다지만 한시도 있을 수 없는 윤회의 길을 이쁘 누님 아니 애보스님을 만난 뒤로 안정을 찾게 되고 당연히 받아들이게 됐다. 애보스님과는 끊으려야 끊을 수 없는 한 이불속에서 자란 사이가 지금은 도반으로 가르침을 주는 사이가 됐다. 부처의 길을 가는 동행자이며 수행자이며 영원한 도반이 된 소중한 나의 분신 어머니를 닮은 애보스님이다.

절밥을 먹으면서도 어릴 적부터 기관지가 안 좋아 연내 행사처럼 달고 산 감기 때문에 겨울철만 되면 남들보다 우선적으로 독감 예방주사를 맞아야 했다. 그럼에도 불구하고 감기란 놈은 나를 성가시게 했다. 그럴 때마다 애보스님은 나를 간호해주었다. 병원에도 데려다주고 한약을 지어 달여 주기도 했다. 어릴 때처럼.

어릴 적 도시락 싸서 학교 보낸 것처럼, 애보스님은 어머니를 생각나게 했고 어려움이 닥칠 때마다 내 곁에 있어 주었다. 누님과 전생에 무슨 인연이 있기에 현생에 누님 덕을 보는 것인지 감사하고 감사할 따름이다.

애보스님을 만난 뒤로 나는 마음의 평화가 왔다. 풀리지 못한 마음의 응어리들이 어릴 적부터 따뜻하게 맞이해준 누님의 사랑이 있었기에 가능했다.

평생 앓고 살아가는 5·18 악몽들이 조금씩 사라지면서 얼굴이 밝아지고 부처님을 닮으려고 오늘도 흐트러짐 없이 용맹정진하고 있다.

시주의 은덕

"이 뭣꼬?"를 화두 삼아 스님의 길을 걷고 있는 나는 중생을 벗어나지 못한 방랑자다. 잡힐 듯 가까이 갈수록 멀어진 부처님의 세계는 나에게 아직 멀기만 하다.

"뭐시 그리 바쁘노, 밥은 먹고 다니나?" 경봉스님의 가르침이 귓전을 맴돌지만 한 발짝도 가까이 가지 못한 나는 오늘도 헤매고 있다.

"밥의 소중함을 알아야지, 밥이 어디서 나오나 겸손에서 나온다." 오늘은 탁발 수행으로 자신을 거울삼아 어렵게 살고 있는 중생들을 돕고 정진의 기회를 만들라는 큰스님의 지시가 내려졌다.

무엇이 나를 붙잡고 있는 고, 머리로는 모두 알 것 같은데 가슴으로 생활화하기에는 멀기만 하다. 금방 잡힐 듯한데 잡히지 않는 깨달음의 세계는 그리움의 대상인지 아니면 고행의 길인지 알 수 없다.

사계절은 하안거 동안거를 거치면서 나를 찾는 공부를 하게 만든다. 나는 전생에 분명 스님이었나 보다. 절밥을 먹으면서 부처님 말씀, 큰스님 말씀들이 예전에 듣던 것 같기도 하다. 보는 것, 느끼는 것 모든 것들이 전생에 한 번쯤은 스치고 지나간 것 같은 느낌이 들었다.

생소하지가 않다. 풀 한 포기부터 하루만 산다는 하루살이까지 소중한 인연으로 맺어졌다는 것을 거듭 느끼지 않을 수 없다. 꽃이 피고 낙엽이 지는 자연계는 진리이다. 부처님 법문이 따로 있던가?

중생들은 서로 배신하고 경쟁하며 짓누르고 죽이는 아귀 다툼은 나를 질리게 만들었지만, 자연의 세계는 둘이 아닌 함께 동행하는 사이란 것을 거듭 느끼며 감사하다는 말이 절로 나오게 한다.

지나온 과거, 부모 잃은 끔찍한 세월이 안쓰럽지만 지금은 보듬어야 한다. 잊을 수도 없는 지워지지 않은 흔적들, 중생으로 태어나서 겪어야만 했던 나의 모습, 스님 생활을 하면서 인연법을 만나 먼지 떨 듯 하나둘 이겨낸 것이 천만다행이다.

계절이 쉼 없이 바뀌고 업장소멸 시키려고 자연으로 돌아가는 연습을 수도 없이 반복한다. 나를 붙잡는 것들은 꿈에서까지 나타나 괴롭히고 발목을 잡고 있지만 부처님 앞에 하루도 거르지 않고 행주좌와行住坐臥 어묵동정語默動靜, 엎드려 빌고 빌었던 수행의 길, 맺혔던 인연 끊기를 학수고대鶴首苦待하지 않았던가?

생사고를 해탈하리라 골백번 거듭하지만 5·18의 질기고 질긴 인연 때문인지 아직도 한 발짝도 내딛지 못하고 시주 공양 밥만 축내고 있으니 큰스님 음성이 귓전에 맴돈다.

"오늘도 시주施主한 밥값은 했느냐? 착각하지 마라, 참선한다고 앉아있으면 밥값인 줄 아는데 시주한 보살님들의 정성과 기도를 한시도 잊어서는 아니 되느니라?" 큰스님 호령이 울린다.

'부끄럽도다 부끄러워. 내가 이러려고 중이 됐나? 초발심을 잊지 않고 단칼에 생사고를 면하리라 다짐했건만 한 발짝도 앞으로 내딛지 못하고 안절부절못하고 있으니 이 일을 어찌하리까. 부처님.' 부처님께 애원한다.

끝이 없는 부처의 길, 부처의 길이 아닌 길은 상상도 해본 적이 없다. 언젠가 이루리라는 불법佛法 인연 만나 나를 지탱하게 해준 부처님께 오늘도 엎드려 기도한다.

홀로 걷는 길, 인생 고갯길이 아무리 멀다지만 나는 걸어가야 한다. 나무아미타불을 간절히 10번만 하면 안 이루어진 것이 없다는데 이내 소원이 어찌 이다지도 더디기만 하는고? 아직도 가정사에 얽매이고 눈에 보이는 것에 집착하고 있으니 언제나 자유 찾아 별이 되어 하늘 높이 훨훨 날아다닐지, 나는 땅바닥을 박차고 비상飛上하기를 꿈꾸고 있다. 걸림이 없는 자유 찾아 하늘 높이 날아가리다.

5·18은 나를 하늘을 날게 만들었다. 아픔만큼 성숙한, 진정한 자유가 뭔지 알게 해준 광주민주화항쟁은 나를 재탄생하게 했다.

가는 자여 가는 자여 피안으로 가는 자여. 조계산 너머 짙은 노을이 붉게 타오른다.

가족 모여 오순도순
꿈엔들 잊으리오
죽고 사는 게
한바탕 꿈이란 걸
이제 와서 알았네.

알다가도 모를
부처의 길 찾아

無明 밝힌 지혜 얻어
떠도는 나그네.

나는 간다
떠도는 바람처럼
인생 고개 넘고 너머
외로움 고개 넘어간다.

꿈이 환상이라면
사는 것도 환상
무엇이 두려우랴?
학이 되어 날아가자
푸른 하늘로 날아가자.

나의 길
부처의 길
더덩실 춤을 추며
하늘 높이 별이 되어 날아가리라.

제**2**편

콩밭

가는 길

안개가 자욱한 거리에 끝없이 펼쳐진 미로의 길을 걷고 있다. 인연 맺었던 모든 사람들이 앞서거니 뒤서거니 희미한 불빛 따라 걷고 있다. 세모도 하얀 소복을 입고 앞에 걸어가고 있다. 영식이도 며느리도 가지 말라 손짓하며 바라보고 있다. 마을을 한 바퀴 돌고 콩밭을 지나 세모와 일궜던 지리산 계곡 다랑이 밭을 바라보며 바람 부는 대로 네모는 훨훨 날아간다.

대구역에서 세모와 처음 만났던 곳에서 옛 기억을 더듬으며 세모와 더덩실 춤을 추고 있다. 발걸음은 개성 북쪽을 향하여 가고 있다. 피난 내려올 때 함께했던 사람들이 짐보따리를 이고 지고 분주히 올라간다. 네모는 세모와 손을 잡고 꿈에 그리던 고향 땅으로 달려가고 있다.

개성, 그곳은 내가 뛰어놀던 산천초목이 우거진 산 좋고 물 좋은 고향마을이다. 나를 반겨준 부모·형제 가족들과 친구들이 얼싸안고 춤을 추며 환영해줄 것 같은 기쁨에 마음만은 저 멀리 앞장선다.

세모를 떠나보내고 오갈 때 없는 네모는 아들 영식이 집에서 노후를 보내고 있다. 무릎관절도 안 좋아 잘 걷지도 못하기에 하루가 지옥 같은 틀에서 어서 빨리 세모 곁으로 가기를 간절히 바라고 있다.

고향 산천 부모와 형제 만나기를 빌기도 하고 세모와 지냈던 추억을 곱씹으며 하루하루 시간과 싸우다 지친 네모는 동공 흐려진 처진 주름 사이로 허공만을 바라보고 있다.

가을이 되어 스산한 바람이 분다. 네모는 베란다에 앉아 멍하니 먼 산을 바라보고 있다. 저승 갈 인생 차표 한 장 들고 언제 세모에게 가려나 매일 그 자리에서 해 뜨고 지는 방향을 보며 마음의 정리를 하고 있다.

"나를 데려다주소. 천지신명님이여 고향 산천 내가 살던 곳으로 날 보내주소. 아무것도 필요 없소. 세모와 함께 고향 가게 해주소." 추운 겨울, 고향 떠난 피난 시절 때 살기 위해서 몸부림쳤던 기억들이 선명하게 각인된 네모는 곁에 없는 세모를 만나기 위해서 허공에 부르짖고 있다.

"세모는 어디 가고 나 홀로 남아 이게 무슨 짓인고. 이제 내 갈 곳은 고향뿐이네. 고향 산천 개성으로 나를 데려다주오. 나르을……" 네모는 수없이 세모란 말과 고향이란 말을 되풀이하며 한탄 섞인 말로 세모 곁으로 가기 위해 허공에 토해내고 있다.

모든 미물들이 자연색으로 물들어 가는 가을 문턱에서 함께 살아온 육신의 몸뚱이를 벗고 자연으로 돌아가기 위해 몸부림치듯 세모를 향해 달려가려 한다.

"살아온 흔적이 이것이란 말인 고, 사는 게 부질없도다, 부질없어 이러려고 살았단 말인가? 부모·형제 떠나고 긴긴 세월 세모 없는 세상 이제 아무것도 필요 없소. 세모 곁으로 날 보내주소."

"간다 간다, 나는 간다. 우리 부모 잠든 곳으로 나는 간다. 세모 만나 정든 고향에서 더덩실 춤추며 살고지고 나는 떠나간다." 부모·형제들이 부르고 있다. 세모가 반겨준 듯 환청 되어 들려온다. 허리는 휘고 저승꽃 핀 미라처럼 굳어버린 육신을 벗어버리고 네모는 마지막 인연의 고리를 천상의 세계에 고하고 있다.

희망찬 꿈

"뜸뜸" 구름 한 점 없는 머리 위에서 태양 빛이 직선으로 내리쬐고 있다. 고요한 들판에는 흰 왜가리가 한가롭게 놀고 있고 가끔 뜸부기가 산골짜기 천수답 개울에서 외롭게 울고 있다.

"매에맴 매에에맴 맴맴맴" 여름이 한철인 매미는 버드나무 위에서 제철을 만난 듯, 오가는 사람 아무도 없는 뙤약볕 들판에서 가족과 함께 즐겁게 놀고 있다. 매미 울음소리가 네모의 고향 생각을 더욱 떠오르게 만든다.

아침 일찍 이슬을 떨며 삽자루와 낫을 들고 일터로 나온 털보 아저씨(네모)는 해가 중천에 뜰 때까지 다랑이 논에서 뜸부기와 매미 소리를 들으며 김매기와 풀을 뜯고 있다.

"뜸북 뜸북 뜸북새 논에서 울고, 뻐꾹 뻐꾹 뻐꾹새 숲에서 울제. 우리 오빠 말 타고 서울 가시며, 비단 구두 사가지고 오신다더니……" 털보 영감은 고향 생각, 마음을 달래기 위해 늘어진 동요를 부르며 지나온 옛 생각에 젖어본다.

"내가 이긴가 니가 이긴가 끝까지 해보자는 것이냐. 으쩌냐 이 노무 풀들을 이길 수가 없으니……" 오늘따라 유난히 더운 여름 땡볕 아래에서 땀을 흘리며 가쁜 숨을 몰아쉰다. 풀을 베고 있다. 원수 같은 풀에게 한탄 섞인 푸념을 늘어놓는다. 털보 영감은 점점 지쳐간다.

뜸부기가 '뜸뜸' 울어대고 매미가 울어댄 들녘에서 하얀 두루미들이 털보 아저씨와 동행 삼아 하루 일과가 끝날 때까지 벗 되어 함께하고 있다.

"뜸부기야 두루미야 니들은 내 맘 알지? 고향으로 내 마음 전해다오. 부모·형제들이 있는 곳으로 가게 해다오. 알겠느냐? 알고 말고, 함께해서 고맙다 고마워." 털보 아저씨는 혼자서 묻고 대답하기를 수없이 반복하고 한다.

천수답을 짓다 보니 하늘에 의지하면서 몇 뙈기 안 된 농사일을 목숨보다 귀하게 여기며 짓고 있다. 털보 아저씨는 기나긴 인생 고개를 넘고 넘으며 고향 갈 날을 기다리며 농사를 짓다 보니 어느덧 30여 년 세월이 흐르고 말았다. 가족을 지키는 농사이기에 천직으로 알고 눈만 뜨면 일터에서 하루를 보냈는데 무정한 세월은 사람을 지치게 만들고 힘들게 한다.

고향 갈 꿈이 있어 일할 흥이 절로 났다. 아무리 힘들어도 힘든 줄 모르고 일을 해왔다. 올해는 적기에 비가 내려 농사일이 풍년이 될 것 같은 예감이 들어 자식 같은 농사일을 조석으로 애지중지 정성을 쏟으며 짓고 있다. 오늘은 뜸부기도 두루미도 보이질 않는다. 친구들이 없으니 묻고 대답할 여지가 없다. 진흙땅에 발목까지 빠지는 논에서 털보 아저씨의 눈은 연신 집 쪽으로 향하고 있다.

"타향살이 몇 해던가 손꼽아 헤어보니 고향 떠난 십여 년에 청춘만 늙고…… 어머님의 손을 놓고 돌아설 때엔 부엉새도 울었다오 나도 울었소……" 털보 아저씨는 낫질을 하다가 부모·형제 생각에 눈물을 훔치며 노래를 부르고 있다.

고향 떠난 지 30년 눈물 마를 날 없었다. 고향 산천을 그려보다 점점 가물거린 고향을 잊을까 걱정하고 있다. 머리에 고향 생각이 가득 차 있을 때면 입에서는 저절로 부모님, 고향 노랫가락이 튀쳐나온다.

손발이 문드러지게 일만 해온지라 이골나게 농사지으면서 고향 갈 생각 외는 한 번도 엉뚱한 생각은 해본 적이 없다. 오늘따라 고향 생각에 모든 것을 접어두고 일탈하고 싶어진다. 못 먹는 술이나 거나하게 취하고 싶고 안정을 못 하고 고향하늘을 바라봐진다. 싱숭생숭한 감정이 오늘따라 유난히 심하게 흔들린다.

농사란 묘하다. 해년마다 농사짓는 것이 지겨울 수도 있는데 봄이 돌아오면 새 학년 들어가듯 새로운 마음으로 풍년 되기를 바라며 농사를 짓게 한다. 먹기 위해서가 아니라 살기 위해서다. 살아야 고향도 부모도 만나기 때문이다.

목근초피木根草皮, 가난이 무엇인지 감수하며 살아왔던 지난날, 농사는 평생 먹는 것과 싸워야 했던 필수직업이다. 해년마다 똑같은 일이 반복되는 단순 직업이지만 천수답과 같은 하늘만 쳐다보고 농사를 지어야 하는 힘든 작업, 병충해로부터 무던히 신경 써야 하고 사람 목숨을 지탱하기 위해서 일을 하지 않으면 안 되는 숙명 같은 작업이지만 죽어도 하기 싫을 때가 있다. 고향만 생각하면 그렇다. 자꾸 시간만 지나가고 나이만 먹어가는 자신을 뒤돌아보니 한탄스럽다. 다시 봄이 오면 논을 갈고 씨앗을 뿌려야 했다.

오늘따라 천직인 농사가 손에 잡히지 않는다. 마음이 콩밭에 있는 듯 불안한 마음으로 안절부절못하고 자꾸 마음이 집 쪽을 향해 있다. 고향 떠나 타향살이하다 보니 고향 생각, 부모님 생각, 형제들 생각으로 마음이 쓰일 때는 소중한 농사일을 접어두고 어서 빨리 고향 갈 생각뿐이다.

천하지대본인 농사를 지으면서도 고향을 한순간도 잊은 적이 없었는데 오늘은 마음이 싱숭생숭하다. 오늘따라 더위도 더위려니와 고향 생각에 일할 맛이 안 나서 털보 아저씨는 집으로 서둘러 향하고 있다.

고향을 생각하면 원망스런 타향살이 세월 앞에 푸념처럼 흥얼거리며 집으로 걸어간다. 고향 사람 만난다는 설레는 마음을 감출 수 없다. 그래서 농사일을 접어두고 일찍 집으로 들어가기로 마음먹었다.

"에라이 오늘만 날이냐." 뜸부기도 안 울고 두루미도 없는 들판에서 털보 영감은 미련이 없다는 듯 털고는 밖으로 나온다.

어제부터 텔레비전에서 〈이산가족찾기〉를 하고 있다. 그래서 고향 사람이 행여 나올까 일이 손에 잡히지 않았던 것이다.

고향을 떠난 세월에 털보 영감은 오로지 고향 생각뿐이었는데 〈이산가족찾기〉 생방송으로 새로운 희망이 생겨, 하던 일을 팽개치고 집으로 걸음을 재촉하며 걸어가고 있다.

피난살이

　기나긴 세월, 피난 내려와 자신의 처지를 더듬으면서 후회와 눈물로 지새우는 지난 시간들. 금방 돌아갈 걸로 생각했는데 1년이 지나고 10년이 지나고 40년이 넘는 세월이 지나가도 갈 수 없다는 고향 생각은 한 번도 잊어본 적이 없다. 고향을 못 보고 늙어만 가는 세월이 야속하고 또 야속해도 고향 향수는 아직도 또렷이 기억 저편에서 나를 기다린 것만 같다.

　〈이산가족찾기〉 생방송은 전 국민을 울리고 있다. 온통 고향 소식으로 신경이 곤두세워 일손이 잡히지 않은 털보 영감은 밤늦도록 잠을 이루지 못했고 혹시 오늘도 일터에서 부모·형제 고향 사람이 나올까 봐 가슴 두근거리기에 마음이 콩밭에 가 있었다.

　"으쩐 일로 빨리 들어오시오잉?" 남편 발소리만 듣고도 알아차릴 정도로 털보 부인도 땡볕 아래에서 수건으로 연신 땀을 닦으며 텃밭에서 김을 매고 있다가 남편을 맞이한다.

　"테레비 보게 당신도 그만하고 언능 들어오랑게에." 논에서 일하고 돌아온 남편은 대충 씻고 방으로 들어가기 바쁘다. 텔레비전을 먼저 켠다.

　"오늘은 고향 사람이나 나왔으면 좋겠구만. 우리 아버지가 살아계시면 팔십이 다 되었고 살아계시는지 돌아가셨는지 어찌 알 것능가? 장인 장모도 얼추 우리 아부지 나이 되셨제에." 털보(네모)는 세모에게 말을 건넨다.

"그러제라우. 돌아가셨는지 살아계신지 어떡게 알것소잉."
털보 부부는 가능성은 없지만, 혹시나 방송에서 고향 사람이
나올까 기다리는 재미로 눈동자를 고정하고 텔레비전 가까
이 지켜보고 있다.

"방송국 벽마다 사람 찾는 굿이니 우리도 한번 가볼게라
우? 밤새 생각해봤는디 혹시 우리도 부모님을 찾을 수 있을
지도 모른께라우." 털보 부인(세모)도 고향이 같은 개성이다
보니 고민하고 있었나 보다.

"힘들어서 당신 갈 수 있겄어?" 털보 영감은 신경과민증
과 울렁증으로 몸이 아픈 부인을 걱정해서 하는 말이다.

"당신이 도와주면 가지라우." 부모·형제들을 생각하면 어
디든 갈 수 있었다. 실어증에 걸린 세모는 네모 없이는 어
딘들 갈 수 없었다.

"생각 잘했네, 으째 나는 그 생각을 못 했을까. 텔레비전
만 보고 있을 게 아니라 갔다 오세나." 농사일 때문에 갈
생각은 못 해봤다. 뜬 눈으로 텔레비전 앞에서 밤을 지새우
며 지내다 보니 참을 수가 없었다. 친인척 아무도 없는 낯
선 땅에서 다른 곳은 한 번도 가본 적이 없었다. 천 리 먼
길 한양 땅을 생각하니 마음이 두근거렸다.

마음이 좌불안석坐不安席인 털보 부부는 두말 않고 떠나기
로 한다. 지금 아니면 언제 한양 땅을 가보겠는가 생각하고
다음 날 아침 일찍 주먹밥 몇 개와 물을 싸가지고 구례역에
서 출발한다. 가보지 못한 고향 땅을 가까이 가보고 혹시
고향 사람을 만날 것 같은 생각에 설레는 마음으로 완행열
차를 타고 떠난다.

부인 세모와 함께 처음 나들이라 피난 내려올 때를 생각하며 끝없이 펼쳐지는 산천들을 바라보며 밤을 새워 달려가고 있다. 털보 부부 마음을 두근거리기에 충분했었다. 부모·형제를 만날 것 같은 설렘으로 털보 부부는 손을 꼭 잡고 방송국 앞에 다다른다.

　"하느님 부처님 고향 소식을 듣게 해주시고 꼭 만나게 해주세요, 우리 부부 소원 좀 풀어주세요, 빌고 비나이다." 세모와 네모는 각각 고향, 부모·형제 이름과 나이, 특이사항을 종이에 적어서 제일 잘 보인 곳에 붙여놓고 간절히 만나기를 기도한다.

　인산인해人山人海, 말 그대로 발 디딜 틈도 없는 방송국 앞은 조선팔도 이산가족은 다 모인 듯하다. 벽에 붙여진 소식들을 천천히 하나둘 보면서 우리도 금방 부모를 찾아 고향 갈 것 같은 생각에 벽보에 적힌 사연들을 보면서 울고 울었다.

　"으째 우리 고향 사람들은 아무도 안 보일까잉." 털보 영감이 말한다.

　"자세히 보시요오. 많은 사람이 모였은께." 두 손을 꼭 잡고 걸어가는 부부는 혹시나 좋은 소식이 들려올까 기대하며 걸어가고 있다.

　"아무리 봐도 고향 사람은 안 보이요잉. 텔레비전에서 보는 것만 못하구만." 털보 영감은 푸념 섞인 말을 한다.

　두 부부는 방송국을 다녀온 뒤로 매일 밤 아들 영식이가 돈 벌어 사다 준 다리가 있고 여닫이문이 있는 골드스타(금성) 브라운관 텔레비전 앞에서 밤잠을 설치며 화면을 놓칠세라 뚫어지게 바라보는 재미로 하루를 지내고 있다.

좋아하는 연속극도 접어두고 KBS 〈이산가족찾기〉 프로그램에 온 정신이 쏠리다 보니 두 부부는 피난 내려오면서부터 지금까지 지내왔던 이야기, 고향에서 있었던 이야기들로 화젯거리가 부쩍 늘어났다.

태어나서 갈 수 없는 고향은 가슴에 피멍으로 남아 삶을 통째로 뒤흔들어 놓았다. 털보 영감은 눈을 지그시 감고 뚫어지게 바라보면서 가족을 찾는 사람들이 나오면 손등으로 눈물을 연신 닦기도 하고 텔레비전 속에 이산가족들이 만나고 우는 소리에 부인도 덩달아 눈물을 훔치며 함께 울고 있다.

"오메오메, 이산가족들이 우리와 똑같이 마음고생을 할 것인디 으쩌면 좋으까잉. 죽어 불면 아무 소용이 없당께 살아 있을 때 만나야제에. 이 노무 세상이 어찌 되려고 이런지. 언제나 통일이 될랑가 원. 통일이 돼야 고향도 가볼 것 아니여어." 털보 영감은 화가 났는지 원통함을 토한다. 부인도 간절한 속마음이 얼굴에 가득 차게 드리워지며 푸념처럼 한숨을 짓는다. 남편의 얼굴을 보면서.

"독일도 됐쓴께 우리도 되야제에. 언능 통일이 되어 왕래하고 살면 좋을 것인디, 니미럴 이념이 뭔디, 이념이 밥 믹여줘 으째, 이산가족 삶을 통째로 뒤흔들어 노흔지 모르겠네 징한 노무 세상, 환장병 걸려 디지겠네. 얼마나 더 기다려야 통일이 될런지. 우리 부모님이나 장인·장모님은 살아 계신지 시간이 지날수록 그게 더 걱정이랑께." 털보 영감은 마음에 둔 생각들로 열변을 토한다.

금방 통일이 될 것 같은 말들이 방송에서 떠들면 금방 고향 찾아갈 생각에 마음이 부풀어 올랐다가 이산가족 상봉이 끊기거나 북한 경제 제재를 한다거나 부정적인 말이 오가면 털보 부부는 '어쩌면 좋을까잉!' 한탄하며 두려움이 밀려와 안절부절못하게 했다.

"통일이 돼야제에. 이번 기회에 국민들이 들고 일어나서 통일을 해야한당께. 이념이고 뭣이고 다 필요 없당께에 천륜을 저버릴 수는 없제에." 두 부부는 요즘 이산가족 방송 때문에 잠 못 이루며 통일에 관한 이야기로 신경이 곤두세워졌다.

지금까지 고향 갈 생각 외에 여기서 자리 잡고 살겠다는 생각은 한 번도 생각해 본 적이 없었다. 여기는 잠시 머무는 곳으로 생각하고 오로지 부모님 생각과 고향 갈 생각뿐이었다. 그러다 무정한 세월만 한탄하고 있다.

텔레비전 앞에서 이산가족들이 나온 뒤로 털보 부부는 가슴 울렁증과 한숨 소리가 부쩍 늘어났다. 그리고 농사일이 손에 잡히지 않는다.

"당신도 자세히 사연을 들어봐 봐아. 피난 내려오다 대구에서 부모님과 헤어졌은께 당신 이름 찾는 사람도 있을 거 아니여어. 손을 놓친 당신 부모님은 얼마나 원통하것능가. 안 그려어?" 털보 영감은 세모에게 목소리를 높여 말을 건다.

"나를 버리고 떠난 사람들인디 나를 찾것소오. 지금도 그때 꿈을 꾸면 헤매다가 깨고 온 몸이 경련이 저려온디이. 그때만 생각하면 추위에 떨며 목이 붓도록 엄마를 부르다 목이 아파 불댕이 같이 열이 오른 걸 생각하면 치가 떨리요오. 그래 가지고 실어증에 걸려 오갈 때 없는 심정을 생각해 보시오. 으쩌 것능가아. 당신을 만나 천만다행이었제에." 아직도 세모는 안 풀린 감정이 고스란히 남아있는 듯하다.

눈빛과 얼굴에서 나타난다.

"그런 생각 마소오. 부모와 자식 간 천륜을 어찌 저버린당가. 먼 사정이 있어서 그랬것제. 당신을 잃어버리고 우리와 똑같이 장인·장모도 손꼽아 찾고 기다린 줄 누가 알 것능가? 인자는 화를 푸소오." 털보 영감은 역지사지易地思之로 부모 입장에서 생각을 해본다.

"…… 그래요 어릴 적 생각하면 어찌 안 보고 싶것소오. 내 부몬디. 어린 나이에 하도 고생을 해서 지금까지 나를 버렸다고 생각했는디 당신 말을 들어본께 그러기도 하것소." 추운 겨울에 혼자 떨어져 떨던 일을 생각하면 오금이 저려오지만 남편 말에 묵은 체증이 내려간 듯 세모는 수긍하면서 텔레비전 화면을 다시 지켜보고 있다.

부모·형제 없는 타향에서 서럽도록 살아온 시간들이 〈이산가족찾기〉 생방송으로 가족에 대한 서운한 마음이 한순간에 풀리면서 잊을 수 없는 그리움에 밤잠을 설치게 했다. 털보 부부는 밀려온 감정에 복받쳐 텔레비전 화면을 보고 눈시울을 적시기도 하고 소리 내어 엉엉 울기도 한다.

삶은 늘 불만족스럽게 살아왔다. 언제나 고향 갈지 안정되지 못한 감정에 치우치다 보니 항상 조급하고 불안정한 상태로 세상을 바라보게 됐다. 부모 역시 전쟁 통에 자식을 잃고 고생한다고 생각해 보니 더욱 가슴이 저려왔다.

총소리만 들어도 깜짝깜짝 놀래는 현실 앞에 환경이 그렇게 만들었지 원통함이야 오죽했겠는가? 하지만 부모와 자식 관계는 천륜이다. 서로 알 수 없는 자리에서 그리워하고 있는 현실이 자신들이 부모 되어보니 어릴 적 처지를 이해하게 되었다.

이산가족찾기 생방송

1983년 〈이산가족찾기〉 생방송을 연속 하루도 빠짐없이 텔레비전에서 방영하고 있다. 세계에서 유일무이한 분단국가로 두 쪽으로 나누어져 있는 많은 이산가족들은 톱뉴스로 이슈가 되기 충분했다. 북에 둔 이산가족들은 밤잠을 설치며 행여 가족들이 나올까, 고향 사람이 나올까 지켜보며 울고 울었다.

털보 부부도 마찬가지다. 통일이 되면 고향 갈 생각에 살림살이도 장만하지 않고 있는 그대로 살면서 지내왔다. 통일이라는 좋은 소식이 들리기를 학수고대鶴首苦待하며 세월을 보냈다. 개성이 고향인 털보 남편(동구, 네모)과 이웃 마을에 살았던 순분이(세모)는 피난 내려오면서 인연이 되어 어쩔 수 없이 연분緣分을 쌓아 살게 되었다.

동구와 순분이는 남쪽으로 내려오면서 의지할 곳 없는 신세가 되고 말았다. 두 사람은 대구역에서 만나 하늘에서 맺어준 인연으로 생각했다. 배고픔과 가난, 배곯아 죽어가는 생명의 소중함을 두 눈으로 똑똑히 확인하며 정처 없이 어른들 뒤를 따라 남으로 피난 내려왔다. 어린 나이에 수많은 인파 속에 총소리가 들리면 벌떼처럼 몰려다니다가 부모 잃은 서러움을 감수해야만 했다. 경상도로 간 사람, 전라도로 간 사람으로 뿔뿔이 흩어져 털보 부부는 정처 없이 지리산 기슭 산골까지 내려오게 되었다.

"이 노무 전쟁이 언제 끝날지 알 수가 없구만." 한반도가 거의 점령되고 낙동강까지 무너진다는 소식이 들려와서 사람들 입에서 불안한 말들이 오고 간다.

경각에 달린 목숨 하나 지키기 위하여 깊은 산속으로 들어가 깊은 계곡과 토굴 속에서 살고 있는 피난민들은 간절한 것은 빨리 전쟁이 끝나기를 바랄 뿐이었다. 죽이고 죽어간 사람들을 두 눈으로 똑똑히 봐선지 사람들을 믿을 수가 없었다. 동구는 사람 사는 꼴이 보기 싫어 순분과 산속으로 들어가 조용히 살다가 통일이 되면 고향으로 가려고 몇몇 피난민들과 화전을 가꾸며 지내게 되었다.

순분이도 부모님과 함께 피난 내려오다가 대구역에서 잠깐 부모님이 기다리라는 말을 듣고 사람들 속에 엉켜 영영 헤어지는 꼴이 됐다. 어린 나이에 얼마나 울었는지 밤새 열이 나고 목이 부어 고생하다가 부모님이 자기를 버렸다는 충격에 결국에는 실어증失語症까지 걸려 이방인들 속에서 거지꼴을 면치 못하고 동향인 동구를 만나게 되었다.

"그때를 생각하면 당신이 하느님, 부처님이었제라우. 춥고 배고프고 말은 못하제 으쩌것소오. 당신을 보니 절대로 놓치면 끝장이란 생각에 당신 눈치를 보며 따라다니고 붙어다녔지라우." 순분이는 남편 동구를 평생 감사하는 마음으로 살려고 다짐했고 동구 역시 장티푸스 걸렸을 때 가족처럼 옆에서 돌보며 지켜주었던 순분을 잊을 수가 없었다.

"처음에는 당신 꼴을 보니 말이 아니어서 불쌍하다고 생각했는데 같은 고향이라 전쟁 끝나면 같이 갈라고 해제, 별다른 생각은 없었제에." 동구는 사실대로 말한다.

동구도 생소한 곳에서 마음 알아준 사람들도 없고 마음

나눌 사람도 없어 오빠라 부르며 따라다니던 동생 같은 순분을 떨칠 수가 없었다. 그래서 마음씨 고운 털보 동구가 말도 제대로 못 한 순분을 안쓰러운 마음에 가슴으로 안아 주었다.

털보 동구는 일사 후퇴 때 아버지와 단둘이 할머니와 어머니, 형제들을 고향에 두고 떠나게 되었다. 장남이라는 이유로 아버지는 동구를 데리고 잠깐 전쟁만 피하고 되돌아간다는 것이 가족과 영영 만나지 못한 생이별하게 됐다.

"동구야아, 아빠만 보고 따라온 기라. 알 것제에." 아버지는 동구 손을 잡고 걸었다. 남으로 떠나는 길거리는 피난민으로 가득 찼고 떠나는 열차에는 서로 타려고 밀치는 아우성이 따로 없었다. 서로 열차를 타려고 비집고 오르다 못해 열차 지붕으로 오르다 열차는 떠나고 아빠와 손을 놓친 동구는 영영 혼자가 되고 말았다.

"아빠아, 아빠아아." 아무리 불러도 아빠는 점점 멀어지고 말았다. 지금도 꿈을 꾸면 아빠 손을 아무리 잡으려고 애를 써도 잡히지 않은 꿈을 꾼다. 아빠 손을 잡으려고 애쓰다 잠을 깨고 만다. 그 뒤로 하루도 눈물 마를 날이 없었다. 가슴에 풀지 못한 응어리를 안고 살았다. 아빠, 아버지란 말만 들어도 가슴 밑바닥에서 울컥한 뭔가가 올라왔다.

"아버지도 나를 찾으려고 무던히 노력했을 것인디, 살아계신지 돌아가셨는지 알 수가 없구려." 동구는 생각날 때마다 하늘을 보고 푸념을 늘어놓았다.

털보 부부는 서로 고향과 부모님을 생각하면 입에서 뜨거운 한숨이 절로 올라왔다. 그럴 때는 가슴을 주먹으로 때리기도 하고 찬물을 한 사발씩 먹어야 속이 내려갔다. 순분이도 부모가 자기를 버렸다는 생각에 그다지 마음이 내키지 않았지만, 남편 이야기를 듣고 생방송을 보며 부모·형제 만나는 것을 보니 보고 싶어 울컥한 마음이 되살아났다.

남북관계란 말만 들어도 마음이 덜컹하고 누구에게 쫓기는 심정이 발동하고 가슴에서 심장 박동 소리가 밖에서도 들릴 정도로 요동을 쳤다. 누구와 마음 놓고 속 시원히 말할 수 없는 지나온 40여 년 세월이 무정하기도 하고 혹시나 살아생전에 못 만날 것 같은 불길한 예감이 엄습하여 다가왔다. 입에서 쓰디쓴 한탄이 절로 나오게 했다.

TV 화면에 나온 가슴 아픈 사연들을 보면서 우리 가족도 만날 것 같은 희망에 한순간도 눈을 돌릴 수가 없었다. 부부는 저녁 밥상을 치우지도 않고 텔레비전 앞에 앉아 있다. 피난 내려올 때를 생각하며 아버지와 손을 놓친 생각에 울먹이고 있다.

화면에는 설운도의 〈잃어버린 30년〉이란 노래가 간간이 흘러나오면서 그리움을 더 하게 만들었다. 진행자 김동건 씨와 신은경 씨가 진행하다가 이지연, 유철종 아나운서로 바뀌면서 이산가족 만남들이 순번을 이어가며 방안 가득 울려 퍼졌다.

부부는 텔레비전에 빨려 들어갈 듯 화면 가까이 보고 있다. 방송 말 한마디, 만나는 가족들을 보면서 부모·형제 보고 싶은 마음이 더욱 사무치게 다가왔다.

"오빠아 오빠아…… 집 뒤에 큰 감나무가 있고 돌아가면 샘터가 나오고 글고 내 어깨에 흉터 있는 거 알아? 오빠하고 놀다가 다쳤잖아." 화면에서 형제 만나는 사연이 전 국민을 울리게 했다. 동구는 말없이 흐느낀다.

"그래그래, 맞어. 내 동생이 맞다 맞어. 그래 지금 어디서 산거야?" 털보 부부는 화면을 응시하며 훌쩍거리고 있다.

"글고 엄마 아빠는 어디 있어 소식 알아?"

"나도 몰라." 그 순간 '나도 몰라'란 말이 떨어지자마자 전 국민을 한숨 소리로 가슴 아프게 만들어 슬픔에 잠기게 한다. 두 남매는 얼싸안기라도 하듯 눈물로 얼굴이 범벅이 되어 털보 부부를 울게 만들고 오금을 저리게 만들었다.

"여보오, 부럽소오, 부러워. 우리 부모는 어디서 무얼하고 계신지. 우리와 똑같이 가슴 아프게 살아가고 계실 텐데 이 일을 어쩌면 좋을까요?" 실어증에 걸려 말을 더듬는 부인의 말끝이 한恨으로 남아 길게 늘어진다. 순분의 눈동자만 봐도 알 수가 있다. 천륜이 얼마나 소중한지. 털보도 마찬가지 부모님 이야기가 나오자 그리움에 사무쳐 가슴을 때린다.

털보는 가슴이 벅차 담배를 피우려 밖으로 나간다. 달빛이 유난히 밝다. 마루에 앉아 담배를 피운다.

"저 달은 우리 부모가 어디서 무얼 하고 계신지 알고 있겠지. 달아달아 밝은 달아 이내 마음 전해다오. 우리 어머니 아버지 보고 싶다고."하며 흩어진 담배 연기 따라 내뱉으며 하늘만 멍하니 쳐다보고 있다. 수많은 세월을 기다린 가족들을 다시는 만날 수 없다는데 억장이 무너졌다.

"이게 있을 수 있는 일이냐고오. 안 되지이, 이러면 안 되지이." 천륜을 저버린 자신의 처지를 한탄하며 흐느낀다.

〈이산가족찾기〉 생방송으로 길거리에는 사람들도 안 다니고 온 동네가 조용하다. 어두운 밤하늘에 별들만 반짝이고 있었다.

시계를 보니 자정이 넘었다. 텔레비전 소리만이 방안을 가득 채우고 있다. 순분은 터지지 않는 목소리로 흐느끼다가 밖으로 나간 남편을 보면서 자신도 부엌으로 나가 찬물을 먹고 한 그릇 떠온다.

전국 동시 생방송으로 24시간 쉬지 않고 다원화하여 진행하다 보니 최고의 시청률로 이산가족 만나는 사람들을 실시간으로 보여주고 있다. 그러나 털보네 이산가족은 아무리 기다려도 만날 수 없었다. 고향 사람들 찾는다는 화면만 간간이 보인다. 털보 부부네 가족들은 피난 내려오다가 북으로 다시 올라갔지 아니면 사고로 돌아가셨는지 아니면 세월이 흘러 돌아가셨는지 알 수가 없었다.

"고만 우세에. 운다고 해결될 것도 아니고 으쩌것는가?" 동구는 세모 얼굴을 보고 말한다.

밤은 깊어가고 별들만 반짝거린다.

세모를 만나다

털보(네모·세모) 부부는 고향이 개성이다. 부모들은 서로 알고 지냈는지 모르지만, 세모와 네모는 그냥 모른 사람으로 알 듯 모를 듯 기억이 없다. 세모는 기억이 난다고 하지만 이웃 마을에 살고 있는 세모를 길에서 스치는 기억도 없다. 하지만 마을의 집과 산들 나무들이 어디에 있는지는 서로 말이 통했다. 피난 내려오다가 만날 줄은 꿈에도 몰랐다.

"아니, 개성이 고향 아닌 기오오." 동구가 열한 살 때 순분은 여덟 살 어린 나이었다. 순분은 피난 내려오다가 부모 잃고 오도 가도 못하고 대구역에서 서성이고 있었다. 동구는 눈만 동그란 동생 같은 순분을 알아차리고 묻는다.

남루한 거지꼴로 울며 떠도는 초롱초롱한 눈동자를 가진 순분을 잊을 수가 없었다. 지금도 생생히 기억 난 것은 덥수룩한 앞머리에서 눈동자만 동그랗게 뜨고 알아봐 달라고 쳐다본 그 얼굴이 불쌍히 보였다.

동구 역시 피난 내려오다 부모 손을 놓쳐 떠도는 아이였다. 그래서 대구역에서 피난 행렬에 쫓기다 순분을 처음 만났다. 동구 처지도 어려웠지만 돌봐줘야겠다고 운명처럼 생각이 들었다. 고향이란 생각을 떠올리게 한 순분을 그냥 지나칠 수가 없었다.

"……" 순분은 고개만 끄떡인다.

"혼자 내려온 기오?" 동구는 가까이 가서 재차 묻는다.

"……" 영양실조로 앙상한 얼굴에는 하얀 이끼가 낀 듯 검은 땟국이 흐를 정도로 야위었다. 배고파 구걸하듯 대구역 인파들 속에서 초라한 모습으로 있던 순분은 동구를 쳐다보더니 반가움 반 설렘 반으로 동구를 재차 응시한다.

"엄마, 아빠는?"

"……" 고개만 살래살래 젓는다.

"이리 오라야, 거기 있다가 어떡할려고오." 아무도 쳐다보지 않은 순분을 동구는 운명처럼 안쓰럽게 여기며 피난을 함께 떠나게 됐다.

아는 사람이 고향 끄나풀이라고 순분 여자아이는 놓칠세라 오빠라 부르며 강아지처럼 뒤따르기도 하고 앞질러 간다. 얼마나 울었는지 실어증으로 말을 못 하는 순분은 경각에 달렸을 것이다. 오빠를 놓치면 인생 끝이란 생각이 들었을 것이다.

"빨리 오라야. 뒤쳐지다가 또 잃으면 끝장인기아." 동구는 순분을 대동하고 정처 없는 피난길은 어른들의 뒤를 따라 발길 닿는 대로 정처 없이 걸어가야 했다.

두 사람은 남매처럼 사람들의 뒤를 따라 물 흐르듯 무작정 걸었다. 추운 겨울에는 사람들과 엉키어 빈집에서 자기도 하고 남의 집 허청에서 자며 배고픈 서러움을 안고 빨리 전쟁이 끝나기를 기다렸다.

얼마나 배고팠는지 여름이면 소나무 껍질 벗겨 먹기도 하고, 시고 텁텁한 맹감 열매로 배를 채울 때도 있고 뽕나무 잎을 씹으며 허기를 달랬다. 겨울에는 어른들 틈에서 뱀과 개구리까지 구워서 얻어먹으며 생활고를 해결했다. 먹을 수 있는 것은 모두 잡아서 먹었다.

차가운 얼음을 깨고 고기를 잡아 구워 먹기도 하고 칡뿌리, 질경이, 천문동 뿌리, 더덕, 도라지까지 생명을 지키는 약으로 알고 먹었고 이웃에게 고구마, 감자를 얻어먹으면서 배고픔을 달랬다. 강냉이죽을 얻어먹을 때는 운수 좋은 날이기도 했다.

"따라오지 말기아. 다 죽은 꼴 볼라고 긴기아. 우리까지 오르면 큰일이기니 따라오지 말기아." 동구가 열병이 걸려 함께 하는 것을 모두 꺼려했다. 장티푸스가 창궐하여 열이 불덩이처럼 올라 죽어가는 사람이 여기저기서 나타나자 동행한 사람들이 좋아할 리가 없었다.

순분은 걱정이 앞섰다. 동구 오빠가 잘못되면 자신의 의지처가 살아지고 자신도 어떻게 될지 아무도 모른다는 생각이 들었다. 동구 오빠를 위해서가 아니라 순분 자신을 위해서 동구를 살려야 한다고 굳게 마음먹었다.

"한 번만 도와주시라요. 허드렛일 아무 일이라도 도와드릴 테니 죽은 목숨 한 번만 살려주시라요." 지리산 골짜기까지 내려온 순분은 어수룩한 말투로 남원에서 잘 사는 집을 찾아가 손이 발이 되도록 빌며 살려 달라 애원했다.

"우리까지 죽일라고 그러느냐. 어서 빨리 안 나갈래?" 두 말 않고 문전박대를 당할 수밖에 없었다. 11월 중순 날씨가 점점 추워지기 시작한다. 엄동설한에 한 발짝도 갈 수가 없었다. 아무리 바람막이를 한다 해도 스며든 추위는 감당하기 어려웠다. 동구와 순분은 꼭 껴안고 추위를 이겨 나갔다.

순분은 동구를 데리고 지리산 달궁 근처에 화전민들이 모여 사는 곳까지 밀려왔다. 많은 사람들의 극구 반대를 무릅쓰고 동구를 살려야 한다는 일념뿐이었다. 추위를 피할 수 있는 처마 밑에 얼기설기 막대기로 꿰매어 동구를 눕히고 안정을 시켰다.

"걱정하지 말아요, 제가 옆에 있잖아요." 순분은 따뜻한 약초 물을 끓여 보살펴 주었다. 자신의 체온을 전달하며 아무도 동구를 받아주는 이 없는 세상에 온몸으로 보살폈다.

"순분까지 잘 못 되면 어쩌려고 그래." 동구는 가망이 없는 자신을 돌봐주는 순분이 안타까웠다.

"오빠아 걱정 말기아. 내가 지켜줄기니 언능 기운만 차리라요." 순분은 아무도 가까이 오기를 거부하고 지켜주지 않은 동구를 오빠라 부르며 온 산을 다니며 칡즙을 내서 먹이고 토봉령, 질경이, 선학초, 익모초, 용담초, 몸에 좋은 약초는 정성을 다하여 동구 옆에서 끓여 먹이며 간호를 해주었다.

"그냥 가라기오. 나는 죽을 몸이끼니 순분이라도 살아서 고향 가야지요. 고향 가서 부모·형제들에게 안부 전해야지요." 바짝 마른 입술로 기운이 없는 사람처럼 의식이 왔다 갔다 하였다. 간신히 말을 이으며 순분에게 유언처럼 말을 내뱉는다.

"그런 말씀 말기오. 하찮은 동물이라도 그러진 않습니다요. 사람 탈을 쓰고 어찌 모른 체 할 수 있답니까. 어려울수록 서로 돕고 함께해야지요. 우리는 살아도 함께 살고 죽어도 같이 죽어야할 몸인기니, 걱정하지 말기야요. 내가 도와드릴기니." 동구는 순분의 어른스러운 생각과 마음을 고맙고 미안하게 생각하며 인간성을 처음 느낀다. 순분은 지극정성으로 동구 곁을 떠나지 않고 머리에 연신 물수건을 올리며 간호를 해주었다. 하늘이 도왔는지 순분의 간호로 동구는 점점 차도가 있어 열이 내려가고 음식을 조금씩 먹었다.

"고향 가보지도 못하고 죽는 줄 알았는데 순분 덕분에 살았디오. 너무 감사하오. 어떻게 공을 갚아야할지 모르겠지비. 이제 내가 순분 씨를 보호하리다." 동구는 연신 감사를 표했다. 부처님 하느님이 도왔는지 병세는 좋아지고 다시 일어설 수 있었다. 자기를 지켜준 고향 처녀 순분에게 고마움과 감사함을 말로 표현할 수 없이 서로 의지처가 되었다. 평생 아껴주고 사랑해줄 것을 다짐해본다.

"별말씀이요, 당연히 내가 지켜드려야지요." 순분은 동구에게 해줄 게 없었는데 간호로 돌봐줘서 한 걸음 더 인정을 받았다는데 기분이 좋았다.

"당신 덕분에 살았디오. 다 죽어간 사람을 살려냈으니 이 공을 어찌 갚으리오." 처음 당신이란 호칭을 쓰며 극진의 감사를 표한다.

"살아도 함께 살고 죽어도 같이 죽어야한다 했지 않소오. 통일이 되어 함께 살아 고향 가야지요."하면서 순분은 동구를 위로하며 어른스럽게 말을 한다. 동구는 순분을 평생 아껴주기로 마음먹었다.

"우리가 열심히 건강히 살다보면 통일이 되겠지비. 그때 고향 가서 행복하게 살기오." 순분의 지극정성이 발단이 되었지만 처음 만날 때부터 헤어질 수 없는 사이란 것을 서로 알고 있었다. 아무도 없는 타향에서 정이란 우정은 외로움을 달래주는 자석과도 같았다. 서로 필요에 의해 만나야 하는 간절함이 숨어있었다. 그래서 누가 청혼한 것도 아니고 자연스럽게 인연이 되어 부부의 연을 맺었다.

"천생연분인가비여. 그렇게 고향사람 만나기도 어려운 것인디 서로 아껴주고 살면 최고제에. 글고 거시기 하면 됐거여. 털보가 그 이상 어쩌꼬롬 더 잘한당가, 버버리 각신디. 우리 마을에서 털보네 따라 갈 사람 없쓸 것인디." 함께한 마을 사람들이 축하라도 해주듯 만난 사람들마다 이구동성으로 한마디씩 해댔다.

"얼굴에 연지곤지 찍고 머리에 고깔은 못 쓰더라도 동네 사람들 술 한 잔씩은 대접해야 쓰것는디." 털보 동구가 저녁을 먹고 순분에게 결혼식도 못 올리고 산 것이 아쉬워 한마디 한다. 간단한 예식이라도 해주고 싶었지만은 일가친척도 없이 한다는 것은 말이 안 되었다.

"사는 것도 감사허게 생각하요. 대접은 살림이 펴지면 하면 되지라우." 순분은 반대한다.

"글면 우리 둘은 아무 것도 없은 께 간단히 물 한 그릇 떠놓고 약식 결혼식을 올리고, 고향 가서 친지들 모시고 걸게 식을 올리면 으쩌요?" 동구가 제안한 것에 순분은 고개를 끄떡였다. 동구와 순분은 그렇게 새끼손가락 걸어 언약을 맺고 평생 인연을 맺었다. 고향 떠나 부모·형제 아무도 없는 타향에서 정화수 떠 놓고 빌고 빌었다.

털보 부부는 전쟁이 끝나기를 기다렸고 끝나면 고향 갈 생각밖에 없었다. 휴전선이 생기고 오도 가지도 못하는 신세가 되어 버렸다. 한 시도 고향 생각 때문에 정착하지 못하고 밤이고 낮이고 북녘 하늘만 쳐다보며 지냈다.

하루가 이틀이 되고 일 년이 십 년이 되고 세월은 마냥 흘러갔다. 고향 소식은 점점 희미해져 가고 잊혀져갔다. 마음속 깊이 묻어둔 고향 생각은 먹고 사는 야속한 세월에 어느덧 수십 년이 지나버렸다.

털보 부부는 의지할 곳 없는 지리산 골짜기에서 터전을

마련한 지 반백 년이 흘러 잔주름 늘고 흰머리 되어 늙어버린 영감, 할망구가 되었다.

　마당 가운데 감나무는 지금도 홍시가 열려있는지, 고향 친구들과 언덕배기에서 뛰놀던 생각도 가물가물해져 간다. 마을을 지키는 정자나무는 그대로 서서 마을을 지키고 있는지, 미역 감던 실개천은 그대로 흐르고 있는지, 동구와 순분은 옛 생각에 밤잠을 설친 일도 무디어져 간다.

　부모님 얼굴도 희미해져 간다. 고향 친구들도 가물거린다. 기억 저편에서 꿈속에서 보게 될는지 희미해져 간다. 고향은 점점 멀어져갔다.

군대 끌려가다

전쟁이 끝나갈 무렵 이념 갈등으로 호시탐탐 전쟁 준비에 열을 올리면서 군인이 부족하다는 이유로 징집명령이 나와 재차 군대에 끌려가는 사람들이 많았다. 처음 군대 갈 때는 결혼도 안 했기에 젊은 혈기에 부담 없이 떠났지만 두 번째 갈 때는 상황이 달랐다.

동구는 군대를 필했는데도 재차 징집명령이 나왔다. 남들과 다르게 순분과 혼인을 하고 열심히 살고 있었다. 결혼한 상대가 의지할 곳 없는 전쟁고아인 상태에서 남겨두고 떠난다는 것은 입에서 욕이 절로 나왔다. 그 뒤로 김 신조까지 간첩으로 내려와 박정희 대통령 목을 따러 왔다는 말에 전 국민을 분노케 해서 나랏일이라 하면 두 말할 여지없이 국방의 의무를 진다는 것은 당연한 일이었다. 그러면서 예비군과 학도호국단이 창설되기도 했다. 국방 강화라는 명목 아래 국민들의 삶은 갈수록 팍팍하게 만들었다.

"나는 군대를 갔다 온 사람인디 어떡게 또 갈 수 있단 말이요? 아무도 없는 홀로 된 각시를 두고 군대를 간다는 것이 있을 수 없는 일 아니 지라우." 사정하듯 애원했다. 실어증으로 말도 어수룩한 아내를 두고 도저히 갈 수 없어 눈에 불을 쓰고 항의를 했지만 돌아온 말은 싸늘했다.

"잔소리 말어. 나라가 전쟁 중이면 나라를 지키는 것은 당연한 일이고 부모형제가 편하게 살 수 있게 하는 것은 젊은

사람들의 몫이여. 나라가 있어야 국민도 있는거 아니어. 잔
소리 말고 빨리 따라와." 경찰은 양쪽에서 동구의 어깨를 잡
고 끌고 가듯 한다.

"나는 어떠께 살라고오 데리고 가부요오. 당신 없스면 나
는 못 산디이, 어떡게 살라고오." 말도 제대로 못 한 어수룩
한 표현으로 몸부림치듯 대한 세모 순분을 두고 떠나는 네
모는 발길이 떨어지지 않았다. 세모는 천하를 얻은 것처럼
살다가 남편 없이는 죽어도 못 살 것 같았다.

"으쯔것능가 걱정허덜마소. 기필코 살아올텐께 기달리고
있으소잉. 당신이나 몸 건강히 있으면 돼야. 알것능가. 글고
어려움이 있거들랑 구장댁한테 도움을 청해났쓴께 물어보고
오." 네모는 미리서 구장댁에게 도움을 청해놓았다. 안심을
시키고 아픈 마음을 뒤로하고 돌아보지 않고 떠났다. 뒤돌아
보면 마음이 약해질 것 같아서다.

세모 씨는 성품이 고왔다. 그래서 마을에 마음씨 고운 구
장 어른 집에서 궂은일, 허드렛일을 도우며 네모 씨 오기만
을 손꼽아 기다리며 살았다. 하루하루가 너무 길었다. 아무
리 기다려도 오지 않았다. '동구 없이는 못 산디'를 연발하
며 남들 모르게 마음으로 퍽 울었다. 잠 못 이룬 밤이면 별
을 보고 수없이 기도를 하기도 하고 남편 네모를 부르며 무
탈하게 돌아오기를 기원했다.

"털보 죽었어어. 안 온당께. 전쟁 통에 살아난 사람은 아
무도 없어. 마음 크게 먹고오 나한테 시집오랑께에." 동네
짓궂은 사람들이 말 못 하는 세모에게 치근덕거리고 놀렸다.
아무 친척도 없는 세모는 두렵기도 하고 어떻게 살아야 할
지 마음만 아팠다.

"어이, 버버리이 남자 생각 안 나아. 털보는 잊어 불고 오늘 한번 만날까아." 순분은 동구 없는 현실을 감수하며 마을 사람들의 못된 소리가 가슴을 더욱 아프게 했다.

"우리 아들에게 시집오면 먹는 거 걱정 없제, 마음 편하제, 신경 쓸 것이 아무 것도 없은께 인자는 털보 잊어 불고 마음 정리허랑께. 괜히 마음고생 허지 말고오." 마을에 소아마비 장애를 가지고 있는 장가 못 간 아들 어머니가 대놓고 청혼하기도 했다.

"마음 강단지게 먹고 기다려봐아. 못된 놈들이 아무리 뭐라 해도 흔들리지 말고, 전쟁이 아직 안 끝났쓴께. 미군들이 들어와서 도와주고 있을 거란 소문이 있은께 곧 전쟁이 끝날 것이여." 동네 우물터에서 빨래하는 아주머니들이 세모를 보고 안심시키며 다독여주었다.

하루도 마음 편안할 날이 없었다. 네모 씨와 전쟁이 끝나면 고향 갈 꿈도 사라지고 더 힘든 것은 곁에서 자신을 챙겨줄 사람이 없다는 데 희망이 없었다.

세모의 일상생활이 하루아침에 망가지고 말았다. 이러다 홀로 되어 이 풍진 세상을 어떻게 살아갈까 고민을 한다. 홀로 달을 보고 기도하며 앉아 있다가 생각한다. '남편 죽었다는 연락만 오면 그날 바로 자신도 약 먹고 죽어야겠다'라는 생각을 한다.

전쟁이 치열해지는지 하늘에는 전투기가 날고 산 너머 멀리에서 총소리와 포탄 터지는 소리가 간간이 들려오다 마을 가까이 북한군이 쳐들어오면 고구마 굴에 숨는 사람, 허청에 숨는 사람, 대밭 속으로 숨는 사람, 다른 곳으로 피난 간 사람 등 동네가 뒤숭숭해지면 세모는 억장이 무너졌다.

"장군님은 인민들을 위하여 노력하시고 인민해방을 위하여 불철주야 고생하고 있습니다. 장군님을 따르면 누구나 평등 허게 살게 해줄 테니……." 빨갱이들이 밤이면 내려와 먹을 것을 약탈해가고 선전 문구를 목청껏 외치고 다녔다.

"우리 사회주의는 토지개혁을 해서 인민들에게 골고루 나누어 누구나 평등하게 잘 살고 행복하게 해줄 것이니 장군님 품으로 오라우야."라고 북한 군인들이 금방 남조선을 점령한 것처럼 도락구 차에 인공기를 달고 흙먼지를 내뿜으며 도로 양옆으로 총을 멘 군인들이 승리를 장담한 것처럼 지나갔다.

몇 번의 북한 군인들이 들이닥치면서 식량을 약탈해가고 말을 안 들으면 무자비하게 죽이는 꼴을 보면서 마을 주민들은 고양이 앞에 생쥐처럼 숨죽이며 숨어야 했다.

"북조선 괴뢰도당에게 절대로 속아서는 안 되고 협조해서도 안 됩니다. 연합군인들이 우리를 도와주고 있은께 금방 전쟁이 끝날 것으로 생각됩니다. 혹시나 빨갱이를 도와주는 일이 발각되면 즉시 처형할 테니 유념하시기 바랍니다." 밤이면 빨갱이들이 군림하고 낮에는 군인 경찰들이 단속강화를 하면서 죽어 나가는 것은 국민들 뿐이었다.

점점 국민들은 핍박당하면서 하루에도 '누가 끌려가고 죽었다네'라는 소문이 끊이질 않았다. 서로 감시체제가 되어 자신들이 살기 위해 없는 죄도 만들어 밀고하는 어처구니없는 사태까지 발생하면서 마을은 옛날 민심은 살아지고 지옥 그 자체였다. 홀로된 순분은 죽었는지 살았는지 동구만을 생각하며 속이 타들어 갔다.

"당신 이름 뭐야, 나이는? 부모 업서어? 남편도 업고오?"

하며 세모를 다그친다. 호구조사를 한답시고 연이어 마을 사람들을 마을 앞으로 모이게 했다.

"남편은 군대 갔당께라우." 어수룩한 말로 대하니 뒤에 서 있는 구장댁이 대변해주었다.

"말 못 해라우. 버버리링께라우."

"버버리어라우. 남편이 군대간 것도 사실이고." 재차 옆에 있는 마을 사람이 대신 거들어준다.

"그래 이쪽으로." 군대 갔다는 말에 의심을 덜 받았고 세모의 어수룩한 말투와 거지꼴에 열외를 시켜줬다. 집도 절도 없는 외톨이라 관심 대상에서 제외되는 것이 천만다행이었다. 세모는 더욱더 거지행세 초라한 모습을 보인 것이 살길이란 것을 알아차리고 아는 사람들에게 눈치껏 의지하며 전쟁이 어서 끝나기를, 네모가 빨리 살아오기를 기다리며 살았다.

"미군이 지금 도와주러 온대. 그러면 전쟁이 곧 끝날거래." 마을 사람들이 소곤댄다.

"백두산에 태극기 꽂았다는 소문도 있고 곧 전쟁이 마무리될 것도 같은 디이."

"에끼 이 사람, 우리가 한두 번 당한당가. 있는 거 없는 거 싹 쓸어 간 놈들이 빨갱이여. 정신 똑똑히 차려야 해." 지리산 이 골짜기 저 골짝마다 피난 행렬이 진을 치고 있다가 전쟁이 끝난다는 소문에 마을로 복귀하면서 서로 웅성거린다.

"맞어, 말조심 혀. 끝나야 끝난 것인 께 입조심 몸조심 혀." 마을에 나이 드신 어른이 사람들을 다독이며 경고하듯 말한다. 멀리서 들려오는 총소리는 점점 들렸다 멀어졌다 한다. 그 뒤로 지리산 산속 마을은 전쟁이 끝날 때까지 더 이상 피난 생활을 무사히 넘겼다.

영남지역 일부만 놔두고 항복 직전에 인천상륙작전으로 북으로 밀고 올라간다는 소문들이 사실인 듯 만나는 사람들마다 입으로 전해지면서 웅성거린다. 전쟁이 사그라진 듯 시국이 조용할 즘에 군대 끌려갔던 아들들이 하나둘 마을로 돌아온다. 부모들은 희비가 엇갈리면서 울음바다가 되기도 하고 돌아왔다는 안도감에 얼싸안으며 좋아했다.

"오메오메 구례댁네는 아들 하난디 죽었다 안 하요요. 으쩌면 좋으까잉. 그나 털보네는 살아왔다 함께 천만다행이네에. 털보각시 인자는 살 것구만." 마을 사람들이 삼삼오오 모여서 없는 말이 천 리를 간다고 부풀린 것도 있고 뒤숭숭한 말들이 난무했다.

네모 씨가 허름한 모습으로 마을 앞에 들어설 때는 마을 주민들이 신작로까지 나와 잔치 벌인 듯 열렬히 환영을 해주었고 아직 돌아오지 않은 자기 자식이 혹시나 돌아올까 간절한 마음으로 기다리며 발을 동동거렸다.

"세모오, 여보오, 얼마나 고생이 많았는가아. 인자 전쟁도 끝나가고 고향 갈 날만 남았네에." 광대뼈만 앙상한 네모를 보면서 세모는 꿈인지 생신지 모르게 둘은 한없이 보듬고 기쁨에 눈물을 흘렸다.

"여어보오……." 세모는 지금까지 겪었던 마을 사람들의 비아냥거림과 괄시가 주마등처럼 지나간다. 말을 잇지 못하고 묵었던 체증이 내려간 듯 여보만 연실 되뇌며 눈물만 흘렸다.

"통일되면 북쪽도 내 동폰디 죽이고 죽이는 꼴이 뭐람. 중공군이 나쁜 놈들이제에. 우리끼리는 안 싸울라고 해도 중공군들이 밀고 내려온께 안 싸울 수가 있어야제에. 인자는 영영 웬수로 살 수밖에 없당께에." 네모는 속마음을 털어놓으며 전쟁이 끝나도 통일이 안 될 것을 걱정한다. 네모는 세모 생각에 꿈만 같던 지난 생각에 멍하니 앉아 있다. 봉초 담배만 연신 피워대며 넋이 나간 듯 한숨만 내신 네모는 고향하늘을 바라보며 세모와 고향 갈 생각뿐이다.

네모는 착하고 마음씨 고운 세모와 결혼해서 고향 갈 생각에 마음 편히 살고 있는 것을 항상 대견스럽게 여겼다. 대충 살다가 통일이 되면 고향 갈 생각에 아들 하나 영식이를 낳아 가르치지도 못하고 도와주지도 못하면서 시간만 흘러 세월만 보내고 말았다.

"아버지이 이제 그만 고생하시고 우리와 함께 삽시다." 영식이는 상하 방 좁은 방에서 살다가 소형 아파트로 이사 갔다며 부모님과 함께 살자고 애원한다. 며느리 역시 전화할 때마다 같은 말을 하기에 여간 고맙지 않을 수가 없다. 그런데 두 늙은 부모가 도시에서 할 일 없이 산다는 것 자체가 부담되기도 하고 편치 않을 것 같아 말끝마다 '말이라도 고맙다'라고 마무리를 하곤 했다.

"글고 요즘 방송 보시고 마음 아파하지 말아요. 통일이 언제 될지도 모른디 평생 가슴 조이며 살 필요는 없잖아요. 고향 못 가고 부모·형제 못 만나도 우리 가정 행복하면 되잖아요오. 이제 부모님 건강이 최곤께 아무 걱정 말고 건강하게 오래오래 사셨으면 좋겠어요." 아들 영식이도 부모 마음을 짐작했는지 마음에 둔 말을 한다. 부모님의 사정을 누구

보다도 잘 알기 때문에 객지에서 살고 있는 외아들 영식 부부도 날마다 잠 못 자고 마음 아파한 부모님을 생각하니 걱정이 되었나 보다. 어려서부터 고향 갈 부모님의 심정을 봐온지라 안심시키려 말을 한다.

털보 영감 네모는 세모가 말한 통일이 안 될 수도 있다는 말에 발끈하며 대들었는데 아들 영식이 말에는 아무런 말도 안 하고 가만히 듣고만 있다. 부정도 긍정도 아닌 네모만의 아픔이요, 해결해야 할 고민이었다.

아들 영식이는 어려서부터 고향 갈 생각 때문에 형제도 없이 외롭게 키웠고 사랑도 많이 주지 못했다. 그래서 마음이 아팠지만 고향도 가지 못하고 영식이만 훌쩍 커버렸으니 노부부는 흘러온 과거를 후회하고 있다.

부부는 영식의 전화를 받고 처음으로 부모 마음을 이해해 준 자식에게 보람을 느끼면서도 한쪽으로는 내심 불안한 심정을 감출 수 없었다.

기다림에 지친 지난 세월, 조급해지는 마음만 앞서가니 하소연할 곳 허공뿐이로다. 늙어버린 몸으로 고향 가서 무엇 하리오. 갈 수 없는 고향, 만날 수 없는 부모·형제. 무심한 세월만 정처 없이 흐르고 있다.

세모는 네모의 귀향으로 세상의 모든 것을 얻은 것처럼 살아야 할 이유가 생겼다. 털보 부부는 영식이의 말에 허전한 마음을 감출 수가 없었다.

잊고 살자

고향 떠나 알아주지 않은 타향에서 남편만 바라보고 사는 착한 아내, 오로지 남편과 일만을 위해 사는 여인, 털보 남편은 실어증에 걸린 순분을 지켜주고 싶었다. 내가 아니면 지켜줄 사람이 없는 순분을 가엽게 여겼다.

"걱정마아, 고향 갈 때까지 내가 지켜줄땡께에. 당신은 나만 믿어 어쩌든지 갈 날이 있것제에." 동구는 순분을 안심시켜주었다.

피난 내려와 일가친척 아무도 없는 곳에서 순분을 만나 서로 의지처로 생각했기에 서로를 다독여주며 부부는 단 한 번도 다툰 적이 없이 어여삐 여기며 살았다. 통일되면 고향 갈 생각으로.

"우리 부모와 오빠가 나를 찾을 수도 있는디이." 순분은 텔레비전을 보다가 혼자 말을 한다. 눈 녹듯 아내의 얼굴에는 보고 싶다는 수심이 가득 찬다. 나를 버렸다는 강박관념에 시달렸지만, 남들 만난 것을 보니 어린 시절 기억들이 새록새록 떠올라 몸서리치게 그리워진다.

"못 묵는 술이라도 한 잔 허게 술상 좀 봐 오소오. 같이 한 잔 허세에. 이렇게 가슴 아픈 일이 어딧당가. 빈속으로는 못 보겠구만." 털보 영감과 부인은 밤이 깊어가는 줄도 모르고 고향 부모님 생각에 울다가 밤을 지새운다.

부부는 밤이 깊도록 고향에 계신 부모·형제 생각에 감격

하기도 하고 어떻게 계신지 걱정도 하며 찾고자 하는 모든 분들이 내 형제 같은, 밥을 먹을 때도 굶지나 않은지, 잠을 잘 때도, 일을 할 때도, 아이들이 노는 것만 봐도 어릴 적 고향 생각에 한순간도 머릿속에서 떠나지 않은 유년 시절의 고향 기억 때문에 마음속에는 기다림과 서러움, 간절함이 사무치게 떠오른다.

"오메, 저 양반은 얼마나 오지까잉. 형제를 찾았구먼. 오메 좋것능거어." 두 부부는 손뼉을 치기도 하고 '으쩌까잉' 한탄 속에 '우리는 언제 만날까잉'란 말이 숨어있는 속마음을 입 밖으로 내면서 남편은 부인의 손을 지긋이 잡는다. 그리고 찾지 못한 부모님들 생각에 대리만족하며 눈물을 훔친다.

"여보오, 언젠가 통일이 되면 고향에 갈 때까지 건강히 살아요오. 아들 영식이를 데리고 손주 손잡고 고향 갈 날을 생각하면 건강해야댕께. 건강이 최고여어." 순분은 동구를 보며 속마음을 털어놓는다.

"몰라아, 고향 가것써어. 통일이 돼야 가제에. 이러다 늙어 못가면 당신이나 나나 큰일이 아니 것소. 어릴 적 내려와 반백년이 돼가니 이런 해괴한 일이 어딧것소. 그나 언젠가 고향 갈 날이 오지 않것소오." 한순간도 고향 갈 생각을 잊어본 적이 없어서 말은 이렇게 하지만 마음 한구석에는 불안이란 씨앗이 항상 존재했다. 1%라도 희망이 있다면 가정해 놓고 목숨 걸고 기다리고 있는 실향민들이다.

"당신이요, 우리 사는 동안 통일이 안 될 수도 있은 께 당신도 이제 마음 놓고 살아요오. 평생 가슴에 담고 살다가 병이 되지 않았쏘오. 인자 잊어 불고 산 것이 좋은 거 아니요오." 부인은 남편과 살면서 남편의 마음을 너무 잘 알기에 불가능이란 말을 할 수가 없었다. 그러나 통일이 안 될 것 같아 조심스럽게 처음으로 남편 앞에 '안 되면'이란 말을 한다. 그리고 힐끗 남편을 쳐다본다. 얼굴에 수심이 가득하다.

"먼 소리이, 어찌 그런 말을 할 수 있소. 살아온 날이 얼만데 잊으란 말이오. 아깝지 않소? 피난 내려오면서부터 화전민 생활부터 방안 윗목에 고향 갈 준비로 보따리를 풀지도 않고 기다리고 있는데 잊어지것소. 꿈만 끼면 고향뿐이고 한시도 잊은 적이 없는데 잊어지겠냔 말이오. 나는 못 잊어, 말도 안 되는 소리 말어어. 언젠가 고향에 가서 죽어야제. 말도 안 되는 소리 하고 있어." 털보는 말끝마다 힘을 주며 언성을 높인다. 가능성이 없는 줄 알면서도 털보는 불가능을 생각해 보지 않았다. 고향 가기 위해서 지금까지 살아왔는데 부인 말에 대꾸하지 않을 수가 없었다.

"고향 가기 싫은 사람이 누가 있것소오오······." 부인은 손사래를 치며 뒷말을 흘리면서 그게 아니라는 것을 표현한다.

고향을 떠나면서 죽으나 사나 부모 옆에서 함께 있을 것인데 부모 곁을 떠난 것이 천추의 한으로 남아 모진 마음고생을 한 두 부부는 〈이산가족찾기〉 생방송을 보면서 어린 시절부터 추억 얘기를 나누는 일이 부쩍 많아졌다.

"아빠아 이제 어머니 모시고 손지 봐주면서 우리와 함께 살아요오. 나이 드시어 힘든 농사일 그만하시고 이젠 편이 사셔야 되잖아요." 아들 영식이도 옆에서 보기에 딱했는지 거든다. 많이 가르치지 못한 영식이가 결혼해서 부모를 생각해주니 마음으로는 정말 고마웠다. 배우지는 못했어도 부모가 어떻게 살아온 지를 누구보다 잘 알고 있는 아들이다. 요즘 남북관계를 보면 부모님들의 뜻대로 되지 않을 것 같은 예감이 들어서 영식은 조심스럽게 말을 꺼내 본다. 아버지는 자식 말을 듣고만 있다.

이산가족 방북 신청 때마다 신청을 해도 채택이 안 되어 조급한 마음고생은 더욱 깊어만 간다. 김일성이가 죽으면 통일이 될 것으로 생각했는데 그것도 안 되고 금강산에서 이산가족 상봉이 있는 날이면 가보지 못한 고향 사람들을 보기 위해 텔레비전 앞에서 부부는 눈시울만 붉히며 잊었던 고향을 더듬어낸다. 그 뒤로 남북 고위급 만남으로 통일이 금방 될 것 같았는데 그것도 아니었다.

"고위급들이 오고 가면서 통일이 금방 될 것 같았는디 그게 아닌가 비여. 연병할 놈들이 국민들 마음을 편안하게 해줘야제. 부모형제를 살아생전에 못 만난다는 것이 말이여 막걸리여. 오메 미쳐불것네. 더 늙기 전에 가볼랑가 으쩔랑가 누가 알 것어. 니미럴 헐 것들을 그냥……." 순한 털보 영감은 남북관계 이야기만 나오면 화를 내며 톤을 높였다.

"긍게 말이오. 사람 속만 태우고 기다리다 지쳐서 늙어 버렸으니 살아생전에 갈랑가 모르것쏘야." 숨겨놓은 묵은 된장처럼 이산가족 이야기만 나오면 조용한 부부는 혀를 차며 성깔을 낸다.

"인자는 포기하세, 통일만 되기를 속없이 마냥 기다린 내가 미친놈이제. 믿을 놈들 하나도 없네. 이럴 줄 알았으면 처음부터 고향생각 말고 야무지게 살 것인디……." 후회를 하며 한숨을 내뱉는다.

외로운 두 사람에게는 실과 바늘처럼 모진 세상에서 만났기 때문에 아무 탈 없이 둥실둥실 살아가기 위해 남편을 '네모'라고 부르고 각시를 '세모'라고 애칭으로 불렀다.

세모가 둘이 되면 네모가 된다는 의미이기도 하고 서로 의지한다는 의미에서 닉네임이 되어 불렀다. 남편 얼굴이 네모처럼 각지고 털이 많아 자연적으로 네모, 털보라 칭한 이유이기도 했다. 그렇게 두 사람은 의지처가 되었고 서로 아껴주며 사랑하며 살게 됐다.

　봄이면 삐비 뽑고 버들피리 불며 지냈고, 가을이면 산에서 나무를 하며 칡뿌리, 정금, 도토리, 산밤, 맷감 등을 따서 끼니를 때우고 서로 먹여주며 가족 없는 서러움을 똑똑히 감수하며 살아야 했다.

　"털보네는 천생연분인가 비여, 우리 동네 저런 잉꼬부부는 없당께에." 우물가에서 아낙네들이 소곤거린다.

　"긍께 말이여 벙어리를 데리고 살면서어 머시 그렇게 좋은가 모르겠당께."

　"아따 남 말이라고 그렇게 함부로 말하면 못쓰제에."

　"사실은 사실이제 내가 못 할 말 했나아."

　"아따아 잘 사는 것이 시샘난가부네 잉."

　"우리 동네 시샘 안 난 사람 있으면 나와보라고오."

　털보네는 동네 사람들 입에 오르내리기에 충분했다. 칭찬인지 시샘인지 모인 자리마다 안줏거리가 됐다.

세월에 의지하며

전쟁이 쓸고 간 조선 반도는 너무나 처참했다. 살림살이 제대로 된 것은 아무것도 없었다. 먹을 것 입을 것 없는 전쟁고아들은 들끓었다. 광대뼈가 앙상히 드러나고 얼굴에 마른버짐이 핀 부모 잃은 고아들은 길거리에서 흔히 볼 수 있었다. 누구도 책임질 수 없는 전쟁의 흔적은 백성들의 고달픔이었다.

세모와 네모는 천성이 부지런하고 착실해서 동네에서 궂은일은 도맡아서 했고 어려운 일이 있으면 앞장서서 나섰다. 농사철에는 들에서 허리가 휘도록 일을 하고 마을 초상났을 때는 어느 누구 보다 앞장서서 도왔다. 그래야만 타향에서 살길이란 것을 너무나 잘 알고 있었기 때문이다.

1970년도 중반을 넘어 네모는 부지런한 몸으로 산으로 들로 다니며 살기 위해 몸부림쳤다. 사람 사는 세상이라 세월 따라 하루가 이틀이 되고 일 년이 십 년 되어 그리움만 남기고 흘러간다. 시간이 흐를수록 부모·형제가 없는 세모와 네모는 고향을 그리워하다 덧없는 시간만 보내며 일에만 몰두했다.

"여보오, 우리도 자식 하나 더 낳아서 예쁘게 키웁시다요. 언제 통일될지도 모른다." 자식은 영식이 하나만으로 충분했다. 세모는 사정을 하듯 뒷말을 흘리며 간청한다.

"먼 소리이, 어린 자식들 먹이지도 키우지도 못하고 죽어가는 꼴을 그렇게 수도 없이 보고서도 낳고 싶은가? 자식을 낳은 순간 자식이 아니라 천추의 한으로 남는다는 사실을 많이 봐오지 않았소오." 네모는 강한 어투로 말하면서 앞으로 어떤 일이 또 일어날지 모른 세상이어서 자식 키운다는 것은 있을 수 없는 일이라고 생각했다. 통일이 되면 고향 가서 낳기로 네모는 마음먹고 있었다.

고향 떠나 입에 거미줄 치기 십상인 현실에서 자식까지 낳아 키운다는 것은 상상도 못 했다. 그러나 세모는 아무리 힘들어도 정 붙일 곳이 필요했다. 전쟁이 몰고 간 환경에서도 새싹은 피어나듯 인간사 할 도리는 하고 싶었다.

"언제 통일 되겠소오. 내가 키울 테니 걱정하지 말고 하나만 더 키웁시다." 세모 자신이 버버리라는 약점을 가지고 있기에 여자로서 항상 불안했다. 통일이 되면 네모가 자신을 버리고 떠날 것 같은 기분도 들었다.

"우리에게 자식 키울 여력이 어딨소오. 영식이 하나만으로 충분하지 않소오. 시끄러운 세상에 무슨 자식이란 말이오." 온통 고향, 부모님 생각뿐인 네모는 고향 가는 것이 먼저고 자식은 그 다음이었다.

"어려워도 자식 농사가 제일 아니요오. 고향은 고향이고 자식은 자식 아니요오. 이러다 늙어버리면 어떡합니까? 고향 갈 날 기다리다 이도 저도 안 되면 어쩔 것이요오. 언제 고향 갈 날이 오겠소오? 내가 보기엔 틀린 것 같은디. 내가 키울랑게 걱정 마시고 낳게 해주시오." 세모는 너무 아기가 갖고 싶었다. 그래서 사정을 해보지만 완고한 네모를 이길 수가 없었다.

다른 아이들만 봐도 '나도 저런 아이를 갖고 싶구나'가 마음을 요동치게 만들었다. 네모의 완강했던 마음도 통일의 가능성이 없다는 것을 알고부터 세모의 뜻을 거부할 수 없었다. 영식이도 낳고 싶지는 않았지만, 세모의 간청에 하나로 만족하자는 뜻에 따라 낳았지만 둘 낳는 것은 욕심이었다. 키울 여력도 없지만 키우지도 못하고 죽어간 어린애들을 너무 봐선지 네모는 고개를 흔들었다.

"영식이가 외로운께 하나만 더 낳읍시다. 영식이를 키워본께 둘은 있어야 사이좋게 지내면서 부모 속도 알아줄 것 아니요오." 세모는 영식이를 키우면서 생각을 한다. 아들 영식이가 어찌나 예쁜지 키우다가 딸 하나를 더 낳고 싶어 간청하지만 남편은 두말하지 못하게 거절했다.

동네서 부지런하기로 소문 난 세모네모는 마을에서도 잉꼬부부로 살면서 예쁨을 받았다. 네모의 착한 성품을 알아본 마을에서 이장댁 어른은 네모네 부부를 거두어 주었다. 네모는 머슴살이를 하며 궂은일을 마다하지 않았다. 상머슴 일을 하며 닥치는 대로 부지런히 알아서 척척 일을 해주었기에 이장댁은 너무 고마워 식구처럼 대해주며 보살펴 주었다.

네모는 세모와 통일만 되면 빨리 고향 갈 준비로 하루하루를 넘기며 열심히 살았는데 통일될 기미는 점점 보이지 않았다.

"털보 아저씨, 잔등 너머 다랑이 밭에 김장배추 심게 밭갈이 좀 부탁해요." 다른 집 주인들은 머슴에게 반말로 하대를 했지만, 마을 이장댁 주인은 네모에게 절대로 반말을 하지 않고 대해주었다. 주인집 마나님이 삽 들고 아침 들녘을 다녀온 네모에게 말을 건넨다.

"며칠 전에 해놨습니다요." 집안이고 밖이고 쓰레기 하나

없이 빗질을 해댔기에 언제나 마을이 깨끗했다. 마을 사람들에게 칭송이 자자했고 일 년 농사를 훤히 꿰뚫고 있는 네모를 좋아하지 않을 수 없었다.

마을 사람들의 배려로 어렵지 않게 피난살이를 하면서 세모와 네모는 가진 것은 없더라도 힘든 일을 할 때는 서로 위로하며 지냈다. 인심 좋은 주인댁에서 분가까지 해주어 마을 토담집 작은방에서 신접살림을 하게 만들어 줬다. 조그만 땅뙈기 가꾸며 아무리 힘들어도 힘든 줄 모르고 살았다.

"털보 아저씨 손끝이 야무진께 동네서 서로 데려다 일 시키려고 소문이 났다 안 하요오?" 마을 우산각에서 사람들이 쉬면서 자랑할 정도였다.

"동네에서 털보네 같은 사람만 있으면 금방 부자될 거여." 동네에서 쉴 틈 없이 일감이 들어오는 바람에 하루도 쉬지 않고 일하는 네모 가족은 행복했다.

"일을 해야 잡념이 없당께. 고향도 잊어 불고 집 생각도 안 난당께에. 누가 일을 하고 싶어 한 사람이 어딨당가." 하루도 쉬지 않고 일만 한 네모를 보고 세모는 몸 생각하고 일 좀 조금하라고 다그친다. 그때마다 네모는 한결같은 말만 한다.

네모는 하루도 쉬지 않고 뭔가를 해야 직성이 풀렸다. 한恨이 많은 사람이기에 일을 하지 않으면 안절부절못하는 습성까지 생겼다. 진정 걱정한 것은 '통일이 안 되면 어쩌나'가 걱정일 뿐이었다. 고향을 잃고 타향살이에서 살길은 일뿐이라고 여겼다.

"세모오. 오늘은 일도 바쁜 것이 없는 께 장에나 갔다 올까. 오늘이 장날이구먼." 네모는 실어증이 걸린 세모가 오로지 나만을 의지하며 살기에 장날이면 가끔 바람도 쐴 겸 대동하고 장에 간다.

"영식이 가을옷도 사고 그러게 다녀옵시다." 네모는 고향에서 어머니가 시장가면 사다 준 군것질 생각이 나서 고향 생각에 항상 세모를 대동하고 다니기를 좋아했다. 세모도 마찬가지였다. 장터 구석구석 구경하며 세모 예쁜 신발도 샀다. 그리고 점심때면 고향에서 먹던 팥죽 생각에 사 먹기도 하고 풀빵으로 끼니를 때우며 장터 구경하기를 좋아했다. 돌아오는 길은 서로 손을 맞잡고 십 리 길을 걸었다 쉬었다 하며 돌아오면서 고향 향수에 젖어본다.

모든 사람이 어려운데도 골목마다 아이들 소리가 요란하고 어른들은 서로 품앗이 해가며 돕고 살았다. 아낙네들은 우물가에서 빨래하다가 장에 갔다 돌아오는 네모와 세모 씨를 부러운 눈초리로 쳐다본다. 잉꼬부부라며 부럽도록 시샘을 한다. 골목에서 놀고 있는 어린아이들은 털보 영감에게 인사를 한다.

"우리도 언제나 손을 꼭 잡고 저러코롬 사라볼까잉." 우물터에서 아낙네들이 네모네를 보고 시샘을 한다.

"오메 서로 고향 사람인께 얼마나 의지가 되것소오. 외로운께 그러제에."

"억지로는 안 되제에. 피난 내려와 고생한 것을 보면 짠하기도 하고 부부간에 정 붙이고 살라고 노력한 것을 우리가 본 받아야 헌디, 우리 집 영감탱이는 게을러서 못혀."

"우리 영감은 털보 반의반이라도 따라가면 좋것소만." 동네 아줌마들의 뒷담화가 쉴 틈이 없다.

"우리 집 인간은 안 디야, 안 된당께. 저러코롬 할 수가 업제잉. 단 한 번만이라도 저러코롬 영감 손잡고 살아봤으면 소원이 없겠구만." 상촌댁이 열을 올리며 말을 한다.

"우리 집 영감은 맨날 노름만 하고 잡바졌으니 살 수가 없당게라우. 털보네가 부럽당께." 자기 남편들 흉보기 바쁘다. 네모 때문에 동네 부부 싸움이 일어날 때도 있었다.

세월은 무심히 흘러가고 털보네도 고향 가기를 잊고 살 정도로 무디어져 갔다. 아들 영식이 하나 가르치기 힘든 세상이지만 관여치 않고 자기 복 자기가 갖고 태어난다는 심정으로 키우며 살았다.

어느덧 아들 영식이는 어렵게 초등학교를 나와 부모님의 농사일을 도와주다 밤 열차를 타고 돈 벌러 간다고 서울로 떠났다. 못 배운 것을 전혀 부모에게 부담 주지 않고 친구 따라 떠나고 말았다.

"영식아, 못 갈쳐서 미안하구나. 어디 가서나 착실하게 일하면 먹고는 살아야아. 몸 조심허고오." 털보 아버지는 영식에게 아버지 노릇 못함을 미안하게 여겼지만, 영식은 부모님의 처지를 잘 알기에 괘념치 않았다.

"어머니 아버지 괜찮습니다. 걱정하지 마세요." 세모는 아들을 보내놓고 한없이 울었다. 아들 하나 달랑 있는 것을 이제는 후회한다. 최소한 둘은 있어야 서로 의지하며 살 텐데 외롭게 홀로 살아갈 것을 생각하니 못내 아쉬움이 남았다.

"부모님전상서……"

한 달이 지나서 편지가 왔다. 공장에 취직했다며 월급 받아서 함께 보내왔다. 세모는 가르치지 못한 자식인데 부모를 생각해서 맛있는 것 사 먹으라고 돈까지 보내주니 세모는 부엌문을 잡고 한없이 울었다.

"어머니 아버지 서울 구경도 하고 창경원 구경도 하게 한 번 다녀가세요?" 매달 아들 편지 기다리는 세모와 네모는 아들 소식을 들으면서 조금씩 고향을 잊고 하는 일에 재미를 붙이며 안정을 찾아갔다.

통일전망대

"어이, 이것 좀 먹어보소잉, 맛있당께." 털보 영감은 산에서 땔나무를 하다가 맷감 홍시를 따서 세모에게 갖다 주곤했다. 오로지 세모를 향한 마음은 우렁각시였다.

"머다라 각고 왔소잉. 시장형께 잡수고 오제." 세모는 잡수도 못하고 일만 한 영감을 생각해서 하는 말이다. 영감은 일하다 먹는 것이 있으면 자기 입으로 넣지 않고 세모를 생각했다. 산이나 들에서 산딸기가 있으면 넓은 호박잎으로 싸서 할멈에게 갖다주기도 하고 삐비 뽑아서 갖다주기도 하고 냇가에 가면 우렁쉥이 고무신에 담아서 반찬으로 해 먹기도했다. 잔칫집에 가서도 인절미 한 쪽이라도 주머니 속에 넣고 와서 할멈에게 갖다주었다.

"남들이 눈치본디 머다라 각고 오요."

"내가 먹는 것을 각고 온디 언쩐당가. 당신 입이 심심할 것 같아서, 걱정하지 말고 어어서 묵어." 주머니 속에서 납작해진 인절미를 꺼내서 할멈 입에다 내밀어 주었다. 세모는 하늘 같은 네모를 존경하지 않을 수 없었다.

"오늘은 뒷도랑 논 좀 매고 올랑께 새참으로 막걸리나 받아오소잉. 글고 날씨 더운께 밖에 나가지 말고오." 세모 할머니 아껴주는 사랑은 절절히 묻어났다.

"알것써러우."하면서도 세모는 콩밭에서 가서 김매기를 하며 일손을 도와준다. 오늘은 털보 영감에게 전번에 잡아 온 우렁쉥이 된장국 끓여 가지고 갔다. 네모 할아버지는 막걸리를 단숨에 맛있게 먹곤 했다.

"당신도 한잔 혀봐. 속이 든든 허당께. 배고플 때는 최고여어. 글고 인자는 아무 걱정 말고 나만 믿고 살면 돼. 영식이도 저러코롬 키워놨는디 뭐가 부러운가?" 소나무 그늘 밑에서 세모와 새참을 먹으며 달래본다.

"인자는 아들 영식이도 크고 뭣이 걱정인가아 니미럴 헐 것 통일 생각하다가 다 늙어부렀지 않능가 인자는 잊어 불고 사세. 털끝만치도 신경 쓰지 말고 알것제에." 네모는 막걸리 한잔에 체념한 듯 세모를 위로해준다.

밭이고 논이고 뽑아도 끝도 없이 자라난 풀이란 놈은 힘겨운 농부들을 더욱 힘들게 했다. 그러나 풀하고 싸우면서도 동무처럼 생각하고 있다. 그렇게 반세기를 넘어 검게 탄 주름진 얼굴과 남생이 등가죽 같은 손발이 농사일로 세월을 말해준다. 밭으로 논으로 하루도 쉴 틈이 없이 일한 세월이 어느덧 환갑을 넘는 나이가 되었다. 힘에 부쳐 일도 힘겨웠다.

배운 것이 일뿐이라 오늘도 세모는 무더운 날씨에 뒷밭 콩밭 김매기를 하다 돌아오고 네모는 논에서 김매기를 하다 해가 넘어가서야 돌아온다. 네모는 며칠 전에 아들에게 편지 온 서울 구경 얘기를 꺼낸다.

"할멈, 영식이도 볼 겸 서울 한번 다녀옵시다. 글고 임진각인가 통일전망댄가 뭔가 망원경으로 보면 개성이 보인당께 거기도 한번 다녀오고." 아들 영식이 보잔 말에 세모 얼굴이 밝아진다.

"정말 보일께라우." 세모는 서울 구경은 생각하지 않고 영식이가 보고 싶어 가고 싶은 마음이 굴뚝같았다.

열차를 타고 산을 넘고 들판을 지나는 동안 노부부는 말이 없다. 그 옛날 피난 나오던 생각들이 주마등처럼 스쳐 지나간다. 각자 머릿속은 깊은 생각에 간섭도 할 수 없는, 그냥 부부는 먼 하늘만 쳐다보며 오만 생각들이 스쳐 지나간다. 눈은 가늘게 뜨고 달리는 열차는 전봇대와 전선을 하염없이 뒤로 밀쳐 지나간다. 그리고 산이고 들이고 존재하는 모든 것들을 뒤로 흘려보내며 달리고 있다. 살아온 인생이 마냥 뒤로 흘러간 것처럼.

노부부는 초점 잃은 눈동자로 지나온 인생을 되돌아보며 갈 수 없는 고향을 볼 수 있다는 말에 세모와 네모는 조금은 들뜨기도 하고 살아생전에 갈 수 없다는 고향, 그림에 떡이 아니겠는가? 그래서 멍하니 달리던 유리창 너머로 밀쳐지는 풍경을 바라볼 뿐이다.

살아온 인생사가 영화처럼 펼쳐진다. 태어난 개성을 뒤로하고 굽이굽이 돌고 돌아 현재에 이른 것처럼 고된 삶이 달리는 열차에 고스란히 녹아내린다.

"엄마아아……" 개성을 떠나던 날 어머니의 손을 놓고 헤어지던 순간이 꿈을 꿀 때마다 나타나고 떠나는 열차를 아무리 잡으려 해도 잡히지 않는 꿈은 네모를 외롭게 만들었다.

"덜그덩 덜그덩 덜그 덜그 덜 덜 덜……" 바퀴의 마찰음이 기차의 속도에 따라 쥐락펴락 빨랐다 느렸다 한다. 처음 떠나는 기차 여행이 노부부의 가슴을 설레게 만들었다.

열차를 타면 어릴 적 외갓집 가던 때가 생각난다. 설렘 반 기대 반 잠 못 들던 어린 시절, 누구나 어린 시절은 소중하게 간직하며 산다. 노부부는 가지 못한 고향을 마지막이 될지도 모른다는 생각에 안절부절못하고 먼 산만 바라보며 달리고 있다.

허허벌판을 지날 때면 피난 내려오던 한기가 그대로 전해진 듯 노부부 잔주름과 눈가에는 세월의 흔적만큼 서러움이 묻어난다. 그 서러움이 한恨이 되어 가슴에 멍으로 남아있다. 모든 것을 잊고 이대로 은하철도999처럼 하늘을 날아 고향까지 아니 천상의 세계까지 질주하면 좋겠다는 생각마저 들었다. 열차는 아무것도 모르고 기를 쓰고 냅다 달린다.

세모와 네모는 손을 잡고 서울역에서 내렸다. 내 나라 내 땅인데도 이국적인 하늘인 것 같고 덩그러니 오갈 때 없는 존재감은 피난 시절을 생각하니 오금이 저려온다.

처음 고향을 떠나던 날이 떠오른다. 목숨만 부지하면 언제든지 갈 수 있다는 생각이었는데 그 고향을 50년이 넘도록 가지 못하고 있으니 무정한 세월을 탓하며 서울 하늘을 바라본다. 마중 나온 아들 영식이 뒤를 따라 노부부는 임진각으로 향하고 있다.

'나의 살던 고향은 꽃피는 산골······' 임진각에서는 고향의 봄노래가 은은하게 들려온다. 많은 실향민들이 눈을 가늘게 뜨고 북녘 하늘을 바라보고 있다.

"저기가 개성 아닌기아. 오메오메 사람 사는 곳에 어찌 이런 일이 있을꼬. 오마니라 부르면 달려 나올 것 같은 거리메 연빙할 놈의 세상." 고향 말이 여기저기서 나왔다. 네모는 가슴을 치며 한숨을 내쉰다. 흐릿한 안개 속에 펼쳐진 개성 하늘은 손에 집힐 듯 두 눈에 들어오는데 갈 수 없는 고향에 부모·형제가 계신다는 생각을 하니 마른 눈물이 서럽도록 손수건을 적신다.

"여보오, 우리 오래 살기야. 고향에 가보고 죽어야 되지 안 것서어. 조금만 참아보드라고." 세모를 바라보는 눈에서 눈물이 글썽인다.

"자유롭게 나는 새들만도 못한 인간들이 우리구만요. 가고 싶어도 가지 못한 세상이 어딨다요. 철새들도 지들 맘대로 왕래하는디." 웅성거린 사람들의 목소리가 여기저기서 들려 온다.

"바로 쩌긴데 바로 쩌긴데 왜 갈 수 없는 기야." 네모는 왼손으로 지지대를 잡고 오른손은 고향 하늘 개성 쪽으로 향하며 마치 어릴 적 고향을 어루만지듯 흐느끼듯 탄식을 한다.

세모와 네모는 임진각을 다녀온 뒤로 며칠 동안 몸살을 앓았다. 차라리 고향 하늘을 보지 않을 걸 괜히 봤다는 생각도 들었다. 고향에 대한 애착과 부모·형제 그리움은 생각만으로 충분하단 것을 처음 느꼈다. 더 이상 호들갑 떨 필요는 없다는 것을 절실히 느낀 계기가 되었다. 그래서 일손도 잡히지 않고 무슨 일을 해야 할지 아무 생각이 안 들었다. 부부는 임진각을 다녀온 뒤로 말없이 우둑하니 먼 산을 바라보며 한숨을 내쉬는 시간이 많아졌다.

"세모오, 타향도 정이 들면 고향이라 하지 않던가. 인자는 잊고 사세나, 더 무엇을 바라겠는가? 갈 수 없는 고향인 걸, 당신을 만나서 고맙고 고마웠네. 모든 걸 잊고 당신과 영식이만으로 충분허네. 미련 없이 살다 가세." 네모는 세모 손을 잡으며 눈시울을 붉혔다.

"울긴 왜 울어요. 통일이고 고향이고 인자부터는 말하지

맙시다. 저를 살린 사람이 당신인디 고맙고 고맙지라우. 당
신을 만나 목숨 부지하고 살랐으니 당신 덕으로 살았제 누
구 덕으로 살았것쏘오. 인자는 마음고생 그만 두고 건강하게
살다 갑시다." 세모의 말에 네모는 고개만 끄덕인다.
　세월은 말이 없다. 덧없이 흘러버린 지난 세월 앞에 네모
부부는 기다리고 기대했던 모든 것들이 한순간에 무너져버
리는, 희망이 없는, 앞으로의 시간들을 어떻게 살아가야 하
나, 네모는 세모를 가슴으로 안아준다.

아픈 세모

아침에 일어나니 하얀 서리가 초가지붕 위에 하얀 솜털처럼 내려앉아 있다. 마을 굴뚝마다 하얀 연기가 자욱하게 피워 오른다. 산골 마을 거리에는 오가는 사람 아무도 없이 정적이 흐른다. 털보 부부도 늦잠을 자고 일어난다.

앉으나 서나 고향 생각뿐인 털보 부부는 포기를 하면서도 포기할 수 없는 고향을 가슴에 묻어두고 또 한 가지 풀어야 할 숙제가 남아있었다. 세모가 실어증에 걸려 어린아이들에게 '버버리'라는 놀림감이 되고 동네 사람들과 소통하는 데 어려움이 많아 저녁 밥상을 치우고 세모에게 발음 연습을 해야 했다.

배려심 많은 네모 덕분에 많이 좋아지기는 했지만, 세모는 털보 영감이 가르쳐준 대로 열심히 연습을 했다. 네모 없인 하루도 살 수 없는 세모는 놀림감에 관여하지 않고 오로지 일만을 천직으로 알고 자신의 처지를 잊으려고 노력하며 산 여자다.

"아 아 아 해봐. 기역 니은 디귿 리을 입을 더 크게 벌리고오…… 어머니 아버지 오빠 해봐. 그래야 통일되면 고향 가서 부모·형제들과 말 해야제에. 지금 연습하지 않으면 영원히 말 못 한 버버리가 될거야. 계속 놀림을 당하고 싶어어? 알겠서어. 내 입 보고 따라해 봐. 그렇지, 연습하면 말 잘할 수 있어. 연습을 자주 해야 잘할 수 있당께에." 시간

날 때마다 글 배우는 아이처럼 말을 가르쳤다. 세모도 싫은 내색을 하지 않고 배우려 한다. 입을 크게 벌리며 실어증에 걸린 부인을 고치기 위해 털보 영감은 정성을 다하고 있다.

세모도 하나둘 배워가며 입 모양, 혀를 내밀며 교정하기도 하고 목소리를 내면서 틈틈이 네모 입을 따라 연습을 했다. 완전한 목소리는 안 나왔지만 의사소통하는 데는 별문제 없을 정도로 고쳐졌다. 그래서인지 남편을 사랑하는 마음이 극진했고 남편 옆에 항상 함께하는 것을 좋아했다. 남편을 하늘에서 내려준 천사로 여기며 받들어 모셨다. 남편도 가엽게 여겨 '나 아니면 누가 지켜주겠는가' 마음으로 부인을 생각했다. 서로의 마음은 하나였다. 두 번 다시 고향 생각은 하지 않기로 했음에도 가슴에 박혀있는 고향은 어쩔 수가 없나 보다. 통일이 되면 고향 간다는 것은 변함이 없지만, 한시도 잊을 수 없는 고향, 그날을 기다리며 하루하루 보낸 것이 벌써 70년이 지나고 있다.

"여보오, 당신에게 할 말이 있소오." 네모는 저녁을 먹고 밥상을 들고 나가는 세모를 보고 예전과 다르게 여보라고 의미를 부여하며 부른다.

"무슨 일이요, 연속극 하것구만, 연속극 보제에⋯⋯." 세모는 요즘 저녁을 먹고 나면 연속극 보는 재미로 산다.

"연속극이 문제가 아니랑께. 오늘 곰곰이 생각해봤는디 심각한 사태가 있당께." 네모는 아랫목에 앉으며 세모를 손짓으로 오라고 한다.

"먼디 심각한 것이 있다요." 세모는 가까이 앉는다.

"당신 통일이 안 되어 고향 못 가고 내가 먼저 죽으면 당신은 어쩔 것이여." 네모는 심각한 모습을 지으며 세모 얼굴을 보고 말을 건다.

"아직 거기까지 생각을 안 해봤는디, 통일되면 언젠가 고향 가것지라우." 항상 고향 갈 걸로 생각했기에 네모만 의지하고 살았던 것을 새삼스럽다는 듯이 대꾸를 한다.

"인자는 그것이 아니랑께. 통일도 필요 없당께. 전번에 아들 영식이 말 안 들었어어? 글고 동네 사람들도 포기하고 살라고 하지 않던가. 나도 늙고 당신도 늙어 고향 갈 수 없는 지경인데 우리는 어떻게 해야하냐고. 내가 먼저 죽으면……." 네모는 고민을 했는지 목소리를 높이며 심각하게 내뱉는다.

"당신 죽으면 나도 따라 죽어야지요." 네모만 바라보고 살아온 세모 생각은 진심이었다.

"그게 말이 되냐고오. 이 할망구야, 큰일이구만." 네모는 가슴을 치며 긴 한숨을 내뱉는다.

"당신 나 죽으면 아들 영식이 따라가서 살아. 촌구석에서 일할 생각허지 말고 알았써어?" 진심이다.

"먼 그런 소리하요오. 당신 없으면 나는 못 살지라우. 어떻게 살아요."

"그러니까 큰일이랑께. 분명 내가 먼저 죽는 것은 사실잉께 내가 하라는 대로혀. 알았제?" 네모는 닥쳐올 일이 눈에 보인 듯 대못을 박듯 당부한다.

"그런 말 하지 말아요오. 생각하기도 싫은 생각을 당신은 했쌌고 그러요오." 세모는 진심 어린 네모의 생각을 듣고 감정이 복받쳐 올라와 눈물을 훔친다.

"다시 한번 말하지만 잘 생각해봐 이 사람아. 통일이고 뭐고 인자는 필요 없당께. 당신과 내가 어떻게 사는냐가 더 중요허단 말이여. 알았써어?" 세모는 듣고만 있다. 그렇게 말을 하면서도 네모는 괴로워한다. 닥쳐올 미래를 생각하니 답답함이야 말할 수 없다. 밤마다 꿈속에서는 고향에서 뛰놀던 생각뿐인데 현실은 그렇지 않으니 고민하지 않을 수가 없다. 이제 기력 쇠해지고 늙어가니 고향과 부모·형제는 저승에서나 만날 것 같은 예감이 엄습한다.

작년 여름부터 세모가 어지럽고 가슴이 두근거린다는 말에 신경이 쓰였다. 임진각 다녀와서 놀라서 그런 줄 알고 네모는 아침부터 세모의 손발을 비벼주기도 하고 등을 만져준다. 세모는 밥을 지으려고 부엌으로 나간다.

"많이 아파아? 오늘은 병원에 가보세." 네모는 아침을 먹고 걱정이 되어 말을 건다.

"금방 괜찮겠지라우. 조금 지나고 자고 나면 좋아지것지요. 며칠 더 있다가 가 봅시다." 세모는 병원에 가보자는 말에 극구 반대를 한다.

자고 나면 좋아졌다가 종종 아픔이 반복되는 것을 일상인 것으로 알고 그러려니 차일피일 시간을 보냈다.

"엄마아, 병원에 안 가시고 뭐해?" 영식이가 주말이면 내려와서 일손을 도와주다 세모를 걱정한다.

주말이면 영식이가 농사일로 내려와서 부모 아프단 말을 들으면 가슴이 아팠다. 세모는 영식이 내외와 손자들이 내려와 왁자지껄 떠드는 가정들이 너무 좋아 보였다. 세모는 자식 여럿 나서 화목하게 지내는 것이 소원이었는데 네모의 반대로 달랑 영식이 하나 둔 것을 매우 후회하고 있다.

똘똘하니 영식이 하나로 만족하는 것이 최고로 여긴 네모는 배 굶지 말고 길게 건강히 사라고 영식이라고 이름을 지었다.

"영식아, 어미애비 죽더라도 통일되면 꼭 고향에 가봐야 쓴다. 부모가 어떻게 살아왔는지 니가 잘 알 것이다. 우리가 풀지 못한 꿈을 니라도 부모 한을 풀어야 눈을 감제 저승에서도 어찌 눈을 감겠느냐아. 우리 가족 뿌리가 거기가 있은 께 알았제에? 글고 나 죽더러도 니 엄마 잘 모셔야한다잉." 고향 주소를 적어주면서 못이 박히도록 일러주고 당부를 한다. 그 뒤로 영식이는 부모님의 소원이 무엇인지 알기에 아버지가 적어준 노란 종이쪽지 주소를 고이 간직하기 위해서 지갑 깊숙이 담고 다녔다.

"알것써라우. 걱정하지 마시고 이제는 편안하게 사셔요오. 요즘 젊은이들은 통일이 뭔지도 모르고 북한이 있는 줄도 모른 세상이어라우. 통일이 안 되기를 바라는 사람이 많아요. 독일 통일을 봤잖아요. 통일되면 문화도 다르고 수준 차이가 많이 나서 나라 경제가 폭망한다는 의견들이 많아요. 그렇께 아부지 맘 잘 알지만 내려놓으면 좋겠어요. 인자는 통일이 언제 될지 모르는, 아니 통일이 안 될 수도 있은께 마음 놓고 엄마랑 건강하게 사시면 돼요." 친척 하나 아무도 없는 곳에서 평생 고생한 부모님을 봐왔기에 여생을 편히 사시기를 바라는 마음뿐이었다.

전쟁이 끝나면 금방 고향 갈 생각으로 아들 하나 낳고 공부도 많이 못 시키고 건강하게만 자라기를 빌었다. 자식에 의지한 것이 아니라 통일이 언제 되느냐에 목적이 있었기 때문에 아들 영식에게 별 기대감은 없었다. 그러나 이제는 아들 말을 들어야 하는 늙다리 신세가 되었다. 그래서 세월이 흘러 늙은 노부부는 통일이라는 허무맹랑한 것을 붙잡고 왜 살았는지 후회할 뿐이다.

"인자 늙어서 고향 가서 뭐 하겠능가아. 영식이 말도 일리가 있네. 부모님들도 모두 돌아가셨을 것이고 아는 사람 아무도 없는 고향이 뭐시 보고 싶은가? 포기하고 살아아. 정들면 고향이라 하지 않던가." 네모는 세모 어깨를 다독이며 결정했다는 듯 포기라는 단어를 쓰며 안심을 시켰다. 마을 사람들도 딱해서인지 똑같은 말을 하며 거들곤 했다. 그래도 네모는 '내가 뛰놀던 어릴 적 고향을 아무리 그래도 포기할 수 없는 것인데……'라며 혼자 말을 중얼거리곤 한다.

아무도 없는 타향에서 자식이라도 많이 낳아 왁자지껄 살걸, 고향 간답시고 자식 하나 더 낳자던 세모 말을 왜 그리 외면했는지 이제 사 후회한다.

자식 많이 낳아 억척같이 벌어서 우리가 못한 공부를 빚을 내서라도 가르치다 보면 사는 곳이 고향이다는 것을 알았을 텐데, 허무맹랑한 못된 통일을 붙잡고 집착하며 살았다. 옹고집 하나로 다 늙어버렸으니 이 일을 어쩌란 말인고.

고향, 부모라는 이유로 밤이 늦도록 몇 날 며칠을 뜬 눈으로 고향 소식이 전해올까 아니면 나를 찾는 그 누군가 있을지도 모른다는 생각이 들기도 했다.

남북한 뉴스만 나와도, 정적을 깬 전화벨이 울려도, 혹시 누가 사립문을 열고 들어올 것만 같은, 한시도 눈을 뗄 수가 없는 북녘땅 소식에 초조하게 지낸 지난 시간들을 어찌 되돌릴 수 있단 말인가? 시간은 자꾸 흐르는데 마음만 조급해지다가 어느 순간부터 '내 부모·형제는 어느 하늘 아래 계신지, 살아나 계신지' 푸념처럼 토해낸다. 네모는 세모에게 포기란 말을 하면서도 마음 한구석에는 포기할 수 없는 진한 응어리가 되살아났다.

이산가족 방북 신청을 해도 번번이 누락되어 점점 희망이 없어지고 이젠 포기한 상태가 되어 이제 갈 수도 없는 고향, 만날 수도 없는 부모·형제 죽어서나 만날까 대책도 없고 희망도 없는 현실에 사는 것은 의미가 없었다. 오로지 의지할 곳은 함께한 세모와 속 알아준 아들뿐이다. 그래서 동병상련同病相憐이라고 서로 애틋하게 여기며 털보 부부는 서로 아껴주고 위로하며 살아갈 수밖에 없었다.

털보 영감 네모 속마음을 알아주는 사람은 아무도 없었다. 말 수 없고 조용히 일만 한 네모의 깊은 속을 누가 알겠는가? 하루 한 시가 조급하게 살아온 사람이 네모 부부인데 그 마음을 헤아릴 길이 없었다. 이제는 네모 자신이 죽더라도 세모가 건강하게 지내기를 빌 뿐이다.

네모와 세모는 오로지 통일만 되기를 기다려 왔는데 무정한 세월만 하염없이 흘러 몸만 늙어버렸으니, 그래서 닥쳐올 일이 불 보듯 뻔한 일이기에 세모를 더욱 아끼듯 대해주는데 세모는 아직 현실을 받아들이지 못하고 있으니 답답할 지경이다. 통일이 뭐라고 우리를 이 지경으로 만들었는지 좀 더 일찍 알아차리지 못함을 후회하고 있다.

무정한 긴긴 세월은 흘러가기만 했다. 항상 늙지 않고 살 줄만 알았는데 기다림에 지쳐 늙어버렸다. 변하지 않는 것이 없다는 것을 처음 알았다. 아이가 어른이 되고 빈 공간을 내주어야 채워진다는 것을 새삼스럽게 알아차렸다.

세모는 콩밭에 갔다 오면 오목가슴을 만지며 구토 현상을 보였다. 영식이 내외도 어머니 건강을 염려해 급히 내려왔다. 점점 야위어 간 어머니 얼굴을 보고 깜짝 놀라 병원으로 모시고 갔다.

"너무 늦었습니다, 위암 말기입니다." 의사는 영식이를 별도로 불러 길면 6개월 남았다는 말과 마음의 준비를 하라는 말을 덧붙인다.

네모는 6개월 남았다는 말에 그 자리에서 주저앉고 말았다. 그리고 의식을 잃었다. 세모는 체념한 듯 눈물만 흐르고 있다. 영식이도 창밖을 바라보며 눈물을 훔치며 어머니의 가녀린 일생을 애달파하고 있다.

어지럽고 가슴이 아프다고 할 때 일찍 병원에 데리고 갔어야 했는데 못 간 것을 이제 후회를 한다. 흘러간 과거를 생각하면 할수록 못난 자신을 한없이 질타할 수밖에 없었다. 모든 것이 자신의 불찰이다. 미련하고 어리석은 자신을 뒤늦게 되돌아본 네모는 세모를 바라보며 눈물만 하염없이 흐르고 있다.

콩밭에서

세모와 네모는 통일전망대를 다녀온 뒤로 며칠을 몸살 알면서부터 몸이 예전과 다른 단 것을 알았다.

세모가 병원에 다녀온 뒤로 네모는 한숨만 내쉬며 어찌할 바를 모르고 세모 곁을 맴돈다. 네모 부부는 살아온 만큼 방안 가득 무수한 말들이 오고 가고 있다. 네모는 연신 담배만 피워댄다.

"여보오, 팔자가 그런디 으쩔 것이오. 내 걱정 마시고 당신 건강이나 걱정하시오. 다음 생에 또 만나 고향 땅에서 건강히 살아요." 떨리는 목소리로 세모는 울고 있다.

"고생만 허고." 네모는 세모 머리를 두 팔로 안아준다.

병원에서 지어준 진통제 약으로 버티고 있는 세모는 죽을 때 죽더라도 쉬지 않고 예전과 다름없이 집안일과 잡일을 하며 생활을 이어가고 있다.

오늘이 될지 내일이 될지 모를 목숨을 네모 앞에서는 태연한 척 숨기고 싶었다. 그럴수록 네모 앞에서 안 아픈 척하며 일찍 일어나서 청소도 하고 네모 옷도 꿰매며 마음의 준비를 하고 있었다.

"아픈디 뭐가 그리 하고 싶을까잉." 담배를 물고 바라보고 있다.

"몸이 인자는 안 아픈디요. 염려허지 마시오. 한번 죽제 두 번 죽으요? 의사가 잘못 오진헝거 아닌가 모르겠소야."

세모는 너스레를 떨며 네모를 안심시킨다.

"오늘은 뒷도랑 콩밭이나 어떻게 생겼는지 다녀올라요. 바람도 쐴 겸 한번 다녀올랑게 걱정허지 마시요오잉." 세모는 호미를 들고 밖으로 나간다. 네모는 밖으로 나간 세모를 우두커니 바라보고 있다. '몸도 아프면서……' 중얼거리며.

세모는 죽는다는 것을 부정하고 있다. '어떻게 살았는데 그냥 죽을 수는 없지'라고 자신에게 의미 부여를 하고 있다. 네모 곁을 떠난 것도, 고향을 가지 못하고 죽는다는 것은 상상도 하기 싫었다. 죽는 날 받아 놨지만 두려울 게 없었다. 쉽게 죽을 수는 없다고 생각하며 밭으로 향하고 있다.

네모도 인생 마지막 종착역을 향하여 달려가는 세모를 어떤 말로 위로를 해도 위로가 되지 않을 것 같았다. 삽을 들고 들로 나가면서 연신 '어쩌까잉'만 되뇌며 걸어가고 있다.

세모는 뒤뜰 콩밭으로 가면서 내년에도 이 길을 걸을 수 있을지, 올해 농사지은 콩을 거두어 추수나 할 수 있을지, 지긋지긋한 풀들도 또 만날 수 있을는지 복잡한 생각을 하면서 걸어가고 있다.

한여름 억척스럽게 올라오는 쇠비름과 띠 뿌리 잡풀들은 아무리 뽑아도 비가 오면 되살아나니 농부들한테는 골칫거리 풀이다.

여자들은 밭에서 거의 앉아서 하는 일을 도맡아 해야 하고 남자들은 논에 난 나락이 밥이 되어 입으로 들어갈 때까지 서너 번 김매기를 해야 하고, 서너 번 꼴을 베어야 하고 나락이 익으면 지게로 짊어져 나르고 타작하는 일까지 여든 여덟 번의 손이 가야 먹을 수 있는 곡식이다 보니 평생 하루도 쉬는 날 없이 일을 해야 했다.

수없이 농사를 짓지만, 입에 풀칠하기가 쉬운 일이 아니다. 하기 싫어도 해야 하는 농사일을 임진각을 다녀온 뒤로 마음이 바뀌었다. 이제는 손을 놓고 싶었다. 미련도 없이 버리고 싶지만 배운 것이 도둑이라고 철 따라 씨 뿌리면 올라오는 농사를 벗 삼아 일해 왔다.

"날씨도 더운께 바람 쐬고 언능 들어오제 으쩔랑가 모르겠네. 시원한 물이라도 가져가제는." 네모는 걱정이 되어 마을 돌담길을 가로질러 가면서 여러 가지 고민을 할 수밖에 없었다. 오목가슴이 아프다고 할 때 일찍 산 너머 돌팔이 의사 만석이 집으로 달려가지 못한 것부터 함께했던 사소한 것까지 미련과 아쉬움이 많이 남았다.

피난 내려올 때 대구역에서 만났던 기억, 장티푸스에 걸려 치료받던 기억, 영식이 동생 갖자고 애원하던 모습, 군대 보내놓고 홀로 고생했던 순간 등 사소한 것들까지 만사가 교차하고 있다.

지금 홀로 콩밭으로 가면서 무슨 생각을 하고 있는지, 남편과 영식이를 두고 떠난다는 생각, 남편 앞에서 큰 소리로 속 시원히 울지도 못하고 아무도 없는 곳에서 홀로 통곡하고 있지나 않은지, 생각할수록 소중한 순간들이 가슴을 미어지게 했다.

"나락아, 나락아 어쩌면 좋으냐? 고향도 필요 없고 부모도 필요 없으니 세모만 낫게 해주면 안 되겠니?" 네모는 나락 포기를 잡고 사정하듯 애원한다. 일하다가 말다가 일손이 잡히지 않아 논둑에 우둑하니 앉아 네모 역시 목 놓아 울고 있다.

"세모 없이는 나도 못 살아아. 어떻게 사냐고오. 내가 먼저 죽어야 헌디." 온 세상이 정지된 상태에서 사실이 아니기를 꿈이기를 하느님, 부처님 모든 신에게 빌고 있다.

"여보오, 세모 할멈." 시간이 얼마나 흘렀는지 해가 서산에 걸리고 어둑해지고 있다. 네모는 술이라도 먹고 취하고 싶어서 총총걸음으로 집으로 향한다. 세모를 불렀지만 집안이 조용하다. 남의 집 굴뚝에는 밥 짓는 연기가 하늘거리듯 올라오는데, 우리 집안은 너무 조용하다. '혹시 아직도 할멈이 밭에서 안 왔쓸까아?'하고 재차 불러본다.

"어이, 세모, 할머엄." 한 번 더 세모 할멈을 불러본다. 들에서 일하다가도 먼저 들어와서 항상 밥을 짓고 준비한 사람인데 오늘은 이상하다. 술 한잔 먹고 싶은 생각은 없어지고 아픈 세모가 가슴에 박히듯 겁이 덜컹 난다. 두 번 세번 거듭 불러도 아무 대답이 없다. 발걸음은 자기도 모르게 뒷산 너머 콩밭으로 향하고 있다.

"바람만 쐬고 오랑께 먼 일로 지금까지 안 왔을까잉. 안올 리가 없는디, 으째야쓰까잉." 덜컥 겁이 나는 생각에 이르니 발걸음이 걷는지 달린지 모르게 달려가고 있다. '아니지, 그럴 수는 없지, 이러면 안 되지이' 불길한 생각을 지우려 해도 자꾸 되살 난 생각은 네모 발걸음을 거칠게 만들었다.

"여보오, 세에모오오, 영식이 어매에." 급할 때는 세모가 아니라 아들 이름이 먼저 나왔다. 들판이 울리도록 아들 이름을 부르며 점점 밭 가까이 가고 있다. 콩밭이 가까워져도 아무리 불러도 대답이 없다.

어둠이 내리고 하늘엔 첫 별이 유난히 반짝이고 있다. 어둑해진 들판은 여름날 개구리 울음소리가 네모 마음을 알아주는 듯이 개굴개굴 요란하게 짖어댄다. 그리고 이름 모를 여름벌레들의 다양한 울음소리가 네모 할아버지 애간장을 알아주는 듯 구슬피 울어댄다.

조용한 들판에 네모 할아버지 목소리가 세차게 메아리치며 울리고 있다. 콩밭 모퉁이에 접어들자 더욱 크게 불러본다. '어디 갔을까잉. 이 노무 할망구가잉?'하며 허리만큼 자란 콩잎에 가려 아무것도 보이지 않았다. 가는 이슬이 내린 축축한 콩잎을 젖히며 세모 할멈을 찾고 있다. 콩밭을 맨 자국을 따라 콩잎을 저치며 가고 있는데.

"오매, 영식 엄마, 뭔 일이여, 뭔 일이당가. 안 뒤아아, 이러면 안 댄당께." 세모는 호미를 든 채로 잠자듯 누워있다. 네모 할아버지는 싸늘하게 누워있는 할멈을 안고 산천이 흔들릴 정도로 세모를 부르며 목 놓아 울고 있다.

"통일 되면 고향 가자고 했잖아아. 오래 살자고 했잖아아. 당신 없으면 나도 못 산당께에. 먼저 가면 나는 어떻게 살아아, 세모오오." 한동안 세모를 부둥켜안고 산천이 울리도록 통곡을 하며 울었다.

"불쌍하도다 불쌍하도다, 우리 세모 불쌍하다. 네모 두고 어찌 갔을꼬. 어어널 어어널 어화리 넘자 어어널." 상여 울리는 소리가 고을을 뒤흔든다.

"북망산천 멀다더니 어찌 이리 빠를 손가아. 세모가네 세모가네, 모든 걸 잊고 청산가소오."

"세모 간다 세모 가아. 접동새야 두견새야 우지 마라. 우지 마, 꽃상여 타고 세모는 간다." 상여 소리꾼이 앞장 서서 선창을 하면 상여를 맨 사람들이 후렴구를 구슬프게 따라 마을을 돌다 장지로 향했다. 마지막 떠나는 세모를 네모는 넋이 나간 듯 바라보고 있었다.

꽃상여를 타고 떠나는 세모를 보고 네모는 세모만 연신 부르다 알 수 없는 말을 흘리다 쓰러지고 말았다. 아들 영식이 부부는 쓰러진 아버지를 업고 병원으로 향하기를 여러 번, 그런 아버지를 두고 떠날 수 없었다.

"아부지이 어머니는 인자 잊어 불고 우리랑 같이 서울로 가서 삽시다. 아부지 혼자 못 산당께요. 아부지이이." 영식이와 며느리는 애원하듯 말해보지만 아버지는 말이 없다.

네모 자신이 죽으면 영식에게 가서 살아야 한다고 했는데 거꾸로 세모가 먼저 저세상으로 가버렸으니 네모는 길을 잃고 넋 나간 사람이 되고 말았다.

"어찌 살꼬 어찌 살아. 꿈은 살아지고 아무 것도 할 수 없는 삶의 끝말이 이런단 말인가? 이러려고 살았단 말인가. 세모 없는 세상에 나 홀로 어찌 산단 말인가. 아무 것도 필요 없네, 필요 없어. 누가 내 맘 알겠는가 원통하도다 원통해." 네모는 가슴을 문지르며 통한의 눈물을 흘리고 있다.

짙은 가을이 물들어 가는 11월 초순쯤 강원도에서는 첫눈이 내렸다는 방송이 나온다. 네모는 서리가 내린 쌀쌀한 추위에도 아랑곳하지 않고 세모 없는 하늘 아래 시간이 얼마나 흘렀는지 해가 뉘엿뉘엿 넘어가는 저녁 무렵이면 세모 무덤가로 향한다.

세모 없는 하늘 아래

　삶이 힘들면 힘들수록 다양한 경험들이 닥쳐온다. 그것이 인생의 팔자라 하지만, 팔자로 치부하기엔 받아들이기 쉬운 일은 아니다. 전쟁으로 가족과 생이별하고 홀로 남아 모진 고생으로 세모까지 떠나보내고 남겨진 네모는 오늘도 아무 생각 없이 혼이 나간 듯 하루를 보내고 있다.

　"내가 왜 이러고 있지, 뭐하고 있지?" 네모는 마당에서 어미 닭이 다정히 병아리에게 먹이를 쪼아주는 모습을 보고 가족이란 무엇인지, 고개를 흔들며 현실을 받아들인다. 한참 동안 넋이 나간 듯 멍하니 있다가 정신이 돌아오면 홀로 된 자신을 발견한다. '어찌할꼬'란 말만 되풀이하고 있다.

　'존재'란 무엇인가? '삶'이란 무엇인가? 세모 떠난 빈집에서 금방 문 열고 들어올 것 같은 세모 생각에 무작정 기다리는 중이다. 알아들을 수 없는 말만 되풀이하며 반나절을 석고상처럼 앉아있다. 간간이 불어온다. 해가 서산에 걸려있다. 세모가 묻힌 건너편 야산으로 향하고 있다.

　"세모오, 세모오, 나를 두고 어디 갔소. 살아온 정이 하늘 같은데 한마디 말도 없이 어디 간단 말이오 무정한 사람아. 북망산천 고개 너머 홀로 떠나는 그대는 진정 누구란 말이요. 애타는 이 마음 왜 그리 몰라준단 말이요. 해도해도 너무허요. 무정한 사람아." 네모는 산모퉁이를 지나면서 무정함과 보고픔이 얽힌 마음으로 세모에게 향해 푸념을 늘어놓으며 걸어가고 있다.

"큰일 이랑께, 털보 영감 저러다 큰일 낭거 아니여. 간 사람은 간 사람이고 산 사람은 살아야제에." 콩밭을 매고 있는 구례댁이 걱정돼서 한마디 한다.

"긍께 부부간에 나무 좋게 살아도 문제랑께. 잉꼬부부로 잘 산께 부럽드만 그것도 아니네잉." 모사니댁이 거든다.

"피난 내려와 부부간에 외롭게 살드만 각시 먼저 보내고 얼마나 원통하것소오." 마을 주민들의 이야깃거리로 털보 영감 행동을 보고 삼삼오오 입방아를 한다.

실패한 인생이든 성공한 인생이든 누구나 인생의 거대한 물줄기를 따라 살다간다. 성공도 없고 실패도 없는, 가진 자 못 가진 자 아무 소용이 없는 인생 마지막은 정해 놓은 인생 목적지를 향하여 좋든 싫든 임무를 다하려고 소멸이란 종착역을 향하여 살게 된다. 사는 것이 별것도 아닌데 별것인 것처럼 인연 따라 살아왔던 지난 세월이 물거품이 되어 버린다.

전쟁의 소용돌이 속에서도 생명 지키기 위해 몸부림치면서 살지 않았던가? 인제 와서 보니 통일이 뭐라고 처마 밑 제비와 닭만도 못한 인생, 제비는 새끼를 낳고 키우다 이소離巢시키면 부모 책임을 다한 듯 미련 없이 떠나보내고 어미 닭은 병아리가 커서 떠나보낼 때 조금도 마음 아파하지 않은데 사람만이 죽을 때까지 간직하다 목숨 넘어가면서 소멸하게 된다.

네모는 고민하고 있다. 훌훌 털고 고향도 부모도 잊어버리고 그러려니 하며 영식이 따라 살면 좋으련만 세모가 없는 공간에서 함께 살아온 정을 잊지 못하고 얽히고설키며 네모를 옴짝달싹 못 하게 하고 있다.

"어떻게 나에게 이런 시련을 주십니까? 하느님 부처님 제발 벗어나게 해주세요." 자신만 믿고 살아온 네모는 종교도 없는데 부처님 하느님을 찾으며 벗어나고 싶어 애원하고 있다. 그러나 이것이 정상이지 않다는 것을 안 네모에게 어떠한 말에도 소용이 없었다.

구름에 달 가듯이 살아가면 좋으련만 세상이 그래지던가? 태어나면 죽는 것은 당연한 현실인데 사실을 몸소 느끼고 있는 네모는 충격에 빠지고 말았다.

삶이 恨으로 변해버리는 현실 앞에 오로지 살붙이고 살았던 세모마저 떠나보내야 하는 현실을 감수하기에는 현실적으로 역부족인 듯하다. 북대서양을 돌고 돈 힘찬 연어 떼가 남대천으로 귀향하는 것처럼 우리네 인생이 미물만도 못한 존재로 마감한다는 사실에 괴로워하고 있다.

넋 나간 듯 하루를 보내는 네모는 하루도 빠짐없이 세모에게 향하고 있다. 흐려진 정신을 간신히 부여잡고 해가 서산에 걸릴 때까지 세모를 만나야 위로가 되었다.

세모 없는 하루를 살기에는 너무 힘들었다. 더 이상 산다는 것도 의미가 없었다. 세모에게 향하는 산비탈을 한 고개 두 고개 거슬러 올라가는 것도 힘겹기만 하다.

인생이 뭐라고
이렇게 괴로울 고
삶이 뭐라고
나에게 시련을 주십니까
한 번

죽으면 끝난 인생
목숨 끊기가 힘이 드는구나.

네모는 돌아오는 길에 '나도 함께 죽어야 되는데'를 되풀
이하며 걸어가고 있다.

네모의 하루

털보 영감은 할멈이 죽은 뒤로 살아야 할 이유가 없어졌다. 통일도 필요 없고 고향 갈 일도 필요 없어졌다. 모든 것이 물거품이란 것을 세모가 죽은 뒤로 한순간에 알아차릴 수 있었다.

홀로 있는 텅 공간이 무서웠다. 쥐약 한번 목에 넣으면 끝날 일인데 그럴 용기도 없었다. 아무리 생각해 봐도 정답이 안 나왔다.

"나도 빨리 세모 곁으로 가야 하는데 가야 하는데." 하며 못 마시던 술에 의지하고 있다. 실성한 듯 배회하다 쓰러지고 말았다.

"영식아, 자네 아부지 언능 모시고 가야겠어. 아무 데나 쓰러져 잠들어 있으니 큰일 나겠어." 영식이는 마을 이장전화를 받고 한달음에 달려갔다.

"영양제 좀 맞고 안정을 취하면 좋아지겠습니다." 원치 건강한 사람이라 병원 의사는 대수롭지 않다는 말을 한다, 아버지는 무척 야위었다. 깡마른 얼굴에 수염이 얼굴을 가리고 눈동자만 보였다.

"아부지 인자 어머니 잊고 마음 편이 우리와 함께 사셔요. 혼자 집에 계시다간 큰일 난당께요." 영식이는 애원을 한다.

"아부지이 현실을 받아드리고 우리를 힘들게 하지 마세요." 아버지는 말이 없다. 고개만 흔들었다. 눈으로 쳐다보고

만 있다. 싫다는 아버지를 모시고 서울로 향한다. 아버지는 창밖을 초점 잃은 눈동자로 응시하고 있다.

"걱정 마시고 편하니 계셔요?" 며느리는 영식이 출근한 뒤로 출근을 한다.

"알았다, 걱정하지 말고 다녀오나라." 말뿐이다. 베란다에서 담배를 피우며 우둑하니 앉아있는 시아버지를 보고 안정시키려고 말을 걸어본다.

"아버님 심심허면 노인정에도 가시고 뒷산 공원에도 가셔서 놀다 오셔요." 며느리는 말 없는 아버지가 안타까웠다.

"세모오오, 꼭 세모 같은디……." 네모는 아들과 며느리가 출근하고 손자들도 학교가 버리면 빈집에서 베란다에 멍하니 앉아있다. 지나가는 할머니를 내려다보고 세모로 착각해서인지 연신 세모를 부르기도 하고 사라질 때까지 쳐다보다가 한숨을 쉬며 아니라는 것을 깨닫는다. 사람들과 차들만 지나가는 도로를 쳐다보며 온종일 멍하니 바라보고 있다.

'가슴이 아프다고 헐 때 빨리 병원에 갔어야 했는디.' 네모 머릿속에는 연신 세모뿐이었다. 피난 내려오면서 대구역에서 만났던 기억부터 살아온 과정들이 순간순간 스쳐 지나간다. 자신을 자책하면서 한숨만 내쉬고 있다.

'으째 그랬쓰까잉 못 난 놈. 살아도 같이 살고 죽어도 같이 죽자해 놓고 먼저 가다니, 나는 어떠하라고.' 가슴이 아프단 말을 했을 때 일찍 발견해서 빨리 만석 아버지한테 데리고 가지 못한 자신을 재차 한탄한다. 그리고 넋 나간 사람처럼 먼 하늘만 시간 가는 줄도 모르고 바라만 보고 있다.

잠자리에 들어도 잠은 오지 않고 눈시울만 적시며 뒤치락거렸다. 그리고 가슴이 답답하면 다시 앉아서 무심한 담배만 피워댔다. 어쩌다 단잠이 들면 피난살이 때 총소리가 빗발치는 깊은 계곡을 아무리 빨리 도망치려 해도 자석이 발길을 붙잡는 것처럼 떨어지지 않는 꿈을 꾸었다. 사람들이 가시덩굴과 같은 첩첩산중을 먼저 빠져나가려고 얽히고설키면서 넘어지기도 하고 수렁에 빠지기도 했다. 세모 마나님과 맞잡은 손을 놓지 않으려고 안간힘을 써도 소용이 없는 꿈만 꾼다.

"세모오오, 세모오오" 서로 하염없이 목 놓아 부르면 등줄기에서 오싹한 땀이 주르륵 흘렀다. 그리고 되돌아오는 소리는 메아리뿐이었다. 그 메아리 소리에 잠을 깨곤 했다.

"영식아, 고향 마을로 데려다 도라. 답답하고 속이 터질 것 같고 느그 어매 생각만 나니 견딜 수가 없구나. 산소에 좀 다녀올랑께 보내주라." 저녁을 먹고 영식이를 불러 말한다.

"아부지이 인자는 마음을 내려놓세요. 언제까지 안 계신 엄마 타령만 하실 겁니까. 너무하신 거 아니여요?" 영식이도 답답해서 대들 듯 말한다.

"나하고 피난 내려와 의지할 사람은 느그 어매뿐이다. 자나 깨나 한시도 떨어진 적이 없이 살았는디 이렇게 허망하게 떠날 줄을 누가 알았것냐." 아버지가 식사도 제대로 못 하시고 어머님의 그리움에 마음을 내려놓지 못함이 안쓰러웠다.

"우리도 어머니 보고 싶죠., 그런데 안 계시니 어떡하겠어요. 돌아가신 지 1년이 넘었은께 아부지 건강도 생각해야죠?" 영식은 대들 듯 말한 것이 너무 했다고 생각해 아버지를 안심시키려 한다.

"사람이 그렇게 된다냐. 애비 속을 그렇게 몰라주니 내가 알아서 시골 내려갈란다." 서운했나 보다.

"그러다 아부지까지 아프면 우리는 못 살아요. 손지랑 우리 보고 삽시다. 시골 내려가서 어떻게 살아요오. 큰일 난당께요. 자식 맘도 생각해 주셔야지요." 재차 목소리를 높여 말한다.

"암 말 말그라. 느그 어매 산소에도 가보고도 싶고 마음도 심숭생숭 헝께 정리도 하고 며칠만 있다 올라 올란다. 걱정 말그라." 아버지가 생각해 둔 것이 있는지 다짐하듯 하신다. 아버지가 말을 하시면 검버섯 핀 얼굴에 턱수염만 흔들렸다.

"그러면 이번 주 토요일에 모셔다 드릴께요."

"아니다, 버스 타고 갈란다."

네모는 아들 부부 출근하는 뒤로 피난 내려가는 심정으로 열차와 버스에 올라탔다. 고향길 비포장도로를 흔들리는 차에 의지하며 남쪽으로 내려간다. 초가을에 접어들어 온 들녘이 노랗게 물들어 있다. 지리산 골짜기들이 점점 가을 색으로 변하려고 짙푸른 색들이 물 빠진 옷 색깔처럼 변하고 있다.

"으째 내 모습이 이럴꼬, 초라하도다. 세모를 보고 싶어 가고 있는데 세모도 나를 기다리고 있는지. 자연은 아무 말 없이 때가 되면 변하는데 나는 뭐하고 있는지, 이 일을 어찌 할꼬. 병이로다 병이여." 자신도 모르게 입 밖으로 흘러나온다. 몸과 생각은 세모와 함께 있을 때를 벗어나지 못하고 있으니 아들이 말한 '엄마 타령'이란 말이 귓가에서 맴돈다.

‘이 일을 어찌할꼬, 어찌하면 좋을꼬’ 마을이 점점 가까워진다. 고추잠자리가 한가롭게 허수아비 주위를 맴돌며 기나긴 더위를 물리치려고 하는데 진정 자신의 과거는 떨치지 못하고 있다. 떨칠 수 없는 현실을 머리로는 알겠는데 가슴으로는 아직 해결이 안 된다.

마지막 한낮 늦더위가 기승을 부리고 있다. 그 여름날 콩밭에서 땀 흘리며 일하던 세모가 밭매다 쓰러진 곳이 멀리 보인다. 그날 그 사건이 송두리째 채 오버랩 되어 정신이 혼미해진다. 간신히 의자에 기대여 식은땀만 흐른 채 정신을 잃고 말았다.

‘세모가 하얀 옷을 입고 밭을 매며 나를 쳐다본다. 오라고 손짓을 한다. 아무리 세모에게 달려가려 해도 몸이 말을 안 듣는다. 세모오오 세모오오만 연신 부르며 빨리 오라고 목이 아프도록 외친다. 세모오오 세모오오~’ 세모를 부른다. 세모는 말없이 밭을 매고 있다.

"할아버지이 정신 드세요? 할아버지." 버스 안내양이 네모를 발견하고 연신 털보 영감을 흔든다. 그리고 병원으로 모시고 갔다.

"여기가 어딥니까?" 네모는 그때서야 버스 안에서 정신이 혼미해졌던 기억이 떠오른다.

"큰일 날 뻔했잖아요. 몸이 너무 허약해서 버스 안에서 쓰러지셨어요." 간호사는 링거 주사를 놓으며 네모 할아버지 건강을 걱정한다.

"아부지 때문에 우리가 힘들어요." 네모를 모시러 온 영식이도 지쳐간다.

병원에서 일주일 동안 입원을 하고 영식 아들 극구 반대에도 불구하고 네모는 시골집으로 향한다.

세모가 방문을 열고 나올 것만 같다. 아니 부엌에서 밥을 짓는 것만 같아 얼른 부엌문을 열어본다. 아무도 없다. 네모는 마루에 그대로 주저앉고 말았다.

"밥이랑 잡수고 힘내세요, 잘못하다간 큰일 나요, 간 사람은 간 사람이고 산 사람은 살아야지요." 마을 이장댁이 밥과 국을 가지고 왔다.

"이제는 혼자 못 산당께. 아들 영식이네 따라가야제에. 줄초상 나것구만. 혼자 으쩌께 살겠어요." 영암댁이 안타까워 거든다.

"부부가 피난 내려와 피붙이 아무도 없는 곳에서 고생만 하다가 세모를 보냈으니 밥이 목구녕으로 들어가것소오." 귀업댁이 안쓰러워하며 말을 잇는다.

"그나 불쌍한 사람이여." 동네 사람들이 웅성거린다.

조석으로 싸늘한 기운이 돈다. 한나절이 되서야 네모는 문을 열고 햇볕이 내리쬐는 마루 가장자리에 앉아 멍하니 남쪽 하늘을 바라보고 있다.

앞집 대나무 숲속 상수리나무 위에서 비둘기 울음소리가 조용한 마을을 지키고 있다는 듯이 구구대고 있다. 멀리 보이는 지리산은 예나 지금이나 변함없이 그대로 나를 지켜보고 있다. 마당 끝에 감나무는 가을을 재촉한 듯 엷은 색으로 물들어 가고 있고 감들이 노랗게 익어가고 있다. 몇 개는 홍시로 변했다.

가을이 되면 홍시를 따다가 세모에게 먼저 주고 산에서 땔감 나무를 하다가도 맷감을 허리춤에 담아 갖다주면 맛있게 먹던 세모 생각이 떠오른다.

"아니 이 노무 할망구가 콩밭 매고 들어올 때가 됐는디 왜 아직도 안 들어오지이. 해 떨어지면 빨리빨리 들어와야제. 먼 일 있는 거 아니여."

네모는 들어오지 않는 세모를 책망하며 투덜거렸던 생각이 어제 일처럼 나타난다. 날이 어둑해지고 아무리 기다려도 오지 않는 세모를 기다릴 수 없어 콩밭으로 달려갔던 생각. 밭머리에서 아무리 불러도 대답 없는 세모는 네모를 당황하게 만들었고, 그 목소리가 건너편 산을 울리고 메아리쳤던 기억들이 지금 귀를 울리고 있다.

생각날 때마다 몇 번을 더 콩밭을 다녀온 뒤로 세모가 자신을 떠났다는 것을 알아차렸다. 동지섣달 긴긴 밤잠 못 이루고 뒤척이다가 잠이 들곤 했다. 꿈에서도 세모를 찾으려고 허둥대다 꿈을 깨곤 했다.

"망구야 어찌 나를 두고 먼저 갔소오. 어찌 사라고오. 통일이 되면 고향 가기로 해놓고 말 한마디 없이 가버린 무정한 사람아. 당신 없이는 못 살아 못산당께에." 네모는 홍시를 좋아한 세모에게 마당 끝 감나무에서 홍시를 따다 세모 무덤에 올려놓고 세모를 부르고 있다.

잠깐 살다가 가는 인생
평생 살 것처럼 살았네
보고 싶어 애타는 마음
남는 자 몫이로다.

기다려도 오지 않는 세모는
어디에서 뭘 하는 고

울어봐도 소용없고
알아주는 사람 없네.

더 이상
세모 없는 세상
존재한다는 것은 의미가 없네
가자가자 나도 가자.

어둠이 질 때

아들과 며느리는 효성이 지극하여 주말이면 반찬을 해서 아버지를 위로하기 위해 내려왔다. 아버지는 예전의 아버지가 아니셨다. 깡마르고 고개 숙인 아버지, 힘이 없는 아버지, 우수에 잠긴 아버지, 말이 없는 아버지셨다. 이대로 홀로 계시다간 큰일 날 것 같은 생각이 들었다.

"아부지이, 아부지도 힘드시고 나도 힘들께 함께 삽시다." 도시로 나가 살자는 영식은 애원하듯 아버지를 달래본다.

"이러지도 못하고 저러지도 못하고 으쩌끄나. 니들에게 짐만 된 거 같아 미안하다. 어서 죽어야 하는디." 네모는 연신 미안하단 말만 한다. 전번에 아들 따라가서 도시 생활을 해봤기에 그 외로움을 떨칠 수가 없었다. 그래서 손끝만치도 아들 집으로 가고 싶지 않았다.

피난 내려와 억척같이 세모와 살면서 고향 갈 생각 외에는 한 번도 다른 곳으로 갈 생각은 없었다. 세모를 보내고 자식에게 짐이 될 줄은 꿈에도 몰랐다. 세모 떠난 인생길을 어떻게 해결해야 할지 마음만 답답했다.

아들 영식이도 세모의 우격다짐으로 억지로 낳아서 키웠는데 그 아들이 나를 걱정하고 있다니 사는 것이 꿈인 듯했다. 아버지로서 다하지 못한 점, 남들처럼 가르치지도 못한 점이 미안했다. 장차 나 죽고 형제 없이 홀로 남은 아들의 인생을 헤아려 보니 나처럼 불 보듯 뻔하게 생각됐다. 나처럼 외롭게 살아갈 것을 생각하니 업장이 무너진다.

"아버님, 걱정하시지 마시고 우리랑 같이 살게요." 며느리도 옆에서 안쓰러워 시아버지에게 간청한다. 네모는 며느리의 '우리랑'이란 말이 가슴에 와닿아 눈물겹게 고마웠지만 차디찬 무덤 속에서 홀로 남은 할멈을 생각하면 함께했던 세모 곁을 떠날 수가 없었다.

누가 뭐라 해도 지금은 귀에 들어오지 않았다. 할멈 곁을 떠난다는 것은 사람의 도리가 아니었다. 눈앞에 금방이라도 나타날 것 같고 곧잘 문을 열고 들어올 것만 같아서다. 그래서 부스럭 소리만 나도 문을 열어보고 들어올 것 같은 생각에 자꾸 밖을 내다보곤 했다. 할멈이 보고 싶으면 한달음에 달려가 묘지에 가서 앉아있다가 오면 마음이 편했다. 그것이 하루 일과가 되었다.

"아버님, 머리도 식히고 맛난 것도 잡수고 온천에 가서 목욕도 하시게 다녀옵시다." 아들 부부는 고민하다가 아버지를 회유하는 방법을 생각했다. 아들 영식이가 말하면 반대할지 몰라 며느리가 온천 가자고 꼬드겨 본다.

"아버지이, 그게 좋겠습니다. 목욕한 지도 오래됐고 옛날 기분도 좀 바꾸게 다녀옵시다." 영식은 기분전환으로 바람 좀 쐬고 싶었다.

"멀지도 않고 오늘 갔다 오늘 온당께요. 걱정 마시고 갑시다. 맛있는 것도 잡수게요." 그렇게 영식은 아버지를 모시고 온천으로 향한다.

오랜만에 가족 나들이다. 아버지의 야윈 몸을 닦아드리고 음식을 함께하면서 아버지가 어머니와의 인연의 끈을 이제는 잊고 편히 노후를 보내기를 아들 부부는 빌고 빌었다.

"아버님, 이제 시간 내서 자주 구경 다니시게요오." 며느리가 목욕하고 음식을 먹으면서 웃는 얼굴로 말한다.

"느그들도 먹고 살기 바쁠 것인디 머다라 다녀야아. 글 안 해도 된다. 고맙다아, 고마워." 진심이었다.

"아버님, 우리가 당연히 해드려야지요. 걱정 마시고 우리랑 함께 편히 삽시다." 재차 며느리가 덧붙인다.

"며느아이야 고맙다마는 아니다. 그럴 필요 없시아. 걱정 말그라아. 더 이상 느그들한테 짐이 되고 싶지 않다." 인생사 모든 시름 안고 계신 듯 귀찮다는 표현이다.

"어머니는 인자 떠났어요. 상심이 크겠지만 아버지 건강도 생각해야지요." 아들은 솔직한 심정을 전달하고 싶었지만 소 귀에 경 읽기다.

"그게 맘대로 된다냐아. 걱정 마라." 네모의 하얀 턱수염이 흔들리며 아버지의 단호함이 엿보인다.

"아버님, 우리와 살면서 좋은 친구도 사귀고 놀로도 다니시며 손자들 돌보면서 행복하게 삽시다." 며느리도 옆에서 거든다.

"……" 아버지는 말이 없다.

노란 단풍들이 만발한 계곡을 따라 달리면서 아들 부부는 어머니 살아계실 때 온천이라도 다녀오지 못함을 통한으로 후회를 한다. 네모도 말은 안 해도 세모와 구경 한번 가보지 못하고 살아온 과거를 상상하면서 오늘도 함께했으면 얼마나 좋았을까 생각해 본다. 가끔 옆에 있다는 착각도 들고 옆에 없다는 사실이 이해되지 않았다.

"아버님 집에만 계시면 따분하신께 노인당에도 나가셔서 놀다오세요." 며느리는 창밖에만 쳐다보고 안절부절못하시는 아버님이 안쓰러워 말을 청한다. 며느리도 맞벌이 나가고 손자도 학교에 가니 낮에는 집에서 혼자 계셨다.

"시골로 보내주라. 나는 거기가 편해야." 한 달도 못 되어 네모는 아들과 며느리에게 사정을 한다.

"아부지이 빌고 빌께요. 제발 돌아가신 어머니 보내주세요. 왜 그렇게 붙잡고 계세요." 영식이는 아버지에게 처음으로 목소리를 높여 사정하듯 말한다.

"날마다 숨이 막혀 못 살 것 같은께 그런다. 니 어미와 나와 서럽게 사는 세상을 그 누구도 모를 거다."

"안 당께요, 다 알아요. 어머니 보고 싶어 그러잖아요. 우리도 생각해주셔야지요. 시골 내려가시면 우리는요. 제발 아버지이…." 영식이는 흐느끼며 애원한다.

"느그 어매 못 잊는다. 날마다 묘에 가서 물이라도 떠나야 마음이 편할 것 같다."

"알아요, 피난 내려와 고생한 부모님을 어떻게 잊을 수 있겠어요."

"니는 모른다. 부모 떠나 가슴에 피멍 든 사연을 니가 어떻게 안다고 그러느냐."

"아부지이 죄송합니다. 하지만 과거잖아요. 현재가 중요하지요. 얼마가 될지 모르지만 아부지도 떠나시면 그때까지만이라도 효도할 시간을 주세요."

"고맙고 이해는 된다마는 느그들 배웠다고 유식한 체 말그라. 그러면 안 된다. 부부 인연이란 자로 잰 듯이 계산하는 것이 아니야." 처음으로 아버지가 진지한 속마음을 내뱉는다.

"긍께요, 알았어요. 아버님 깊은 속마음을 어떻게 우리가 이해하겠어요." 지켜보다 못해 며느리가 한마디 한다.

"알았은께, 내 하고 싶은 대로 그냥 놔두면 안 되겠니?"

"아버지 시골 가서서 또 쓰러지면 어떻해요. 아들 생각, 며느리 생각은 해보셨어요? 우리도 생각해주셔야지요. 우리가 생활이 안 되잖아요. 왜 그렇게 아부지 생각만 하세요. 제발 부탁합니다. 인자 고생하고 사셨으니 마음 내려놓시고 이제는 우리와 편하게 삽시다." 아들 영식이도 더 이상 이대로는 안 된단 생각에 아버지를 강하게 몰아붙이며 재차 당부하듯 말한다.

"내가 못났다. 알았다 알았어." 네모는 아들 말을 듣고 충격을 받았는지 그만 끝내려 한다.

"조그만 참으시면 점점 괜찮아질 것이어요. 노인정에 가시면 친구들도 많고요 밖에 나가 바람도 쐬시고 뒷산도 다니시면 괜찮아질거여요." 며느리도 옆에서 듣기에 안쓰러웠는지 거든다.

"아버지이 감사합니다." 아들은 허락된 것으로 알고 고개를 숙이며 진정으로 감사하다고 인사를 한다.

한 달이 지나고 또 지나고 철쭉이 만개하고 꽃가루가 휘날리는 봄이 왔다. 봄은 사람의 마음을 움직이는 묘한 매력이 있는가 보다. 아버지도 우리 출근하고 나면 무엇을 하는지 얼굴이 편안해지고 가끔 손지들과 놀아주며 안정을 찾고 있었다.

"아버님 오늘 아버님이 좋아하신 고등어찌개 해놨으니 점심때 잡수셔요?" 며느리는 일찍 일어나 출근하기 전에 밑반찬과 찌개를 만들어 놨다.

"내 걱정하지 말고 어서 출근이나 해라." 잘 먹겠다는 표현은 안 하고 간섭하지 말라는 투로 말씀을 하신다. 서너 달 동안 두문불출하시다 아버지는 작은 방에서 뭣을 하시는지 계시다 해가 넘어가면 시골에서 입던 작업복 그대로 입고 나가신다. 집에 계신 것보다 밖으로 나가시니 아들 부부는 안심하고 취미 생활을 한 것 같아 안심이 되었다.

"아버님 퇴근하면서 바지와 잠바를 사왔어요. 몸에 맞는지 색깔은 괜찮헌지 입어 보세요." 며느리는 내복부터 양말 팬티 그리고 신발까지 일체 마음 먹고 사 왔다. 아버지가 밖에 나가시는 걸 보고 신경이 쓰였나 보다.

"머드러 쓰달데기 없는 돈 허비하고 사왔냐. 나는 그런 걸 못 입어야, 신경 쓰지 말그라." 네모는 평생 작업복 차림으로 생활했기에 새 옷은 맞지 않았다. 새 옷을 입는다는 건 단추 구멍 한 단 내린 것처럼 거북스러웠다.

"아버님 작업복 벗으시고 좋은 옷 입고 나들이 가세요. 일할 때도 없는디 작업복 입고 다니면 도시에서는 이상한 눈으로 봐요." 아버님 성격을 알면서도 며느리는 할 도리는 해야 한다고 생각했다.

"아버님 어깨 들어봐요. 내가 맞은 가 봐줄게." 그러면서 새 옷을 들고 네모 곁으로 가서 살갑게 대한다. 네모는 얼떨결에 며느리가 하잔 대로 어깨를 들고 입어 본다. 그리고 신발까지 신겨드리며 아버님 곁을 한 바퀴 돈다.

"아버님 딱 맞네요, 색깔은 어떠세요? 신발은요? 맞아요?" 네모가 일하고 돌아오면 세모가 장에 가서 고등어를 사와 끓여놓고 '간이 맞아요, 어때요?'하는 모습이 떠오른 것처럼 며느리를 보고 세모가 생각났다.

"그래 잘 맞다. 나를 위해서는 다음부터 사오지 마라. 신경도 쓰지 말고." 아버지는 아들과 며느리에게 해준 것도 없기에 얹혀사는 것도 미안했다.

"그런 말씀 마세요. 요즘 아버님이 밖으로 활동하시니 보기가 좋은데요. 필요한 거 있으면 언제든지 말씀하세요." 며느리는 어쩌든 시아버지를 편안하게 하려고 애를 쓴다. 네모도 요즘 같지 않은 가정적이고 착한 며느리가 가족으로 맞이한 것을 대견스럽게 생각했다.

어머니와 홀로 단신 피난 내려와 고생은 고생이고 고향 향수 그리움에 세월 보내신 것을 너무 잘 봐왔기에 안쓰러웠다. 그나마 어머니 먼저 보내고 멍하니 홀로 앉아 계신 것을 보면 부부의 정이 뭔지 느끼기도 했다. 네모는 불편해하고.

아버지는 청소와 빨래를 손수 하시며 적응해 갔다. 아버지를 본 영식 부부는 너무 대견스럽게 생각한다. 주말이면 밖에 나가서 식사하고 목욕도 해드렸다.

"아버님 애인 생긴 거 아니요오."

"왜 그래, 애인이라도 생겼으면 좋겠구만." 영식이 무찌르듯 내뱉는다.

해가 지면 밖으로 나가신 아버지를 조금도 의심하지 않았지만, 밖에서 무엇을 하고 들어오시는지 궁금했다. 밖으로 나가 뭔가 할 수 있다는 것만으로 아버지가 너무 보기 좋았다.

점점 아버지 얼굴도 밝아지고 생활 리듬을 찾는 것 같아 영식 부부는 안심을 한다.

낭원에서

세모와 고향 간다는 생각밖에 없었는데 세모를 보내고 늙어버린 털보 영감은 아무것도 할 수 없다는 자신의 처지를 한탄하면서 통일이란 헛된 꿈을 꾼 것이 부질없었다는 것을 새삼 느끼게 했다.

기력이 없는 네모는 밥맛도 없고 무기력한 상태로 하루를 보내고 있었다. 떨어진 낙엽이 바람 따라 뒹굴 듯 네모는 흐려진 눈동자로 하루를 보내다가 푸른 새싹들이 대지를 뚫고 올라오는 것을 보고 김매기를 해야 한다고 생각이 번쩍 들었다.

봄이 무르익어 여름으로 접어드는 신록의 계절이다. 길거리를 걷는 사람들 발걸음도 가볍다. 날씨가 포근해선지 아이들 손을 잡고 공원에 나들이 나온 사람도 많고 저녁 밥상을 차리기 위해 시장바구니를 들고나오는 주부들이 마트 앞에서 분주히 들락거린다. 네모는 주위를 서성이고 있다.

해가 서산에 잠들쯤에 주위는 어둠이 내려앉는다. 낮은 능동적이고 활동적이라면 밤은 수동적이고 비활동적이다. 해가 지면 모든 생물들이 귀소본능으로 안식처 가정으로 향한다. 열심히 노력하고 생활한 자에게 밤의 고마움은 소중한 시간이다. 점점 어둠이 내리면 고요한 정적이 사람을 포근하게 만든다.

네모는 공원 벤치에 앉아있다. 봄이 오면 겨울에 묵었던 새 생명들이 온 세상이 제 것인 양 억세게 올라온다. 공원 산책로 옆으로 잔디풀과 망초, 민들레, 쑥부쟁이, 괭이밥, 지칭개, 질경이 등 흔한 잡초들이 녹음을 만든다. 오뉴월 비 온 뒤로 죽순 올라오듯 모든 생명들이 주야장천 춤을 추며 생동감 있게 생명을 과시하려고 머리를 내민 것을 보고 네모는 지겹도록 김매기, 풀매기를 했던 시골 기억들이 되살아났다.

밤이 찾아오면 온종일 집에만 있던 털보 영감은 작업복을 입고 활동을 시작한다. 밝음보다 어둠을 찾는다. 거리에 사람들이 어둠으로 사라지면 장미 넝쿨 꽃이 피어있는 아파트 담장 사이로 털보 영감이 나타나기 시작한다. 몹시 웅크린 자세로 어둠을 뚫고 공원으로 향하고 있다.

밤이면 꿈자리에서 악몽에 시달리기도 하고 목 놓아 부르다 땀만 흠뻑 젖어 깨기도 했다. 아무리 가까이 가서 세모를 잡으려 해도 잡히지 않았다. 아직도 세모는 밭에서 하얀 옷을 입고 콩밭 매는 꿈을 꾸고 있다. 털보 영감은 집에서 하루 종일 있는 것도 지옥이고 몸을 가눌 길 없어 밖으로 나왔다. 보고 싶은 세모가 그립기도 하고 바람도 쐴 겸 나들이 삼아 나왔다.

키는 작달막하고 거동은 불편하고 허리가 약간 굽고 걸음걸이는 촘촘하다. 영락없는 허름한, 아니 거지꼴 할아버지 모습이다. 춥지도 않은데 두툼한 잠바를 걸치고 엉거주춤 공원 입구에서 서성이다 관절이 안 좋은 듯 의자에 한참 앉아 있다. 털보 영감 영식이 아버지다.

쭈그리고 앉아 콩밭 매는 세모 곁으로 빨리 가서 돕고 싶은 마음에 공원 풀밭에 앉았다. 세모가 머리에 수건을 쓰고 일하는 걸 보고 털보 영감도 목에 수건을 걸고 콩밭을 매려고 한다.

세모 정취를 느끼면서 함께하고 싶은 갈망이 솟구칠 때면 항상 공원으로 향했다. 해 넘어가기 전에 빨리 콩밭을 매야 한다. 네모는 아들 부부 모르게 저녁을 공원에서 콩밭 매는 작업을 하고 있다.

오늘도 털보 영감은 아무도 모르게 목에 수건을 두르고 문을 열고 집밖으로 나간다. 공원 입구 다다르기 전에 네모는 아파트 울타리에서 장이 넝쿨 막대기를 찾고 있다. 풀을 뽑는 호미 대용으로 쓰기 위해 가장 실한 막대기를 들고 총총걸음으로 어두운 공원으로 향한다.

지나가는 사람들이 네모를 스스럼없이 지나친다. 누구 하나 관심도 없다. 네모는 모퉁이에서 쭈그리고 앉아 막대기로 어제 뽑다 남은 풀을 매고 또 매고 있다. 콩밭을.

많은 사람들이 상큼한 밤공기를 맡으려고 저녁을 먹고 가족들과 함께 운동 삼아 산책하러 나오고 있다. 털보 영감을 무심코 바라보며 지나친다.

털보 영감은 며느리가 사준 옷은 입지 않고 작업복 차림으로 하루도 거르지 않고 해가 지면 공원에 나타나 풀을 뜯으려고 아니 콩밭을 매기 위해서 출발한다.

털보 영감이 엉거주춤 풀밭에 앉을 즈엔 어둠이 잠들 때다. 멀리 있는 물체가 안 보일 정도로 어둠이 내린다. 가로등만 졸고 있는 듯 흐릿한 안개 속에 아른거린다. 멀리서 보면 털보 영감이 앉아있는 모습이 검은 돌덩어리 같기도 하고 고슴도치가 웅크리고 있는 것만 같다. 그나마 거의 미동도 하지 않고 있기에 지나가는 사람들도 관심이 없다는 듯 스쳐 지나간다. 사람들이 부지런히 털보 영감 옆을 스치며 걷는다. 관심 없이 그러려니 하고 스칠 뿐이다.

"할아버지 공공근로자들이 예초기로 비닌까 안 하셔도 됩니다. 장갑도 안 끼고 손이 아플 텐데 그만 하세요." 운동하는 사람이 안쓰러웠는지 거들어 본다.

"……" 네모는 아무 말이 없다. 신경도 안 쓰고 하는 일에 열중한다. 그냥 풀 뽑는 행동만 계속할 뿐이다. 무슨 사연이 있기에 저녁 무렵이면 풀밭을 매고 있는지 아무도 모른다. 털보 영감만이 비가 오나 눈이 오나 세모 생각이 나면 공원에 나와 풀을 뽑고 있다.

네모 할아버지는 닭이 알을 품듯 한 곳에 앉아서 솥뚜껑 같은 맨손으로 풀을 뽑고 있다. 정갈하게 풀 한 포기씩 야무지게 풀을 뽑고 있다. 장갑도 안 끼고 흙을 파며 뿌리까지 핥아내듯 할퀴고 있다. 아무리 봐도 남들은 정신이상자 행동으로 보일 정도로 네모는 자리에 앉아 풀을 매고 있다. 아니 세모가 그렇듯 콩밭을 매고 있는 중이다.

털보 영감은 땅바닥에 퍽석 앉아 호미로 밭을 매듯 열심히 반 발짝 흔적을 남기고 나름대로 할당량을 하고 있는 중이다. 시골에서 세모가 밭매듯이 털보 영감 자신이 논둑 깎듯이 열심히 누구 눈치 볼 것 없이 하는 일을 계속하고 있는 중이다.

"세모오 세모오 무정한 세모오, 어디 간 거여. 나를 두고 어디 간 거여." 할멈이 콩밭을 매러 나간 뒤로 영영 헤어졌기 때문에 흐느끼며 세모를 부르고 있다. 콩밭을 덜 매고 안 들어온 세모를 향해 부르고 또 부른다. 수없는 반복으로 세모를 부르고 나면 응어리의 한이 풀릴 듯했다. 날마다 콩밭을 매며 세모를 부르고 또 부르다 보니 마음이 한결 세모 곁으로 다가간 것만 같았다.

"더운디 머다라 콩밭 매고 있으까잉. 언능 나오랑께, 빨리 나와. 내 목소리 안 들려어. 세모오 세모오 으째 쳐다보지도 않을까잉 빨리 나오랑께." 더운 여름에 콩밭을 맨 세모를 향하여 들릴 듯 말 듯 신음하는 소리로 울부짖듯 부르고 있다. 털보 영감은 풀을 뽑으면서 허공을 향해 손짓하며 세모를 부른다.

콩밭을 매고 있으면 할멈이 옆에 있는 것만 같았고 음성이 들린 것만 같고 향기를 느낄 수가 있었다. 살맛이 났다. 밭에 나가면 할멈을 만날 수 있어서 좋았다. 할멈과 함께 있으니 마음이 편안하고 안심이 되었다. 하루라도 안 만나면 할멈이 보고 싶어 불안해서 나간다. 그래서 자기도 모르게 발길은 공원 콩밭으로 향한다. 함께 있는 것만으로 좋았다. 비가 오나 눈이 오나 오늘도 세모 할멈이 있는 콩밭으로 네모 할아버지는 나간다.

풀을 뽑고 나면 세모를 그리워하는 마음이 조금씩 안정이 된 듯 안심이 되었다. 하루 종일 집에서 있다가 나름대로 하루 일과를 마쳤다는 생각에 잠을 이룰 수가 있었다.

시골에서 들에 나가 일하고 들어온 것처럼 밤이 되면 공원에서 콩밭을 매고 집으로 향했다. 손톱 밑에 검은 흙이 반들거리고 바지 옷이 흙투성이 되어 엉망이 되어서 들어간다. 곧잘 화장실로 가서 씻고 더러워진 옷들을 손수 빨며 베란다에 널기도 했다.

"아버님 어디 다녀오세요? 무슨 일 하세요?" 처음에는 소일거리를 만드신 것 같아 안심했는데 점점 무엇을 하신 지

궁금해서 며느리가 물었다.

"그냥……" 아무 말씀도 안 하시고 자리를 피하며 방으로 들어가시곤 했다.

"여보 아버님이 날마다 뭐 하러 나가시는지 옷을 다 망치고 들어오신당께요, 당신이 뭐하신지 한번 여쭈어 보시요잉." 남편이 퇴근하고 들어오자마자 말을 건넸다.

"별일 있것어? 어디 다 텃밭이나 만드신 거 아니여. 아는 것이 일밖에 없고 하신 일이 그것 밖에 없을 것는디. 걱정 말어, 아무것이라도 헝께 좋구만." 아파트 근처 자투리땅에 소일거리로 일터를 만들어 주말농장을 한다는 사람들이 있다는 소문을 들어서 아들 영식이는 다행으로 생각했다.

"긍께 마리어라우. 얼굴도 좋아지시고 다행이긴 하지만 하루도 거르지 않고 하신께, 걱정이 돼서." 영식 부부는 한 치의 의심 없이 아버지의 활동을 고맙게 생각했다. 시골로 내려가신다고 짜증이라도 내면 걱정거리가 이만저만이 아닐 텐데 아버지의 심기를 건들지 않았다.

세모 곁으로

공원은 풀매기가 되어 거의 깨끗하게 청소된 것처럼 네모가 지나간 곳은 깨끗했다. 그리고 다시 풀이 자랄 수 없을 정도로 깨끗하게 정리가 되었다. 차츰 시간이 지나면 사람들도 집에 들어가고 풀벌레 소리만 요란한 공원에 네모 할아버지만이 홀로 남아서 풀매기를 하고 있다. 점점 정적 속 도시 세상은 조용하기만 한데 털보 할아버지의 손놀림은 할 당량을 향하여 바쁘기만 했다.

가끔 사람들이 떠난 자리에 털보 할아버지는 알 수 없는 목소리로 흥얼거리기도 하고 한숨이 섞인 목소리가 한이 서린 듯 구슬프게 들려온다.

"어떻게 살끄나아. 고생만 하다 떠난 사람아. 통일되면 고향 가서 동네사람 모아놓고 결혼식 허자 해놓고 먼저 가면 어떠하나. 서러운 시상에 나를 만나 고생하다가 고향도 가보지 못하고 좋은 시상 살아보지도 못하여 고생고생만 하다가 먼저 가면 나는 어쩌런 말이오오. 세모오 세모오⋯⋯." 털보 영감은 흐르는 눈물을 주체 못 하고 할머니를 부르는 소리가 흐느낌으로 변했다.

"고향 산천 못 보고 가면 어쩔끄나 즉어서나 가볼런지이. 부모·형제 만나볼 날이 올런지이 으쩔런지이. 보고 싶구나 보고 싶어어. 이 노무 세상 무정한 세상, 가지도 못할 고향 천지를 기다리다 늙어 병들어 버렸으니 이 노무 세상을 어찌할꼬." 털보 영감은 자기가 먼저 죽을 것으로 알고 살았는데 세모를 먼저 보내고 나니 모든 게 뒤엉켜 풀릴 수 없는 실타래로 변해버렸다. 그래서 입에서 흘러나온 넋두리가 남들 보기에는 미친 사람처럼 보일 수밖에 없었다.

틈틈이 들려오는 교회 종소리가 울려 퍼지고 문 닫는 가게들도 하나둘 보인다. 어두운 밤하늘에 초승달이 공원 느티나무에 걸려 털보 영감을 어렴풋이 가려준다. 네모는 콩밭을 매고 집으로 가는 것처럼 두 손을 털며 일어나 아파트 골목으로 사라진다.

임 떠나보낸
빈 공간에서
사는 게 무슨 의미
이럴 줄 알았으면
만나지나 말걸.

추억 쌓아 간직한
가슴 속 사진들
가득 모아두고
임 떠나니
무슨 소용이오.

가는 자여
뒤돌아보지 마라
나도 뒤따라
천상의 세계에서
행복하게 만나보세.

엉덩이를 비비며 얼마나 쥐어뜯었는지 밭을 만들어 놓았다. 가루를 만들어 놓은 흙 위에 털보 영감의 엉덩이 자국이 비 온 뒤 지렁이 자국처럼 그려진다. 흙으로 범벅이 된 할아버지 손은 곰 발바닥처럼 검게 굳은살로 변했고 손톱은 닳아 몽당연필처럼 거칠어져 있다. 그러면서도 털보 영감은 세모 할멈과의 추억을 곱씹으며 돌아가신 세모 할머니를 애타게 그리워하는 마음은 풀 뽑는 손끝마다 절절히 나타났다.

털보 영감이 지나간 청가시나무 밑둥과 사람들이 쉬어가는 의자 둘레는 뭇 사람들이 쉬어가라고 풀 한 포기 나지 않게 털보 영감 손끝으로 깨끗하게 만들어졌다.

세모 할머니가 뒷도랑 콩밭을 매놓은 것처럼 야무지게 네모 할아버지가 뜯어 놓은 풀은 다음 날 보면 시름시름 말라가고 그 자리엔 새로운 새싹이 어김없이 머리를 내밀며 다시 올라온다. 그러면 어김없이 네모 할아버지의 손에 다시 뽑히고 말았다.

봄부터 가을까지 네모 할아버지와 풀 뜯는 인연은 계속되었다. 네모 할아버지는 매일 한 시간 넘게 그렇게 풀을 뽑다가 어두운 골목을 절뚝거리며 조심스럽게 문을 열고 집으로 들어간다.

"아버지이, 뭔 일을 그리 열심히 하시요오. 출출 하시면 막걸리라도 한잔 드실라요." 아들 영식이가 살갑게 대하려고 아버지에게 다가간다.

"일없다." 털보는 아무 말도 안 하고 방으로 들어가려다 한마디 대꾸하고 들어간다.

"아버지이, 어제 뉴스에 개성공단 착공식을 했다고 나왔는데요. 남측이 자본과 기술을 동원하고 북측에서 토지와 노동력이 결합하여 탄생한 개성공단은 남북교류협력의 새로운 장을 열고 평화통일의 역사적 디딤돌이 될 거라고 합니다." 영식이는 아버지의 고향에 공단이 착공한다는 소식을 알려드렸다.

"뭐시여? 우리 고향에다가 으쩌고 저쩨야아." 네모는 깜짝 놀라며 좋아하셨다. 곧 고향 가겠다는 생각에 아버지는 어쩔 줄 모르고 영식이 앞으로 다가온다.

"글고 124개 업체가 참가하여 5만4천 명의 북측 노동자와 3천여 명의 남측 업체 관계자들이 근무한다고 하니 금방 통일이 멀지 않다고 방송에 나왔습니다. 아버지만 건강하시면 갈 수 있을 날이 반드시 올 겁니다." 영식은 아버지에게 자세히 말씀드렸다.

"느그 어머니도 없는디……." 처음에는 좋아하시다 세모가 없는 통일은 의미가 없다고 생각했다.

네모는 그래도 흐려진 눈으로 텔레비전 앞에서 혹시나 개성공단 말이 나올까 지켜보고 있다. 잠시 보시다가 아버지 방으로 들어가신다. 내일이면 다시 세모를 만날 수 있다는 희망에 잠을 청할 수 있었다.

공원에서 풀매기한 지도 5년째 접어들었다. 세모 일을 덜어주기 위해 오늘도 손이 갈퀴손 되도록 밭을 매고 있는 털보 아저씨 얼굴에는 저승꽃이 핀 주름살만 가로등 불빛에 유난히 빛나고 있다.

오늘은 보슬비가 아침부터 온종일 소리 없이 내린다. 털보 아저씨는 우산도 없이 가로등 불빛을 따라 걸어간다. 내리는 빗방울이 네모 머리 위로 떨어진다. 빗물을 맞으며 어둠을 뚫고 늘보 걸음으로 아파트 담장을 따라 공원에 도착한다.

비 내리는 공원에는 우산을 쓰고 주민들은 걸음을 재촉하고 있고 청개구리 울음소리와 이름 모를 풀벌레 소리가 구슬프게 울어댄다.

손톱이 닳아지고 흙들이 손톱 밑에 끼어 피가 흐르다 굳은살이 박였다. 오늘은 신발이고 손이고 진흙탕이 되어 걷기도 힘들었다.

'오늘은 기필코 할멈을 만나고 말 거야. 만나서 세모와 손잡고 피난 내려오는 길을 따라 고향 땅에 갈 거야. 그리고 부모·형제 만날 거야. 구부러진 고샅길을 거쳐 대문을 열고 목청껏 어마니를 부를 거야. 어마니가 달려 나와 안아주면 어마니를 보듬고 마당을 한 바퀴 돌며 어릴 적 그랬듯이 어마니 치마폭으로 들어 갈 거야. 그리고 덩실덩실 춤을 출거야.' 네모 얼굴에는 흥에 겨워 흐뭇함이 밀려온다. 세모만 만나면 모든 것이 이루어질 것만 같았다. 세모를 만나 고향 땅에 가는 생각을 하면 너무 기분이 좋았다.

"할아버지 뭐하세요? 비 온께 언능 들어가세요." 나이 지긋한 사람이 우산을 쓰고 지나가다가 안쓰러워 걱정돼서 한마디 한다.

언제부턴가 알 수는 없지만, 시나브로 네모 할아버지가 안 보이기 시작한다. 한참 후에야 사람들은 네모가 안 보인다는 것을 알아차렸다. 사람들은 세모 할멈을 따라갔다고 생각했다.

털보 영감은 비를 맞은 뒤로 몸살감기로 알고 말았다. 약을 먹어도 차도가 없었다. 감기가 폐렴으로 돌아 열이 불덩이처럼 올랐다. 영식이 내외가 병원을 다녀와서 간호했지만 차도가 없었다. 가끔 세모 이름을 부르며 정신을 잃었다.

"네모씨이." 세모가 네모를 부른다. 환한 웃음을 머금고 곱게 차려입은 세모가 하얀 모시 적삼에 연지곤지 찍고 손짓하고 있다.

"기다리랑께 천천히 함께 가잖께." 네모는 세모의 손짓 따라 걸음을 재촉한다.

"총알이 빗발친께 언능 오시오오." 멀리서 총소리가 가까이 들린다. 피난민들이 줄을 이어 고향으로 가고 있다.

"알았네 알았어어." 네모의 발걸음은 더욱 빠르게 걷는다.

"고향 산천 부모·형제 기다린단 말이오오. 언능 오시오오." 세모는 손을 위아래로 흔들며 네모를 기다리고 있다.

"알았네 알았어어. 어서 빨리 고향 가세에." 네모는 세모 손을 잡았다. 흥이 절로 났다.

고향에는 어머니가 사립문 밖에서 기다리고 있는 것만 같고 마을 사람들이 풍악을 울리며 반겨줄 것만 같았다.

콩밭 매다
세모 따라 갔다네
고향 가서
못다 한 사랑
이루지 못한 사랑
세모 손을 잡고 갔다네.

가는 자여
피안으로 가는 자여
더덩실 춤을 추며
세모와 함께
부모·형제 만나러 달려간다.

네모가 안 보인 뒤로 풀은 무성하게 자랐다. 사람들은 '네모 공원'이라고 이름 지었다. 네모가 없는 공원은 네 잎 클로버와 잡풀들이 네모가 지나간 흔적 따라 지금은 무성히 자라고 있다.

　'콩밭 매는 아낙네야 베적삼이 흠뻑 젖는다. 무슨 설움 그리 많아 포기마다 눈물 심누나……' 사람들은 그 길을 지날 때마다 노래 부르곤 한다.

제**3**편

올가미

올가미

사람은 태어나면서부터 좋든 싫든 올가미에 걸려 태어난다. 다분히 부모의 의도적으로 태어난 자식들이 사랑받고 살면 좋으련만 환경적으로 사회적으로 아니면 국가 간 이념으로 전쟁 속에서 목숨 부지하기 위해 힘들게 태어난 사람이 있다. 그 험난한 세상을 살아본 사람은 목숨을 조여 오는 올가미가 얼마나 가혹한지 얼마나 무서운지 알고 있다.

부모를 잘 못 만나 사주팔자로 치부하기에는 너무 종교적으로 위안 삼는 일이고 천당 지옥이 있다는 것도 착하게 살라는 꾸며진 가설로 여겨진다.

우주공간에서 세상 만물은 生死의 반복으로 역사가 이루어진다. 어떤 의미로 사느냐가 중요하다. 삶은 이해득실로 계산하기에는 너무 가슴 아픈 사연들이 많다.

여기에 기록된 점례라는 여인의 살아온 삶을 그냥 덮어두기에는 너무 아까워 기록으로 남기고자 인생을 풀어본다. 아무리 전쟁통이라도 부딪히며 이겨내는 의지만 있다면 결과는 창대하리라고 굳게 믿고 사는 여인이다.

선택의 귀로에서 점례는 죽음보다 삶을 선택했다. 올가미에 걸리면 어쩌든지 발버둥을 치며 헤쳐나오려고 최선을 다했다. 태어난 것은 다분히 부모의 의도적으로 태어났지만, 삶의 과정은 꼬일 대로 꼬여 힘겹기만 하다.

인연 따라 참고 버티며 사는 것도 하나의 삶인데 도저히 참을 수 없는 이도 저도 보기 싫어 스스로 포기하면 미련 없으련만 영원히 살 것만 같은 점례의 인생이 어느덧 이승을 다하고 90이 넘는 초로의 할망구가 됐다. 주인공인 점례가 삶을 포기할 수 없는 이유는 무엇이기에 버티고 살았을까?

지금 그 여인이 100세를 바라고 있다. 주름진 이마 검게 탄 얼굴에서 아무도 알 수 없는 인생의 흔적이 남아있다. 인생 역경을 이겨내며 자식들 뒷바라지까지 다 하고 이제 저물어 가는 생명의 마감을 기다리고 있다. 마지막 차표를 들고 홀로 떠나는 모습이 고귀한 자태 그대로다.

부질없도다
부질없도다
꼬일 때로 꼬인
인생 실타래
버리면 끝인데.

버리지도 못한
인생 부여잡고
부딪히면 부딪힌 대로
인연 따라 살아온 지난 세월.

온몸
닳아 굳어지고
손발 굳은살 흔적으로 남아
떠나는 생명의 끝을 확인한다.

자식들은 지들 잘난 대로
모두 떠난 썰렁한 빈집
오늘 밤이
마지막이 될는지
서산에 걸친 해가
어서 오라 한다.

부질없다 부질없어
나는 간다, 나는 간다
서러워 마라, 두려워 마라
인생이 그런 거란다.

점례의 가녀린 목소리가 조용한 방안 가득 울려 퍼진다.

자식들 앞에서

90이 넘는 점례는 자식들을 앉혀놓고 부쩍 말이 많아졌다. 동지섣달 기나긴 밤도 짧게 만들며 시간가는 줄 모르게 지나온 세월만큼 할 말이 많다. 지나온 과거를 되돌아보니 그 울분에 눈물 마를 날이 없었나 보다. 떠나갈 날 얼마 남지 않았다는 생각에 흐릿한 기억력 잊힐까 두려워 자식들 앉혀놓고 엉클어진 실타래 풀 듯 이야기보따리를 푼다.

"애비야 이리 앉아 바라."

"내 말 좀 들어봐 줄래."

"조선 천지에 나보다 박복한 년 어디 있으끄나. 그냥 묻어두고 떠나면 그만인 걸, 죽지 못해 살아온 내 인생, 이제 죽을 때가 되었나 보다. 어미 말이 재미없어도 좀 들어줄래."

"죽지 못해 살아온 내 인생 어디에 하소연 할끄나. 감추고 살아온 지난 세월 창피스러워 말 못했지만 이제 사 풀어본다 으쩌냐. 어미 속 들여다보니 들을 만 허냐."

배운 적 없고 말할 줄 모른 점례는 두서없이 시간 가는 줄 모르고 이야기 끈을 이어간다. 당하기만 한 인생, 기죽어 살아온 인생, 말끝마다 힘주어 확인하려 한다.

"애비가 글을 쓴 작가인께 부탁한다. 내 살아온 인생을 책으로 쓰면 몇 트럭은 되겠지야아?" 얼마 남지 않은 인생을 접어두고 떠나기에는 너무 미련이 많고 감추고 떠나기는 너무 원통하여 점례는 가슴을 때리기도 하고 만지며 말씀을 이어간다. 한쪽 눈까지 실명되어 어슴푸레 보일 듯 말 듯할 텐데 눈을 깜박이며 밤늦도록 자식들 앞에 말을 이어간다. 검게 탄 저승꽃이 주름진 얼굴에 그대로 남아 하나둘씩 펼쳐진다.

꿈 많던 어린 시절은 어디로 가고 오로지 올가미에 걸려 산 목숨 건사하기 위해 몸부림쳤고 사남매 자식 배곯지 않게 먹이는 것이 전부인 점례의 눈에는 이슬이 맺힌다.

너무 가혹하게 살아온 인생, 본인 의도와는 전혀 상관없이 개 목줄 채이듯 끌려온 인생, 이제는 원망할 상대도 없고 미워할 상대도 없는 홀로 남겨진 인생은 오늘도 자식 앉혀 놓고 망가진 인생을 실타래 풀 듯 단답형으로 토막토막 말을 이어간다.

점례는 일제강점기 때에는 풍족한 유년기였다. 사남매 막내로 태어나 예쁨을 독차지하며 살았고 한국전쟁으로 인생이 꼬여간다. 죽음도 맘대로 못한 가느다란 생명줄을 잡고 전쟁통에 남편을 만나 서로 아껴주며 살면 좋으련만 아픈 상처만 남겨놓고 떠난 빈자리가 이제는 가슴에 구멍이 뚫린 것처럼 공허한 마음 감출 수 없다.

이승에서의 마지막 흔적을 남기려 안간힘을 쓴 점례의 흐려진 눈동자는 긴 한숨과 함께 새벽닭이 울 때까지 이어진다. 굴곡진 인생, 목숨 부지하기가 이다지도 힘들었을까? 이길 수 없는 인생이지만 견디며 살아온 흔적들을 실오라기 풀 듯 동짓달 긴긴밤을 지새워간다. 살날 얼마 남지 않은 점례는 자식에게 말하고 자 한 이유는 뭘까?

전쟁으로 시집살이로 폭력 남편을 만나 서럽게 살아온 인생, 민초들의 알아주지 않은 처절한 삶의 아우성이 어느 순간 아침 이슬처럼 세월따라 사라진다. 그러나 도도히 흐르는 역사는 사회를 만들고 가정을 만들었다. 한 가정이 만들어지기까지 겪지 말아야 할 피눈물 나는 말 못 할 서러움이 가정을 지탱하는 역사가 된 것이다.

점례는 잠자리에 들 때나 일할 때나 잠이 안 온다며 시시때때로 아들 앉혀놓고 두서없이 말씀하신 것들을 모아서 아들은 퍼즐 맞추기 한다.

꿈을 꾼 듯 점례의 지나온 흔적들이 아픔으로 다가온다. 영화 한 편을 보고 영화관을 나와 답답한 마음을 가지고 집으로 돌아오는 느낌이다.

아들은 영화 속 주인공 어머니 점례의 숨겨진 말들을 하나둘 모아서 하얀 종이 위에 그려간다. 가슴에 저리는 아픔에 어머니도 울고 나도 울었다.

어두운 그림자

계곡 따라 듬성듬성 10여 가구들이 옹기종기 모여 사는 소백산맥 마지막 끝머리 월출산에 가을이 찾아오고 있다. 도도히 흐르는 역사는 계곡마다 숨겨져 흐르고 바위산들은 예나 지금이나 인간사 흔적들을 오롯이 지켜보며 변함없이 그 자리에서 우뚝 서서 세상을 지켜보고 있다.

온 산의 푸름은 붉음으로 변해가고 앙상한 가지에 봄이 되면 푸름이 다시 돋아난다. 자연은 계절 따라 피고 지고 순응하며 평온한데 인간사는 복잡하게 얽히고설켜 구속하려 하고 지배하는 아우성 속에 살아가고 있다.

"오늘은 인구조사가 있습니다. 일체 빠짐없이 조사에 응해 주시기 바랍니다." 나라 잃은 일제강점기 시대에 독 안에 든 쥐처럼 주민을 옴짝달싹 못 하게 만들기 위해 면서기가 마을을 돌며 골목을 헤집고 다니고 있다.

"정초부터 사람을 옴짝달싹을 못 하게 하려고 지랄염병들을 하고 있네. 먼 노무 인구조사를 자꾸항가 모르겠네인. 할 일 없으면 잠이나 퍼 자제." 마을 사람들은 혼자 말로 면서기가 지나가면 뒤통수에 대고 한마디씩 한다.

흥에 겨워 지친 몸을 서로 달래주고 먹을 것 서로 나눠 먹는 정감 있는 마을이 인구조사로 감시의 대상이 되고 말았다. 이웃끼리 정초 명절이면 농악놀이 풍물패를 대동하여 건강과 풍년을 기원하는 전통 민속놀이는 사라지고 착취의 대상이 되기 위해 주민 간 갈등을 조작한 인구조사는 민초들의 목을 죄는 도구였다.

아낙네들이 봄이면 나물 캐고 여름이면 농사짓고 가을이면 밤 주워 먹고 겨울이면 삼베옷 짜고 새끼 꼬아 가마니 짜며 평화로운 마을이 나라 잃은 서러움에 감시의 대상이 되어 부모들은 자식들 앞에 입조심 말조심하라 당부한다.

"사람을 잡아다가 일본으로 보내 불고 사람 수에 따라서 세금도 부과한다고 헌께 절대로 우리 가정에 대해서는 일체 말을 하지마라잉." 밥상머리에서 아버지는 신신당부를 한다.

"점례야 니도 일본놈들이 끌고 가려고 점점 조여 오니 일찍 시집이나 간 것이 좋것다." 아버지는 아직 시집갈 나이도 아닌데 점례를 시집보내려고 한다.

집집마다 어린 아이들이 골목으로 뛰쳐나와 왁자지껄 떠들며 고무줄놀이, 자치기하는 전형적인 산골 마을은 어디로 가고 한순간 어둠의 그림자가 도사린 산골 마을로 변했다.

며칠째 가을비가 추적대며 내리더니 오늘은 구름 한 점 없이 맑은 하늘이다.

"현 정부는 원활한 농지 보전을 위해 토지개혁을 하려고 방문 조사하려고 합니다. 빠짐없이 동참해 주시기 바랍니다."

"착취해 가려고 연병들 하고 있네. 누가 모를 줄 알고 자그마니 해라 쪽바리들아."

"내 나라 우리 땅 우리가 지키기 위해 단합합시다. 아침 먹고 마을 앞으로 모여 궐기합시다." 주민들은 무자비한 총칼 앞에 항거하다 무너지고 나라 잃은 서러움을 감수하며 지내야만 했다.

들에는 나락들이 누렇게 익어가고 고추잠자리가 한가로이 나는 가을 하늘은 농부들의 가슴을 설레게 해야 하지만 높은 이자와 곡수로 뼈 빠지게 일해 보지만 공출 내고 나면 남는 건 없어 초근목피로 연명해야 했다.

일본이 폐망하고 억압받던 울분이 한순간에 표출되면서 골목에는 아이들 소리가 북적거리고 저잣거리에서는 마을 사람들이 삼삼오오 뭉쳐서 광복의 기쁨을 만끽하고 있다. 다시 마을은 생기를 되찾고 남녀노소 사물놀이 농악대에 흥에 겨워 눈치 볼 것 없고 걸림이 없이 놀았다.

"주민 여러분, 우리의 국호 대한민국의 땅을 다시 찾았습니다. 일본 놈들 앞잡이에서 벗어났습니다. 우리는 하나로 똘똘 뭉쳐서 나라 잃은 서러움을 다시는 만들지 맙시다. 대한민국 만세에, 대한민국 만세에, 대한민국 만세에……." 태극기를 매고 달리는 차에서 들려오는 확성기 소리가 메아리 되어 울리고 있다.

광복도 잠시 미·소 냉전 시대에 서로 물고 뜯는 6·25가 일어난다. 예고 없는 전쟁은 미친 듯이 남으로 밀고 내려왔다. 말 그대로 상대를 죽여야 내가 사는 6·25는 우리 부모 시대의 아픈 역사이다. 처참한 민초들의 죽음을 보고 살아남은 자들은 평생 아픔을 간직하며 살아야 했고 역사의 산 증인이 됐다.

지긋지긋한 일제가 물러가고 광복도 잠시 전쟁이 끝났는데도 후유증을 겪어야 했다. 일제 잔재가 남아있고 전쟁을 끝으로 아직 북으로 넘어가지 못한 사람들로 나라는 안정되지 못해 좌우 사상 문제로 마을이 뒤숭숭했다.

서로 헐뜯고 밀고를 하는 바람에 마을 주민 5명을 뒷산으로 끌고 가서 죽임을 당한 뒤로 마을은 말 못 할 암흑기에 들었다. 살기 좋은 마을이 감시와 통제 속에 예전 일제시대보다 더 안 좋은 살기 팍팍한 시대로 변해버렸다. 그런 안 좋은 소문들이 매일 주민들을 긴장하게 만들었다.

"절대로 말 조심허라잉. 말 잘 못 했다가는 다 디진께 아조 입을 봉하고 살어어. 알 것냐아." 아버지는 아침 밥상머리에서 가족들에게 당부하듯 일러둔다.

먹고 사는 것도 아닌 목숨 하나 지키기 위해서 갇힌 삶은 어머니를 궁지로 모는 시대의 비극이었다.

까마귀가 울면

월출산 줄기 산비탈을 지나 마을이 보일 때쯤 언덕배기에 수백 년이 넘는 팽나무가 마을을 수호하고 있다. 고난이 있을 때마다 의지했던 팽나무는 마을을 지키는 산 역사이다. 도도히 흐르는 마을의 애환을 고스란히 바라보면서 말없이 지켜온 수호신이다.

일제강점기의 치욕과 수탈을 거치고 육이오의 총칼을 그대로 간직한 팽나무 주위에는 을씨년스럽게 거센 바람이 불고 있다.

마을 사람 심신을 식혀주는 팽나무는 짚으로 새끼를 꼬아 둘러쳐 있고 새끼 사이사이에는 오색 천이 걸려있다. 잔돌들이 쌓여있는 돌탑에는 지나가는 사람들마다 기도하는 마음으로 돌을 하나씩 쌓으며 합장을 한다. 마을 사람이 아닌 사람도 지나갈 때마다 두 손을 모아 기도를 하며 지나간다.

마을 사람들은 팽나무를 지날 때면 돌 세 개를 얹고 세 번 절을 한 다음에 침을 세 번 뱉으면 재수가 좋다는 속설에 지나가는 사람마다 안 하면 죄 지을 것 같은 생각에 미신처럼 지키려고 조심스럽게 행동을 한다.

팽나무가 가까워질수록 옷매무시를 가다듬고 두 손을 모으고 합장을 한다. 그냥 지나가는 사람은 아무도 없다. 하지 않으면 벌 받을 것 같은 생각에 엄숙한 마음으로 수호신처럼 받들고 모신다.

"어쩌든지 우리 가정 아무 일 없이 지나가게 하시고 삼재 팔난 만나지 않고 무난히 살게 하시옵서서. 천지신명님 기도 드립니다." 가정의 평안을 위해 기도한 사람들도 있고,

"나라 꼴이 말이 아닙니다, 서로 주민들 간에 이념 문제로 이간질하지 않고 죽이는 일 없이 태평성대를 이루게 도와주십시요오. 천지신명님." 나이 든 마을 훈장님은 지팡이를 내려놓고 한참 동안 기도를 하고 떠나간다.

매년 명절 때나 기우제를 지낼 때마다 마을 사람들은 제를 올리기도 하고 단옷날, 어려운 시국이 닥칠 때마다 음식을 장만해 놓고 간절한 마음으로 마을의 안녕을 기원하는 제삿날은 온 주민들이 모여 간절한 마음으로 제를 올렸다.

보름에는 마을 사람들이 모두 모여 음식을 장만해 놓고 꽹과리와 장구를 치며 대풍을 기원하는 제를 올리는 날이다. 일 년 농사와 마을 안위를 위해 신성시되는 행사를 거행한다. 어린 아이들은 만장기를 들고 아낙네들은 음식 장만하고 남자들은 마을 행사를 주관하면서 제를 올린다. 제를 올린 다음 사물놀이는 가가호호 집집마다 돌아다니며 건강과 안녕을 기원해 준다.

일제강점기와 한국전쟁이 몰고 온 뒤로 살기 좋은 마을이 어느 순간 감시의 대상이 되고 입을 막고 사는 시대가 되고 말았다.

"우리 낭군 무사히 돌아오게 해주시고 남편과 아들 재덕이 어쩌든지 집으로 돌아오게 해주시기를 비나이다, 비나이다."

점례는 매일 아침 일찍 장독대에 정화수 떠놓고 발이 손이 되도록 빌고 있다. 그리고 팽나무에 틈만 나면 들려 돌

을 쌓고 절을 하며 남편과 아들 걱정에 온 정성을 다한다.

"징한 노무 세상, 일본 놈들 시대에는 그나마 살만 했는가 비여. 일본 놈이 없은께 사이좋게 살아야제에. 같은 백성들끼리 싸우고 죽이고 먼 지랄들인가 모르겠네." 점례는 푸념처럼 남편과 아들 없는 하늘을 쳐다보며 넋이 나간 듯 소리를 지르며 속내를 드러내고 있다.

나라가 뒤숭숭한 뒤로 팽나무 주위에 돌들은 더 많이 쌓여만 간다. 돌들이 무더기가 되어도 그 정성 알아주는 신령님은 아무도 없고 하늘도 무심하게 남편과 아들은 돌아오지 않고 있는 점례는 가슴을 치며 하루하루를 애간장 태우며 보내고 있다. 세월은 그렇게 더디게 흘러간다.

"까악 까아악……."

아침부터 까마귀가 울어댄다. 한적한 마을은 화전민으로 천수답 농사를 업으로 살고 있는 골짜기 중에 상골짜기이다. 계곡과 산길을 굽이굽이 돌아가야 도착하는 전형적인 산골 마을이다. 외지 사람이 오면 속속들이 금방 누군지 알 수 있는 촌 중에 가장 상급인 상촌 마을이다.

좀처럼 보기 힘든 까마귀가 시골 산골 마을까지 날아와 마을을 뒤흔들어 놓으면 마을 사람들은 놀란 가슴으로 걱정 아닌 걱정을 하게 된다.

일제강점기 때도 까마귀가 찾아왔고 광복 이후에 이념 갈등으로 싸우다 미·소 갈등 속에 6·25전쟁을 맞이하면서 1951년 1·4후퇴로 중공군의 개입되어 전쟁이 한층 빗발칠 때 젊은 사람들은 모두 군대에 끌려가고 여자들과 초로의 노인들만 살고 있는 조용한 마을에 까마귀 때문에 마을을 왈칵 뒤흔들어 놨다. 아침 일찍 일어난 마을 사람들의 걱정거리가 이만저만이 아니다.

"오매 저승사자가 또 왔네잉. 우리 마을에 뭔 일 있으려고 오 저 지랄을 할까잉. 언능 안 갈래에?" 집집마다 나이 드신 어른들이 까마귀가 울면 한마디씩 해댄다. 그러지 않아도 난리통으로 뒤숭숭한데 못된 까마귀가 울어대니 걱정이 아닐 수 없다.

"저 노무 저승사자 까마귀야 빨리 안 갈래 워이 워워이……." 군대 간 아들 때문에 북촌 양반이 손을 저으며 쫓지만, 까마귀는 아랑곳하지 않고 꼼짝 않고 울어댄다.

마을 사람들은 까마귀가 울면 우환을 불러온다고 미신처럼 믿고 있다. 그래서 까마귀가 빨리 사라지기를 바랐고 천천히 늦게라도 사라지면 나쁜 일들이 더 길게 생긴다는 미신 때문에 마을 사람들이 하나둘 마당으로 나와 다른 곳으로 날아가기를 바라고 있다.

"빨리 안 갈래? 이 노무 까마귀야. 워이 워워이" 점례도 남편이 보도연맹에 가입한 뒤로 끌려가더니 석 달이 넘도록 돌아오지 않고 있고 어린 아들 재덕이는 아빠 끌려가는 것을 보고 찾으러 나간 뒤로 소식이 끊겼다. 아무리 찾으려 다녀도 찾을 길이 없다. 어디로 갔는지 알 수 없으니 점례 가슴은 타들어 가서 팽나무 수호신께 의지하지 않을 수가 없었다.

"먼 지랄허고 밭에 갔을까잉. 낼 가도 될 것인디 내가 죽일 년이네, 죽일 년이여." 점례가 콩밭 매려간 사이 남편과 어린 재덕이가 사라진 것을 두고 자신의 책임인 양 가슴 아파하고 있다.

"그 어린 것이 어디 가서 뭣을 하고 있으까잉 환장하것네잉. 재덕아 재덕아……" 점례는 날마다 재덕이를 찾으려 다른 마을까지 찾아다녔고 계곡마다 산으로 들로 미친 듯이 찾아다니다가 이제 실성한 사람이 되었다.

"시국이 뒤숭숭항께 자식 없는 사람이 데려갔는가비여. 아니면 문둥이(나병환자)들이 재덕이를 데려갔등가. 어디 갈 때가 있어야제에……." 애들이 없어지면 나병환자들이 어린애들을 잡아먹으면 병이 낫는다는 소문들이 있어서 가장 가까이 지낸 상촌댁이 한 마디 한다.

"혹시 길을 잃어부러 부랑아들을 따라간지 누가 알 것능가잉. 델꼬가서 키울라고 할 수도 있제에." 거지들도 많고 부랑아들도 많아서 마을 사람이라면 한마디씩 해댄다.

"아니여 분명히 자식 없는 사람이 델꼬 가는 것이 분명해. 전번에 아랫마을 사람도 수소문 끝에 자식을 찾았다고 허등만." 마을 사람들은 예쁘고 똑똑한 재덕이가 사라진 뒤로 어린이들 집안 단속이 더 강화되었다.

뒤숭숭한 마을에 까마귀가 울어대니 마을 사람들은 손사래를 치며 상수리나무에 앉아있는 까마귀를 보고 악을 쓰며 다른 곳으로 날아가기를 손꼽아 기다려도 아랑곳하지 않고 울어댄다. 마을 사람들은 까마귀를 보고 무슨 큰일이 닥칠 것을 예감한 듯 한숨만 내쉬고 있다.

"안 울던 까마귀가 먼일로 저렇게 나타나서 저 지랄하고 울고 저럴까잉." 북촌댁이 곰곰이 생각해 보더니 걱정이 돼서 다시 나와서 말을 꺼낸다.

"근께 말이요오. 마을에 먼일이 없어야 될꺼신디, 좀 성가시요야." 남편과 아들 때문에 점례 마음은 걱정이 태산이다.

조석으로 날씨가 싸늘하고 들에는 곡식들이 영글어 가는

초가을에 점례는 낫을 들고 뒷밭으로 옥수수를 따러 가고 있다. 답답한 마음에 일이라도 해야 복잡한 세상을 잊을 것 같아서 들로 나간다.

아침부터 마을 앞 상수리나무에서 울어대던 까마귀 생각이 꺼림칙하여 상수리나무 쪽을 바라보며 걷고 있다.

"먼일이 없어야 될 것인디, 으째 이런 일이 나에게 닥쳐올까잉. 어떻게 살라고잉. 무순 죄를 지었다고 이 지랄을 할까잉. 천지신명도 무심하시지 비나이다 비나이다. 우리 식구만큼은……." 혼자 말을 내뱉으며 해지기 전에 끝내고 오려고 종종걸음을 걸으며 밭으로 가고 있다.

"재덕이 어매에, 아들 재덕이 찾았써? 안 찾았써어?" 시냇물 흐른 소리에 잘 들리지 않는데 금방 알 수 있는 목소리가 건너편 언덕에서 박 순경이 점례를 부르며 고함을 친다.

"지가 뭔디 간습하고 지랄이여. 순사면 남편과 아들이나 찾아주제에. 민중에 지팡이라고 얼어 디졌는 갑다. 심심하면 찾아와서 지랄이야." 혼자 말을 하며 점례는 모른 척 걸어가고 있다. 남편이 끌려간 뒤로 재덕 어매에게 박 순경이 자꾸 집적거린다.

점례는 한두 번 겪어본 일도 아니어서 모른 척하며 걷고 있는데 권총을 차고 헐레벌떡 큰소리로 재덕 어매를 다시 부르며 가까이 오고 있다.

"재덕 엄니 안 들려, 내 말이 안 들리냐고오. 남편 때문에 당신도 관심 대상이여 조심혀. 지금 관에서는 보도연맹에 가입한 가족들을 전부 의심하고 있은게 나나 됭게 말해 준거여." 간사한 웃음을 지으며 박 순경은 가까이 다가온다.

"우리 남편이 뭘 잘못했다고 그러요오. 제발 살게만 해주시요오. 뭘 잘못했다고 끌고 간단 말이요오."

"남편은 어디 간 지 나도 모른디 내가 최대한 신경을 쓰고 있은께 걱정 허덜 말고 기다리면 되고. 근디 이 시국에 살았다고 생각하면 큰 오산일 것이여. 그렇게 포기할 때 빨리 포기한 것도 상책이제. 조만간 무슨 연락이 올 것인망 기다려 보드라고." 박 순경은 점점 능글맞게 점례 옆으로 와서 걸걸한 목소리와 찢어진 눈을 흘기며 다가온다.

"남이 보면 으쩔라고 그러요오, 우리 남편 찾아주라고 안헐랑께 빨리 가란 말이요오. 큰일 날 사람이네잉." 재덕 어매는 신발이 벗겨진 지도 모르고 질겁하며 마을 쪽으로 되돌아 달려간다.

"내가 잡아묵냐 뭐하냐." 박 순경은 점례를 바라보며 몇 발짝 걸어오다가 멈춘다.

"재덕 어매가 박 순경허고 그런 사이란 것이 사실이여? 그러면 못쓰제에. 남편이 버젓이 살아있으면 으쩔려고오." 마을 사람들은 삼삼오오 만나는 자리마다 한마디씩 해댔다.

"아니여. 박 순경이 음흉한 놈이제. 남편 끌고 간 것도 그 놈 소행일거여. 순경이란 놈들이 아조 못된 짓거리는 다 하고 다닌당께에."

"부부 속도 모른디 남녀 속을 누가 알것소오? 아니 땐 굴뚝에 연기 난다요오?" 말 많은 풍천댁이 부채질하듯 해댄다.

"함부로들 말 마시요들 같은 마을에서 서로 돕고 살아야제 아무리 시국이 그런다고 막들 말하면 쓰것소오." 나이 든 훈장님이 마을 사람들을 다독인다.

마을 사람들 입에서 오르내린 말들이 남편과 재덕 때문에 고생하고 있는 점례는 모든 것을 감수하며 이러지도 못하고 저러지도 못하고 가슴 아프게 한다.

"어쩔끄나 어띡게 살끄나. 이 노무 팔자가 왜 이리 사나운고오." 점례는 홀로 집에 있으면서 밖에도 나가지도 못하고 집안에서 눈물로 허송 세월을 보내고 있다.

살았느냐 죽었느냐
내 아들 재덕아
나를 두고
어디 가서 무슨 고생 하고 있느냐
천지신명 신령님
내 아들 찾아주시요오
그 어린 것이
무슨 죄가 있다고 그러요오
나를 데려가시오 나를 데려가아
재덕이 없이는
나는 못 사요오
나는 못 사요오.

점례는 마을 사람들이 한마디씩 하던 말에 집에서 나가지도 못하고 징역살이를 하고 있다. 복장 터지는 속마음에 박 순경이 불을 붙여 구설수에 오르니 오도 가도 못하는 신세가 됐다. '어쩌란 말이냐, 어떻게 살란 말이냐'를 거듭 되뇌며 어두운 방 안에서 우두커니 앉아있다.

매일 밤 기억도 안 난 뒤숭숭한 꿈자리 때문에 잠을 뒤척이고 있다. 어젯밤 꿈속에서도 재덕이 울음소리에 잠을 깨고 나니 새벽 3시가 조금 넘었다. 홀로 빈 공간에서 생각에 생각을 거듭하다 보니 첫닭이 운다. 꿈자리도 그렇거니와 생각은 자꾸 안 좋은 쪽으로만 흐른다.

"재덕아아, 재덕아아 어디 있느냐?" 마음이 안정이 안 되어 방바닥을 손으로 내리치며 통곡하고 나니 아침이 밝아온다. 남편보다 아들 재덕이가 눈에 아른거려 참을 수가 없다. 못된 까마귀가 울 때부터 불길한 생각을 했지만 가혹한 운명을 한탄하며 점례는 실성하고 만다.

남편과 재덕이 없이는 못 살 것 같은 생각이 들었다. 그럴 때면 나도 양잿물이라도 먹고 죽어버리면 끝날 것 같은 생각이 들었다. 그런데 묘하다. 생명이란 게 마음대로 하지 못한다는 것을 깨달았다. 날마다 울고불고하면서도 죽지 못해 사는 꼴이 한심했다.

"찔긴 목숨이로다. 죽지도 못하고 살지도 못한 이 몸을 어찌할꼬. 남편 죽이고 산다는 말을 듣고 어찌 살란 말인가." 점례는 살아갈 이유도 없고 자신도 없었지만, 친정어머니를 생각하면 가슴이 저민다.

초겨울을 지나 서리가 내리면서 을씨년스러운 날씨가 점례를 더욱 춥게 만들었다.

남편 잃고 어이 살꼬

설 명절이 지나고 한가롭다. 집집마다 올 한해를 무탈하게 보내기 위해 기도하는 심정으로 새로운 시작을 다짐한다. 마을 사람들은 팽나무에 제를 올리면서 새해를 시작한다. 어려운 시국에 가족들이 휘말리지 말기를 간절히 기도하고 올 농사도 하늘이 도와줘 풍년 되기를 빌고 비는 마음이다.

"어찌 살꼬 어찌 살아, 이 무슨 팔자인고. 연병할 시상을 만나 내 팔자가 이런고오." 아무 정신이 없는 점례는 설이 돌아와도 설 같지도 않았다. 견딜 수가 없었다. 남편과 피붙이 아들이 떠난 자리는 너무 컸다. 집에만 있다 보니 울화통이 터질 것만 같아 헛소리마저 나온다. 생각만 하면 할수록 분통이 터질 것 같아 이대로는 안 되겠다는 생각에 옷을 갈아입고 길을 나선다. 오늘은 담판을 지으려고 경찰서로 향하고 있다.

"천지신명도 무심하시지이. 시도 때도 없이 간절히 서낭당에 빌고 빌었건만 무심하요오. 무심하요오. 무슨 죄가 많아 이런다요오." 점례는 서낭당을 지나면서 마음속에 있는 말을 토해내고 있다.

점례는 숨을 몰아쉬며 팽나무 언덕을 지나가고 있다. 가슴이 답답하고 헛구역질이 나온다. 먹는 것도 없고 시국이 그러니 헛구역질이 난다고 생각했다.

"왜 이러지, 먹는 것도 없는디 속이 매습껍고 이상허네."

점례는 뱃속에서 이상한 징조를 느낀다. 재덕이를 임신했을 때가 생각난다. 임신했다는 것을 직감한다. 남편과 마지막 밤을 지낸 때를 생각한다.

"이게 무슨 징조야아. 남편도 없고 아들도 없는 팔자에 이게 무슨 날벼락이란 말인고." 배속에 임신한 아이까지 있다는 것을 생각하니 복받쳐 오른다. 남편의 그리움이 밀려온다. 점례는 '무심하다'란 말을 연거푸 내뱉는다. 씨만 뿌리고 떠난 남편이 더욱 그리워진다. '나 혼자 어떻게 살려고'란 말을 되풀이하며 경찰서로 향한다.

태어난 자체가 불행인 사회, 이념 하나로 아니 그냥 이유 없이 죽어야만 하는 사회, 천륜을 저버리게 한 사회, 산목숨 부지하기가 이다지도 어려운 사회에 점례는 넋두리가 되어 경찰서로 가고 있다. 논둑길을 무찔러서 산비탈을 걷고 있는데 개구리가 폴짝 뛰어 지나간다.

"개굴아 개굴아 니는 맘대로 뛰어다닌께 좋겠구나. 너만도 못한 이 신세를 어찌하면 좋겠느냐." 점례는 개구리를 보고 자신이 개구리만도 못하단 것을 절실히 느끼면서 걷고 있다. 죽지 못해 살아가는 꼴이 흔한 잡풀만도 못한 자신의 팔자를 한탄하지 않을 수가 없었다.

"갈쳐주시요오. 왜 반 년이 넘도록 안 갈쳐주요오오. 죽었는지 살았는지 갈쳐줘야 할 거 아니요오." 지서 입구에는 많은 사람들이 웅성거리고 있고 안에는 담배 연기가 층을 이루며 자욱이 쌓여있다. 점례는 지서 안으로 무작정 들어가서 남편의 행방에 대해 목소리를 높이고 삿대질을 해대며 대든다.

"우리 재덕이 애비 어디 있소. 당신들이 델꼬 가놓고 왜 안 갈쳐주요오? 내 남편 살려 냈시요오 살려내란 말이요오. 오늘 내가 죽던지 당신들이 죽든지 결판을 내야쓰것소." 독이 오른 점례는 이판사판으로 대든다.

"저 여자 누구여? 누군디 여기가 어디라고 지랄항겨." 의자에 비스듬히 앉아있는 경찰이 한마디 한다.

"우리도 모르요오. 어찌게 알것소오? 우리가 지비 남편 죽였다는 증거가 어딨쏘오. 함부로 말하지 마시요잉." 박 순경이 얼굴도 쳐다보지 않고 의자에 앉아 대꾸한다.

"당신들이 끌고 가서 모른다고 하면 누가 알거시오. 죽었으면 죽었다고 허고 시체라도 줘야 쓸 것 아니요오. 말 같은 소리를 하지 마시요오. 조선 천지에 이런 일이 어딧다요오, 내 남편 내놓으시요오." 점례는 지서 바닥에 철푸덕 앉아 목소리 높이며 대든다.

"당신 남편 빨갱이 짓으로 죽었어어. 당신도 안 디질라면 조용히 하고 가란 말이여. 여기가 어디라고 와서 지랄이여." 서장실 안에서 서장이 문을 열고 나오면서 점례를 응시하며 윽박지르듯 목소리를 높인다.

"나도 쥑이시오, 쥑해부러. 내 남편이 뭣을 잘 못했소오? 보도연맹에 들어오라고 해서 들어갔는디 이제와서 무슨 죄가 있다고 쥑인다요. 그 착실한 양반이 무슨 죄를 지었다고 쥑인다요." 재덕 어매는 지서 바닥에 앉아 가슴을 치기도 하고 통곡을 하며 울어댄다.

"밖으로 빨리 내보네. 지서가 지그들 안방인줄 안가비여. 저런 놈들 때문에 나라가 이 모양 이 꼴이지." 서장은 박 순경을 시키면서 투덜댄다.

광복이 되면 살기 좋은 세상이 돌아올 줄 알았는데 이념 갈등으로 사회가 두 갈래로 나누어져 목숨이 한 치 앞을 내다볼 수 없는 지경에 이르렀다.

남편이 보도연맹에 가입한 것은 공산당을 몰아내고 자유민주주의를 바로 세우자고 들어오라고 강요해 놓고 이제는 빨갱이로 몰아 온데간데없이 죽여 남편의 시신도 찾지 못한 재덕 어매는 하루하루가 지옥이나 다름없었다.

언제 끝날지도 모른 전쟁상태에서 뱃속에 씨만 주고 떠나버린 남편을 원망해도 아무 소용 없는 재덕 어매는 악바리 여자로 변해갔다. 무서울 게 없다. 눈에 불을 쓰며 남편 시신이라도 찾기 위해 지서로 가서 한바탕 분통을 토하고 나니 몰골이 말이 아니다.

밤마다 꿈속에 나타난 남편은 손을 내밀며 살려 달라 아우성이다. 재덕 어매는 눈물로 지새우며 원망과 한탄으로 보낸다. 반년이 지나고 남편이 월출산 도갑사로 끌려가서 죽었다는 소문을 듣고 시신이라도 찾으려고 헤맸지만 흔적도 없었다.

까마귀가 울어대면 꼭 마을에 무슨 병고가 생긴 것을 보고 까마귀가 울어댄 날은 온 마을 사람들을 긴장시켜 누가 해를 입을까 두려워했다. 그래서 마을 사람들은 까마귀를 저승사자라 불렀다.

재덕 어매는 못된 까마귀가 울 때부터 불길한 생각이 들었다. 잘못된 자신을 대변하듯 울어댄 까마귀가 한없이 미웠다.

시집가다

재덕 어매 점례의 친정은 마을에서 그런대로 잘 사는 집이다. 마을 한가운데 집이 있고 윗집에는 친구 미순이가 살고 아랫집에는 순자가 살았다. 어릴 때부터 밥만 먹으면 소꿉놀이하며 놀던 친구들이고 시집가기 전까지만 해도 산으로 들로 뛰어다니며 다정히 지내던 사이이다.

"저노무 고추도 안 달린 가시내들이 지양스럽게 논다." 점례, 미순, 순자는 삼총사로 집에서는 아들로 태어나지 못한 미운 자식들이어서 지청구의 대상이었다. 그래서 어릴 적부터 머슴애들처럼 온 산을 뒤집고 다니며 개구쟁이 짓을 하면 어른들이 한마디씩 해댔다.

삼총사들은 봄이 오면 나물 캐러 다니다가 처음 소학교에 입학해서 한글을 배우기도 전에 일본말부터 배우게 된다.

"우리말도 배우기 힘든디 먼 지랄났다고 일본 말까지 배울까잉. 지그들이나 배우제잉." 학교 끝나고 집에 가면서 미순이가 말한다.

"긍께야, 나무도 해야 하고 집안일도 해야한디 하기 싫은 일본말까지 머다라 배운가 모르겠다야." 미순이 말이 끝나자마자 점례가 말한다.

"와타시와 니혼진쟈나이데스. 와다시와 간꼬구진데스."(나는 일본인이 아닙니다, 나는 한국인입니다.) 삼총사는 1년 동안 일본말을 배웠다고 나름대로 말을 만들어 부모님 앞에서 낄낄거리며 자랑한다.

점점 일본은 을사조약 체결 이후 본격적으로 조선어 탄압 정책을 자행한다. 제일 먼저 국권을 빼앗은 일본은 모든 교과서를 일본어로 편찬하려고 하고 일본어를 일상 언어로 만들기 위해 초등학생부터 가르치기 시작한다.

일본은 태평양 전쟁으로 부족한 병력을 지원하기 위해 조선 청년들을 전쟁 병력으로 내몰고 민족 말살 통치로 창씨개명을 강요하고 전쟁 물품을 조달하기 위해 경제적으로 닥치는 대로 약탈해 나간다.

우리의 민족정기를 끊기 위해 태백산 줄기를 따라 쇠말뚝을 박고 우리의 고유 견 진돗개, 풍산개, 삽살개까지 말살하기 시작한다. 모든 것을 일본화하기 위해 노력하다 못해 조선인 여자들까지 강제 동원으로 일본으로 끌고 가서 위안부라는 새로운 단어를 만들며 인권 말살 행위를 자행한다.

"이번에 대일본제국에서 조선인 여자들을 특별 대우로 모집하고 있다. 조선에서 구질구질 가난하게 산 것보다 일본에 가면 돈도 벌고 공부도 가르쳐준다. 2~3년 계약으로 모집하고 있으니 많은 참여 바란다." 마을 이장이 일본 놈을 앞세워 딸들이 있는 집집마다 다니며 강요한다.

"간사한 일본 쪽빠리들 말을 어찌 믿어? 델꼬 가서 지그들 식모나 시킬라고 연병들 허것제에." 의심 많은 북촌 양반이 콧방귀 뀌듯 한마디 한다.

"우리도 인자는 일본 놈 세상이 다 되어버렸으니 차라리 일본 가서 신문화를 배운 것도 괜찮제에."하며 상촌 양반이 의견을 제시한다.

"그런 소리 허덜 말허 이 사람들아. 속없는 소리하고 있

네. 일본 놈들에게 한두 번 겪은가아. 속아도 일본놈들한테
는 속으면 안 되야아." 마을 훈장 어른이 상촌 양반 말에
일침을 가하며 큰기침을 한다.

처음에는 마을 처녀들을 모집한다며 서류를 받으며 질서
있게 하다가 참여하는 사람이 부족하자 반강제적으로 마구
잡이로 끌고 갔다.

일본의 잔인성은 갈수록 깊어만 간다. 사람들을 마구잡이
로 끌고 가서 죽임을 당하거나 집단적으로 학살을 당해 시
체를 장작처럼 쌓아놓고 불을 질러 태웠다는 소문이 떠돌았
다.

결국에는 항일분자 소굴이라는 마을은 이유 없이 불을 질
러 생존권을 말살했다. 여자들은 있는 대로 농락하고 그것도
부족했는지 위안부로 끌려가서 짐승만도 못한 치욕을 당한
우리들의 역사가 지금까지 아물지 못하고 있다.

"아부지이 미순이 순자도 갔쓴께 나도 가불라요오. 돈도
벌고 공부도 갈쳐준다고 안 허요오. 글고 친구들이 없쓴께
재미도 없고 보고 잡기도 허고……." 갈수록 잔혹해진 일본
놈들을 보면서 점례는 솔직히 말해 부모 곁을 떠나 친구 따
라 일본으로 가고 싶었다. 첩첩산중 전기도 없는 부모 밑에
서 눈만 뜨면 일만 하는 곳에서 벗어나고 싶었다. 함께 지
내던 친구들이 없으니 재미가 없어 아버지에게 사정하듯 말
한다.

"절대로 안 되제. 일본 놈들한테 한두 번 당허냐아. 순자
미순이가 끌려간 것은 두고 보면 알혀 이 놈아아. 조금만
기다려보자, 좋은 일이 있을 것인께." 아버지는 외동딸 이쁜
점례를 보낼 수가 없어 무슨 계획이 있는 듯 다독인다.

"이번이 마지막이다. 가고 싶어도 못 간다. 대일본제국의 배려를 뿌리치면 평생 후회할 것이다. 내일 10시까지 마을 앞으로 집결하기 바란다." 재차 확인하듯 말한다.

미순이와 순자도 일본으로 끌려가고 얼마 지나지 않아 이번에는 점례가 표적이 되어 마을 이장이 일본 놈을 대동하여 집으로 찾아와 마지막이란 말에 힘을 주고 떠났다.

"점례아아, 니를 일본으로 보내면 언제 올지도 모르고 영영 헤어질지도 모른께 좋은 남자가 있다하니 시집이나 가그라아." 아버지가 딸을 앉혀놓고 부탁하듯 말한다.

"돈도 벌고 2~3년만 있기로 헌다고 허든디요오."

"그 말을 믿냐아? 이 녀석아아."

아버지는 일본 놈들의 행패에 더이상 견딜 수 없어 일찍 나이 어린 15살에 점례를 시집보내려고 마음먹었다.

"사둔 어르신 부족함이 많은 어린 내 딸을 잘 부탁합니다. 아시다시피 시국이 시국인지라 어쩔 수 없이 일찍 보내니 잘 돌봐주세요." 친정아버지와 시아버지하고는 산 하나 사이를 두고 살고 있었다. 모르는 사이도 아니어서 사실대로 말을 한다. 점례는 어린 나이에 눈물을 머금고 시집가는 날 친구들 없이 혼수품도 간소하게 장만해서 부모 곁을 떠나고 만다.

"별말씀을 다 하십니다. 참하고 예쁜 딸을 주셔서 제가 감사합니다. 저의 집은 딸이 귀한 집안이라 걱정 않으셔도 됩니다." 사돈도 반갑게 맞이해주었다.

점례는 선머슴처럼 뛰어놀다가 아무것도 모른 상태에서 일본에 끌려가기 싫어 아버지의 억압으로 시집을 간다.

남편의 죽음

농사지어 풍족한 가을쯤 동네방네 소문나게 점례를 시집 보내면 좋으련만 여자들이 마구잡이로 일본으로 끌려가는 바람에 게 눈 감추듯 보내지 않을 수가 없었다. 점례는 한 더위에 결혼식을 잡았다. 결혼식이라고 볼 수도 없는 초라한 모습 그대로이다. 시국이 시끄러워 격식도 갖추지 않고 도둑 결혼하듯 간단히 혼수를 장만하여 시집을 보냈다.

광복되기 전 1945년에 열다섯 살 어린 나이에 간신히 형식만 갖추어서 시집보낸 점례는 남편도 착실하고 시아버지도 예뻐해 주시니 그 이상 결혼생활이 행복할 수가 없었다.

시댁은 마을에서 어려움 없이 그런대로 밥은 굶지 않은 집안이다. 남편은 어렵게 태어난 외아들로 농사지으며 부모 사랑을 듬뿍 받고 살았다. 덕분에 어려움 없이 오순도순 행복하게 살 줄 알았는데 남편이 시국에 연루되어 점례의 고달픈 인생이 시작되었다.

점례의 결혼은 당시 18살이 결혼 적령기인데 15살이면 너무 이른 나이였다. 태어나자 가슴에 점이 있어 점례로 이름 짓고 아버지 사랑을 듬뿍 받고 태어난 점례를 늦게 시집보내려고 했는데 일찍 시집보낸 것을 너무 아쉽게 생각했다.

1948년 광복을 맞이한다. 행복했던 신혼생활도 잠시 광복이 되면 온 세상이 행복할 줄 알았는데 이념 문제로 남편이 자유민주주의를 지키자는 보도연맹에 가입하면서부터 문제가 발생한다.

8·15광복을 맞이하고 미·소 양 진영 이념 문제로 여순사건, 제주사삼사건 등이 휘몰아치면서 죄 없는 양민들만 희생을 당하고 말았다. 좌익세력을 와해시키려고 만든 보도연맹이 6·25가 발발한 뒤로 북한군에 동조했다는 유언비어 날조로 정부는 좌경분자 처단이란 명목 아래 군인도 아니고 경찰도 아닌 피쟁이(백정)들로 구성됐다는 서북청년단들이 광기 서린 눈동자로 죽창을 들고 무차별 양민학살을 자행하게 된다. 서북청년단원들은 여순사건, 제주 4·3사건의 잔인성으로 역사의 아픔 단체로 기록되었다.

서북청년단원들은 정부의 지침 아래 보도연맹을 빨갱이 단체로 몰아 척결이란 이름으로 자행을 시작한다. 조건이 없다. 무조건 마을 뒷산으로 끌려가서 학살당하는 현장은 아비규환阿鼻叫喚이 되고 말았다. 죄 없는 가족을 잃은 사람들은 어디에 하소연할 곳이 없었다.

"두 동강 난 한반도에서 빨갱이들 때문에 자유민주주의가 위협받고 있으니 빨갱이들을 모조리 색출하여 빠짐없이 잡아들일 것이다. 빨갱이들에게 협조한 것은 어느 경우에도 용서치 않을 테니 관에서 법대로 조치할 것이다. 주민들은 지시한 대로 따르길 부탁한다. 알겠는가?" 마을 사람들을 모여 놓고 총을 멘 군인들과 경찰들이 번갈아 가며 하루가 멀다고 목소리 높여 짖어댄다.

밤이면 빨갱이들 세상이고 낮이면 군인과 경찰들 세상이니 주민들은 어느 장단에 춤을 춰야 할지, 빨갱이들은 배고프다며 밥해주라고 야단이고 군인과 경찰들은 밤손님(빨갱이)에게 밥해줬다고 잡아가 죽였다.

빨갱이 마을로 낙인되면 불을 지르며 주민들을 더 이상 살 수 없게 만들어 버리는 그야말로 난리 통에 희생당하는 것은 개죽음뿐이었다.

친정에서도 올케 언니가 부엌에서 밥하다가 그냥 총 맞아 돌아가시고 시집간 언니도 젖먹이 어린 아기 등에 업고 밭에서 일하다가 총 맞아 죽었다는 소식을 들었다.

죽은 엄마 등에서 아기는 배고프다고 울고 있었다. 외손자를 친정어머니가 발견하여 평생 연좌제에 걸린 외손자를 키우시다 눈을 감지 못하고 돌아가셨다. 취직, 결혼 제대로 해 보지도 못하고 인생 뒷골목에서 서럽게 자라다가 외할머니 돌아가신 뒤로는 어디서 살고 있는지 행적조차 알 수 없었다.

"시국이 뒤숭숭항께 몸 조심허고 시어른들 잘 모시고 남편 봉양 잘하여라. 어디서나 니 잘해야 복 받아야아. 알 것제에." 시집보내던 날 친정어머니와 마지막 밤을 지새우면서 신신당부 말씀을 하셨다. 점례는 삶이 힘들고 고달플 때마다 가슴 저민 그리운 어머니 생각에 울기도 퍽 울었다.

"오매, 어젯밤에 덕순네가 우물 샘에 빠져 죽었다고 안 허요오." 덕순네가 남편이 죽었다는 소식을 듣고 자살을 하고 말았다. 아침 일찍 칠성댁이 샘터에서 죽음을 발견한다.

"먼 일이다요? 신랑이 몇 달 새 소식이 없다고 허등만 끝내 그래부렀네잉." 금정댁이 안타까워 혀를 차면서 한마디 한다.

"남편이 어제 죽었다고 연락이 오등만 살어서 뭐하냐. 따라 가부렀능가부네잉." 월평댁이 한숨을 쉬며 말한다.

"차라리 잘 죽었능가도 모르제에. 남편 없는 세상을 생각하니 앞이 깍 막혀것제에." 칠성댁이 한숨을 쉬며 한마디 한다.

"그래도 자식들이 눈에 밟혔을 것인디 어뜩게 죽었을까잉." 달몰댁이 거든다.

"긍께 말이요, 모질구만 모질혀어." 혀를 찬다.

"하루걸러 사람이 죽어 나가니 으째야쓰까잉."

마을 사람들은 덕순네가 죽은 뒤로 샘물을 먹지 못하고 흙으로 덮어버렸다.

점례도 덕순네 죽었다는 말을 듣고 한동안 밖으로 나오지도 못하고 두문불출했다. 남편을 먼저 보내고 죽지 못한 자신을 한없이 원망했다. 죽으려고 몇 번을 시도 해봤지만 쉬운 일이 아니었다.

먼 훗날 노무현 정부 들어와서 보도연맹에 대해 재판부는 북한에 호응하는 등 이적행위를 했다는 증거가 없어 무죄를 선고한다고 했지만, 긴긴 세월 동안 가슴 아픈 시간들을 어떻게 보상받을 수 있겠는가? 같은 민족끼리 군, 경찰들을 동원하여 사람의 탈을 쓰고 동족을 죽이는 무자비한 소탕작전을 생각하면 치가 떨렸다.

사람이 태어나고 죽는 것은 자연의 이치지만 한날한시에 몰살당한 마을은 울음바다가 되고 말았다. 시간이 지나면서 후손들은 불안하고 무서운 마을에서 더이상 살 수 없어 마을을 등지고 고향을 떠났다.

6·25 전쟁으로 희생된 사람들, 이승만 정권의 4·19사건으로 죽어간 학생들, 박정희 장기집권 희생자들, 전두환 정권 광주민주화항쟁 등 권력 욕심이란 이유로 피 터지게 죽어간 백성들에게 무엇을 남겨주었는지 생각해 볼 일이다.

점례 시아버지는 아들 찾으러 다니다가 돌아가시고 시어머니도 아들 죽고 남편 죽고 시름시름 앓으시다가 돌아가셨다. 점례는 남편이 남기고 간 재덕이도 행방불명되고 현재 배 속에 아이를 가진 임신한 상태였다. 집도 절도 없는 시댁에서 더이상 살 수 없어 점례는 친정으로 간다.

친정도 어려움은 마찬가지다. 올케와 언니가 총살당한 현실과 불 질러버리고 남은 오두막 친정집에서 점례는 임신한 핏덩이 어린 딸을 낳았다. 아빠도 없이 태어나지 말아야 할 전쟁고아가 태어나고 말았다. '전쟁둥이'들은 시절 인연을 잘못 만나 무수히 죽어가고 그중에 살아남았다는 것은 하늘이 주신 천운이 따른 것이다.

"아직도 이 서방과 재덕이 소식은 없지야아? 이 난리통에 애기까지 낳았으니 으쩌면 좋으냐아. 하늘이 무너져도 솟아날 구멍은 있은께 마음 단단히 묵고 살아라잉." 늙으신 친정어머니는 시댁 소식에 대해 아무것도 모르고 있었다. 귀엽게 키운 딸이 안쓰러워 당부하듯 말을 한다.

"어머니 이 서방은 죽은 것 같아요오. 살아있으면 지금까지 아무 소식이 없다는 것은 말이 안 되지라우. 경찰 서장도 죽었다고 헙디다아."

"나도 짐작은 했다마는 어떻게 살래 내 딸 불쌍혀서 으짜냐아." 친정어머니의 눈물 바람을 뒤로하고 시국이 뒤숭숭한 난리 통에 아이를 데리고 피난을 떠나야 했다. 마을 사람들도 간단한 짐을 들고 하나둘 피난길을 나선다.

전쟁이 일어나면 민심이 뒤숭숭하다. 주민 간 이간질과 밀고로 마을 전체가 살벌해졌다. 결국에는 마을에 불을 질러 쑥대밭으로 만들어 버리는 참혹한 현실 앞에 점례도 벗어나

지 못했다. 한순간에 길흉이 바뀌는 현실이 되고 말았다. 그
래서 죽지 않기 위해서 엄동설한에 영암 장흥 유치 깊은 산
속으로 피난 다니기 위해 숨어들어 가야만 했다.

　북풍이 몰아치는 눈보라 속에 가족들을 데리고 목숨 하나
지키기 위해 피난 행렬은 계속 이어졌다. 점례도 뒤를 따라
간다. 덕순네가 죽은 것이 자신의 일인 양 머릿속에서는 계
속 맴돌고 떠나지 않았다.

피난 가다

    일제강점기에는 나라 잃은 서러움에 주민 간 의협심은 강했다. 서로 나눠 먹고 감춰주고 함께 살려고 노력도 했다. 나라를 팔아먹는 매국노 을사오적들도 있었지만, 서민들의 민심은 광복으로 이어진다.

    가을이 되면 거둬들인 곡식에 따라 공출(供出) 때문에 실랑이를 하며 자존심 상한 일이 많아 고달팠는데 일본이 물러가고부터 광복을 맞아 미·소 양 진영으로 나누어 이념 싸움 때문에 나라 잃은 서러움보다 생명의 위협을 받은 백성들만 못 살게 죽어 나가는 실정이었다.

    토지개혁을 해서 모든 사람들이 평등하게 살자는 공산 진영이 상당히 설득력을 얻었다. 그래서 빨갱이들이 국민 속에 점조직으로 침투되면서 민란을 일으키고 있고 민주 진영은 자유민주주의를 지키려고 맞대응하며 싸우고 있어 백성들만 중간에서 죽어갔다.

    추수를 끝내고 한가로운 들녘에는 고추잠자리가 떼를 지어 날아다니고 월출산 계곡마다 우뚝 선 바위들과 푸른 녹색들이 자연의 변화에 따라 단풍색으로 변하는 중이다. 떼를 지어 날아다닌 고추잠자리가 피난 떠나는 사람들을 알아차렸는지 우왕좌왕 날고 있다.

    "자유민주주의를 위협하는 빨갱이들을 하나도 빠짐없이 색출합시다. 만약에 동조하는 자나 숨겨준 자는 가차 없이 처단하겠으니 조금도 현혹되지 말기를 바랍니다." 난리법석이란 말이 이럴 때 나온 것처럼 온 고을을 들쑤시고 다니며 불을 지르고 사람을 닥치는 대로 죽이는 바람에 국민들만 불안해서 어쩔 줄을 몰라 피난을 떠나지 않을 수가 없었다.

"장흥 유치지구는 완전 불바다가 되불고 사람도 닥치는 대로 죽여분다고 안 허요오. 빨리 떠나야 쓰것쏘오." 점백이 아버지는 살림살이를 대충 대밭 깊숙이 숨겨놓고 먹을 양식과 옷 보따리, 이불을 이고 다급하게 떠나면서 말한다.

"으째야쓰까잉, 다 죽것네잉. 빨리 오랑께에." 마을 사람들은 정신없이 마을을 벗어나고 있다.

산 너머에서 총소리가 들려오고 확성기 소리가 긴박함을 알려준다. 바람 소리에 확성기 소리가 멀어졌다 가까이 들렸다 한다. 마을 쪽에서는 검은 연기가 검게 하늘을 뒤덮고 있다. 아기를 업고 있는 점례도 힘들게 마을 사람들 끝머리에서 따라가고 있다.

옷가지와 긴급 식량을 등에 메고 국사봉 쪽으로 각 마을 사람들이 물밀듯이 밀려가고 있다. 총소리가 가까이 들려온다. 죽은 시체들이 길거리에, 논둑 밑에 널브러져 있고 썩은 냄새가 진동한다. 근방 죽은 사람들은 팔이 잘리고 목이 잘리고 붉은 피가 흥건히 보이는 것도 있다. 제일 안쓰럽게 하는 것은 죽은 시체 등에서 어린아이가 울고 있는 모습을 보고 그냥 지나칠 수밖에 없는 모습이 안타까웠다.

아이가 울고 있어도 어느 누구 한 사람 관심이 없다. 그냥 옆을 지나간다. 점례는 어린 아이를 보고 자신의 처지인 듯 가슴이 철렁한다.

"살려고 태어난 세상인디 뭔 놈의 세상이 이 지랄일까잉.

다 죽게 생겼네에 빨리빨리 걷잖께에." 점백이 아버지가 가족들을 대동하며 발걸음을 독려하고 있다.

총소리가 사방에서 들리고 총알 날아가는 소리가 머리 위로 빗발치는 상황이다. 인간의 비명 소리가 오금을 저리게 한다. 사람의 탈을 쓰고 살아가는 모습이 짐승만도 못하단 것을 처절히 아니 느낄 수가 없다. 계곡을 전전하며 이 고을 저 고을에서 들려오는 총소리를 이리저리 피하려고 몰려다니고 있다.

피난민들은 겨울을 지나 7개월여 동안 집에도 들어가지 못하고 떠돌고 있다. 풀죽으로 끼니를 연명하는 것도 부실하여 피복이 말이 아니다.

밤이면 시간 나는 대로 헐거워지고 닳아진 짚신 신발을 칡 줄기로 꿰매야 하고 목숨을 부지하기 위해 연기 안 나는 맹감 줄기 주어다가 풀죽이라도 끓여 먹으려고, 깊은 골짜기를 헤매야 했다. 차가운 겨울 날씨에 거적때기에서 쪼그려 자야 하는 처참한 하루하루가 빨리 지나가기를 빌고 빌었다.

"상부 지시가 내려왔다. 대대적인 소탕 작전을 개시한다. 침투되어 있는 빨갱이들 근거지를 없애버릴 것이다. 중대별로 맡은 바 임무에 충실하기 바란다. 그냥 모조리 불 질러 버리란 말이야 한 사람도 살아남지 못하게 쑥대밭을 만들어 버려." 경찰서장은 부하직원들에게 아침 직원회의 때 힘주어 말한다.

군인과 경찰들은 닥치는 대로 마을에 불을 지르고 사람들을 죽인다. 죽임을 당하지 않으려고 사람들은 몰려다니며 피난 다닌 곳마다 아우성이다.

"우리는 당신들 편이요. 도와줄 테니 걱정 말고 이 시기를 잘 버티기 바라오. 우리와 함께 싸워야 합니다. 힘내세요."
산에서 빨갱이들을 만난다. 빨갱이들은 사람이 죽으면 도와주기도 했고 아픔을 같이 한답시고 식량을 갈취해갔다. 동조안 한다고 민간인을 죽이는 악질 빨갱이들은 밤이 되면 조직된 힘으로 관공서를 불 지르고 착취했다.

"연병들 하고 있네잉. 즈그들 싸움에 왜 우리가 죽어야 되야고오." 어느 누구도 믿을 사람이 없었다. 상촌 양반이 혀를 차며 한마디 한다.

"월출산 계곡마다 전체를 불 질러버려 한 놈도 빠짐없이 죽여버리란 말이야." 계곡마다 불길로 휩싸이며 몰살당하는 사건이 발생한다.

낮이면 빨갱이들 소탕 작전으로 군인, 경찰들은 온 마을에 불을 지르고 있고 피난민들은 이 산 저 산으로 달아나야 했다. 총알이 머리 위로 피웅피웅 날아가고 땅바닥에 박히는 소리가 여기저기서 쏟아진다.

"워매워매 상촌 양반도 죽고 젊은 점백이 아부지도 죽고 그랬다고 안 하요오." 날마다 누가 죽었다는 가슴 아픈 말들로 여론이 뒤숭숭했다.

"으째야쓰고 으째야쓰고" 여기저기서 탄식이 절로 난다.

함께 걷던 사람이 금방 옆에서 쓰러지는 것을 목격하기도 하고 총알이 빗발치면 바위틈, 밭두렁, 논두렁으로 숨기 바쁘다. 머리에 보따리를 이고 총총걸음으로 걷기 바쁘다.

점례는 산후 몸조리할 시간도 없이 어린 아기를 안고 총알 반대편으로 계곡 깊숙이 들어가야만 했다.

"울지마라 울지마라 아가야. 조금만 기다려라. 젖 줄테니 울지마라." 점례는 나오지도 않은 젖을 아기 입에 물리며 다독였지만 배고프다고 울기는 마찬가지다. 등에 업혀있는 아기를 보자기로 감싸고 수없이 되뇌며 빨리 난리가 끝나기를 바랐다.

"애기 우는 것 땀세 경찰한테 들끼면 다 디진당께. 그냥 빨리 버리라고오. 다 쥑일거여, 죽을라면 혼자 죽어어. 왜 다 쥑일려고 하냐고오. 함께 다니다간 다 디진께 알아서 혀." 마을 사람들이 점례 애기 울음소리에 발각되면 모두 총살된다는 성화에 못 이겨 배고파 우는 아이를 어쩔 도리가 없이 보자기로 애기 입을 가린다. 아기 울음소리는 그 뒤로 들리지 않았다.

"미안하다, 아가야 왜 난리통에 태어나 꽃 피워보지도 못하고 짧은 생을 살게 한 어미를 용서해다오. 니가 무슨 죄가 있겠느냐. 못난 어미를 용서해다오." 점례는 아기를 흙무덤에 묻어주고 하염없이 피눈물을 흘렸다.

내 뱃속에서
열 달 동안
인연 맺어 태어난 아가야
니가 무슨 죄가 있겠느냐
어미 잘 못 만나
꽃 피워보지도 못하고
내 곁을 떠난 아가야
하늘나라에서
다시 만나 부모 노릇해 주마.

점례는 흐르는 눈물을 주체 못 하고 통한의 눈물을 흘리며 덕순처럼 죽지 못해 살아가고 있는 자신을 한없이 원망하며 걷고 있다.

남편 잃고 자식 잃고 점례는 살아갈 이유가 조금도 없었다. 스스로 죽지 못한 자신을 총알이 날아와 죽여주기를 바라고 무작정 걸었다. 함께 걷던 사람이 총탄에 쓰러져도 질긴 목숨은 죽지 않고 무정한 세월만 한탄하고 있었다.

"새대액 얼굴 관상을 본께 좋은 팔자는 아닝만. 중년 운이 안 좋고 말년 운이 그런대로 괜찮은께 조금만 참고 살면 좋은 날이 오것쏘오." 난리 통에도 별의별 사람들이 다 모였다. 점례에게 당골래(무당)가 한마디 한다. 점례는 아무 생각 없이 듣다가 곰곰이 생각해 본다. '어느 세월에 나 같은 년에게 말년 운이 있다고 가족 다 죽은 뒤에' 있을 수 없는 일이었다. 현실은 팍팍하지만 그래도 없다는 것보다 있다고 하니 아니 듣는 것보다 나았다. 사람은 간사한 동물인가 보다.

"박복한 내 딸아, 어미가 잘못했구나. 하필 그런대로 시집보낸 내 잘못으로 니가 고생한다. 인자 으쩌겠느냐 팔자려니 생각하고 살다보면 좋은 일도 생기지 않겠느냐." 친정어머니는 만날 때마다 내 손을 꼭 잡고 눈시울을 붉히시며 말씀하셨다.

"내 귀한 딸이 이리될 줄을 그 누가 알았겠느냐. 천지신명도 무심하시지, 불쌍한 내 새끼. 니를 시집보내고 잠을 잘 수가 없구나. 니는 어차피 그 집 귀신이 됐쓴께 죽으나 사나 참고 살아야 헌다. 알것제에. 목숨이 젤인께 엉뚱한 생각 허지 말고오." 친정어머니가 일러주신 말씀이 마지막 말이 되었다. 동구 밖까지 나와서 헤어질 때까지 손을 흔들어 주신 어머니의 모습이 남편 잃고 재덕이 잃고 자식 죽이고 피난길을 걷고 있는 발길마다 절절히 떠오른다.

"어머니 나는 어떡해 살아요오, 누굴 믿고 사냐고요. 어머니 나를 함께 데려가 줘요오. 못 살아요 못 살아아." 점례는 꿈속에서 하염없이 울었다.

하늘에는 초승달이 어김없이 떠 있고 별들은 지 잘난 듯 반짝거린다. 계곡에는 물 흐른 소리가 그칠 줄 모르고 산 너머 부엉이 우는 소리가 인간 세상을 조롱하는지 아니면 애처로워하는지 밤새도록 울고 있다. 까마귀가 울던 불길한 기억이 머리를 스쳐 지나간다.

"어엄마아, 어엄마아……." 밤마다 꿈속에서 엄마를 부르는 아이 목소리가 들린다.

"아가야아 어딨느냐 어디 있어어?" 아이를 찾다가 잠에서 깨고 일어나면 영락없이 미친 사람이 되어 있었다.

어린 딸을 닭 잡듯 자기 손으로 죽인 뒤로 점례는 매일 밤 악몽에 시달리고 있다. 새들의 지저귀는 소리도 아이 울음소리로 들리고 계곡물 흐른 소리도 엄마 찾는 울음소리로 들린다. 세상 모든 소리가 엄마 찾는 소리로 들리니 이 일을 어찌할꼬.

점례는 차라리 미순이 순자 따라 일본으로 가지 못한 것을 후회하고 있다. 시집만 가면 잘살 줄 알았는데 나에게 어찌 이런 일이 일어나는지 처음으로 아버지를 원망했다.

"점례야아, 니는 고생 팔자를 타고나서 목숨이 단명하단다. 그리 알고 너무 욕심 부리지 말고 살아라아. 니 팔자가 그런디 으짤 것이냐잉." 친정어머니가 어디서 점을 보고 왔는지 딸을 앞에 두고 하소연하듯 내뱉던 기억이 되살아난다.

삶이 잘 안 풀리고 꼬이면 신에게 의지를 하게 된다. 친 정어머니가 귀엽게 자란 딸이 시절 인연을 잘못 만나 처해 있는 현실이 너무 가혹해서 무당을 찾아갔나 보다.

"엄마아 타고난 팔자 으짤 것이어. 팔자는 팔자고 나는 나대로 살다 가는 것이제에 어머니는 괜히 무당한테 다녀와 서 나를 성가시게 하네잉." 무당한테 다녀온 어머니 말씀을 듣고 점례는 처해있는 현실을 알면서도 마음속 무거운 짐을 어쩔 도리가 없어 푸념하듯 내뱉었다.

점례는 정말 자신의 목숨이 단명한 걸로 여겼다. 일하다가 힘들면 어머니가 말해준 단명이란 단어가 생각난다. 팔자려 니 생각해도 현실은 종종 잊고 사는 것이 인생이다. 하지만 무당이 말년 운이 좋다는 말에 호감이 가기도 했다.

살아온 과거를 생각하면 자신의 운명이 박복한 것을 당연 히 받아들이기로 했다. 그러나 힘들 때마다 '어머니 나를 데 려가 주시오. 못 살 것 써라우. 왜 이리 목숨 끊기가 힘들다 요. 쥐약 한번 목구멍에 털어 넣으면 죽는 것을. 방죽 물에 빠져버리면 죽는 것을 이도 저도 못 하는 신세를 어떡하면 좋습니까?' 하며 한탄을 한다.

목숨 한번 끊어버리면 끝나는 것인데 이다지도 끊기가 힘 든 줄은 미처 몰랐다. 희망이 없기에 이겨낼 힘도 없었다. 그러면서도 현실을 살아가는 것이 신기했다. 친정 부모, 남 편, 재덕이, 아기 등을 생각하면 미련 없이 추호도 살아야 할 이유가 없는데 숨을 쉬고 있는 것이 신기했다. 어서 빨 리 저승에 가서 가족들 만나 아픔 없는 세상에서 살고 싶었 다.

점례의 마음은 가을바람 잠을 자듯이 잠자다가 조용히 죽었으면 얼마나 좋을까를 수십 번 되뇌지만, 눈만 뜨면 고달 픈 삶에 흐느적거리며 괴로워하고 있다. 무슨 덕을 더 보려 고 살아야 하나를 수없이 되뇌어보지만, 쥐약 한번 목구멍에 털어 넣기가 정말 힘들었다. 그럴 때마다 천지신명 부처님 하느님을 부르며 기도를 하는 자신을 발견한다.

살아야 할 이유를 모르겠다. 부모의 인연으로 태어났으니 그냥 사는 거지만 내 인생 끝은 어떻게 마무리될지, 사람답 게 살아질지 의문이다. 언젠가 무당이 말년 운이 괜찮겠다는 말은 순전히 거짓말로 들렸다. 이보다 더 모진 세상이 또 어디 있을까. 더는 없을 거란 생각이 들었다. 죽지 못해 살 지만, 자식 키우다 보면 좋아지겠지 생각밖에 없었다.

"점례야아, 니는 일본 안 가기를 정말 잘 헌 거시여. 사람 대접도 못 받고 디지게 일만 허고 월급도 못 받고 생고생만 허다가 죽지 못해 돌아온 거여." 고향에 순자 미순이가 일본 갔다 돌아왔다. 얼마나 고생을 하고 왔는지 얼굴이 말이 아 니었다.

"차라리 나는 일본 가는 것이 더 나썼을 걸 하고 생각한 다. 부모 잃고 자식 잃고 죽는 꼴들을 봐선지 사는 거시 정 나미가 뚝뚝 떨어진다. 니들은 니들대로 나는 나대로 시절 인연을 잘 못 만났으니 어찌하면 좋으냐?" 점례는 친구들을 만나 어디에도 하소연할 수 없는 일들을 털어놓는다.

"야 점례야아, 우리는 그나마 다행이여. 전쟁터로 끌려간 여자들은 성 노리개로 말도 못 하게 당하고만 왔다드라. 챙 피해서 말도 못하고 사는 꼴이 말이 아니제에."

일본을 갔다온 사람들은 말이 없다. 성 노리개로 갔다 왔 으면서도 일하고 왔다고 둘러대기도 하고 강제징용 피해자라고 말하며 다녀야만 했다.

　"사는 거시 매한가진가 부다. 죽지 못해 사는 꼴들이." 점
례는 한숨을 내쉰다. 오랜만에 친구들 만나 속 알아준 이야
기를 했다. 그날 이후 순자랑 미순이는 헤어지고 나서 어디
서 무엇을 하고 사는지 연락이 없다.

　세월은 가고 흔적은 남는 법, 점례는 어릴 적 고향 친구
미순이와 순자하고 지냈던 행복한 순간들이 떠오른다, 마음
속에 지워지지 않은 꿈 많던 시절을 생각하며 점례는 누구
에게도 말 못 할 사연들을 가슴에 담고 걷고 있다.

잘못된 인연

유난히 춥던 겨울을 보내고 3월이 되었다. 만물이 생동하는 대지는 때가 되면 어김없이 침묵을 깨고 일어선다. 하늘에는 남으로 날아가는 기러기 떼들이 어미 따라 한가로이 날아가고 있다. 자연은 누구의 간섭도 받지 않고 자유를 찾아 자유롭게 살아가고 있는데 인간들만이 서로 죽이고 헐뜯으며 무법천지에서 살고 있다.

매년 봄이 오면 다정했던 미순이 순자와 함께 나물 캐러 다니며 보냈던 고향 생각을 한다. 시간이 멈췄으면 했다.

점례는 가족이 없는 빈자리에서 넋 나간 사람처럼 무작정 걸어가고 있다. 언덕배기 팽나무는 모든 것을 알고 있는지 묵묵히 내려다보고 있다.

"모두 떠나고 홀로 남아 산다는 게 무슨 의미가 있겠소오. 사는 게 조금도 미련 없소오. 살려주려면 살게 해주고 죽이려면 오늘 당장 죽여주시요오. 이제 누구를 의지하고 살아야 하오. 천지신명이시여." 점례는 서낭당에서 빌었던 것처럼 날마다 기도에 의지할 수밖에 없었다.

기러기만도 못한 인생, 구구대는 소리가 "왜 사느냐?"고 말하는 것만 같았다. 사람 꼴이 아닌 거지 중에 상거지 꼴이다. 먹는 게 부실해 얼굴 몰골도 알아볼 수 없고 누추하기 짝이 없는 인간 세상 벗어나기를 학수고대하며 걸어간다.

7개월여 동안 부모 잃고 자식 잃고 가지고 간 식량도 바닥나고 풀뿌리로 연명하며 떠돌다 보니 하늘을 보고 원망할 수밖에 없었다. 피난 다니기도 힘들고 사는 자체를 상실한 피난민들은 이판사판으로 방황하고 있다. 죽임 없는 세상, 자유를 달라는 몸부림인데 사람 탈을 쓰고 그렇게 잔인할 수가 있을까?

마을로 사람들이 모였다. 살아있는 사람들이 절반은 조금 넘었다. 어디에 하소연할 수 없는 마을 사람들은 살았다는 안도보다 차라리 이꼴 저꼴 안 보고 죽어간 사람들이 부럽기도 했다. 함께 지내온 과거를 생각하며 목 놓아 보듬고 울었다.

목숨 부지하고 살아온 주민들은 동고동락해온 이웃들을 오랜만에 만나다 보니 생사 여부가 중요하여 일가친척들 소식들을 알려고 이리저리 물어보는 모습들이다.

"한마을에서 살아온 이웃들이 난리 통에 생명을 다하지 못하고 먼저 저세상으로 간 것을 원통하게 생각합니다. 원한으로 눈을 감지 못하고 갔을 것이 분명하니 산 자들이 나서서 씻김굿이라도 해드린 것이 우리들의 몫이라고 생각합니다. 여러분들은 어떻게 생각합니까?" 마을 어르신이 나서서 말을 한다.

"그래야 지라우. 구천을 떠돈 귀신들이 오도 가도 못하고 있을 것인디 해드려야지라우." 마을 사람들은 눈물을 흘리며 찬성을 한다.

"천지신명이시여, 원한으로 구천을 떠돌며 한을 풀지 못한 님들을 위해 조촐하게 음식을 장만하여 받들어 모시니 굽어 살펴주옵소서. 한 마을에서 동고동락하며 함께해온 이웃들과 이승에서 맺은 인연 모두 잊고 자비하신 원력으로 극락왕생하게 해주십시요오. 다음 생애에서는 아픔 없는 인연으로 다시 만나 오순도순 살아가게 천지신명의 위신력과 가피력으로 함께 하시기를 빌고 비나이다." 마을 훈장님이 즉흥적으로 제상 앞에서 읊으니 마을 사람들은 흐느낀 목소리로 절을 올린다.

간단하게 음식을 장만하여 서낭당에서 위패를 모셔놓고 돌아가신 분들의 이름을 호명하며 제를 올리고 돌아가신 집들을 돌며 천도제를 올리고 있다.

마을에서 잘 사는 집들은 집중 타깃이 되었는지 감시대상이 되었고 착취대상이 된 시댁은 지진으로 쓸고 간 쓰나미처럼 아무것도 존재하지 않았다. 과거의 추앙받던 시절은 온데간데없고 불타버린 잔재들만 황망하게 널브러져 있다.

남편도 잃고 어린 재덕이도 아빠 따라갔는지 알 수 없고 뱃속에 아이까지 내 손으로 죽였다는 생각에 점례는 한참 동안 서낭당 앞에서 넋을 잃고 앉아있다.

점례는 아무도 없는 시댁에서 살 수 없어 친정으로 향한다. 고향 친정집에도 부모님 돌아가시고 언니와 올케까지 죽임을 당하는 현실을 보고 살아있는 자신도 아무 의미가 없었다. 함께 부모님 무덤 앞에 죽지 못한 자신을 원망하고 있다.

점례는 불타버린 고향 옛 집터에서 우둑하니 앉아있다. 모든 것을 지켜본 대나무만이 바람 따라 흔들리며 푸르름을 간직하고 있다. 아무것도 모른 참새들만이 짹짹거리며 대나무 사이를 날아다니고 처량하게 우는 비둘기만이 구구대며 울고 있다. 아무도 반겨주는 사람 없고 물어보는 사람도 없는 집터에서 점례는 목 놓아 울고 있다.

내가 살던 마을이 불타버리고 함께 지내던 친구들이 사라진 집터에서 꿈인지 생신지 넋을 놓고 있는 점례에게 시집 가던 날 어머니와 마지막 밤에 꽃반지 끼워주며 얘기 나누었던 어머니의 따뜻한 음성이 환청 되어 들려온다.

까막아 까막아
왜 그리 울었느냐
내 가족 데려가려거든
나도 함께 데려가지
복 없는 서러움
뜬구름 되어 떠돈다.

서낭당 팽나무
간절한 기도에도
총칼 앞에 죽임당한 내 가족
보고 싶다 보고 싶어
어디에 하소연할꼬.

시절 인연 잘 못 만나
피난 따라 떠돈 세월
목숨
펼쳐보지도 못한 꿈
부모 만난 죄로다.

각 마을 사람들은 하얀 명주옷에 짚신 신고 팽나무 서낭당에 두 손 모아 절을 올린다. 점례도 함께 절을 올리고 기도를 한다.

박 순경

　겨울을 보내고 봄이 찾아왔다. 봄볕이 따사롭게 내리쬐는 4월 중순 전쟁이 쓸고 간 대지 위에는 푸른 새싹들이 움트고 있다. 메마른 땅에서도 줄기찬 생명력은 여지없이 때가 되면 되살아난다.

　좌익 반동분자 색출이라는 명목 아래 많은 인명피해를 남기고 국민들도 지치고 군·경찰들도 지쳐가고 있었다.

　"주민 여러분 이번 토요일 10시까지 영암 읍내로 집결하시오. 나온 사람은 모든 걸 용서해줄 테니 빠짐없이 나와주기 바랍니다." 마을마다 확성기를 들고 경찰이 떠들고 다닌다.

　"무엇을 용서해준다는 거여. 우리가 무슨 죄를 지었다고오 저놈들이 무슨 수작을 쓸라고 한 거 아니여. 한두 번 당한 것도 아니고오, 항꾼에 모아다가 총살 시킬라고 그런 거 아니냐고오."

　"콩으로 메주를 써도 못 믿제에. 즈그들이 우리에게 어떻게 했는지 보면 알 것 아니여. 믿드라고 문둥이들 같은 이라고오, 절대로 나가면 안 되제에."

　"주민이 있어야 나라도 있는 것인디 다 죽여 불면 나라가 있것는가아. 이번에는 말 들어 본께 빨갱이들을 어느 정도 소탕해쓴께 주민들을 안심시킬라고 그런다는 말이 있든디이, 한번 나가 봐도 괜찮을 것 같네." 마을 어르신이 속깊은 한

마디 한다.

"안 나오면 안 나온다고 죽이고 으쩌란 말이여? 이러지도 저러지도 못하니 오매 환장하겠네에."

"영암면 사람들이 다 모인당께 별일 있것소오. 한번 나가 봅시다." 마을 사람들이 이구동성으로 한마디씩 한다.

인간들은 서로 싸우며 울고불고 생사에 연연한다. 삼계육도를 헤매면서 지지고 볶으며 살아가고 있다. 자연은 변함없이 때가 되면 새롭게 태어나는데, 점례는 고향 마을에서 천도제를 치르고 아무도 없는 빈집을 떠나 영암 읍내로 향하고 있다.

"워매 워매 안 죽고 살았소오. 죽었다고 소문 났드만 천만다행이네에." 마을마다 집결한 사람들은 친인척 안부 묻기에 바쁘다. 피난 다니던 피난민들이 계곡에서 하나둘씩 영암 읍내로 집결하고 있다.

"여러분들 힘들조오. 우리도 힘듭니다. 빨갱이들 소탕 작전으로 여러분들의 피해만 늘어가니 정부에서 더 이상 주민들의 안전을 방관할 수 없어 특단의 조치를 실시하고자 합니다. 그리고 정부는 최우선적으로 여러분들의 안전을 위해 노력할 것입니다. 여러분들은 집으로 돌아가서 정부의 방침에 따라 생활하셔야 합니다. 법을 어길 시 법대로 응당한 제재가 가해질 것입니다. 다음 세 가지를 꼭 지키셔야 합니다. 아셨죠오?" 영암경찰서장이 단상에 올라 말끝마다 힘을 줘가며 지시를 내린다.

첫째 어떠한 경우에도 좌익 빨갱이들에게 먹을 것을 제공하고 협조해서는 안 된다.

둘째 의심나는 빨갱이들을 보는 즉시 신고하셔야 한다.

셋째 이번 사고로 사망자 수를 확인하고 있으니 인적 사항을 본 지서에 접수해 주시고 가정으로 귀가하시기 바랍니다.

영암읍내에 구름처럼 운집한 사람들은 초췌한 모습 그대로 겁먹은 눈동자만 이리저리 굴리며 지켜보고 있다. 영암경찰서장이 단상에 올라 월출산이 울리도록 목청을 높이며 주민들을 생각해 준 것처럼 독려하고 있다.

"지랄 연병들 하고 있는가 부네. 최우선적으로 주민들의 안저언 말 같은 소리를 해라. 이 문둥이들아 죄없는 사람들을 지그들이 죽여 놓고 우리 보고 신고하라고 신고하면 으쩔 것이여. 죽은 목숨 살려줄 것이여." 가족 잃은 사람들마다 한 맺힌 목소리로 여기저기서 웅성거린다.

"사람들을 이 모양 이 꼴로 만들어 놓고 살성부냐아 천벌을 받을 놈들아. 저승사자는 뭣 한가 모르겠네. 사람 살려내놔아 이 놈들아." 점례도 땅을 치고 통곡한다. 아무도 거들떠보지도 않는다.

"당신 말이여, 보도연맹 들어간 놈 누구냐 거어어 나 모르것어." 박 순경은 줄을 선 점례를 알아보고 눈을 흘긴다. 점례는 인원 파악을 한다는 말에 사지가 떨렸다. 남편과 아들 재덕, 그리고 어린 애기까지 죽었다고 말하려니 오금이 저려왔다.

"당신은 머리털 하나까지 빨갱이 집안이여 이쪽으로 나와." 수많은 사람들이 줄을 서서 사망자 접수를 받고 있는데 별도로 열외를 시켰다. 남편, 자식 잃은 뒤로 자꾸 찾아와 성가시게 한 박 순경은 무슨 억 감정이 있는지 끝까지 점례 뒤를 의심하고 있다.

"식구들 다 죽여 놓고 내가 먼 죄가 있다고 그러요오. 나도 죽여주시요오. 죽에 부러어어." 점례는 더이상 살아야할 의욕도 없이 대들었다.

"그래 죽여줄테니 묻는 대로 말혀. 당신 때문에 골치 아파 내가 죽겠은께 오늘로 마무리 하자고오." 박 순경은 경찰의 본분을 다한다는 듯 절제된 말로 대한다.

"남편 잃고 자식 잃고 내가 뭔 죄가 있다고 그러요오." 점례는 하소연하듯 말한다.

"저 여자는 아무 잘못이 없은께 그냥 풀어주시요잉. 저 여자 같이로 착하고 순진한 사람은 조선 팔도에는 없을 것인께, 내가 보증서라면 슬것인께 아무 말 말고 풀어줘." 중년 부인이 박 순경 앞으로 다가와 허리춤에 손을 올리며 당당히 대들며 말한다. 박 순경은 꼬리를 내리며 알았다는 듯 수긍하는 모습을 한다.

'누굴까아 누구지이 누군데 나를 감싸고 돌지이.' 점례는 한참 기억을 되살리려고 생각 중이다. 아무리 생각을 해도 기억이 나지 않는다.

"나라가 이 모양 이 꼴로 어수선한디 최 여사가 책임지겠다 하시니 믿겠습니다. 만약에 문제가 발생 시에는 책임을 다하시기 바랍니다" 박 순경은 직책 때문에 업무에 충실하다는 것을 보여준다.

"뭔 책임, 나 모르것써어 나 모르것냐고오. 저 여자를 죽이면 천벌을 받제에. 내가 안당께에 내가 알아아. 내가 책임을 지면 될 게 아니야아." 최 여사는 말끝마다 힘을 주어 말한다.

"아무리 그래도 빨갱이 집안이라서……." 박 순경은 말을 흐린다.

"저 여자는 어떠한 책임도 없응께 내가 책임진다고 허잖아아." 대못을 박듯 최 여사는 말에 힘을 주고 자리를 떠난다.

한참 지난 후에 알았다. 사실 오늘 최 여사의 등장으로 운명의 갈림길이 될 줄을 꿈에도 몰랐다. 선택의 기로에서 점례의 운명이 파란만장하게 펼쳐지리라곤 그 누가 알았겠는가?

사람들 모이게 해놓고 반동 가족을 색출하는 목적의 자리가 된 것을 후에 알아차렸다. 반동분자 가족을 색출해서 월출산 계곡으로 끌고 가 몰아넣고 한 번에 죽여 버렸다. 후에 계곡을 사람들은 사람들의 영혼이 울부짖는다고 해서 그 계곡을 '곡哭터'라고 불렀다.

점례는 최 여사에 대해 생각이 떠오른다. 시아버지가 언젠가 밥상머리에서 방귀깨나 뀐 친척이 영암 신북에서 살고 있고 군대에서 높은 직위에 있는 친척이 있다는 말과 잘 산다는 언질을 들은 적이 있었다.

알고 보니 최 여사를 영암에서 모르면 간첩이라는 소문이 자자했다. 남편 빽도 빽이려니와 여자로서 어찌나 오지랖이 넓던지 치맛바람이 보통을 넘었다. 일제강점기부터 친일파 행동으로 부자로 살았고 일본이 망하고 돌아간 뒤로 땅을 그대로 인수받아 최 여사의 신북 들판 땅을 밟지 않고서는 다닐 수 없다는 소문까지 돌 지경이다.

"여사님 금방 쓰고 갚을랑께 돈 좀 빌려주시요오." 마을 사람들은 돈이 필요하면 최 여사 집으로 향한다. 남편 빽 믿고 복부인 행세를 하기도 하고 마을 대소사 일에 안 낀 데가 없이 참견을 하였다. 마을 사람들은 필요할 때 일수 돈을 고리대금으로 사용하기 때문에 모른 체할 수도 없다.

어차피 물고 물리는 관계로 하수인이 될 수밖에 없었다.

"어이 쩌그 납짝네 온당께 조용히들 허랑께." 납짝네(최여사)가 나타나면 마을 사람들은 하던 말을 멈추고 꿀 먹은 벙어리처럼 조용하다. 어찌나 드세고 꼰대 짓거리를 하기에 좋아한 사람이 아무도 없다. 최 여사를 납짝네라고 부른 것은 얼굴이 납작해서 그렇고 얼굴까지 사각이고 두꺼워 노름, 일수놀이 등 못 하는 일이 없다.

납짝네가 지나가면 동네 개도 무서워 피한다는 말이 나올 정도다. 치맛바람이 어찌나 센지 동네가 떠들썩하다. 술도 잘 먹고 뭇 남자들과 얽히고설킨 대장부처럼 하고 다녔다. 마을 사람들은 하던 일이 잘 안 풀리고 속이 상하고 보기가 싫으면 꼬집는 말로 '납짝네 씹짝네'라고 부르기도 했다.

"저런 니미럴 씨벌 납짝네 씹짝네인가 씹짝네 납짝네인가. 그년 때문에 살림 거덜나겄네잉. 이자 때문에 농사지어서 갚고 나면 남는 것이 있어야제에. 해 년마다 도로 아미타불이니 어찌게 살아아." 힘든 농사일로 추수가 끝나면 마을 사람들은 고리대금을 갚으러 납짝네 집으로 모인다. 술 한잔 걸친 춘봉 아저씨는 매년 가을만 되면 마을 앞에서 떠들어댄다.

"돈을 안 쓰면 될 거 아니여어. 필요할 때는 꼬감(곶감) 빼 묵듯이 해놓고 갚을랑께 속 아프고 그게 뭔 짓거리여어." 최 여사 친척 된 분이 한마디 거든다.

가을이 되면 일제시대 때 겪었던 아픔을 되새기게 한 최 여사의 고리대금은 연장선에 있는 듯 시대의 변화에도 주민들의 아픔은 계속 이어졌다.

최 여사의 한 마디에 사람들은 마포 바지 방귀 빠지듯 사라진다.

새로운 시작

자연은 온 산야에 푸름으로 물들어 가고 있다. 봄은 농사의 시작을 알리고 가을은 결실을 거둬들인 추수의 계절이다. 매년 돌아오는 계절은 변함없이 돌아오지만, 사람들의 계절은 편안할 날이 없다.

"이리야, 이리야! 저 산 너머 해질 때까지 가자가자. 어서 가자." 춘봉 아저씨는 소와 함께 논갈이를 하고 있다. 산 자들은 목구멍이 포도청이라 눈 감으면 잠자고 눈 뜨면 일하는 되돌이표 인생을 감내해야 했다. 일하면서도 목구멍에서 흘러나온 것은 한 맺힌 곡소리뿐이다.

"어찌 사나, 어찌 살아 북망산천 떠난 사람 보내놓고 우리는 어찌 사라고 그러요오. 팍팍한 세상살이 이제는 못 살 것쏘오. 못 살아아." 상촌 양반은 상촌댁 죽은 뒤로 일하다 논둑에서 앉아 하염없이 넋을 잃고 한을 삭히고 있다.

점례도 가족 잃고 살아갈 이유가 막막했다. 살고 싶은 마음이 전혀 없었다. 빨갱이 집안으로 낙인찍혀 험난한 세상을 살아간다는 것도 그렇고 자포자기한 상태다. 물 흐르는 대로 그냥 목숨 부지하고 사는 수밖에 없다. 될 대로 되라는 식으로 포기한 심정이다. 그러면서도 목숨을 끊을 수 있는 용기도 안 났다.

"박복한 년, 먼 복이 없어서 이 모양인고오. 나도 데려가지이 가족 잃고 나만 혼자 어찌 살꼬오. 맘대로 죽지도 못한 이 신세에 어머니이."하고 통곡을 하고 울었다. 힘들고 어려울 때는 생각나는 것은 어머니 밖에 없었다.

"박 순경인가 뭔가가 그 문둥이가 나만 보면 환장을 하고 한 볼때기 해볼까 연병을 한당께요. 안 해준께 빨갱이로 엮어 죽일라고 연병을 하고오, 징한 놈의 세상을 살았당께요." 최 여사 앞에서 점례는 담아두었던 속에 있는 말을 줄줄이 털어 논다.

"인자는 그런 일 없을 것인께 내가 허라는 대로 하면 될 것이여." 어린애 다루듯 한다. 점례는 따를 수밖에 없었다. 박 순경에게 구해준 최 여사가 구세주이고 삶의 희망을 주었다. 최 여사가 은인이다. 아무리 먼 친척이라지만 이렇게 잘해준 이유를 점례는 도통 알 수가 없었다.

점례는 간신히 납짝네 덕으로 죽었던 목숨이 되살아난다. 생명이 경각이 달려있는 사람에게 은총은 동아줄과도 같은 생명선이다. 죽으라는 법은 없는 갑이다 생각한다. 피난 다닐 때 무당이 말년운이 좋다고 했던 말이 떠오른다. 새로운 시작을 알리는 예감이 들었다. 죽으라면 죽는 시늉을 할 정도로 감사하게 생각하지 않을 수가 없었다.

아무리 최 여사가 구세주처럼 믿음을 준다고 해도 현재 점례 자신의 몰골을 생각하면 앞이 깜깜하다. 집도 절도 없는 자신을 생각하면 살아갈 날들이 깜깜했다. 아무도 곁에 없는 점례에게 먼저 떠난 가족들 환상이 나타나고 밤마다 내 손으로 죽인 딸의 울음소리가 악몽 되어 나타난다.

"할 얘기가 있은께 오늘 집으로 와봐아." 최 여사가 어느 날 점례에게 한마디 한다. '무슨 일이 있을까아 전번에 하라는 대로 하면 된다고 했는디 먼 좋은 일이라도 있을랑가 모르겄네네'라고 곰곰이 점례는 생각한다. 아는 사람 아무도 없고 굶주림과 배고픔에 시달리다가 빛과 소금을 만난 듯했다. 생명줄 같은 말이 아닐 수 없다. 지나온 세월을 생각하면 한숨밖에 안나왔는데 의지처가 생겼다는 것은 살아가야 할 이유가 생긴 것이다.

"니네하고 우리는 오촌간이나 될까 모르겄는디 그렁께 니 시할아부지하고 우리 시할아부지하고 형제간이고 우리가 큰집이라고 했든가아 그런 얘기 못 들어 봤어어?" 최 여사는 소상히 말을 한다.

"시아버지한테 그런 말 못 들었나?" 점례 대답을 듣기도 전에 말을 이어간다.

"언젠가 듣기는 들었는데 시국이 그래서 잊어부렀지라우." 점례는 고양이 앞에 쥐 꼴로 작은 목소리로 대답한다.

"니네 집도 괜찮게 산다고 들었는디 식구들은 다 어디 가고 혼자 남아 그 고생을 했다냐?" 점례는 식구라는 말이 나오자 울분이 올라와 눈물을 닦는다. 그리고 그동안 살아온 자초지종을 말했다.

"덤제 너머 유치 쪽으로 산이 깊고 울창헌께 빨갱이들이 제일 심했시아. 그나 고생했다아. 그런디 앞으로 어떻게 살거냐?" 최 여사의 고생했다고 생각해 준 말이 너무 고마웠다. 지금까지 마을 사람들도 서로 이간질과 밀대로 서로 눈치 보고 살았는데 최 여사에게 고생했다는 말을 들으니 감동에 복받쳐 사람 사는 것 같았다.

"친정 사람들도 아무도 없고 어떻게 살지 막막허지라우." 점례는 사실대로 대책 없는 자신을 보여준다.

"지금 몇 살이제에?" 최 여사는 말을 꺼낸다.

"스물세 살이어라우."

"어차피 식구들도 아무도 없은께 인자 시집이나 가서 남편 모시고 니 인생 니가 살아야제 으쩌 것냐." 최 여사는 점례 힘든 사정을 고려해서 생각해 준 것 같이 말한다.

"앞으로 어찌 살지 나도 모르겠써라우." 점례는 의지하고픈 마음에 힘없이 말한다.

"긍께 내가 중마해줄 테니 시집이나 가는 게 어쩌냐? 여자 팔자는 남자 팔자 따라간께 그런 줄 알고 살면 되는 것이여." 남자 팔자란 말에 점례는 여자 팔자는 없는 줄 알았다.

"내가 뭐라고 말하겠어요오. 내 팔자가 그런디이." 점례는 죽어가는 사람 살려줘서 고맙기도 하고 요구할 조건이 없었다. 그냥 따르겠다는 표정을 짓는다.

"니와 같이 남자도 한번 결혼 한 사람인디 인물도 괜찮고 나이도 네 살 차이 나는구만. 적당헌께 해볼겨? 서로 상처들을 위로해주면서 살면 괜찮을 것이여." 최 여사는 생각해 놓은 듯 성사를 시키려고 말을 이어간다.

"시골에서 농사짓고 대충 먹고는 산께 니만 잘하면 괜찮을 거여." 점례는 먹고는 산단 말에 마음이 확 쏠린다. 박 순경처럼 자꾸 집적대는 사람들 때문에 무서워서 어떻게 살까 걱정이 태산이었는데 결혼하면 해결될 듯 보여 한 시름 놓았다. 지금까지 살아온 것보다는 어떻게든 살면 될 듯싶었다. 살다 보면 좋은 세상도 있을 거란 생각에 수줍게 미소만 띤다.

"니도 지금 당장 몸 둘 곳도 없은께 낼 남자랑 영암 읍내 다방에서 만난 것보다 그냥 집으로 가서 만나는 것이 좋것지야." 최여사가 아무리 먼 친척이라 하지만 점례는 요즘 세상에 이런 좋은 사람도 있구나 생각을 안 할 수가 없었다. 오갈 때 없는 자신을 생각해 준 걸 보니 답답한 마음이 한결 놓인다.

점례는 선택의 여지가 없는 자신을 챙겨준 마음이 고맙기도 하여 큰절이라도 하고 싶었다. 지긋지긋한 세상을 빨리 벗어나고 싶었다.

점례에게도 새로운 희망이 보였다. 이것이 꿈이 아니기를 기도했다. 자신에게 새로운 남자가 생긴다는 것은 의지할 수 있다는 희망이었다.

삶의 의지처를 만들어 준 최 여사에게 점례는 평생 은인으로 모셔야겠다고 생각했다. 최 여사 그림자만 봐도 절을 하고 싶었다. 쥐구멍에도 해 뜰 날도 있구나 생각하면서 한순간이나마 과거를 잊게 했다. '여자는 남자 팔자 따라간다'는 말을 곰곰이 생각하니 설레기도 하고 잠을 이룰 수가 없었다.

최 여사

　10월이라 들에는 농사일로 사람들이 오가고 고추잠자리가 무리 지어 하늘거리며 한가롭게 들판을 나는 것을 보니 점례도 사람답게 살고 싶었다. 간섭받지 않고 자유롭게 사는 미물들도 잘살고 있는데 점례라고 못 살 이유가 없었다. 최 여사를 만난 뒤로 살아갈 이유가 생겼다.

　"부처님 하느님 좋은 분을 만나게 해주세요오. 오갈 때 없는 사람을 이렇게 챙겨주시니 감사합니다."라고 기도하는 심정으로 점례는 작은 보따리를 들고 최 여사 뒤를 따라 들판을 지나고 고개를 넘어 남자 집으로 향하고 있다.

　한국전쟁이 정전협정으로 3년여 만에 끝나고도 좌우익 이념 문제로 조용할 날이 없는 상태에서 피해를 본 사람들은 주민들뿐이다. 전쟁이 끝나고 정치적 경제적으로 사회적 안정이 안 될뿐더러 인적 물적 큰 피해로 생활고에 찌들고 전쟁고아들이 넘쳐나서 거리에는 거지들이 득실거렸다.

　최 여사를 따라 반나절을 걸어 도로를 중심으로 길게 펼쳐진 마을에 도달한다. 들에는 나락들이 누렇게 익어가고 있다. 나락 베는 사람들이 줄을 지어 바쁘게 일하고 있다. 일찍 심은 벼는 추수를 끝내고 벤 벼 밑동 끌텅에는 새로운 새싹들이 돋아나고 있다. 다시 논을 갈아 보리 씨를 뿌리려고 쟁기질을 하는 논도 보인다. 하늘에는 고추잠자리가 일하는 사람들을 따르며 한가롭게 날고 있다.

점례가 살던 고향은 월출산 줄기 따라 검은 흙에 돌밭들이고 우거진 산에 가서 나물 뜯고 칡뿌리 캐서 먹었던 기억뿐인데 나주는 돌멩이 구경조차 할 수 없는 황토흙이었다. 땅이 많아 뭐든지 심고 가꾸기만 하면 잘 살 것 같았다. 피난살이로 떠돌았던 첩첩산중 골짜기 영암보다는 나주는 거의 평야 지대라 다른 세상에 온 듯 풍요롭고 한가로웠다. 빨갱이 소굴 영암 장흥 유치는 그야말로 사람 사는 곳이 못됐다는 것을 밖으로 나와 보니 확인할 수 있었다.

"잠깐 여기서 기다리고 있어어." 최 여사는 오막살이집으로 들어간다. 마을하고 좀 떨어져 있는 나 홀로 집이었다. 대문도 없는 오두막집 흙집은 큰방 하나에 작은 방이 있고 중간에 부엌이 딸려있다. 그리고 오른쪽 끝에 허청이 딸린 집이다. 마당 입구에는 감나무가 서 있고 부엌 앞에는 어미 닭이 병아리를 데리고 땅을 후비고 있었다.

방문 앞 오줌통 옹기 옆에는 담배꽁초가 널브러져 있다. 옹기는 고약한 찌렁내(지린내)를 풍긴다는 것을 단박에 알 수 있다. 담장 옆에 서 있는 점례는 안에서 들려오는 말소리에 귀를 기울이며 기다리고 있다.

"빨리 안 치워어. 이 잡것들아, 뭣들하고 있는 거냐아? 남들은 들에서 나락 비니라고 바빠 죽는디이 니들은 노름에 미쳐있냐아? 각시 데리고 왔쓴께 빨리 치우란 말이여어." 최 여사는 방에서 담배 연기와 남자들의 이상한 냄새가 코를 찌른 방으로 들어서 야단친다. 담배 연기가 자욱해서 사람을 알아볼 수 없는 방이다. 최 여사가 악을 쓰며 대여섯 명이 앉아있는 어두운 방 안을 휘저어 놓는다.

"뭔 각시여어? 이 판국에에?" 누군가 최 여사에게 대든다.

"이러고 살 거냐? 생견 장가도 안 가고 이러고 살 거냐고오. 정신차려 이 놈아아." 최 여사는 누군가에게 정신 차리라고 한 걸 보니 손아랫사람인 듯 보였다.

"누님 때문에 되는 것도 안 디야아." 누님이라고 부르는 소리를 들으니 최 여사의 동생인가 보다 생각한다.

최 여사의 친동생이다. 게으르고 술, 노름. 여자 문제, 폭행까지 그야말로 망나니 중에 망나니로 소문이 난 사람이었다. 혼인신고 된 여자는 도망가고 많은 여자들이 거쳐 간 사람이란 것을 뒤늦게 알았다. 이번이 다섯 번째 여자를 맞이하는 중이다. 마을에서는 별칭으로 '노름꾼'이라고 불렀다.

첫 여자는 이혼이 아니라 혼인신고 해놓고 도저히 살 수 없어 도망간 것이다. 한번 맺은 남자와 평생 귀신이 된다는 것을 알고 시집왔지만 도저히 버티지 못하고 도망간다는 것은 마을의 개도 알 정도이다.

"이번이 마지막인께 홀애비로 살던지, 디지던지 원망하지 말어. 알았써어." 최 여사는 소개해줄 때마다 똑같은 말을 되풀이하지만 동생이 혼자 사는 것이 안쓰러워 소개해주곤 했었나 보다.

노름꾼 친아버지도 아들과 똑같은 행동으로 살다가 일찍 죽어서 마을에서는 피는 못 속인다며 부전자전父傳子傳이라고 놀려댔다. 남자는 손이 없는 큰집으로 양자를 갔는데 노름을 워낙 좋아한다는 사실을 알고부터 양자를 포기하고 안 받아주는 사태에 놓여 마을에서도 소문난 집이었다.

"어이 오늘은 끝나부렀네에. 오늘만 날인가아. 다음에 만나세에." 최 여사를 보고 노름꾼들은 일어나려 한다. 최 여사 자신도 노름을 좋아하지만, 장가도 안 간 동생이 대낮부터 노름(도리짓고땡)하고 있는 꼴을 보니 화가 났다.

"어이 괜찮아아. 걱정 말고 하던 일이나 허드라고오. 한두 번 있는 일인가아." 동생은 아랑곳하지 않고 계속하기를 권한다.

"에기 미친놈아 정신 차려라. 각시를 데리고 왔는데도 노름을 하고 싶냐아." 최 여사는 주먹으로 동생 머리를 쥐어박으면서 화를 낸다. 그러다 화가 치밀어 올라 펼쳐진 노름판을 뒤집어 엎어버린다.

최 여사는 혼자 산 동생을 위해 결혼해서 가정을 꾸려주려고 신신당부하며 여자들을 소개해줬지만 도로 아미타불이었다. 소개시킬 때마다 노름하는 꼴을 본 최 여사는.

"이 잡것아 언제 사람 될려고 그러냐아. 오늘 뒤로는 니하고 나하고 인연 끝치다잉." 최 여사는 잔뜩 화가 난 듯 동생에게 엄포를 놓는다.

"꼬옥 이럴 때만 데리고 와서 야단일까잉. 언능 보고 끝낼랑께 들어오라고 허시요오."

"오메 이뻬네잉. 하여튼 누님을 잘둬가지고 여자 복은 많은 사람이여." 남정네들은 최 여사가 화투판을 뒤엎는 바람에 꽁지 빠지듯 사라지면서 한 마디하고 나간다. 점례는 조심스럽게 들어간다. 무릎을 꿇고 다소곳이 앉는다.

"나는 이러고 산께, 살고 싶으면 살고 안 살 것 같으면 가고오. 당신 알아서 허시요오." 남자는 점례 얼굴을 힐끔 쳐다보며 말한다. 점례도 곁눈질로 보니 얼굴이 밉상은 아닌 듯 보인다. 밉상이 아니라 그냥 의지하고 싶은 마음이 앞섰다.

"노름에 미쳤어어 미쳐. 처음 만난 사람에게 그게 무슨 언행이다냐. 얼마나 노름에 미치면 그런다냐. 추접기 떨면서 혼자 살던지 말던지 해라." 최 여사는 다시 동생 머리를 쥐어박으며 말한다.

'죽는 일보다 더 징그런 전쟁같은 세상이 또 있을까 사람 사는 세상, 어떤 사람이든지 만나기만 하면 헤쳐나가야 한다. 어쩌든지 이겨나가야 한다.' 점례는 마음속으로 굳게 다짐하고 있다. 한순간 노름도 할 수 있는 것이고 마음만 잡으면 안 할 수 있다는 너그러운 생각이 앞선다. 지금 만난 인연은 동아줄과도 같은 인연이기에 놓치고 싶지 않았다.

점례는 피난살이에 지쳐있고 의지처가 없는 상태라 어떤 환경도 이겨나갈 용기가 생겼다. 재덕 아빠하고는 부모가 맺어준 남편이라 당연한 인연으로 생각했지만, 지금은 그때와는 다르다. 점례는 마음속으로 다짐했지만 겉으로는 말 한마디 못 하고 다소곳이 앉아있다.

최 여사도 노름이라면 두 번째 가라면 서러운 사람이지만 시도 때도 없이 노름에 미친 동생을 보니 이해할 수 없었다. 어려서부터 최 여사를 따른 동생이기에 예쁘게 대해주는 것이 지금까지 습관이 되었다.

"한두 번 본 것도 아니고 봤으면 언능 가랑께에. 마음에 들면 낼부터 와서 살등가아." 동생은 관심이 없다는 듯이 다그친다. 점례는 많은 여자들이 왔다간 것을 직감한다.

"글고 누님 용돈이나 주고 가소오." 돈 주는 버릇이 습관이 됐는지 올 때마다 누님에게 동생은 손 벌린다.

"이뻐서 주것다아 이놈아아. 인자 끝치여어. 니하고 인자는 인연을 끊어야 쓰것다." 최 여사는 동생 사는 것이 안쓰러워 몇 푼 던져주고 뒤도 안 돌아보고 점례와 나온다.

골방에서 나오니 한없이 높아만 보인 가을 하늘이 눈을 부시게 한다. 해는 서산으로 기울어져 한 뼘 정도 남아 있다. 마루 밑에서 병아리와 놀고 있는 어미 닭이 방에서 사람이 나오자 허청 쪽으로 피하느라 바쁘다.

최 여사는 못난 동생을 보고 실망했는지 한숨을 내쉰다. 걸어온 이십 리 길을 다시 걸어가려니 까마득하다.

"속없는 자식, 하나 남은 피붙이라고 생각해준께 배신도 이만부덕이지. 몰쌍식한 자식, 인자는 해준가 봐라. 내가 사람이 아니다." 최 여사는 독백처럼 말한다.

"아이고 다리야. 담배나 한 대 피우고 쉬였다 가세나."

들판을 지나 고개를 넘어갈 때까지 최 여사와 점례는 아무 말 없이 걸었다. 최 여사는 아무리 생각해봐도 동생의 하는 꼴이 어처구니가 없었나 보다. 점례의 얼굴을 힐끔 쳐다보더니 쉬었다 가자한다. 한숨 소리에 담배 연기만 하늘을 흐느적거리며 날아 올라간다.

동생에게 여자를 소개시켜 줄 때마다 매 쉬여가는 자리다. 소나무와 상수리나무가 우거진 고갯마루에는 많은 사람들이 어찌나 쉬였다 가는지 바닥이 빛날 정도로 메말라 있고 담배꽁초들이 사방에 널브러져 있는 쉼터이다. 그리고 만나는 사람들의 이야깃거리를 만들어 준 이정표 역할을 해준 곳이다.

"인자부터는 일가친척이지만 촌수가 어떻게 된 지도 모르겠고 해서 자네를 동생이라고 부르면 어떤가?" 최 여사는 점례와의 관계를 편하게 유지하고 싶어 운을 띄운다.

"……" 점례는 주위에서 아무도 챙겨주는 사람이 없는데 동생이라고 대해주는 사람이 생겼다는데 안심이 가서 아무 말 없이 듣고만 있다.

"눈치 챘것지만은 소개해줄 남자가 내 친동생인디 노름을 좋아해서 그러지 사람은 괜찮은 사람이여." 최 여사는 같은 핏줄이라고 챙긴다. 묻지도 않은 말을 덧붙이며 동생을 챙기려고 애를 쓴다. 점례는 듣고만 있다.

"긍께 말이여 여자 팔자는 남자 팔자 따라간다고 말하지 안튼가아. 내가 옆에서 챙겨줄 테니 엔간하면 결혼하는 것이 으쩐가아. 살다보면 정도 든당께." 최 여사는 점례를 처음 봤을 때부터 참하게 봤다. 처음 볼 때부터 동생과 연을 맺어주려고 마음먹었다. 그리고 연거푸 담배를 입에 물며 이야기를 이어간다.

점례는 고민한 척한다. 선택의 여지가 없는 점례는 처음 만날 때부터 마음은 결정하고 있었다. '먹고 살기 힘들고 험난한 세상에 누가 나를 받아주지?'란 생각에 구세주를 만난 듯해서 결정을 했다. 남자는 남자고 노름은 노름이고 의지할 수 있는 것만으로 다행으로 생각한다. 배곯지 않고 사는 것만으로도 의미가 있다고 생각했다.

'시집가서 니 하기 나름인께 시부모와 남편에게 잘해라잉.'라는 어머니 음성이 들려온 듯하다.

추수가 한창인 들판에 일손들이 바쁘게 돌아간다. 오늘은 이른 서리가 내렸다. 점례는 새로운 인연을 찾아 결혼식도 없이 보따리를 싸 들고 남자의 집으로 들어간다.

恨 많은 인생

남편을 만나고 결혼식도 없는 결혼살이를 하기 위해 두 번째로 같은 길을 홀로 걸어가는 점례는 첫 번째 걸어갈 때와는 전혀 다른 마음으로 걷고 있다. 설렘 반 기대 반으로 걷고 있다. 들판에 추수하는 모습을 보면서 자신도 빨리 동네 사람들과 일하고 싶었다. 어떠한 어려움이 닥쳐오더라도 헤쳐나갈 용기가 생겼다.

'뭐든지 주어지기만 해라. 나는 할 수 있다.'란 생각에 점례는 최 여사 집에서 하루도 머무르지 않고 마음먹은 대로 그 남자의 집으로 출발한다. 여름이 가고 온 세상이 누렇게 물든 들판을 지나면서 한 남자를 만나 잘 살 수 있다는 희망이 앞섰다. 피난 다니면서 당골래가 말해준 '말년에는 운이 괜찮다'는 말이 현실로 다가온 듯 그려진다.

"힘들어도 참고 살어봐." 최 여사가 떠날 때 마지막 해준 말이다. 그렇게 떠돌이 인생 종지부를 찍고 점례는 최 여사가 맺어준 노름꾼하고 인연을 맺는다. 지긋지긋하고 치가 떨린 피난살이를 끝낸 것만으로 안심이 되었다. 점례는 묻지도 따지지도 않고 최 여사가 하라는 대로 할 수밖에 없었다. 최 여사를 인생의 구세주로 생각했기 때문이다.

세상은 사람 사는 세상이지 별난 세상이 아니란 생각이 들었고 최 여사의 든든한 빽만 있다면 아무리 어려운 일이라도 헤쳐나갈 수 있다는 용기가 생겼다.

노름꾼도 사람이라는 생각에 정붙이고 살면 정이 든다는 생각에 부정은 하지 않았다. 아무리 노름꾼이라도 남자들은 다 똑같은 사람이지 별다른 사람이라고 생각은 하지 않았다.

남편이란 사람을 만나 달콤한 사랑도 없는 신혼생활을 시작한다. 남편은 개인주의고 배려심 없는 사람이었고 자기 잘난 맛에 사는 사람이었다. 자기 욕구만 충족되면 되고 상대방 의향은 중요하지 않았다. 그러나 점례는 최선을 다했다. 최선을 다하면 사랑받을 줄 알았다. 전 남편과 헤어진 뒤로 의지할 곳 없는 외로운 점례는 마지막 희망이라고 생각했다. 이제는 버림받지 않아야 한다고 다짐하고 또 다짐한다.

전쟁 뒤끝이라 먹고 사는 것이 힘들어 혼인신고도 없이 사실혼 관계로 살았다. 입에 풀칠하기 위해 먹고 사는 것이 중요하지 혼인신고가 중요하지는 않았다. 시간이 흘러 마을 이장을 통해서 혼인신고라는 말을 알았지 배움도 부족한지라 모르는 것이 당연한 이치였다.

"밭에 풀도 매고 산에 가서 낭구도 해오고 앉아있을 시간이 어딨어." 집에 종으로 생각한다. 집에서 잠깐 쉴라치면 쉬는 꼴을 못 보는 남편은 하루 종일 일을 해도 잘했다는 말을 들어본 적이 없다. 대꾸라도 하면 바로 폭력으로 손찌검이 올라온다. 머슴이지 아내로 맞이한 적이 없었다. 점례도 집에 있는 것보다 들로 나가서 일한 편이 나았다. 집에 있으면 남편의 간섭과 폭력이 점점 무서워졌기 때문이다.

결혼식도 없이 조용히 들어와서 살았기 때문에 처음에는 마을에서도 시집온 줄도 모른 상태였다. 도둑 처녀가 들어왔다고 소문이 났다.

점례는 남편에게 사랑도 못 받고 살면서 힘겹게 하루하루

를 보낸다. 지나온 과거를 생각하면 이러지도 못하고 저러지
도 못한 목줄 맨 올가미 생활이었다.

　세상은 잊을 것도 많고 보고 싶은 것도 많지만 지나온 흔
적은 고스란히 저장되어 마음속을 뒤흔든다. 밭에 나가 일할
때나 남편에게 폭행을 당할 때 무엇을 하던지 과거를 잊으려
고 아무리 몸부림쳐도 잊혀지지 않고 부모님은 아무리 보고
싶어도 보고 싶을 뿐이었다. 부모님과 형제들은 그런 다 치
더라도 재덕이를 잃고 어린아이를 내 손으로 죽이는 처참한
생활을 생각하면 행주좌와어묵동정行住坐臥語黙動靜 어느 때나
머릿속은 혼란스럽고 눈물 마를 날이 없었다. 호밋자루로 풀
을 맬 때마다 일터에서 눈물로 세월을 보낼 수밖에 없었다.

　세월아 네월아
　무정한 세월아
　차라리 태어나지 말았으면
　지우개로 지울 수만 있다면
　얼마나 좋을꼬.

　복대가리 없는
　이내 팔자
　세상에 태어나
　어찌 살아갈꼬.

　하늘을 훨훨
　자유롭게
　날아가는 저 기러기
　날 좀 데려가다오.

풀아풀아
뜯어도 뜯어도
친구삼자 하구나.

해 질 녘이 돼서야 돌아온 점례는 한가득 쌓인 집안일을
해야 한다. 마을 앞 우물터에서 물 길어 밥해야 하고 밥 먹
고 나면 볏짚으로 새끼 꼬아 가마니 짜려고 준비해서 밤이
깊도록 일을 해야 했다.

"저기오, 매댕이로 볏짚 좀 때려주시요오." 점례는 너무
힘들어 남편에게 부탁한다. 남편을 남편이라고 부르지도 못
하고 무서운 감시자처럼 보여 남편을 다른 아저씨 부르듯
'저기오'라고 부른다. 전라도에서는 마땅히 이름 부를 수 없
을 때는 저기오라고 부른 것이 편했나 보다.

"바쁜 사람이여. 건넛마을 상수 집에 댕게 올텡께 알아서
허든지 말든지."하며 어쩌든지 이유를 달고 두말없이 나가버
린다. 알고보니 상수라는 사람의 집도 노름꾼 집이었다. 기
분 좋으면 해주다가 자기 꼴리는 대로 하는 사람이다.

집집마다 볏짚 때리는 소리가 앞산을 울려 마을을 뒤흔들
고 오막살이 굴뚝에 연기 나는 초저녁은 가냘픈 여인의 먹
고사는 몸부림같이 연기는 하늘로 날아간다. 집집마다 부잣
집 소작농 부치려고 새벽부터 밤까지 부지런하지 않으면 먹
고 살기 어려워 눈에 불을 쓰고 아부와 비위를 맞추며 살아
가야 했다.

마을마다 전쟁터에 끌려가서 생사를 알 수 없는 남편들이
많아 전쟁미망인들이 여러 명이 있었다. 바닷가에 과부들이
많듯이 마을마다 홀로 사는 여인들은 어린 자식들 데리고

팍팍한 인생을 살아가야 하고 아니면 자식들 버려두고 떠나는 무정한 여자들도 있었다. 버려진 자식들은 전쟁고아가 되어 '거지'라는 칭호를 받으며 살아가는 모습들은 전쟁이 남기고 간 흔적들이다.

남편의 집안은 그런대로 잘 살았나 보다. 누나가 넷 남자 둘 마지막으로 여동생 이뻬가 있는 장남으로 태어났다. 어릴 때부터 욕심이 많고 성격이 괴팍해서 못된 짓(노름으로 재산을 탕진)을 많이 해서 집에서는 내 놓은 자식으로 생각했다. 그래서 마을에서는 '호로자식'이라는 말을 듣고 살았다. 부모들이 화병으로 일찍 돌아가시면서 막내딸 이뻬(어린 시누이)을 두고 차마 눈을 감지 못하고 한 많은 인생을 마감하셨다.

"나라가 있어야 가정도 있는 것이제. 군에 안 보내면 누가 나라를 지키냔 말이여 징역 가기 전에 빨리 보내시요잉." 남편은 군대에 안 가려고 도망 다니며 숨어지냈다. 면에서 자꾸 조사가 나왔지만, 가족들 보호 아래 돈으로 막으며 군 생활을 하지 않았다.

"개망나니처럼 떠돌아다닌 놈을 우리가 어떻게 알 것 소잉. 제발 그놈을 찾아주시요잉." 집안의 기둥이고 대를 이어가야 하는 노름꾼을 어찌든지 전쟁터에 안 보내려고 최 여사(납짝네)가 이리저리 숨기고 돈으로 빼내는 것을 현재로서는 엄청 후회하고 있다.

"군대를 끌려가서 생고생을 해봐야 사람 되는디 납짝네가 동생을 배래부렀써어. 고생을 안 한 사람이라 버르장머리가 없당께에. 그래서 맨날 노름이나 좋아허제. 그런 줄 알고 살면 되야아." 마을 사람들은 점례를 보고 그래도 남편이라도 있다는 것에 안심하라고 다독여준다.

"언니이, 오빠가 잘 못헌지 알아. 내가 잘해 줄텡께 나를 보고 살어 도망가지 말고." 여덟 살 된 막내 시누이 이삐가 애걸하듯 손을 잡고 사정을 한다.

오빠에게 여자들이 몇 번을 거쳐 간 지 어린 이삐는 알고 있었다. 새로 온 점례 올케가 얼마 버티지 못하고 떠날 거라는 것을 직감하고 있었나 보다. 이번에는 가지 못하게 정을 주려고 애를 쓴다.

이삐가 어찌나 예쁜지 시어머니가 이삐라고 이름 지었다. 남편도 이삐가 너무 예뻐해서 이삐를 부를 때면 마을이 뒤흔들 정도로 부르곤 했다.

"언니이 밭에 가거든 나랑 같이 가아. 내가 도와줄께에." 이삐는 올케가 가는 곳마다 따라다니며 자기 모르게 떠날 줄 알고 감시자처럼 행동한다.

점례는 처음부터 도망갈 생각은 손끝만큼도 없었다. 이삐가 어찌나 살갑게 대해주고 일을 도와주며 함께한 덕분에 그래도 견딜만 했다. 남편 정은 없어도 이삐 정이 너무 깊어 도망갈 생각이 있어도 마음을 접곤 했다.

"언니이, 오빠가 힘들게 해도 참고 살어어, 내가 오빠한테 언니 때리지 말라고 말할텡께에." 남편에게 구타를 당한 날이면 안쓰러웠는지 말하기도 하고.

"언니이, 나 시집가면 어떡하지 언니 외로워서어. 언니 땜새 시집 안 갈거야." 부엌에서 밥 짓기 위해 불 지피고 있으면 어린 이삐가 옆에 와서 말을 걸기도 했다.

"이삐 아씨 걱정 말어. 안 도망갈께에."하며 점례는 이삐 머리를 쓰다듬어 주었다.

아이 탄생

몇 해 가을이 가고 들녘에는 하얀 서리가 내려있다. 집집마다 월동 준비하려고 아이들은 학교 갔다 돌아오면 매일 깊은 산으로 들어가서 땔감을 준비하며 겨울 준비에 바쁘다. 산이 민둥산이 되도록 땔감을 하는 바람에 더 깊은 산속으로 들어가야만 했다. 배고픔 서러움 이겨내려 사는 꼴들이 말이 아니다.

남들은 먹고살기 위해 바쁘게 돌아가는데 남편이란 사람은 어디서 돈이 생기는지 노름하기 바쁘다. 마약과도 같은 노름은 한 가정을 나락으로 떨어지게 만들었다. 바쁠 때 노름하면 동네에서 욕 얻어먹으니 숨어다녔다. 품팔이해서 숨겨논 돈을 어찌 알고 찾아가곤 했다. 포기한 지 오래지만 남편이 아니라 도둑고양이처럼 보였다.

겨울이 되면 노름하다가 집에 들어오지 않고 간간이 들어와서 돈 내놓으라고 억지를 쓴다. 안 주면 때리고 폭행을 일삼는 세월 속에 점례는 점점 지쳐갔다.

"양발 좀 줘어어!" 조금만 늦게 갖다주면 시비를 걸어 때리고 밥 늦게 차려왔다고 때리는 무정한 사람이었다. 돈을 잃고 온 날이면 더 심했다. 노름으로 돈을 따면 집안이 조용하다가 돈을 잃으면 행패가 더 심했다. 집에 들어오면 사소한 것까지 문제를 삼는다. 돈 내놓으라고 하고 이유 없이 때리고 폭행을 일삼는다.

"나 없을 때 외간 남자와 뭔 짓을 하고 다닌 지 누가 알어? 이 쌍년아." 없는 말도 만들어서 의처증까지 보인다. 점례만 보면 쌍년을 입에 달고 하대한다.

"오빠아 언니를 왜 때려어. 뭔 잘못이 있다고오 때리지 마아아. 언니는 하루 종일 나랑 같이 일했당께." 이쁘가 옆에서 안쓰럽다는 듯이 눈물지으며 말린다.

점례는 얼굴이 성할 날이 없었다. 온몸에 검은 멍이 사라지지 않았다. 눈이 피멍으로 뒤덮으면 창피해서 마을에도 못 나가고 이쁘를 데리고 밭으로 나갔다.

남편은 오로지 자기중심으로 살아간 이기주의자다. 가정도 사랑도 배려 역시 손톱만치도 없는 사람이었다. 부부관계도 강제적으로 해야 한다. 여자를 속물로 생각했는지 탐하는 것이 짐승처럼 보였다.

점례는 점점 지쳐 친정 부모만 계신다면 뒤돌아보지 않고 떠나고 싶었다. '열심히 살면 알아주겠지'란 생각은 처음부터 잘못이었다. 알아주지 않는 남편을 보고 언제까지 살아야 할지 막막했다.

부모 안 계신 친정은 오빠 홀로 어렵게 살고 있다는 소식을 듣고 이러지도 못하고 저러지도 못한 상태에서 마음 알아준 어린 이쁘 덕분에 세월을 삭힐 수 있었고 버티며 살아갔다.

세상은 이상하다. 가족을 잃은 아픔이 가슴에 피멍이 들어 견딜 수 없는 지경이면 세월 속에 묻혀 한으로 남게 된다. 수십 번 잊으려 해도 가슴속에 돌덩이처럼 자리 잡고 있어 생각날 때마다 가슴을 치곤한다. 남편의 폭력이 있는 날이면 더욱 심하게 나타난다. 일하면서 순간순간 잊고 살면서도 괴로울 때마다 눈물로 세월을 보내지 않을 수가 없었다.

점례는 어느 날 일을 하고 들어와서 밥을 짓고 상을 차리려고 하니 속이 매스껍고 거북하다. 부부관계로 맺어진 사랑 인연은 고귀한 흔적을 남긴다. 하룻밤에 만리장성을 쌓는다는 말이 있듯이 강제적으로든 합의적이든 생각하지도 못했던 아이가 생겼다. 전쟁통에 잃은 아이들 때문에 속앓이를 하고 있는 터라 새 생명에 대한 두려움을 가지고 있었다.

전쟁통에 남편과 두 아이를 잃은 뒤로 마음속 상처가 심해 한순간도 잊은 적 없는 지난 세월을 어찌 잊겠는가? 잊고 살자. 과거는 과거다 하고 생각하자. 아이가 생기면 모든 정성을 다해 키우고 싶었다.

"싹수가 없는 남편이랑께에. 빨리 아기를 지워부러. 그 노무 세월을 어찌 살려고 그래 빨리 정리한 것이 최고랑께."
가까이 지낸 모사니댁이 사정하듯 말한다.

"남편이 그래도 애기한테 정붙이고 살면 살만 허당께에."
동몰댁이 옆에서 덧붙인다.

몸속에 새 생명이 또 다른 나를 올가미로 만들었다. 희망이 될 것인지 아픔이 될 것인지 아무도 모르게, 하지만 잃어버린 자식들이 점례를 가슴 아프게 했기에 새 생명은 잃고 싶지 않았다.

폭력 남편이지만 부부의 인연을 맺어 살다 보니 딸아이가 탄생했다. 또 다른 의지처가 생겼다. '이 자식만큼은 지켜줘야 할 텐데……' 하며 강한 의지가 발동한다. 애기 낳을 때도 당연히 남편은 없었고 관심도 없는 사람이다. 자식은 쾌락으로 만들어진 찌꺼기로 생각하는 사람이다.

그러나 이쁘 아씨는 옆에서 항상 나를 지켜주고 있었고

아이를 밭으로 논으로 업고 젖 먹이러 다녔다.

삶이
나를 속일지라도
알면서도 속아 살아간다.

눈 감으면
쓰라린 세월
구름처럼 밀려왔다 밀려간다.

몸속 새 생명
어디서 왔는고
기도 한다
나의 분신이여.

올가미에 걸린
산목숨
놔버리면 끝난 것인데.

알면서
속아 살아간다.

서러움

무더운 여름, 한가한 소들은 외양간에서 숨을 헐떡이며 하얀 벅끔(침)을 흘리고 있고 옆에는 어미 닭이 병아리를 대동하고 양발로 흙을 갈기며 구구댄다. 매미만은 한철을 만난 듯 목이 찢어지게 울어 대고 있다. 가끔 지나가는 신작로에는 차들이 흙먼지를 품고 지나가며 더위를 드세게 만들고 있다.

마을 사람들이 품앗이로 힘겨운 농사일을 하고 있다. 여름 고추 농사와 콩밭 매기는 정말 힘들다. 논농사는 물 가까이서 하기 때문에 그래도 더위를 이기면서 할만하다.

"새대액(점례) 아이 이름은 지었능가아?" 모사니댁이 물어본다.

"아직 애기 아빠가 안 들어와서 그냥 아가라고 불러요."

"남편도 무정하시, 원 세상에 씨만 뿌려놓고 뭐하고 돌아다닌당가?"

"그 사람은 본래 그런 사람 아니여. 기대한 사람이 잘못시제." 옆집 사는 귀업댁이 일침을 놓는다.

"글고 댁호도 만들어야제 우리가 만들어 줄까?"

"월출산 밑에 용정마을에서 시집왔응께 용정댁이라고 허면 으쩔까?" 그래서 점례는 용정댁으로 불렸다.

일하면서 서로 집안 사정을 이야기하면서 속 알아주는 이웃들이 있다는데 용정댁은 위안으로 삼았다. 집에서는 이삐가 있어 기댈 곳이 있고 마을에서는 이웃들 때문에 힘든 과정을 헤쳐나갈 수가 있었다.

세월은 야멸치게 흘러간다. 떴다 지기를 반복하지만 전쟁 뒤끝이라 힘들게 사는 것은 마찬가지다. 집집마다 싸우고 볶으며 살아간다. 사람마다 마음 한구석에 아픔 하나쯤 안 생긴 사람이 어디 있겠는가? 가진 자는 가진 자대로 흘러가고 복대가리 없는 용정댁도 더불어 흘러간다.

"언니 더운께 물 먹고 허랑께에." 점례가 밭에서 혼자 지심매기(풀매기)를 하고 있다. 이삐는 아기를 업고 주전자를 들고 들판을 가로질러 오면서 부른다.

"아따 더운께 고만 허고 언능 집에 가잖께에. 그러다 쓰러진당께에." 이삐는 주전자를 건너 준다. 점례는 주전자를 입에 대고 벌꺽벌꺽 마신다.

"언니 언니 언니가 건강해야제. 아기도 건강 허당께. 오빠는 신경 쓰지 말고 언니 몸이나 신경써어." 나를 생각해 준 사람은 이삐 밖에 없었다. 얼마나 고마운지 눈물이 났다.

"아들 아니면 다 필요 없어어. 이 쌍년아아." 남편은 딸을 보자마자 성부터 낸다. 딸 낳았다고 구박을 하며 쳐다보지도 않았다. 점례는 딸을 낳은 뒤로 편안할 날이 없었다. 싸울 거리가 또 하나 생겼다.

아이 낳아 하루도 쉬지 않고 들로 산으로 나가서 일하는 점례의 뒷바라지는 이삐가 해주었다. 전쟁 뒤끝이라 학교도 안 간 이삐지만 먹고 입힐 게 없어서 보내지 않는다는 말이 더 맞을 듯하다. 그래서 오로지 점례를 따라다니며 하루를 보낸 이삐가 안쓰러워 보였다.

"언니이 젖 안 나와서 쌀뜬물 받아서 끓여왔어. 아이에게 먹여봐아." 이삐의 깊은 생각에 눈물이 났다. 먹는 게 부족해서 젖이 안 나와 배고프다고 우는 아이에게 먹이려고 쌀 뜬물을 받아 먹인 이삐가 대견스러웠다.

"고맙소오 이삐 아씨. 그 은혜 안 잊을게요." 점례는 이삐의 갸륵한 마음을 잊을 수가 없었다.

점례는 저녁을 먹고 바느질을 하면서 담배를 뻐끔뻐끔 피고 있는 남편에게 물어본다. "저기요오 아이 이름을 뭐라고 지을까요?" 점례는 전번에 마을 사람들이 아기 이름이 뭐냐고 물어와서 남편에게 여쭈어본다.

"남자 새끼도 아닌디 대충 불러야제에, 이장한테 면사무소에 접수하라고 말해놨어, 다리 밑에서 주어왔으니 '주심'이라고." 점례는 다리 밑이고 뭐고 귀담아듣지 않고 미리서 이름을 지어 접수했다는 말을 듣고 고맙게 생각했다. 자기 새끼 아니라고 화낼 때를 생각하면 밖으로 내던질까 걱정이 앞섰는데 '이름을 지어주다니'하고 생각했다. 이삐는 아이가 어찌나 우는지 지금까지 '울보'라고 부르고 있다.

점례는 피난 다니던 때를 생각하면 아이 울음소리만 들어도 가슴이 철렁했다. 가슴이 철렁할 때마다 숨이 막힐 정도로 가슴이 답답함을 느낀다. 남편도 없이 마을 사람들과 피난 다닐 때 내 뱃속으로 낳은 아이를 이름도 짓지 않고 그냥 '아가'라고 부르던 생각을 하면 가슴이 미어져 온다.

총탄이 빗발치던 어느 날 월출산 구정봉 밑에서 어린아이를 업고 피난 다니던 때 아이가 운다고 죽게 한 일들이 생생하게 오버랩되어 점례를 괴롭힌다. 어린 딸 주심이가 울면 깜짝깜짝 놀래며 주먹을 쥐고 답답한 가슴을 치는 버릇이 생겼다. 그럴 때마다 가슴과 손이 떨리는 것을 주체할 수가 없어 어쩔 줄을 모른 점례는 평생 '가슴에 피'를 안고 살아가야 했다.

"내 색끼 맞아? 어느 놈하고 붙어묵었써어? 내 색끼 맞냐고오, 이 쌍년아아." 남편이라는 작자는 도박판에서 돈을 잃고 오거나 술 취한 날이면 이유 없이 트집을 잡다가 구박을 하고 자기를 안 닮았다고 행패를 부렸다.

"어찌 그리 인정도 없다요오. 당신 닮았제 누구를 닮았다요. 동네 사람들이 다 당신 닮았다고 헙디다. 글고 우리 색끼제 누구 색끼다요오?" 어찌나 서운해서 처음으로 남편에게 대든다.

"이 쌍년이 누구한테 버르장머리 없이 대들어어. 이 쌍년아." 어김없이 얼굴을 후려친다.

"죽기씨오, 주게부러 죽이란 말이요오." 점례는 얼굴을 감싸고 통곡을 한다.

"이 쌍년이 어디라고 울고 지랄이야. 조용히 안 해. 동네 챙피하게 울고 지랄이야."

"동네 챙피한 줄은 아요오?"

"너 이년 쌍년, 오늘이 제삿날이다. 어디 죽어봐라." 하며 인정사정없이 주먹질하고 머리끄덩이를 잡고 부엌에서 질질 끌고 밖으로 나간다.

"오빠 그만해. 언니가 먼 죄가 있다고 때린가아." 이삐가 옆에서 거들고 나선다.

"이삐 너는 저리 가아, 저리 가란 말이야." 점례를 때리는 것을 이삐가 옆에서 참견하고 나서면 멈출 때도 있고 분이 풀릴 때까지 폭행은 지속된다. 점례는 남편에게 얼마나 맞았는지 먹지도 않고 꼬박 이틀을 누워있었다.

"언니 아퍼어. 언니 묵으라고 고구마 갖고 왔어어. 언능 고구마 묵고 일어나랑께에." 이삐는 고구마를 들고 누워있는 점례를 흔들며 말을 붙인다.

"각시 때린 놈이 제일 못난 놈이여. 뭣이 부족해서 때리고 그런 난리인가아 제발 때리지는 마소." 동네가 울릴 정도로 한 바탕 폭력이 일고 나면 문중 집안 아주머니(기동댁, 하동댁, 월평댁)들이 찾아와서 위로해주고 남편을 나무라지만 폭행의 습관은 쉽게 고쳐지지 않았다.

알면서도 속아 사는
무정한 세월아
이내 팔자
인생 끝은 어디인고.

들어 쉰 숨
내뱉지 못하면
끝나는 것인데
삶이 나를 속이고 있다.

어서 빨리
고통 없는 세상
모든 거 잊고
푸른 하늘로 날아가자

점례는 꿈을 꾼다. 미순이와 순자하고 놀던 때가 행복했었다. 지우개로 지울 수만 있다면 얼마나 좋을까를 생각한다. '내 인생의 끝은 어디일까?'를 수없이 생각하면서 아픔 없는 세상을 갈구하고 있다.

가출

겨울을 보내고 3월 중순쯤이다. 양지바른 곳에 햇볕이 따사롭다. 어김없이 땅속에서는 새로운 새싹들이 고개를 내밀고 있다. 돌아오는 되돌이표처럼 먹고사는 민초들의 삶이 각박하기만 하다. 부지런한 농부들은 이른 아침부터 농사 준비에 삽을 들고 밖으로 나간다.

점례는 남편의 폭행으로 며칠째 누워있다. 남편 사랑도 받지 못한 복 없는 점례는 하루하루가 지옥이다. 여자는 쥐 죽은 듯이 살아야 한다는 친정어머니 말씀이 있었기에 지금까지 살아왔는데 아무리 남아선호사상이라지만 해도 해도 너무한 폭력이 사람을 질리게 만들어 처음으로 남편에게 대들었다.

"이대로는 못 산다. 딸아이 죽든지 말든지 떠나리라. 뿐대기를 보여줘야 한다." 점례는 이불속에서 혼잣말을 되뇌며 끙끙 앓으면서 고민을 한다. 더이상 맞고 살 수는 없었다.

밖으로 나온 점례는 햇살에 눈이 부시다. 무작정 걸었다. 처음에는 바람 좀 쐬려고 나왔는데 걸음걸이는 친정으로 향하고 있었다. 친정으로 가봐야 별수는 없지만, 오빠가 계신다는 것만으로 다행이란 생각이 들었다. 의지할 곳은 오빠밖에 없었다.

"쉬었다 가그라. 으쩌것냐 세월탓 아니겠냐? 힘들어도 참고 살아야제. 세상이 다 그래야." 망해버린 가정을 체념이라도 하듯 오빠가 다독여준다. 오빠에게 사정 이야기를 하고 남편이 데리러 올 때까지 기다려보자는 생각이 들었다. 딸이 울어대면 분명 찾아올 것이란 생각이다. 하루가 가고 삼 일이 지나고 일주일이 지나도 오지 않았다.

점례는 점점 불안해진다. 젖은 불어나서 아픔으로 변하고 젖먹이 딸이 어떻게 지내고 있는지 마음의 조급함이 극에 달한다. 할 수 없이 점례는 오던 길로 걸어가고 있다.

점례는 힘없는 발걸음을 걸으면서 생각한다. 첫 번째 남편이 부처님 마음이었다는 걸 거듭 느끼지 않을 수가 없었다. 자상하고 배려심 많은 남편이었다. 아들 재덕이 날 때는 무사히 태어나라고 기도해준 남편이었고 무거운 것을 들 때면 여자가 무거운 것 들면 안 된다고 도와준 속 깊은 남편이었다.

점례는 피난 다니면서 모진 고생을 하였기 때문에 가족 잃은 슬픔을 알았다. 친정어머니가 '아무리 힘들어도 니하기 나름이다'란 말씀을 귀가 닳도록 들어선지 지금까지 참고 살아오지 않았던가를 생각하며 걷고 있다. 딸 주심이 만큼은 잃고 싶지 않았다.

점례는 조심스럽게 담장을 짚으며 담장 너머로 집안 사정을 확인한다. 방에서는 남편 목소리가 들린다. 노름하는 모양이다. 이삐는 부엌에서 무엇을 하는지 방으로 들락거린다. 그리고 아이 울음소리가 들린다. 점례는 아이 울음소리를 듣고 긴 한숨이 나오면서 안도의 한숨을 내쉰다. 곧 아이 울음소리를 듣고 무작정 부엌으로 달려간다.

"언니이 왜 인자 왔어?" 이삐는 아기 주려고 부엌에서 미음을 쑤고 있었다.

"오빠아 언니 왔당께에." 이삐는 반가운 마음에 방에 있는 오빠에게 큰 소리로 전한다. 그러나 방에서는 아무 대답이 없다.

점례는 아이를 보듬고 젖을 물린다. 어린 자식을 두고 떠난 자신을 원망한다. 두 번 다시 자식에게 상처를 주지 않기로 다짐한다. 그러면서 눈물이 한없이 흐른다. 아이 얼굴로 눈물이 뚝뚝 떨어진다. 아이 얼굴에 눈물을 닦아준다. 아이는 목울대를 울리며 젖을 빨고 있다.

납짝네가 남편을 처음 소개할 때 마음먹었던 기억이 아련히 떠오른다. 어리석었던 자신을 후회한다. 이제 생각하면 피난 때 이 꼴 저 꼴 안 보고 죽을 수 있었다면, 목숨 부지하기 위해 떠돌던 지난날, 목숨이 뭐기에 대책도 없고 의미도 없는 삶에 목을 매었는지 힘겨웠던 자신의 모습을 뒤돌아본다.

의지할 곳만 있으면 열심히 살아보겠다고 마음먹었고 열심히 살면 좋은 일도 당연히 있으리라 마음먹었는데 잘못된 만남이란 인연의 의미를 처음으로 생각해 본다. 처음 남편을 만나 설렜던 마음, '남자들이 노름도 할 수 있지'란 너그러운 마음을 먹었던 바보 같은 생각, 그런데 현실은 너무 가혹하다. 살가운 이삐 덕분에 그나마 견뎌낼 수 있었고 속마음 알아주는 마을 사람들이 있었기에 그나마 지탱할 수 있었다.

"이삐이, 이거 먹어봐아." 이삐의 고마움을 알기에 점례는 누룽지를 긁어 주면서 다독여준다. 이삐는 점례가 없다면 하루도 못 살 것 같아 주인을 지키는 강아지처럼 점례 곁을 떠나지 않았다.

"언니 잡수셔요. 내 걱정하지 말고 언니가 묵어야 젖이 나오제." 속 깊은 이삐 말에 점례는 가슴으로 울었다.

이삐를 보내다

세월은 무정하게 빠르게 흐른다. 배곯지 않고 입에 풀칠이라도 하기 위해 눈만 뜨면 일하면서 한 푼이라도 벌어놓으면 뜯어 노름하는 남편 때문에 하루가 지옥 같았다. 점례는 '노름은 병이다. 폭력도 병이다'라고 단정 지을 수밖에 없었다.

힘없는 점례는 대들다가는 본전도 못 찾았기에 다음부터는 때리면 때린 대로 맞고 대드는 일은 없었다. 자신을 복 없는 년은 맞는 팔자로 태어났다는 착각으로 살았다. 반복되는 남편의 폭언과 폭행에 오도 가도 못하고 살아야 할 자신을 한탄하면서 하루하루를 보내고 있다.

한 가지 위로받고 사는 것은 점례를 챙겨준 이삐 덕분에 마음 붙이며 살아야 할 이유가 있었다. 어린 이삐가 자기 먹는 것도 부족할 텐데 항상 자기 입으로 먼저 넣지 않고 점례를 생각해 주었다. 고구마를 들고 와서 주는 모습을 보고 눈물이 났다. 이삐 없으면 하루도 살 수가 없었다.

"언니이 나를 식모살이 보낸데. 가고 싶지 않은디 어쩔까아? 언니 보고 싶어서 어찌 살까아? 언니 오빠한테 맞지 말고 때릴라고 하면 도망가부러 알았제에. 언니이 함께하지 못해 미안해에. 언니 잘 살아." 이삐가 울며 떠나며 점례를 보듬는다. 이삐는 나이 열네 살 때 전라도에서 경기도 파주 부잣집 식모살이로 떠나고 말았다. 이삐와 그렇게 헤어진 뒤로 영영 만나지 못했다.

남편은 입이라도 줄이려고 모사를 꾸며 가족과 상의도 없이 이뻐를 보내고 말았다. 서로 상의하고 일찍 알았더라면 서운함이 덜했을 텐데 어느 날 갑자기 자고 나니 세상이 바뀐 것처럼, 분신이었던 이뻐를 강제적으로 떨어지게 한 것을 믿을 수가 없었다. 점례는 가슴으로 울어야 했다. 어찌 보면 어린 나이에 보낸다는 것은 있을 수 없는 일이지만 입 하나 줄이려고 보낸다는 말에 수긍할 수밖에 없었다. 그렇게 이뻐는 인사를 하고 마을을 떠나 영산포에서 완행열차를 타고 파주로 떠나고 말았다.

　수발해주던 이뻐 없는 다음 날은 일손이 잡히지 않았다. 어느 날 갑자기 떠난 공백은 너무 컸다. 이뻐 없이는 하루도 못 살 것 같은 점례는 떠나는 날 이뻐를 보듬고 울었다. 몇날 며칠 아니 현재까지 이뻐 생각을 하면 가슴이 저려온다. 그 뒤로 이뻐가 어떻게 살고 있는지, 죽었는지, 남자를 만나 시집은 갔는지 아무 소식이 없다.

　이뻐 소식은 끊기고 말았다. 생사를 알 수도 없었다. 배운 것이 없기에 편지도 보낼 수 없는 이뻐 역시 얼마나 가슴이 아플까 생각을 해본다. 부모 잃은 것과 같이 이뻐는 점례가 평생 가슴에 담고 살아가야 할 아픔이었다.

　언제나 고구마 감자를 들고 와서 주던 생각, 남편이 때리면 참견해주던 이뻐, 시집 안 가고 점례와 함께 살겠다던 이뻐를 생각하니 눈물이 하염없이 흐른다. 얼마나 가슴 아픈지 이뻐 생각만 하면 가슴 한구석이 구멍 난 것처럼 저려왔다.

　이뻐가 떠난 뒤로 점례 가슴은 허전함이야 말할 수가 없었다. 잠이 안 오는 달 밝은 밤이면 유독 이뻐 생각이 절로 나고 남편이 때릴 때마다 이뻐 생각은 더욱 간절했다. 방패

막이가 되어줬던 이삐, 의지처가 되어 하소연했는데 이삐는 지금은 없다. 이삐가 떠나고 나서 점례는 꿈에서도 이삐 생각에 잠을 깬 적이 많았다.

항상 마음에 응어리로 남아있는 행방불명이 된 재덕이와 전쟁터에서 죽은 아이 생각은 이삐가 떠난 뒤로 점례의 마음을 더욱 괴롭고 힘들게 만들었고 하루를 너무 길게 했다. 세상에서 사람을 잃는다는 것보다 더 아픈 것은 없을 것 같다. "어느 하늘 아래 살고 있는지……." 이삐와 피를 나누지는 않았지만 함께해온 시간들이 점례의 마음을 아프게 했다. 일을 하면서도 길을 걷다가도 이삐 생각이 날 때면 우두커니 멈춰 서서 먼 산을 바라보는 시간들이 많아졌다. 남편이 구타할 때마다 이삐 생각이 더욱 간절했다. 하소연할 곳 없는 점례는 눈물로 세월을 보내는 시간이 많아졌다.

이래도 한 세상
저래도 한 세상
세상은 왜 이리
더디게 가는 고.

어차피
잘못되어 꼬인 인생
더 산들 무슨 의미가 있는 고.

세월아 가자꾸나
자고 나면 아침이듯
어서 빨리
갈 수 없겠니?

남편의 외도

　동지선달, 하얀 눈으로 온 세상이 뒤덮여 있다. 간밤에 나뭇가지 위에도 지붕 위에도 장독대에도 솜사탕처럼 눈송이들이 내려앉아 있다. 추위와 가난으로 온 세상이 조용하지만, 아낙네들은 설 명절을 지내기 위해 물을 길어 준비하느라 바쁘기만 하다.

　설 명절보다 정월대보름 명절이 크다고 했다. 정월대보름이면 풍년을 기원하는 제를 올리고 집집마다 찰밥과 나물을 만들어 가족의 건강과 조상의 은덕을 기렸다. 어린아이들은 명절이 되면 헌 옷 갈아입고 배 불리 먹을 수 있다는 것에 마냥 기다려지는 것이 명절이다.

　설 명절과 정월대보름이 돌아오면 마을은 풍악놀이와 쥐불놀이로 떠들썩하다. 명절은 아이들의 명절이다. 어른들은 없는 살림에 명절을 치르기 위해 힘겹기만 하다.

　점례는 명절이 되면 혹시나 이뻐가 고향을 찾지 않을까 간절히 기다렸다. 사립문 밖으로 자꾸만 시선이 돌아간다. 그러나 오지 않는 이뻐는 어디서 무엇을 하고 사는지 밥이나 먹고 사는지 점례 마음을 애타게 한다.

　삶은 팍팍하지만 맺고 풀고 다시 넘어지면 일어나야 한다. '어차피 태어난 팔자 즐기고 살자'라고 마음으로는 수없이 되뇌지만 현실은 한 고개 넘기가 너무나 힘들다.

　3월이 지나 점례는 아이를 업고 저녁밥을 지으려고 부엌에서 불을 지피고 있는데 밖에서 남편이 들어온다.

"언능 방으로 들어와봐." 밑도 끝도 없이 퉁명스럽게 말한다. 점례는 불을 지피다 말고 방으로 들어간다. 업고 있던 딸에게 젖을 물리며 앉았다.

"내가 천리안을 본 사람인께, 꼼짝 말고 나 없이도 쥐 죽은 듯이 살고 있어." 남편은 갑자기 읍내로 장사하기 위해 떠난다고 말한다.

"혼자 간다고요?" 점례는 의처증이 많은 남편이기에 체면치레로 그냥 의미 없이 말을 내뱉는다.

"그럼 혼자 가제 갈 사람 누가 있어?" 이런 일이 한두 번이었던가? 꿍꿍이속이 훤히 보인다. 뻔하다. 어느 잡년하고 새살림을 차릴지 안 봐도 훤하다.

점례는 하인처럼 일만 했지 가정에서 전혀 주권이 없는지라 남편이 떠난다고 간섭할 수도 없었다. 성적 노리개로 삼으면서 욕심 채우기에 몰두한 사람이다. 가끔 그렇게 자고 나면 어김없이 흔적을 남기고 점례만 힘들게 만들었다.

"키우기도 힘든데 뭐다라 이렇게 생길까잉." 점례는 임신이 되면 없는 살림에 키울 걱정이 먼저 앞섰다. 그래서 지우려고 간장을 먹기도 하고 볏짚을 태워 검은 물을 마시기도 했지만, 첫 딸에 이어 자고 나면 어김없이 임신하여 사남매가 줄줄이 태어났다.

남편은 자식들만 만들었지 전혀 가정 살림에 신경을 쓰지 않아 야속했다. 다른 집 남편들이 아이 손잡고 놀아주는 것을 보면 한없이 부러웠다. 불행하게 태어난 우리 자식들에게 미안하기도 하고 안쓰럽기도 했다. 다짐한다. '너희만큼은 훌륭하게 키우리라. 나 같은 인생은 만들지 않을 것이다.' 마음먹었다.

날마다 옆에서 구박하고 정떨어진 행동을 하는 것보다 읍내로 장사 나간다고 떠난 것이 차라리 편했다. 남편이 떠나든지 말든지 관심이 전혀 없었다. 남편이란 정을 느껴보지 못하고 포기한 것이 오래되었다. 의처증으로 폭행만 하지 않으면 살 것 같기에 떠난다는 말에 점례는 마음속으로 안도의 한숨을 내기도 했다.

어느 날 일하고 들어오니 키우던 돼지가 사라지고 없다.

"당신이 밥을 줘봤소 키우기를 했소오. 근다고 새끼 날 돼지를 잡어가부러라우? 천벌을 받으려고."

"이 쌍년아 나중에 갚아줄텐께 걱정 말허."

"당신 말을 믿으라고요? 언제 갚어 준 적 있냐고요. 뜯어가기만 했제."

"이런 쌍년이 어디서 버르장머리 없이 남편한테 대들어?" 남편은 황소 눈깔처럼 부릅뜨고 솥뚜껑처럼 큰 주먹으로 점례 얼굴을 쥐어박으며 부엌에서 밖으로 질질 끌고 나와 쌍년을 연발하며 발로 지근지근 밟으며 걷어찬다.

"오매 나 죽네에." 점례는 맞는 것이 숙명인 것처럼 아무 말도 못 하고 두들겨 맞다가 헛김 빠진 숨소리로 마지막 외마디로 대변한다. 온몸에 타박상을 입고 어깨를 비틀어 골절되기도 하고 다리를 걷어차는 바람에 인대가 늘어나 고생한 적이 한두 번이 아니다. 모진 인생을 살아가는 자신이 안쓰럽고 못나 보였다.

"디져 이 쌍년아. 디져부러 개 같은 쌍년아." 점례는 축 늘어진 송장처럼 마당에 꼬꾸라져 있다. 무거운 침묵과 고집스런 시간이 흐르고 나서야 몸을 추스르고 일어난다. 그러지 않으면 동네 사람들이 말릴 때까지 맞고서야 끝나는 폭행은 점례를 질리게 만들었고 밤새껏 이불 속에서 꺼욱꺼욱 울게 했다. 눈두덩이 멍들도록 맞으면 어김없이 오랫동안 징표로 달고 다녀야 했다.

자식들에게 아버지의 존재란 의미가 없었다. 그냥 악마이다. 미친 사람으로 보였다. 아버지가 없어지기를 바랐다. 그래서 엄마가 가엾기도 하고 안쓰러운 마음에 아버지가 때릴 때마다 옆에서 오금을 저릴 수밖에 없었다. 아버지에게 맞고 있는 현장을 그대로 보면서도 말릴 수도 없다. 말리다가 살이 찢기고 여러 번 어깨가 골절되기도 해서 점례는 말한다.

"절대로 엄마는 안 죽으니 말리지 말라."라며 점례는 아이들에게 지시했다. 자신이 다치는 것은 참을 수 있어도 아이들이 다친 것은 차마 눈으로 볼 수 없었다.

남편의 폭언과 폭행을 당하면서도 세월이 가면 좋은 날도 있을 거란 생각에 현재 자신을 이겨나가는 것이 급선무라고 여겼다. 이제는 일체 모든 것들을 미리서 예방하는 수밖에 없었다. 대들어 봤자 결과는 뻔했다. 다른 남자들과 얘기하는 꼴도 못 보고 쥐 죽은 듯이 사는 수밖에 없었다. 그래야 마음이 편했다.

착한 이삐가 떠난 뒤로 점례는 의지할 곳은 큰딸밖에 없었다. 오로지 큰딸이 이삐를 대신하기에 의지할 수밖에 없었다. 그러나 남편의 폭행이 있을 때마다 이삐 생각이 절로 났고 보고 싶어진다.

점례는 생각한다. 남편이 떠난 뒤로 자식들과 함께 잠들 때마다 오갈 때 없는 자신과 인연이 되어 받아준 것만으로 남편에게 고마움을 느낄 때도 있었다. 남편이 없었더라면 사남매가 어찌 태어나고 이삐를 어찌 만나게 되겠는가를 곰곰이 생각한다. 점례는 종교도 없는데 앉으나 서나 밤낮으로 천지신명 부처님께 빌고 빌었다.

"어이마시 자네 알고 있는가아. 자네 남편이 읍내에다 신접살림을 차렸다고 소문이 났드만." 마을에서 제일 친하게 지낸 모사니댁이 손을 끌더니 다급하게 말한다. 온 마을에 남편이 다른 여자와 산다는 소문이 퍼져갔다.

"내비려 두시요오, 그 버릇 어디 가겠소오?" 점례는 한두 번 겪는 일도 아니어서 놀래지도 않았다. 자신과 만나기 전에도 몇 명의 여자가 거쳐 갔다는 것을 소문으로 들었기 때문에 점례는 관심이 없었다.

"각시 열을 거닐던지 백 명을 거닐던지 지 알아서 하겠지라우." 자신과 전혀 상관이 없다는 것을 덧붙인다.

"어이마시 그런 족속하고 어찌 평생을 살려고 그런가아. 하늘이 알고 땅이 안께 나를 따라오소." 남편이 떠난 뒤로 동네 나이 드신 동몰댁이 작정한 듯 점례 손을 잡고 따라오라 한다.

"어디 가게요오?"

"따라오면 알고오. 이 사람아 정신 차려어. 자식은 자식이고 자네 살 도리를 해야제. 평생 그런 남편하고 어찌 살건가아 말이 나왔쓴께 말이제에 남편이란 작자가 자네 놔두고 바람핀 여자들이 한두 명인지 안가 모른가아? 그런 사람하고 평생 살 건가아?" 동몰댁은 열을 내면서 영산포 다방으로 점례를 이끌고 간다. 점례는 영문도 모르고 동몰댁 말만 듣고 따라가고 있다.

"내가 잘 안 착한 남자가 있은께 두말 말고 좋은 남편 만나 잘 살아아 자네 인생이 불쌍해서 그려어." 동몰댁은 남편이란 사람을 너무 잘 알고 있었고 사람 되기는 글렀다는 생각에 점례 인생이 가소로워 그대로 둘 수가 없었나 보다.

점례는 다른 곳으로 떠난다는 것은 한 번도 생각해 본 적이 없었다. 그러나 동몰댁이 권한 뒤로 솔직히 마음이 조금은 동요가 됐다.

"자식들은 누가 키우고요?" 점례는 걱정한다.

"자식은 이씨 집안에서 키울텡께. 박씨 집안하고 무슨 상관이 있당가아 걱정 허지도 말고 자네 걱정이나 해 이 사람아." 동몰댁은 단호하다.

"언능 들어오랑께에 뭣하고 있어어?" 다방 문 앞에서 머뭇거린 점례에게 말한다.

"걱정허지 말고 내가 허런 대로만 허면 되야아." 동몰댁 말을 듣고 다방 안으로 들어간다.

점례는 꿈을 꾼 듯하다. 납짝네가 처음 남편을 소개할 때가 생각난다. 사람들 말은 믿을 수가 없다는 것을 겪어봐서 알기에 마음에 둘 수가 없었다.

자식 걱정이 눈에 밟혀 도저히 말이 떨어지지 않았고 남편이 이 사실을 알면 저승까지 찾아올 것 같아 그냥 다방을 뛰쳐나오고 만다.

다방을 뛰쳐나와서 자식들 생각에 무작정 걸었다. 하늘은 높고 구름은 남으로 정처없이 흘러가고 있다. 가을걷이를 끝낸 들판은 내 모습과 같이 황망하기까지 하다. 들길을 따라 산길 따라 이십 리 길을 걸으면서 인생이란 단어를 수십 번 되뇌며 '내 인생이 왜 이리 비참하고 나는 왜 태어났는가?'를 곱씹게 만든다.

점례는 지친 몸을 가눌 길 없어 길모퉁이에 철푸덕 앉아 흐르는 눈물을 주체못하고 있는데 개미 떼들이 사이좋게 줄지어 놀고 있는 것을 보고 자신을 뒤돌아보게 된다.

하늘에
구름도 제 갈 길 가고 있고
하찮은 미물인 개미들도
짝지어 살아가는데
이내 신세
어찌 살아갈꼬.

어머니 아버지
나를
왜 태어나게 하시고
누구를 의지하고
살아가야 합니까.

하늘도 무정하시요
모진 세월
자식들 어찌 키우란 말입니까?
기도합니다
천지신명님
어떡하면 좋겠소.

　점례는 피난 다니며 잃은 자식을 생각하며 가슴에 담고 있는 서러움을 줄줄이 입 밖으로 흘려보낸다. 결국에는 부모님을 원망하며 기약 없는 세월과 함께 살아야 했다.

남편은 성욕이 솟구칠 때마다 아니 감시하려고 나타나서 몸을 풀고 떠나면 어김없이 자식이 만들어지곤 했다. 둘째 남자아이가 태어나고부터 점점 올가미에 감긴 자신을 발견한다. 그렇게 아들 둘, 딸 둘이 생기면서 점례는 왜 살아야 하는지 이유가 생겼다.

점례는 먼저 저세상으로 떠난 자식은 가슴에 묻고 지금 지켜주고 싶은 사남매를 보면서 '너희들은 남부럽지 않게 행복하게 살게 해줄 것이다'를 생각하며 남편 도움 없이 잘 키우려고 목숨 바쳐 일터에서 하루를 보낸다.

남의 집 허드렛일부터 농사일까지 사시사철 몸이 부서지게 일터에서 일했다. 하루 일을 마치면 보리쌀 좁쌀 되는 대로 대가를 받아 시장에 팔아 억척으로 모아두면 남편은 어찌 알고 장롱을 다 뒤지며 빼앗아갔다. 아니면 폭언과 폭행으로 사람을 질리게 만들어 빼앗아갔다. 그리고 돼지와 닭을 키워 놓으면 일터를 간 사이 잡아간 무자비한 남편이었다.

"당신이 자식만 만들었지 무엇을 도와주요오? 자식들과 살기 위해 서리서리 모은 것이 그렇게 탐을 낸다 말이요오. 당신이 사람이요 뭐요오 왜 그리 무정하요." 점례는 남편에게 복받쳐 오른 속내를 한탄하지만 뒤도 돌아보지 않고 남편은 저 멀리 떠나고 만다.

점례는 모아둔 돈과 동물들을 남편이 가져간 뒤로 생각을 바꾸었다. 아무리 자식들과 살려고 몸부림쳐도 도움이 안 된 남편 때문에 점례는 돈이 생기면 친정 오빠에게 위탁해서 모으기로 작정하고 한 푼 두 푼 적금하듯 모아가기로 했다.

도전하는 점례

"용정대액(점례), 어이마시 잠까안 기다려봐아." 여름이 지나갈 무렵 어느 날 들에서 일을 하고 돌아오고 있는데 친척 어르신이 뒤따라오면서 용정댁을 부른다.

"용정댁, 장시(장사)를 해보랑께. 현재 남편 밑에서 그래갖고는 해답이 안 나온당께에. 당신이 묵고 살라면 장시밖에 없어어." 점례를 붙잡고 생각해 두었던 것처럼 말을 꺼낸다.

"무슨 장시를 해요오?" 걸음을 멈추고 아무것도 모른 점례는 물어본다.

"동네방네 돌아다니며 생선장시, 젓갈장시를 해보랑께. 그러면 잘될 거여." 동네 일손들이 바빠 장에 갈 시간이 없으니 장사가 잘될 거란 말도 덧붙인다.

"남편이 허러고 할랑가 모르것소야. 나댕긴 꼴을 못 본 사람인디이." 점례는 모든 일투족들을 남편 허락 없이는 할 수가 없었다. 허락할 사람이 아니었다.

"그건 내가 남편을 타일러 볼 테니, 걱정하지 말고 해보랑께요." 다른 지역에서 새 여자와 술장사를 하고 있는 남편이 홀로 농사짓고 고생하는 점례에게 전혀 도움이 되지 않는 것을 알기에 안쓰러웠나 보다. 그렇게 점례는 생활전선에 도전한다.

착하게만 살았던 점례를 억척으로 내몰았다. 그러나 살기 위해서 선택의 조건이 없었다. 남편은 모든 가정일을 도와주지 않지, 농사일만 하다가는 사남매를 키우기는커녕 굶어 죽기 십상이었다. 무엇이든 해서 먹고 살아야 할지 고민을 안한 것은 아니지만 뾰족한 수가 없었다.

점례는 무거운 옹기에 생선을 담아 마을마다 돌아다니며 일손도 거들어주고 장사를 시작한다. 마을에서 영산포까지 이십 리 길을 걸어 다니며 장사를 시작하다 보니 발에 티눈도 생기고 개에게 물리기도 하고 문전박대를 받은 경우도 많았다. 그러나 세상은 노력한 만큼 대가가 있다는 진리를 알게 된다. 해가 거듭될수록 마을마다 아는 사람들이 많아지고 단골도 생겼다.

점례 나이 마흔두 살 때, 장사의 장자도 모르고 살았지만, 이제 용정댁(점례)은 시간이 지날수록 돈 버는 재미에 흥이 났다. 사람도 만나지 돈도 벌지 마을마다 돌아다니며 일손도 도와주지 활동적인 것이 차라리 체질에 맞았다.

"주심 어매 낼 나락 훑은께 고등어 좀 갖다줘."

"밥맛 없을 때 묵게 멸치젓갈 좀 갖다주란마시." 동몰댁이 일부러 찾아와서 부탁을 한다. 김장철이 돌아오면 하루에 영산포를 두 번 다닐 정도로 바쁘기도 했다.

"주심 어매 시아부지 제삿날인께 제사상 좀 봐줘요오."하며 마을마다 애경사까지 알고 있을 정도로 용정댁은 바빴다.

"다음 달에 갚어줄텡께 돈 좀 내놔." 남편은 장사를 한 점례에게 찾아와서 돈을 요구한다. 반강제적으로 점례 주머니를 털어 가기도 하고 이불속 틈에 숨겨둔 돈을 어찌 알고서 찾아 달아난다.

점례는 집에 돈을 둘 수 없다는 판단에 밖에 몰래 숨겨뒀다가 친정 오빠에게 전달해서 돈을 모아간다.

점례와 자식들은 아버지란 사람을 서로 감시하면서 하루 하루 살아가고 있다. 아버지 발소리만 들어도 비상이 걸린 것처럼 일사불란하게 움직였다. 아버지가 아니라 웬수였다.

한 가지 마음에 걸린 것은 큰딸을 학교도 안 보내고 일만 시킨 것이 마음에 걸렸다. 큰딸은 시키면 시킨 대로 반항 한번 못하고 순종하며 엄마를 돕는 일이 최선이라고 생각하며 도와줬다.

큰딸은 열다섯 살이 되는 무렵 홀로서기를 해야 한다고 생각한다. 어느 순간부터 아버지란 이름만 들어도 벗어나고 싶었다. 엄마까지 괴롭힌 아버지 밑에서는 살 수 없다는 나름대로 생각을 하고 있었다. 주심은 그런 생각을 하면 하루가 지겨울 정도였다.

"아부지이 돈 벌려고 서울 갈래요오." 지친 큰딸은 어느 날 아버지에게 선전포고를 한다.

"니 어린 것이 어디가서 돈 벌어어. 가만히 애비가 허란대로 하다가 시집이나 가면 댕거여어." 못 가게 단호하게 말한다.

"동네 순례, 명자도 서울가서 돈 잘 벌고 있잖아요오. 아부지 밑에서 일하면 돈을 주요 머하요오." 주심이는 작심한 듯 말한다.

"서울 가면 누가 돈 준다고 허든야아. 눈 뜨고 있어도 코 베가는 세상이여 어느 놈이 잡아갈지 몰라 이 놈아아." 남편은 딸이 옆에서 가정일을 도와줘야 한다는 것을 너무나 잘 알고 있다.

"그래도 나는 갈래요오. 여기보다는 낫을 거 아니여오." 그리고 며칠 있다가 모르게 떠나고 말았다.

"엄마아 엄마 두고 갈란께 마음이 안 내키지만, 내가 언능 돈 벌어서 엄마 도와드릴게요." 큰딸은 가여운 엄마를 차마 두고 떠나기 싫었지만 지독한 아버지 밑에서 지옥 같은 하루를 버틸 수가 없었다.

"내 걱정 말고 니 알아서 하고 싶은 대로 하고 살아라아. 건강함시롱." 점례는 자신의 살아온 과거를 생각하니 더 이상 희생을 강요할 수 없었다. 더 넓은 세상에서 하고 싶은 일 하며 자유롭게 살게 하고 싶었다. 큰딸을 보내 놓고 한없이 울었다.

큰딸이 요코 공장에서 주야로 힘들게 벌어 모아서 먹지도 못하고 아껴가며 보내준 돈 삼천 원을 남편이 중간에서 가로채는 일이 발생한다.

"딸에게 뭘을 해줬다고 갖져가요오. 지 시집갈 돈을 설리 설리 먹지도 못하고 모았을 것인디 갖어가서 노름을 해부러라우 해도해도 너무하요. 우리가 잘 사는 것이 그렇게 보기 싫소오. 왜 그리 성가시게 하요. 뭘 도와줬다고 그러요오." 점례는 땅을 치며 고래고래 소리를 질렀다. 노름꾼인 남편은 그 돈이 어떤 돈이든 간에 돈만 보면 앞뒤 분간 못 하고 집착하게 된다. 가정을 버린 지 오래다. 책임감이란 손톱만치도 없는 사람이다. 정신병자처럼 이성을 잃은 사람이라고 생각했다.

"그 돈이 어떤 돈이라고 당신이 가로채요오. 하늘이 알고 땅이 안께 그 돈 안 내놓으면 천벌을 받을 것이요오." 큰딸이 '어머니 전상서'라고 보내준 편지글을 읽고 얼마나 울었는지 모른다.

점례는 장사를 시작한 뒤로 가정 살림도 시나브로 좋아지

고 기관지가 안 좋은 똘이의 병도 시나브로 좋아졌다. 그러
나 배우지는 못했어도 살림 잘하고 똑똑하고 착한 큰딸이
갓 열아홉 살인데 혼사가 들어온다.

"쩌그 광주에서 산디 마음씨 착한 사람이 있은께 시집가
면 괜찮을 것이구만." 한마을에 사는 사람이 큰딸을 눈여겨
봤는지 남편에게 중신이 들어왔다.

"아직 어린 것을 시집보내라고요. 나는 큰딸 없이는 아직
은 못 산디요오." 가정 살림을 도맡아서 해준 큰딸을 시집보
낸다는 것은 상상도 해보지 않았다. 그러나 남편은 중매쟁이
의 술대접을 받고 오더니 그냥 승낙을 해주고 시집가라 호
통을 친다.

"아직 어린 것을 술 한 잔 얻어 묵고 시집보내라우. 당신
이 뭘 도와줬다고 맘대로 시집보낸다고 야단이요오? 당신이
돈도 보태주지 안 헐라면서 무슨 권한으로 그러요오?" 점례
는 다른 것은 몰라도 내가 키운 자식은 내가 책임진다는 것
이었다.

아직 시집갈 나이도 아닌데 아무 권한도 없는 사람이 시
집보낸다는 것은 이해가 가지 않았다.

"아버지란 사람이 자식 돈이나 뺐고 그도 모자라 술 한
잔 얻어묵고 자식을 팔아라우. 애비란 사람이 할 짓이요오
뭐요?" 점례는 가까이서 말하면 맞아 죽으니 사립문 밖에서
동네 사람들 들으라고 목소리 높여 악을 쓴다.

"시골에서 평생 살게 할거여어? 이 노무 여편네야, 도시로
시집보낸 것을 다행으로 생각해야제에." 남편의 고집을 꺾을
수 없어 큰딸을 시집보내고 만다. 남편은 큰딸 시집보낸다고
땡전 한 푼 도와주지 않았다.

평생 잘 먹이지도 못하고 입히지도 못한 딸을 시집보낸다고 생각하니 잠을 잘 수가 없었다. 안쓰러운 마음에 흐르는 눈물을 주체 못 하고 일이 손에 잡히지가 않았다.

"니를 시집보내고 어찌 살끄나. 고생만 허고 보낸 어미를 용서해다오. 어쩌든지 니하기 나름이니 힘들더라도 참고 이겨야 한다." 점례는 친정어머니가 말한 것처럼 큰딸을 다독인다. 큰딸은 처음에는 극구 반대를 하다가 생각해 보니 아버지란 사람이 보기 싫어 하루라도 빨리 벗어나고 싶었다.

점례는 남편 도움 없이 힘들게 일만 하고 떠난 딸이 안쓰러워 최대한 보란 듯이 잘해줘서 시집보냈다.

새엄마들

겨울은 정말 추웠다. 무릎이 빠질 정도로 눈이 많이 내린
다. 겨울이 돌아오면 마음도 춥고 몸도 추웠다. 가을부터 월
동준비 하느라 집집마다 바쁘게 돌아간다. 김장하느라 무,
배추 심어야 하고 따뜻한 겨울 보내기 위해 아이들은 학교
갔다 오면 땔감나무 하러 산으로 달려가야 했다.

"똘이야, 언능 낭구(땔감나무)하려 가자" 겨울을 준비하기
위해 집집마다 온 가족을 대동해서 갈퀴나무 하는 모습들이
다.

학교 갔다 돌아오면 망태 메고 산으로 달려간다. 칙간(화
장실) 옆에는 갈퀴나무 둥지가 밑에서부터 넓게 똬리를 틀
며 올라가고 있다. 갈퀴나무 둥지가 어른 키보다 높이 올라
가야 올겨울을 보낼 수 있기에 똘이는 동생들과 함께 누나
떠난 빈자리를 메워야 했다.

똘이는 누나가 없으니 실질적 가장이 되었다. 학교 갔다
돌아오면 누나 없는 서러움을 똑똑히 감수하며 누나 몫까지
하려고 동생들을 데리고 산으로 가기 위해 앞장서야 했다.
단풍이 들기도 전부터 막대기로 때려 갈퀴나무를 만들기도
하고 잔풀들까지 낫으로 베어 겨울을 준비하면 산은 갈퀴
자국이 날 정도로 긁히고 뜯겨진 자국들로 민둥산이 되어
있었다.

곡식을 거둬들인 들녘에는 을씨년스러운 차가운 바람만

야멸치게 불어온다. 먹는 것 입는 것 모든 것이 부실한 상태에서 겨울나기가 힘들다. 어찌나 추웠던지 손발은 동상凍傷을 피할 수가 없었다. 발이 간지러워 잠을 이루지 못하면 콩 속에 발을 담그고 좋아지기를 기다렸다. 밤마다 콩으로 발을 싸는 풍경들이다.

똘이는 겨울을 지내고 봄이 오면 동생들 학교에 보내기 위해 양말과 옷, 검정 고무신 꿰매기 등 장사 나가신 엄마 대신 가정을 책임지고 있던 누나의 일을 도맡아 하였다. 누나가 없으니 모든 게 불편했다.

"똘이야아 아부지한테 가서 학교 낼 육성회비 받아오니라아." 점례는 남편이란 사람이 씨만 주고 자식 교육은 전혀 신경을 안 써 가끔 남편이 거주하고 있는 곳으로 똘이를 보낸다. 다분히 의도적인 면이 있었다. 평생 폭력과 횡포에 정나미가 떨어졌고 새 여자와 사는 꼴이 보기 싫기도 했다.

"뭐드러 왔냐아?" 부엌문으로 나온 새 여자가 쌀쌀하게 대한다. 방에는 사람들이 노름하느라 시끌벅적하고 밖에 의자에서는 남정네들이 술상을 받아놓고 술 마시고 있다. 집 앞에는 사거리 큰길이고 넓은 방죽(저수지)가 보인다. 낚시하는 사람도 보인다.

"아부지한테 학교 낼 육성회비 받으러 왔어요." 똘이는 말한다.

"니 아부지가 돈 만드는 기계냐아 뭐냐 껀듯하면 돈 달라지랄이야. 오늘은 돈 없다. 다음에 오니라아." 새엄마란 사람은 돈 받으러 온 낌새를 알고 야멸차게 대하며 없다고 가라 한다.

똘이는 '아부지를 꼭 만나고 가야한다'란 생각에 문밖에서 아버지 나오기만을 기다리고 있다. 기다리다 지쳐서 되돌아 오면서 생각한다.

"아부지 같은 사람은 정말 싫다. 엄마 때리고 노름하고 바람피고 술 먹고 담배피고 모든 것이 싫다."라고 수십 번 되뇌었다.

전쟁 뒤끝이라 어렵게 살아온 집안 가장들은 가족들을 먹여 살리려고 바쁘게 살아가는데 남편이란 사람은 가족은커녕 살림에 신경을 쓰지 않아 점례의 하루는 힘들기만 하다. 포기하고 살았지만 남편의 일투족들이 너무 한다는 생각에 점례의 마음은 상실감을 넘어 분노에 차있다. 그러나 어쩔 도리가 없다. 포기하고 살았으니까. 그런 것을 똘이가 그대로 보고 자랐다.

소풍을 간다든지 운동회를 할 때, 학비를 마련할 때에는 어김없이 아버지한테 다녀와야 했지만 똘이는 새엄마란 사람과 아버지한테 천대받는 것도 싫었지만 점례 자리를 독차지한 새엄마를 죽이고 싶도록 미웠다. 엄마가 모든 것을 감수하고 산다는 것이 이해가 되지 않았다.

운동회 때
부모 손잡고
뛰어놀던 친구들이
한없이 부러웠다.

부부 손잡고
오순도순
남들 사는 모습 보면

우리 어매
어찌 견디며 살았을꼬.

아버지에 대한 원망
한순간도 잊을 수 없어
기댈 곳 없는 자식
앞장서지 못하고
바라보는 심정
한숨 되어 나온다.

어른 되어
돈 벌어서
우리 어매 도울 수 있기를
오늘도 두 손 모아 빌어 본다.

- 〈똘이의 일기장〉에서

"아부지이 식사하게 언능 집에 갑시다."
"애기 아빠 그만하고 언능 갑시다." 저녁이 기울면 남편 찾으러, 아빠 찾으러 가게 앞에는 사람들로 붐볐다.
"누구 것 따묵것다고 이런다요오. 적게 묵고 가는 똥 싸제 왜 그리 욕심도 많소오." 노름한 남편에게 간절히 사정한 부인도 있고,
"오늘 당신과 끝장냅시다. 먼 연병 났다고 자식들 퍼질러 나가지고 사람 고상시키요오. 당신 죽고 나 죽으면 끝인께 오늘 단판 냅시다."하고 대드는 여인도 있다.
노름하고 나면 매일 다툼의 연속이다. 그러다 보니 가게는 항상 다투고 시끄럽다. 가족들은 가게 앞에서 서성이며 아버

지를 부른 자식들도 있고 남편을 찾으러 온 부인은 화를 참지 못하고 가정불화로 번지고 만다.

점례는 남편의 여자들이 수없이 바뀌었다는 소문에 신경을 안 쓸려고 하지만 본인도 여자인지라 왜 질투가 나지 않았겠는가? 팔자려니 포기하고 자식 잘되기를 기원하면서 살아간다.

남편은 가게를 정리하고 다시 새로운 여자를 만나 고향으로 들어와 큰길가에서 집을 짓고 돼지를 잡아 장사를 시작하고 노름판을 만들어 온 집안 식구들을 고생시키기 시작한다.

새엄마 집은 별도로 마을 건너편에 만들어 주고 점례와 함께 장사를 시작한 것은 온 집안 식구들을 올가미 속으로 들어가게 만들었다. 날마다 물 길어 대야지 땔감 나무는 두 배로 만들어야지 잔심부름까지 학교 갔다 돌아오면 아버지의 잔소리에 점점 지쳐가고 있다.

"인자 낭구 안 할라요. 아부지는 맨날 노름만 하고 엄마 고생만 시키면서 우리보고 낭구하라고 하요." 큰 아들 똘이가 아부지에게 대든다.

"니가 천 리를 갈래, 만 리를 갈래? 니는 오늘 죽었다." 남편은 노름하다 뛰쳐나오면서 가픈 숨을 몰아쉬며 도망간 똘이를 잡으려고 달려가는 꼴이 말이 아니다.

"아부지한테 대들면 안 되제에. 그것은 있을 수 없는 일이제에." 하고 집안 어른들은 말하고.

"오죽했으면 자식이 그랬을까 잘해부렸네에." 하며 시원하다고 말한 사람들도 있었다.

부모에게 대든다는 것은 호래자식이란 칭호가 붙을 수 있는 대사건이다. 다음날 온 마을에 똘이가 애비한테 대들었다고 소문이 퍼져나갔다.

"부모는 자식의 거울이니 본보기가 되어야 하고 자식은 효도를 다해야 한다." 마을 훈장님은 삼강오륜의 부위자강父爲子綱을 들먹이며 한 말씀 한다.

"똘이 그 놈이 앞으로 어떤 놈이 되려고 그랬을까잉. 있을 수 없는 일이제에 두고 볼일이랑께에."하며 염려하는 사람도 있었다.

점례는 먹고 살기 위해 마을마다 돌아다니며 젓갈장사를 해서 한두 푼씩 모아 자식들 가르쳐야 한다고 오늘도 길거리를 헤매고 있다. 집에 들어오면 남편의 뒷바라지까지 해야만 했다. 더 이상 참을 수가 없어 간절히 한마디 한다.

"똘이 아부지요오, 옛날처럼 새 여자 데리고 장시하시요오. 나도 고정 고객들이 있고 해서 나대로 장사할랑께." 오늘은 한 대 맞아도 할 말은 해야 한다고 마음먹었다.

"밖에 나가서 뭔 짓 하고 다닌지 어떻게 알어. 그리고 몇 푼 번다고 여자가 싸다니야고오." 언성을 높이며 단호히 안 된다고 거절한다.

"젊은 각시는 아껴서 어디에 쓸려고 그려요오? 늙은 나보다 젊은 이쁜 각시와 함께 장사를 하면 더 잘 될 거 아니여요. 제발 나 좀 살려주시요오." 더 밀리면 평생 밑에서 머슴 노릇밖에 안 된다는 것을 알기에 점례는 애원하듯 사정할 수밖에 없었다.

"글먼 나는 모른께 새 지집년한테 가서 타협해봐아." 덧붙이며 혀를 찬다.

점례는 더 지체할 수 없어 마을 신작로를 가로질러 담판을 지으려고 간다.

"어이마시, 지금까지 함께 장사를 해 왔은께 계속하면 어떤가아. 글고 한 살이라도 젊은 사람이 해야제. 늙은 내가 하는 것도 남편이 싫어함께 자네가 허는 것이 어쩐가아."

"나는 장사에 소질이 없는 사람이어서 남편이 나를 싫어하고 장사는 아무나 하는 것이 아닌 줄 아는디요."

남편 성질머리로 봐서 비유 맞추기가 어려운 것은 안 봐도 훤하다. 분명 힘들어서 부딪치면 싸우는, 아니 일방적인 성질에 누구도 감당하기 힘들었을 것이다.

"소질이 어딨당가, 이 사람아. 묵고 살라고 하는 것이제. 나도 지금까지 자식들 데리고 먹고 살려고 혼자 장사를 해 왔는디 그것을 하루아침에 그만 둘 수 있겠능가. 생각을 해 보소. 그러지 말고 조만간 나도 장사를 정리할 테니 정리될 때까지만 도와주소." 한발 물러서 사정을 해본다. 어쩌든지 함께 일하도록 해 놓고 벗어나면 그다음 문제는 그때 가서 알아볼 일이다는 생각을 한다.

"그라면 정합시다. 며칠이면 되겠습니까?" 조만간 정리라는 말에 마음이 끌렸는지 적극적인 자세를 보인다.

"그동안 외상도 깔려있고 정리하려면 시간이 걸리니 며칠이라고 정할 수는 없고 빠른 시일 내에 정리할 테니 도와주소. 서로 묵고 살려고 하는 짓 아니겠는가아." 서로 먹고산다는 말에 수그러진 듯 그렇게 벗어날 수가 있었다.

사남매는 커가고 조금씩 친정 오빠에게 돈을 모으는 재미로 살아가고 있는 점례는 하루라도 남편 곁에 있다는 것은 숨 막힐 지경이 아닐 수 없었다. 지금까지 떨어져서 자유롭게 살아온 점례는 옹고집 불통과 엉큼한 속내를 모른 바 아니어서 함께 있다는 것은 용납이 허용되지 않았다.

결국에는 점례는 남편 일을 도와주면서 하던 장사를 병행할 수밖에 없었다. 젊은 각시를 이용해서 조금이나마 남편 올가미를 벗어날 수 있었다.

점례는 더 강해질 수밖에 없었다. 자식들 남부럽지 않게 올곧게 커서 사람 노릇 하게 만들어야 할 사명감에 불타있었다.

정신을 잃고

　점례는 자신의 뱃속에서 만들어진 자식들만은 남부럽지 않게 키우고 싶었다. 자신의 희생은 아깝지 않았다. 자식들 만은 자신과 같이 배우지 못한 전철을 밟지 않기 위해 노력을 다짐했고 모든 신들에게 빌었다. 그래서 사시사철 편히 쉬어본 적이 없다. 살림살이에 일 푼 한 점 도와주지 않는 남편을 이제는 당연하게 생각한 지 오래다. 어떠한 도움도 받고 싶지도 않다. 뺏어 가지나 말았으면 하고 폭력이나 하지 않기를 바랐다. 그래서 장사부터 남의 집 허드렛일과 잡일까지 닥치는 대로 일할 수밖에 없었다. 또 한 가지 그렇게 할 수밖에 없었던 것은 먼저 떠난 남편, 자식들을 한순간이나마 잊으려면 그럴 수밖에 없었다. 그래야만 정신적 고통을 잠시 잊을 수 있기 때문이다.

　"어이마시 얼굴이 으째 그런가아. 자그마니 묵고 살라고 뻔덕거리랑께. 자네 얼굴 좀 보고 일하소오. 그게 얼굴인가?" 가까이 지낸 동각댁이 헬쑥한 점례를 보더니 화들짝 놀라며 한마디 한다.

　"어느 놈한테 잘 보이려고 화장하냐? 이 쌍년아." 손이 트고 얼굴이 갈라지면 구루무라도 바르고 있는 점례에게 남편은 욕을 하며 질투를 해댄다.

　점례의 집에는 거울이 없다. 거친 얼굴에 화장을 할 이유도 없지만 남편의 간섭이 심해서다. 여자의 얼굴 가꿈은 무죄인데 어느 여자가 예쁨을 가꾸고 싶지 않겠는가? 일로 인해 손발이 틀 때나 집안 대소사 때 동동구루무를 바른 것이 전부인데 그마저 간섭이 심하다. 자신의 얼굴을 보고 싶을 때는 항아리 속 물에 비친 자신의 얼굴을 확인하는 것이 전부였다.

"으째서 그렁가아. 얼굴이 못쓰게 생겨부렸당께에 좀 묵고 살아아." 봉용댁이 어깨를 만지며 걱정을 해준다.

"거울로 얼굴을 보랑께에. 곧 죽을상이랑께. 살라고 묵은 것이제 뭐다라 그렇게 아낄라고 헝가아. 사람 얼굴이 아니당께." 옆에 있던 동갑내기 월모실댁이 걱정스럽게 말을 건넨다.

점례는 따가운 햇볕 아래에서 아침 일찍부터 저녁 늦게까지 장사하고 일만 해선지 자신의 얼굴이 어떻게 변했는지 얼굴 볼 시간이 없었다. 유독 여름을 타서 입맛도 없고 물로 배 채우는 시간이 많았다. 먹을 거 있으면 자신의 입으로 들어간 것이 아니라 자식들 입에다 넣어 주기 바빴다. 그래서 잘 먹지도 못해 얼굴이 반쪽이 되었나 보다.

"점례를 누가 데려갈까잉. 데려간 사람은 땡 잡것인디." 어릴 적 친정에서는 손에 물 한번 묻히지 않고 귀엽게 자란 점례는 마을에서 서로 중신 서려고 했기에 동네 사람들의 결혼 상대 일 순위였다. 그만큼 예쁘단 소리를 들을 정도로 소문이 나서 질투하는 사람도 많았던 점례의 인생이 꼬일 대로 꼬여있다.

"처녀들은 다들 이쁘제. 안 이쁜 사람이 어디 있당가아요." 고슴도치도 자기 자식은 예쁘기에 친구 순자 어매는 순자 예쁘단 소리를 들은 적이 없어서 입을 삐쭉이며 한소리를 한다.

점례의 가슴에는 말 못 할 사연들이 못이 박힐 정도로 단단히 박혀 있다. 살기 힘들 때는 '영암에서 박 순경에게 차라리 맞아 죽었더라면 세상사 이 꼴 저 꼴 보지 않았을 것이고 납짝네를 만나는 것이 내 인생에 최대의 오점이다'라는 생각을 지울 수가 없었다. 남편 사랑도 받지 못하고 살아온 점례는 자식들의 올가미에 매여서 옴짝달싹 못 하는 신세이기에 이제는 자식들을 바라보며 살아갈 수밖에 없었다.

점례는 자식들만은 자신과 같은 비굴하고 복 없는 세상을 살지 않기 위해 열심히 키워서 남부럽지 않게 만들고 싶었다. 자신의 노력으로 사남매를 건사할 수만 있다면 못 하는 일이 없었다. 자식들을 위한 일이라면 자신의 육신이 아무리 망가져도 괜찮았다.

"어이마시 이번 주 금요일에 우리 서숙밭(수수) 좀 매줄랑가아?" 점례는 남들보다 억척으로 일을 꼼꼼히 잘하기에 예약될 정도로 일이라면 마을에서 부탁할 정도였다. 언제든지 남들보다 앞질러 일한 점례는 오늘은 자꾸 식은땀을 흘리며 뒤처지고 있었다.

"눈 좀 떠봐아. 으째 이런 일이 우리 밭에서 생긴당가. 눈을 떠보랑께에." 수수밭을 매다가 쓰러진 점례를 방아다리 한의사에게 가기 위해 리어카에 태우고 차 다니는 저잣거리까지 숨 가쁘게 가고 있다.

점례는 밭을 매다가 식은땀이 나더니 어지럽다는 생각밖에 없었다. 그리고 정신을 잃었다. 앞질러 간 사람을 따라가기 위해 호미를 들고 계속 밭을 매는 중이었다.

"못 먹어서 허기에서 온 병입니다. 첩약 두 첩을 지어드릴 테니 끓여 드시고 마음의 안정을 취하기 바랍니다. 글고 끼니를 거르지 말고 잡수시고." 한의사는 창백한 점례의 얼굴을 보고 진맥을 해보더니 당부하듯 일러준다.

누워있는 점례에게 친정어머니가 보인다. 분명 친정어머니가 멀리서 손짓하는 모습이 보인다. 어머니를 부르며 달려간 점례는 전혀 알 수 없는 다른 곳으로 가고 있다. 어둡고 깊은 계곡이다. 어머니를 계속 부르면서 간다고 가는데 아무도 없다. 그래서 오도 가도 못하고 두리번거리며 멍하니 서 있다. 주위에는 아무도 없다. 친정어머니가 보이기도 하고 재덕이 얼굴도 스쳐 지나간다.

점례는 병원에 갔다 온 뒤로 큰딸이 끓여준 첩약을 먹으며 며칠째 드러누워 있다. 아이 낳고도 쉬지 않고 억순이로 일했는데 자신의 몰골을 생각하니 겁부터 난다. '이대로 죽으면 내 자식들은?'이란 생각에 정신이 번쩍 들었다.

'어쩌든지 일어나야한다, 내가 아프면 애비란 사람이 키워줄 인간이 아니다. 하느님, 부처님 제발 저에게 힘을 주세요'하고 기도를 드린다. 그리고 이삐가 있었더라면 자신을 돌봐줬을 것인데 아쉬움이 많았다. 아플 때면 이삐와 친정어머니가 한없이 보고 싶었다.

'내가 죽으면 내 새끼들을 누가 돌봐주지?'라는 생각에 깊은 잠에서 깨어난 듯 정신을 차린 점례는 마음을 가다듬고 일터로 다시 향한다.

내일 인생의 종말이 올 수도 있는데 사람은 늘 사과나무를 심으려고 한다. 수많은 사람들이 반복된 죽음 앞에 살지만 영원히 살 것처럼 살아간다.

점례는 현실에 부딪히면서도 안간힘을 다하여 극복하며

살아가는 족속인가 보다. 민족 말살을 일삼는 일제강점기를 거치고 피난 다니며 총탄이 빗발친 현실을 보면서 견뎌왔던 오로지 한 가지 이유는 목숨을 부지하려고 했던 것이다. 좋든 싫든 수렁에 빠진 자신을 돌아보게 했다. 무정한 남편을 만나 사랑받지 못한 자신을 생각하면 억가슴이 들지만 못난 자신이 한번 선택한 길이기에 이겨내야 했다.

"동네 사람들 땜시 살았소야. 감사하고 또 감사하요." 피붙이 하나 없는 타향에서 마음 써준 이웃에게 감사함을 표한다. 쓰러진 뒤로 어지럼증이 많은 점례에게 모사니댁은 의사가 말한 대로 못 먹어 허약에서 오는 병이라고 생각해 집에서 기른 토끼를 잡아 끓여 주었다.

"이 공을 뭐로 갚아드릴까잉." 남편은 아파도 쳐다보지도 않고 있는데 속 알아준 모사니댁이 보양식이라며 돌봐주었다.

"걱정 말어. 언능 묵고 일어나야제 쓰것능가아." 점례는 눈물을 글썽인다.

똘이의 아픔

오늘은 봄비가 온종일 내리고 있다. 점례는 밀린 집안일을 하기 위해 나선다. 청소를 하고 구멍 난 양말 바느질과 떨어진 옷을 꿰매고 있다. 실 꿰맨 가장자리에 득실거린 이를 잡으며 지나온 과거를 더듬어 본다.

친정 부모님 생각, 일제시대, 전 남편, 피난살이, 재덕이, 피난 때 자신의 손으로 죽인 아이, 납짝네, 남편, 이삐, 큰딸 등등 지나온 흔적들이 한순간에 펼쳐진다. 그중에서 점례 자신 때문에 편히 눈을 감지 못하고 돌아가신 친정 부모님 생각을 하면 가슴이 미어지듯 아픔이 올라오고 핏덩이 어린 아기를 자신의 손으로 죽인 죄인을 생각하면 저절로 고개가 흔들어진다.

못난 남편을 만났지만, 속 알아준 자식들 덕분에 살만했고 자식들이 커가니 희망이 보였다. 그러나 점례에게 편안한 날은 없었다. 행복 뒤에 불행은 숨어있다고 시시때때로 사건이 밀려와 시험에 들게 했다. 큰아들 똘이가 고열이 나고 기침을 하면서 의식을 잃었다.

"아야아 니 친구들은 학교에 가는디 니는 학교에 가고 싶지 않냐아." 추적대는 빗소리를 들으며 바느질하고 있는 점례는 부엌에서 학교도 못 가고 똘이 약탕 끓이고 있는 큰딸에게 살짝 마음을 떠보기 위해 물어본다.

"엄마가 힘든디 내가 어떻게 학교에 갈 수 있당가아. 걱정 말허어 순희한테 하루에 째끔씩 공부하고 있은께." 부지런한 큰딸은 그렇게 국문을 깨우쳐 책을 읽고 편지를 쓸 정도였다.

"으째 이런다요? 보름이 지나도 안 낫고 이러요오." 점례는 언제부터인가 큰아들이 감기로 기침을 심하게 하고 열이 불덩이처럼 오른 똘이를 데리고 돌팔이 만석이 아버지를 찾아갔다.

"빨리 데리고 오제 너무 늦게 왔소오. 약을 지어줄 테니 따슨물 믹이고 찬바람 쐬지 말고 안정을 취하세요."라고 말한다.

"약을 믹여도 차도가 없소야아 으째 이런다요." 점례는 다시 만석 아버지를 찾아갔다.

"읍내 병원으로 찾아가서 진찰 한번 해본 것이 났것는디요."라고 한다. 한 달이 넘도록 기침을 심하게 한 자식을 데리고 읍내 병원을 찾아갔다.

"천식입니다. 치료 약은 없고 우선 진정제를 지어줄 테니 꾸준히 먹이고 몸 관리 잘해야 합니다."

점례는 치료 약이 없다는 의사 말을 듣고 기력이 팔리고 말았다. 의사 선생님은 아스피린을 지어주며 날것을 먹지 말고 익혀 먹어야 한다고 당부한다.

"똘이가 폐병에 걸렸다고 안 허요오." 마을 사람들은 똘이가 기침을 자주하니 여기저기서 헛소문에 쑥덕거렸다. 학교에서도 친구들이 폐병 걸렸다고 똘이와 놀아주지 않아 점례 마음이 아파 참을 수가 없었다.

천식은 일 년 내내 사람을 성가시게 만들었다. 폐병이라고 거짓 소문난 자식 때문에 똘이는 항상 기를 펼 수가 없었다.

"똘이야 기침하면 머리 위에 물 떠났으니 먹어라잉." 하고 잠을 청하지만 목에서 그르렁거린 소리를 내면서 기침을 하기 때문에 온 식구들이 잠을 잘 수가 없었다. 똘이는 갈수록 야위어가고 학교도 가지 못했다.

"똘이 어매야, 내 말 기분 나쁘게 듣지 말고 똘이를 절(寺)에 팔면 으쩐가아. 그래야 니도 살고 똘이도 살고 가족도 살아야아." 가까이 지낸 친척 잼푸덩댁이 어렵게 말한다면서 거든다.

먼저 떠난 자식들도 한이 맺혀 원통한데 절에 맡길 수는 없었다. '어떻게 태어난 자식인데 그냥 놔둘 수는 없지'란 생각에 세상 사람들을 붙잡고 물어물어 좋다는 약은 다 해서 먹였다.

"한약으로 치료 한번 해봅시다." 한의사의 말을 듣고 3개월 동안 큰딸이 지극정성으로 달여 먹였지만 별 차도는 없었다.

아들 똘이 때문에 온 집안 식구들이 동원되어 좋다는 약초가 있다면 끓여 먹이고 쥐고기, 말고기, 어린 태아까지 구해서 먹여봤지만 차도는 없었다. 점례는 별짓을 다 하며 자식을 낫게 하려고 애를 쓴다. 계룡산까지 한 달간 데리고 가서 치료해 봤지만 그때뿐이고 차도는 없었다.

"아니랑께에, 귀신이 씌어서 그런당께에. 영한 점쟁이한테 점을 해보랑께에." 마을 사람들은 점례에게 말한다. 어떤 점쟁이는 똘이 옷을 태우라고 하고 어떤 점쟁이는 집안에 참나무를 모조리 버리라고 하고 어떤 점쟁이는 조상 묘를 옮기라고 하고 조상이 노했으니 조석으로 집 뒤껄에서 정화수 떠놓고 기도하라는 점쟁이들도 있었다. 점례는 영하다는 점쟁이를 찾아가며 굿을 수없이 했지만, 돈만 들어가고 허사였다.

"자식 베렸네에. 먼 연병을 하고 밥을 많이 믹이냐고오. 밥을 많이 믹인게 그런거여. 자그마니 믹혀라 식충이 만들거여." 남편은 가끔 와서 도와주지는 못할망정 화부터 내고 질타를 한다. 양식도 부족한데 밥을 많이 먹여 병이 났다고 호통을 치는 것이다.

"스무 살 넘으면 좋아진게 걱정 말고 기다리시요오." 점례는 영한 점쟁이가 있다고 해서 마지막으로 찾아가 굿을 하고 점을 봤다. 정말 스무 살이 되면 좋아진다는 말을 믿을 수는 없지만 믿고 싶었다.

점례는 똘이 때문에 집안이 쑥대밭이 된 것을 자신의 부덕으로 인하여 생겼다고 생각한다. 좀 더 일찍 병원으로 갈 걸 병을 키워서 병원에 간 걸 후회했다. 그나마 큰딸을 살림 밑천으로 학교도 못 보내고 똘이 병수발로 고생한 것을 보니 마음이 한없이 아팠다.

세상은 내 편이 아니다
왜 나에게만
벌을 내리십니까?
얼마나 더 참아야 합니까
얼마나 많은
시행착오를 거쳐야
내 팔자는 끝이 날까요
천지신명님
나를 시험에 들지 말게 하시고
더 이상 관여하지 말며
내버려 두면 안 되겠습니까?

큰딸이란

인생은 좋든 싫든 세월을 보내며 미완성을 완성 시켜가는 과정이다. 포기하는 것이 아니라 극복하며 살아왔다. 지나온 과거는 세월만큼 상처를 남기며 살아왔다. 최선을 다하여 산다고 하지만 남편 사랑도 못 받고 자식들 키우기가 너무 힘들어 이도 저도 보기 싫어 죽어버릴까 여러 번 생각 안 해 본 적은 아니다. 하지만 자신의 몸으로 낳은 자식들이 힘들게 산다는 것은 있을 수 없는 일이었다. 모든 일들이 지나고 나면 아련한 추억이 된다는 것을 알게 되었다.

줄줄이 자신의 뱃속으로 태어난 자식들이 눈에 밟혀 하루도 쉴 수 없는 점례는 살아야 할 이유가 생겼다. 힘든 시간이 흐를수록 항상 못 먹고 못 입힌 자식들이 훌쩍 커가는 것을 보니 희망이 생긴다. 남들 가르치는 데까지 남부럽지 않게 공부도 시키려고 굳게 마음먹었다. 고생하고 살아왔던 자신을 자식들이 생각해 준다면 언젠가 보람도 있을 거고 희망을 가지고 살아야 한다고 생각했다.

"주심아아, 오늘 뒤꼴에서 밭 맬 테니 동생 업고 와서 젖 먹이러 와라잉." 점례는 일터로 나가면서 여섯 살인 딸에게 이른다.

"알았써라우." 주심은 싫다는 내색하지 않고 엄마의 빈자리를 채워주었다. 집안 청소며 동생들 뒷바라지를 자신의 책임인 양 야무지게 해냈다.

"애기가 애기를 업고 뭔 일이여. 자빠지면 으쩔까잉." 마을 사람들은 주심이가 애기를 업고 위태로운 들길을 건너 젖먹이러 다니면 걱정스럽게 말을 했다.

"큰딸은 살림 밑천이란 말이 딱 맞당께." 옆에서 거든다. 그렇게 큰딸이 가정의 살림 일축을 도맡아야 했다.

점례는 큰딸이 가정 살림을 도맡아서 해준 일들을 생각하니 정말 고맙기도 하고 안쓰러웠다. 남편의 빈자리와 집안일을 큰딸이 메워 주었다.

어린 주심이는 산에 가서 갈퀴나무를 하고 밥도 할 줄 알았다. 없는 살림에 보리밥도 먹기 힘든 세상에서 수수밥, 무밥, 생끼떡(소나무 속껍질), 고구마로 거의 끼니를 이은 하루하루가 힘들기는 했어도 잘될 거란 희망은 있었다.

"엄마아 밥해서 동생들 밥 믹이고 청소해났어요." 주심은 어린 나이임에도 아버지 사랑도 못 받고 매일 동생들을 위해서 고생한 어머니를 생각하면 가슴이 아팠다. 엄마가 늦게까지 일하고 들어오실 때면 큰딸 주심이는 집안 살림을 해놓고 기다리고 있었다.

"용정대액, 뭔 일 있어? 얼굴이 존네에. 남편 왔어어." 마을 사람들은 점례를 보면 놀려대듯이 한마디씩 했다. 지금까지 마지못해 살아왔고 죽지 못해 살아왔던 지난날을 생각해 본다. 떠오른 태양이 점례를 위해 비추는 것 같고 지는 석양도 아름답게 보인다. 지금까지 점례 눈에 보인 모든 것들이 나쁘게만 보였는데 살아갈 이유가 생기니 어떤 조건도 상대가 되지 않는다는 것을 깨닫게 된다.

자신의 뱃속으로 낳은 어린 자식들이 어미 속을 알아주고 일손을 도와주니 희망이 보였지만 한 가지 마음에 걸린 것은 남편이란 사람을 포기한 지 오래지만 때가 되면 학교에 보내야 할 큰딸을 학교에 보내지 못하고 일만 시키는 일이었다.

부모는 자식들 덕분에 산다는 말이 맞다. 항상 홀로라는 외로움에 지친 점례는 가족이란 울타리가 생겨 함께 한 지붕 아래에서 잠을 자고 밥을 먹고 하는 일상들이 너무 좋았다. 그러나 인생의 길흉화복은 항상 따라다닌 것 같다. 항상 좋은 일이 생기면 뜬금없이 안 좋은 일이 따르고 안 좋은 일이 지나가면 좋은 일이 생기곤 한다는 것을 몸소 겪으며 살아왔다. 오르막길이 있으면 내리막길이 있듯이, 지금까지 살아온 과정이 꿈이었으면 좋으련만 그 또한 지나가니 살만하다는 것은 경험치로써 알 수 있었다.

"장모님 큰일 났어요. 병원에서는 아무 이상이 없다고 허는디 일어나지도 못하고 죽게 생겼어요." 70년대 초반 시집간 큰딸이 둘째 아이를 출산한 후로 병이 생겼나 보다. 잘 살 줄만 알았는데 어느 날 갑자기 사위한테 전화가 왔다.

"먼 일이당가아, 먼 일이여어. 어떻게 키운 자식인디." 점례는 제정신이 아니었다. 모든 일손을 뒤로하고 달려간다. 가는 동안 별별 생각이 다 들었다. 동생들 뒷바라지하느라 학교도 못 보내고 고생한 일들이 주마등처럼 지나가고 이뻐 떠나고 의지할 곳 없는 자신에게 의지처가 되었던 큰딸인데 죽게 내버려 둘 수는 없었다.

"병원 의사도 가망이 없다고 하니 어떡하면 좋을지 막막합니다." 사위 집도 돈이 없어 넉넉한 편이 아니었다. 큰 병원에는 가보지도 못하고 안절부절못하고 있었다.

"내 눈으로 확인해야 믿겠네." 점례는 큰딸을 데리고 큰 병원으로 달려간다.

"척추에 이상한 것이 발견되니 수술을 해봐야 알 것 같습니다. 수술 동의를 하시겠습니까?" 한나절을 검사한 뒤로 의사 선생님이 수술이 잘못될 수도 있다는 동의와 죽을 수도 있다는 동의를 하라는 것이다. 점례는 사위와 함께 지켜보면서 죽을 수 있다는 말에 상상도 할 수 없는 현기증을 일으켰다.

"제발 살려만 주시요오. 어떤 자식인데 죽일 수는 없지라우. 큰딸 없으면 나는 못살아요." 점례는 하소연하듯 빌었다.

점례의 인생은 가시밭길이다. 한 고개 넘어가면 또 한 고개가 기다리고 있었다. 큰아들도 평생 천식으로 성가시게 하다가 낫게 했고 이제 시집가서 마음 편하게 잘 살 줄 알았는데 큰딸이 아프다고 하니 점례는 겁부터 났다. 먼저 간 자식들을 보낸 적이 있기에 그 아픔을 누구보다도 잘 알고 있었다.

"척추에 결핵균이 있어 큰일 날 뻔했습니다. 다행히 수술은 잘 되었으니 몸조리 잘하시기 바랍니다." 7시간이 넘는 수술 시간을 병원 복도에서 가슴 졸이며 기다리던 점례는 자신의 박복함을 한탄하지 않을 수 없었다. 수술이 잘 됐다는 말에 간신히 한숨을 놨다.

의사의 말에 점례는 3개월이 넘게 병시중을 손수 해가며 없는 살림에 친척 집에서 빌린 돈으로 치료비를 치르고 큰딸 목숨까지 살려냈다.

이삐가 떠나고 큰딸이 태어나면서 힘들었던 세월이 떠오른다. 분신처럼 챙겨주던 큰딸을 잃고 싶지 않았던 점례는 생명의 소중함을 누구보다 잘 알고 있다. 큰딸의 은혜를 잊을 수가 없어 오직 살려야 한다는 일념으로 점례의 애착은 끝이 없다. 생명이 다할 때까지.

똘이의 반란

시대는 변한다. 사람도 변하고 산천초목도 변한다. 세상사 안 변한 것이 없다. 무엇에 집착하랴 그냥 왔다 가는 세상인데 그런 줄 모르고 불나방 되어 늘상 외롭게 살아왔다. 40대에 접어들어 외고집 옹고집 똥고집 남편도 늙어가지만 성질머리는 그대로다. 그나마 조금씩 변했기에 참고 살아왔다.

'못난 인간, 나를 노리갯감으로 생각하고 사는 인간' 지긋지긋한 세상을 살아온 점례는 남편이란 올가미에서 벗어나려고 매 순간 눈칫밥 먹으며 살아왔다. 남들 오순도순 정 붙이며 살아가는 모습들이 부럽지도 않은가 보다. 남편 잘못 만난 것을 인생사 최대의 치욕으로 생각한다.

"세상에 그런 사람이 어딨을 끄나. 남들 사는 것이 부럽지도 않은가 비여야. 애틋한 정 한번 못 느껴보고 이날 평생을 살아왔으니 무슨 팔자가 이런 팔자가 있는가 모르것다야." 점례는 자식들 앞에서 신세타령하듯 푸념처럼 늘어 논다.

"엄마 조금만 참어 봐. 걱정 허덜 말어. 내가 커서 엄마 편히 모시고 효도 헐게 조금만 참고 기다려." 똘이도 컸다고 고생하고 살아온 엄마를 눈으로 확인했고, 아버지의 이중생활과 폭언, 폭행을 봐왔기에 앞으로는 불쌍한 엄마를 지켜주고 싶었다.

'언능 돈 벌어서 어른이 되고 싶다'란 생각에 똘이는 초등학교를 졸업하고 중학교를 안 갔다. 구질구질한 가정형편도 보기 싫고 아버지가 보기 싫어 그냥 곁을 떠나고 싶었다. 누나처럼 친구들과 휩쓸려 서울로 고향을 떠나고 싶은 마음이 앞섰다.

"엄마아 아부지가 보기 싫어서 떠날거야. 그리고 친구들이랑 서울 가서 돈 많이 벌어서 빨리 부자 될 거야. 엄마가 이해해줘."

"이 녀석아, 안 배우면 커서 후회되야아. 느그 누나가 학교 안 간 것을 얼마나 후회한지 알면서 그러냐." 점례는 똘이를 앉혀놓고 부탁하듯 말한다. 큰아들 똘이 만큼은 남부럽지 않게 가르치고 싶었다.

"아부지 보기 싫어 떠날 거야."

"객지에 나가면 누가 그냥 밥 믹여준다더냐. 엄마가 힘든께 1년만 도와주고 있으면 좋은 방도가 나올 거야. 니 누나도 시집가버리고 니도 떠나면 나는 어떻게 살것냐. 이거사."

똘이는 엄마 말을 듣고 떠나지도 못하고 아버지의 그늘에서 일 년을 날마다 힘들게 지낼 수밖에 없었다. 엄마가 참고 살아온 것처럼 매일 지긋지긋한 세상을 벗어나고 싶어 떠날 궁리만 하고 있다. 누나가 이 꼴 저 꼴 보기 싫어 시집간 것처럼 똘이도 탈출을 꿈꾸고 있다. 그러나 엄마가 눈에 밟혔다.

"똘이야 중학교 갈 생각 없냐. 친구들 교복 입고 다닌 것이 부럽지도 않느냐?" 점례는 어느 날 똘이를 불러 물어본다. 똘이도 친구 없는 고향에서 1년을 살면서 교복 입고 학교 다닌 친구들 모습을 보니 부러워서 환장할 것만 같았다.

교복 입고 학교 다닌 친구들이 학교 갔다 집 앞을 지나가면 창피해서 대나무밭으로 숨어 버렸다.

"돈도 없는디 어떻게 보낼려고?"

"니만 간다면 어쩌든지 엄마가 보내줄텡게. 그나 아부지한 테 가서 학교 보내달라고 떼를 한번 써바라 으쩐가 보게." 똘이는 친구들이 학교 다닌 것을 보고 정말 학교에 다니고 싶었다. 엄마의 간청에 아버지를 만나려 갔다.

"아부지이 중학교에 갈랑게 돈 좀 주세요." 이빨 빠진 늙 은 아버지가 새엄마의 집에서 담배 연기 자욱한 방에 혼자 계셨다. 똘이가 중학교에 가든지 말든지 신경도 쓰지 않고 있었다.

"엄마가 알아서 보내줄텡게 걱정하지 말고 엄마 말만 들 어." 다분히 명령적이다.

"엄마가 무슨 돈 있다고 그러요오. 아부지가 돈 대줘야 학 교 가지라우. 돈 안 대주면 학교 안 갈라요." 똘이는 아버지 에게 땔감나무 때문에 대든 뒤로 두 번째로 대들었다.

"어디서 애비 말에 대꾸야 이 자식이 애비 말을 안 들어." 화를 벌컥 낸다.

"아부지가 지금까지 돈 대준 적이 있었소오. 맨날 노름이 나 했제." 아버지의 애민한 부분을 건드리고 말았다.

"니 이리 와. 이 자식이 애비 말에 대들어어." 아버지는 허청에 있는 막대기를 가지고 똘이를 때리기 시작했다.

"아부지가 지금까지 뭘 해줬다고 때리요. 왜 때리냐고요." 똘이는 울면서 아버지에게 대들었다가 죽도록 맞았다. 이 광 경을 본 이웃집 기업댁이 점례에게 일러바친다.

"돈 안 대주면 말제 미쳤다고 때리고 난리야. 자식 퍼질러만 났제 평생 무엇을 해줬다고 때린가 모르겠네에." 점례는 똘이가 맞은 것을 보고 화가 났다. 자신이 맞는 것도 원통한데 자식까지 때린 것은 눈 뜨고 볼 수 없었다.

"배움도 시기가 있는 것이여야. 때 지나불면 배우고 싶어도 못 배운께 니가 배우고 싶은 데까지 갈칠텡께 걱정허지 말고 공부나 잘혀라." 점례는 아버지에게 맞아 멍든 자국을 만지며 똘이에게 당부한다.

"봐라, 니 교복 입은 것만 봐도 어미는 행복허단다. 열심히 공부해서 훌륭한 사람이 되어야 헌다잉." 점례는 처음으로 자식이 교복 입고 도시락 싸들고 아침에 등교한 것을 보며 행복함을 느낀다.

똘이는 그렇게 부러웠던 학교를 어머니 덕분에 다시 다니게 됐다. 매일 장사를 다니시며 자식들만큼은 남부럽지 않게 키우기 위해 노력하면서 자식들을 대학까지 가르쳤다. 어머니의 지극정성으로 천식도 점점 좋아지고 학교도 다닌 똘이는 어머니의 은혜를 잊을 수가 없었다.

육십 고개를 넘어보니 어려서부터 가난이란 무엇인지 미리 알아서 힘든 농사일도 배웠고 고달픈 어머니, 아버지에게 맞으며 고생한 것도 봐와서 가정의 행복을 위해 올곧게 사는 것도 배웠다. 무엇을 위해 살아오셨는지 늙은 어머니의 푸념 같은 잔소리가 밤마다 가슴을 아프게 한다.

종교에 의지

평생 살 것처럼 의기양양한 남편은 어느덧 김빠진 맥주처럼, 이빨 빠진 호랑이처럼 힘이 빠지고 말았다. 욕심꾸러기 남편은 늙어간 줄 모르고 평생 살 것처럼 반성과 후회하는 것은 없었다. 죄를 많이 지어선지 가족들에게 미안하다는 말 한마디 없이 51세 나이로 한 많은 인생을 마무리하고 떠났다. 어느 누구 상여 뒤에서 울어준 사람이 없었다.

"문딩이 같은 사람 천벌을 받았제에." 점례는 하얀 소복을 입고 상여 뒤를 따르면서 속으로 말한다.

"무정한 사람, 한평생 살 것처럼 지 죽을 줄 모르고 떠난 사람. 못난 사람 같은 이라고오." 점례는 외마디 한숨을 쉰다.

남편도 떠나고 자식들도 모두 객지로 떠난 빈집을 홀로 지키고 있다. 남편의 간섭 없는 생활을 지내면서 인생이 이렇게 끝난다는 것을 확인하고 있다. 덧없는 한 많은 인생이 물거품처럼 지나간 세월을 가슴 깊이 새긴다.

남들은 남편 떠나면 못 살 것처럼 가정이 무너지는데 점례는 남편 떠나고도 예전과 조금도 다름없이 일상들을 유지하며 자식 바라보기 여생을 살고 있다.

"땡엥 땡엥 땡엥, 징잉잉 징잉잉 징잉잉" 교회 종소리가 가까이 들리기도 하고 절에서 들리는 범종 소리도 들려온다. 홀로 지낸 점례는 지금까지 느껴보지 못한 감정을 느끼고 있다.

조석으로 들려오는 예배종 소리는 전쟁이 쓸고 간 민초들의 가난한 마음을 달래주기 충분했다. 하지만 먹고 살기 바쁜 사람들에게 전달되기까지는 멀었나 보다.

"무슨 노무 귀신이 있는고. 귀신이 있다면 내가 이렇게 모진 세상을 살았을 꼬오?" 점례는 세상은 가진 자와 강한 자들의 지배하는 세상이란 것을 부인하지 않았다. 귀신이 있다면 점례 자신과 같은 인생은 만들지 않았어야 했고, 정직한 사람만이 살아야 한다고 주장하는 사람이다.

어려서부터 팽나무 서낭당에 골백번 절을 하며 빌었던 기억이 떠오른다. 가난한 자들의 하소연 할 곳이 없어서 찾아간 곳이 서낭당이다. '귀신은 없다'라고 살면서 알았다. 죽이고 때리고 법도 없고 도덕도 없는 모진 세상이라는 것을 알았다.

"저 종소리는 누구를 위해서 울리고 있지이." 면 소재지에 하나뿐인 교회에서 예배종 소리가 은은하게 들려온다. 바쁜 점례는 교회 종소리를 한 번도 귀담아들어 본 적이 없었다. 궁금하고 의심스럽다고 생각해 본 적도 없었다. 자신과 무관한 편안한 사람들의 집단으로 여겼다. 홀로 빈집에서 밤새 잠을 못 이룬 점례는 아침 예배 종소리를 들으며 우두커니 앉아 독백처럼 토해낸다. 처음으로 모두 떠난 빈 집에서 가슴이 허전하다는 것을 느끼고 있다.

청천 하늘에 유난히 별들이 반짝인다. 하늘에는 기러기 떼들이 줄지어 날아가고 이름 모를 풀벌레 소리들이 점례를 달래주듯 울어댄다. 세상 만물들이 사이좋게 살고 있는데 남편 잘못 만나 살아온 빈 허공을 저승꽃 핀 얼굴로 한스럽게 쳐다보고 있다. 박복한 자신을 한탄하며.

짐작할 수도 없는 하루살이 인생을 어찌해야 하나 곰곰이 생각해봐도 답도 없고 대책도 안 선다. 지금까지 살아오면서 서낭당 팽나무에 빌고 빌어 천지신명 모든 신에게 의존해봐도 점례 말을 들어준 신은 아무도 없었다.

가족들이 떠나고 홀로 남은 자신에게 신은 없고 귀신은 죽었다고 생각했다. 귀신이 있다면 무참히 목숨을 앗아간 놈들은 벌을 내려야 하고 착한 사람들에게는 소원을 들어줘야 이치에 맞는다고 생각했다. 조금도 소원을 받아주지 않는다는 것을 뒤늦게 알았다. 부질없이 빌고 빌었던 자신이 바보 같았다. 불필요한 시간 낭비라고 생각했다. 차라리 자신의 주먹을 믿는 것이 낫다고 생각했다. 선택의 기로에서 선택된 인생길이 그저 팔자소관이 아니라 자신의 선택으로 만들어진다는 것을 초로의 나이에 접어들어 알았다.

"어이마시, 하느님을 믿으면 소원이 이루어지고 천당에 간당께 교회 한번 다녀봐아." 교회 다닌 분이 성경책을 옆에 끼고 점례를 안쓰럽게 생각했는지 일부러 찾아왔다.

점례는 거짓말처럼 들렸다. 어느 누구도 자신의 삶을 책임질 수 없다는 것을 누누이 봐와서 귀담아듣지 않았다. '소원, 천당 당신들이나 많이 믿으시요'라고 속으로 말했다.

"그러지 말고 나를 믿고 한 번만 가보잖께. 하나님은 모든 분들을 사랑으로 어루만져 주신당께에." 수차례 다녀가면서 점례를 구원하기 위해 안간힘을 썼다.

점례는 사랑이란 말을 생소하게 들었다. 자신에게 사랑 따위 없었다. 누가 누구를 사랑한다는 것은 결혼하기 위해 처녀 때나 느껴보았지, 현재 남편이란 사람을 만나서 느낀 사

랑은 없었다. 목숨 구걸하기 위해 사는 동안 그 흔한 사랑
이란 없었다.

"사랑을 주신다니 가볼까?"하고 생각한다. 집사님의 끈질
긴 인간미에 마음이 끌려 점례는 일요일 교회로 향한다. 많
은 사람들이 운집되어 '사랑과 은혜가 충만하신 하나님'이란
목사님의 설교를 들으면서도 죄지은 사람처럼 고개를 숙이
고 간절한 기도를 하고 있다. 하지만 마음이 콩밭에 가 있
는 점례는 목사님 설교에도 마음이 조금도 동요되지 않았다.
하나님께 의지하려는 간절함이 없었다. 모든 인연은 간절한
마음이 있어야 가능하단 것을 느꼈다.

어려서부터 점례는 마을 언덕배기 서낭당에서 기도하는
모습을 봐왔던지 습관이란 무섭다는 것을 느꼈다. 장독대에
정화수 떠 놓고 빌었던 점례는 자신도 모르게 서낭당을 지
나칠 때나 생각을 할 때면 두 손이 자동으로 가슴에 모아지
고 고개가 자동으로 숙여지는 모습을 발견한다.

자신도 전남편과 자식 잃으면서 얼마나 많이 빌고 빌었던
가를 생각하니 기도하고 빈다는 것은 가식으로 치부할 수밖
에 없었다. 종교를 믿으면서 현실에 은혜 효과가 나타나지
않는다면 의미가 없다는 것을 알고 있는 점례는 아직은 때
가 도래되지 않았다는 것을 느꼈다.

"무얼 위해 살았고 어떻게 살아가지. 버텨온 목숨 마무리
를 어떻게 하는 것이 좋을지 그것이 걱정이다." 변화와 변화
가 거듭된 무정한 세월 속에 욕쟁이 폭력 남편 일찍 떠나가
고 하나둘 자식들까지 출가해서 떠나가니 홀로 지낸 공허한
마음이 엄습해 오면 점례는 허전한 마음을 가눌 길 없어 술
에 의지하는 시간이 많았다. 점점 어딘가에 의지하고 싶은

생각이 들었다.

육십 중반에 들어선 점례는 농사를 지으면서 근교 닭 육가공 업체에 취직하게 되었다. 집안일 하면서 도시락 싸 들고 바삐 돌아가는 일터 때문에 종교를 생각해 본 적이 없었다. 그리고 배운 것 없고 손발이 닳도록 일만 해온지라 일하는 것이 편했다. 일하는 것이 제일 마음을 안정시켰다.

10년이 넘게 직장을 다녔다. 직장이란 공동체 협력으로 직원들과 일하면서 교감도 생기고 뜻을 같이하는 사람들이 생기면서 의지하는 마음이 생겼다.

"용정대액(점례) 내가 믿는 본존님이 있는디 믿어볼겨? 믿기만 하면 현실체험을 헌당께." 함께 일한 사람이 권한다.

"교회도 가봉께 그러드만."

"교회하고는 다르제. 교회는 일요일마다 나가서 하고 현증이 안 나타나고 여기는 자기가 나가고 싶을 때 나가고 현증이 바로 난당께. 글고 집에서도 하고 잠잘 때도 하고 걸어다니면서도 하는 종교당께 한번 해보면 안당께." 어쩌든지 포섭하려고 안간힘을 다한다. 종교란 교세 확장을 위하여 자기 종교가 최고라는 걸 강력히 어필하지만, 점례는 그다지 마음에 와닿지 않았다.

"엄마아, 그란도 말하려고 했는디 나도 믿고 있당께. 존분 만났구만 믿으소잉." 큰딸에게 전화가 왔다. 큰딸도 허리 척추 결핵으로 투병하다 죽을 고비를 넘기면서 믿고 있었나 보다.

"엄마아, 나는 본존님 아니었으면 언제 죽었당께. 본존님 힘으로 살고 있어어." 재차 부탁을 한다. 다른 사람이 믿으라고 하면 소귀에 경 읽긴데 딸이 믿으라고 하니 관심을 가졌다.

물리적인 나이로 22살에 폭력 남편과 만나 40대 초반에 사별한 이후 홀로 55년을 넘게 살고 있다. 아니 함께 살았어도 거의 헤어진 것과 진배없는 평생을 혼자 자식들 키우며 살았다는 말이 맞을 것이다. 지나온 시간을 생각하면 답답한 가슴을 풀 길 없어 잠을 못 이루고 가슴을 치며 보냈던 시간들. 억압과 폭력, 짐승만도 못한 삶, 원망과 한으로 얼룩진 인생을 이제 놓으려 한다.

점례는 새로운 세상을 열어 간다. 가슴 깊이 우러나온 '남묘호렌게교'를 토해내듯 읊으면 뜨거웠던 불기둥이 가슴에서 우러나오면서 정신이 맑아지는 현상을 느낀다. 지금까지 살아온 무수한 업보들이 눈 녹듯 소멸하는 현상을 보게 된다.

모든 게 부질없다는 것을 처음으로 느낀다. 앉으나 서나 본존님에게 의지하고 푼 대상이 있으니 조급한 마음과 원망이 사라지고 모든 것이 마음에서 만들어진다는 것을 알게 된다. "감사합니다, 고맙습니다." 점례는 대상도 없는 허공에 합장하고 고개를 숙인다. 지금까지 지내 온 무한한 말들을 되뇌며 삭히려 하고 있다. '나무묘법연화경'을 수없이 입 밖으로 염불하면 편안함을 느낀다.

"우리 자식들 건강하게 하시고 잘되게 하소서" 아침에 일어나면 기도하고 잠들기 전에 기도하며 시간을 보내고 있다. 거친 세상을 살아온 점례는 순한 양이 되어간다.

자식 앞에 두고 밤이 깊도록 과거 기억들을 토해내며 자신을 알리려는 점례는 90이 넘었는데도 초롱초롱한 과거의 영화 같은 사실들을 자식 붙잡아 놓고 전하려고 애를 쓰고 있다.

밝은 곳은 싫어

　점례는 동공 흐려진 모습으로 자식들 객지로 떠난 빈집에서 긴긴 시간을 보내고 있다. 죄 많은 남편 일찍 여의고 70 평생을 홀로 자식들 키우며 모진 세월을 살아오지 않았던가? 목숨 한번 죽으면 끝난 것을 무슨 미련이 있다고 긴긴 세월 살아왔던고? 오로지 한 가지 사남매 자식들 위해서 기도하는 마음으로 살아온 것밖에 아무것도 없었다.

　"니들이 복이다. 엄니 고상으로 니들이 편히 산 줄 아냐 모르냐." 마을 사람들은 이구동성으로 말씀을 한다.

　"조선 천지에 니 엄마 같은 사람은 없시야, 그런 줄 알고 효도하고 잘해라잉." 나이 드신 마을 어르신들이 용정댁 자식들만 보면 한마디씩 한다.

　죽어라 앞만 보고 살다가 훌쩍 지나가 버린 세월 앞에 용정댁은 고민하고 있다. 혼자 문제를 결정하고 해결하며 살아온 인생, 자식들만은 지 애비 닮지 않기를 빌고 빌었다.

　"절대로 남의 가슴 아프게 하지 마라." 수없이 당한 자신을 돌아보니 당한 사람은 한이 맺힌다는 것을 자식들 앞에 당부를 하고 있다.

　"죽으면 썩을 삭신 뭐다라 손발을 아끼냐?" 부지런해야 잘 산다는 것을 알려주고 싶고.

　"허드렛물이라도 아껴야 부자로 산다." 검소함을 입이 닳도록 누누이 가르쳤다.

자식들만큼은 눈도 띄고 귀도 띄어서 남에게 당하지 말고 애비 닮지 말라고 가르쳤던 용정댁은 자식들을 앉혀놓고 시시때때로 가르치고 있다.

　"엄마아 알았어 알았당께." 어머니는 귀가 닳도록 똑같은 말을 반복하신다. 자식들은 아는지 모르는지 알았다고 하고선 한 귀로 흘려버린다.

　어머니의 말씀을 귀가 아프도록 들어온 자식들은 부처님 예수님보다 높으신 어머니의 가르침을 듣고 살았다. 하늘보다 높으신 어머니가 존귀하고 거룩하신 분이 아닐 수 없다.

　"엄마아 뭐다라 밤이고 낮이고 문을 꼭꼭 잠그고 사요오. 답답허게." 점례는 사람이 제일 무섭고 두렵다고 한다. 그리고 밝음을 싫어한다. 사람으로 인해 생사가 갈리고 가족 전체가 몰살하는 처참한 광경을 너무 많이 봐왔기 때문이다. 그래서 잠잘 때도 빛이 밖으로 나가면 안 된다고 커튼으로 가리고 잠깐 나들이할 때에도 문을 잠그는 습관이 몸에 배어 있다.

　"세상 믿을 만한 사람 아무도 없시야. 미리서 조심한 것밖에는 없은께 항상 몸 안전허게 조심혀야 혀." 점례는 단호하다. 목숨보다 중요한 것은 아무것도 없다는 것을 너무 잘 알고 있기 때문이다.

　어머니의 마음에 상처가 이렇게 깊을 줄이야 미처 몰랐다. 내가 어른이 되어 인생 쓴맛을 몇 고비 넘기고서야 알았다. 법이 있고 상식이 있는 사회인데도 통하지 않은 사회, 빽이 있고 없고, 가진 자와 못 가진 자, 배우고 못 배우고의 차이에서 아무 도움을 받지 못했던 점례는 차라리 인정하고 피하는 것이 상책이었다.

기나긴 인생살이 살다보니 한바탕 꿈이란 것을 뒤늦게 알았다. 부모 잃고 자식 잃어 피눈물 나는 세상을 겪고서야 알았고 알았을 때는 이미 세상은 저 멀리 앞장서서 흘러가 버렸다. 이제 함께 살아온 마을 사람들도 먼저 이승을 떠나 버리고 저승꽃 핀 얼굴이 되었으니 원도 없고 한도 없다.

태어남 자체를 부정했던 용정댁은 이제는 아무 미련이 없다. 상처뿐인 마음을 한으로 토해낸다. 수심이 가득한 점례의 흐려진 눈동자가 허공을 바라보고 있다. 삶이 부질없다는 것을 알았기에 모든 걸 내려놓고 생사가 없는 불멸의 먼 길을 떠나려 한다.

너무 멀리 와버린 세월
없으면 굶고
때리면 맞고
어리석게도
바보처럼 살았구려.

달이 가고 해가 가고
니도 가고 나도 가고
변하고 변하여
철들어 보니 늙어버렸네.

봄꽃이 피고 지고
단풍이 수없이 떨어져도
보고 듣는 욕심
다인 줄 알았는데
떠나는 마당에

무슨 소용 있으리오.

구름 따라
바람 따라 떠나가련다.

용정댁

종교에 의지하며 아리랑 고개 넘어가듯 지나온 세월은 덧없이 흘러가고 용정댁은 팔십 고개 너머 구십 고개 중반을 넘었다. 목숨 끈 놓지 않고 닥치는 대로 살아온 인생, 무얼 위해 살아왔는지 자신을 위해 살아온 것은 아무것도 없었다. 오직 자식들을 위해 살아온 인생, 처음부터 바라지도 않은 무주상無住相이었지만 늙어가니 그마저도 흐르는 물거품이 되었다.

응달진 초가지붕 위에는 하얀 눈이 듬성듬성 쌓여있다. 봄볕에 처마 끝으로 녹아내리며 물방울이 똑똑 떨어지고 있다. 자식들 출가한 빈집에서 용정댁은 양지바른 마루 끝에 앉아 자식들 객지로 떠난 공허함을 홀로 삭히고 있다.

바쁘게 살아온 초라한 늙은 자신의 모습을 더듬어 보고 있다. 헤아릴 수 없는 텅 빈 가슴속 허전함을 처음 느껴본다. 젊은 날엔 살아야 할 목적이 있었고 이유가 있었다. 그러나 아스라이 바라보인 월출산을 쳐다보며 옛 기억들을 회상하고 있다. 계절이 바뀌고 바뀐 공간에서 무엇을 위해 살아왔는지 홀로 아픔을 위로하고 있다.

악마와 같은 세월, 남편도 떠나고 과거 모든 것들이 덧없이 사라져버린 현실 앞에 점례는 초점 잃은 메마른 눈동자만 이리저리 굴리고 있다.

내가 울면
산도 울고
소쩍새도 따라 운다.

마디마디 서러움
빗물 되어 흐르고
똑똑 떨어진
지시락물 소리
어머니 목소리이다.

인생길
굽이 돌아 떠나는 길
바람 따라 구름 따라
인생사
남는 장사였는데
가슴은 왜 이리 시린고.

슬퍼하지 마라
한바탕 꿈
정처 없이 걸어온 길
꽃길 되어
무지개 고개 넘어간다.

점례는 얼굴에 미소를 머금는다. 옛 소꿉친구들이 아른거
리며 보고 싶다. 순자와 미순이는 어디서 무얼 하고 지내는
지, 인연 따라 흩어지고 인연 따라 만나는 세상, 고왔던 추
억이 어제인 듯 사라졌다 떠오른다.

눈을 가늘게 뜨고 먼 산을 우두커니 바라본다. 뭉게구름 되어 훨훨 날아가는 꿈을 꾸어본다. 호밋자루 벗 삼아 삶을 한탄하고 발바닥 티눈 박이도록 집집마다 돌아다니며 "고기 삿씨요~"하던 지난 세월이 주마등처럼 스쳐 지나간다. 피눈물 나는 인생 잠깐 왔다 가는 인생 무엇이 그리 바쁘게 살았던고. 부질없도다 부질없도다.

친구들과 월출산 계곡에서 다슬기 잡고 송사리 잡던 어린 시절 해질 때까지 물장구치며 미역 감던 생각 젖어보기도 하고 동지섣달 피난 다닐 때를 생각하면 고개가 절레절레 흔들어진다. 만나지 말아야 할 납짝네를 만날 때를 생각하면 한숨이 나오고 정 없는 남편 만나 평생 외톨이 신세를 생각하니 한탄이 절로 나온다.

용정댁은 친구들이 떠난 고령화된 마을에 남아 쓸쓸한 마을을 지키고 있다. 마을 사람들이 요양병원에 가거나 돌아가시는 바람에 점점 낙후되어 가는 많은 선배 마을 사람들을 떠나보내고 지금은 영암댁, 동강댁, 중산댁과 함께 떠난 날을 기다리며 마을을 지키고 있다.

간간이 마을버스들만 빈 차로 정적을 깨며 오고 가고 있다. 버튼만 누르면 밥이 되고 AI가 지배하는 시대에 구시대를 살아온 늙은 할망구들은 감탄사를 연발하며 세상의 변화를 실감하고 있다.

"용정대액 큰아들을 뭐다라 그리 기다리요. 고구마 잡수게 언능 오시요오." 주말이 되면 마을 앞 버스 타는 의자에 앉아 큰아들 오기만 기다리고 있는 용정댁을 동각댁이 부른다.

"심심헝께 앉아 있소오야." 용정댁은 항상 묻는 말에 대답한 말이다. 정류장에 앉아 신작로 구겨진 끝머리에서 행여나

아들 차가 올까 한없이 기다리고 있다.

힘들고 어려울 때 힘이 되어준 자식들, 눈에 넣어도 아프지 않을 자식들이다. 차 소리만 들려도 아들 차가 아닌가 쳐다본다. 해가 넘어갈 때까지.

"엄마아 머다라 춘디 밖에 나와서 계셔어. 집에가 계시제." 초라하게 앉아있는 엄마를 본 아들은 항상 어머니가 계실 거라 직감한다. 곱디고운 얼굴에 저승꽃 핀 얼굴이 되어 마냥 아들만 기다리는 어머니를 데리고 집으로 향한다.

"엄마아, 엄마 혼자 계시면 엄마도 힘들고 우리도 힘든게 광주 집으로 갑시다아." 홀로 계시는 엄마가 안쓰러워 모시려고 해도 어머니는 극구 반대를 한다. 평생 혼자 이겨내고 개척한 세월, 마지막까지 홀로 서서 이승을 떠날 준비를 하고 있다.

"혼자 있는 것이 편해야." 평생 홀로 사셨기에 혼자 있는 것이 습관화되어버린 어머니.

어머니는 오늘 밤 자식에게 무슨 말을 할까 준비하고 계셨을 것이다. 의논할 상대가 없고 혼자 말하고 답하며 가정을 평생 일구고 살아온 어머니는 도시의 아파트 문화가 몸에 배어 있지 않아 답답해한다. 누가 이 여인을 이렇게 만들었는고. 아들은 한없이 눈물을 감추며 흐느낀다.

청산은 나를 보고

천둥 번개가 친다. 때아닌 늦가을에 검은 구름이 몰려와 어두워진다. 엄지손가락만 우박이 돌풍과 함께 말발굽 소리를 내며 지구를 흔들 듯 무섭게 한참 쏟아진다. 그리고 소낙비가 땅에 박힐 정도로 매섭게 한차례 지나간다. 메마른 대지가 고개를 숙이고 흙탕물로 실개천을 만든다. 실개천은 쓰레기를 할퀴고 마당을 가로질러 어디론가 흘러간다. 우리네 인생처럼.

요람에서 무덤까지 스쳐 지나간 인생 한순간이다. 오로지 총부리 앞에 목숨 부지하기 위해 살았다. 무엇을 남기려고 앞뒤 분간 못하며 살았던고. 늙고 병들어 보니 소풍 가듯 쉬엄쉬엄 살걸. 남편에게 학대받으면서 자식을 위한 삶, 인생이 이렇게 될 거라고는 미처 몰랐다. 자식 탐하며 한눈팔지 않고 지냈던 한 평생, 인생 영화는 엔딩으로 치닫고 모든 인연 안녕을 고하려 한다.

월출산 줄기에서 태어나 나라 잃은 일제강점기를 보내고 한국전쟁을 겪으면서 피비린내 나는 파란만장한 가족사를 겪었다. 이념 갈등 속에 부모를 잃고 언니와 올케를 잃었다. 자식을 잃고 남편을 잃었다. 모두 떠나가고 홀로 남았다. 쓰디쓴 한 많은 인생을 살아온 이유는 무엇일까?

고아가 된 떠돌이 신세로 인연 따라 물결 따라 떠돌다가 납짝네 인연으로 폭행범, 노름꾼 만나 꼬일 대로 꼬인 인생

길, 홀로 90 평생 넘도록 자식 일구며 살아왔네. 할 일 다하고 깊은 상념에 잠긴 점례 용정댁은 미련 없이 조건 없이 떠나려 하고 있다.

우박이 떨어지고 소낙비가 할퀴고 간 뒤로 햇살이 비친다. 묵은 때가 씻겨 가듯 청명한 하늘이다. 이름 모를 새들이 전깃줄에 앉아 지지배배 깃털을 말리고 있다. 우리 가족처럼.

"엄마아."

"바쁜디 뭐다라 오냐?" 손꼽아 기다리는 마음 어디 가고 아직도 자식을 위한 마음 변함이 없다.

"엄마 보고 잡은께 오제." 도시로 편히 모시려고 해도 평생 홀로 길든 몸이라 싫어한다. 자식들에게 조금도 의지하고 싶은 마음이 없나 보다. 자식들 생각하면 한없이 보고 싶다가 자신이 살아온 인생을 더듬어 보면 한없이 부정하고 싶고 잊고 싶고 빈손이란 것을 확인한다.

"통장에 돈이 얼마 있는가 봐줄래?"

점례는 햇볕이 내리쬐는 마루에 앉아 색이 변한 통장을 내민다.

"500만원이 조금 넘는디요?"

"나 죽으면 보태쓰라고 모아놨다."

털끝 하나라도 자식들에게 짐이 될까 걱정한 점례는 이승에서 마무리 정리를 하고 있다.

잘 물든 단풍은 꽃보다 아름답다

겨울이 가고 봄이 오면 용정댁은 2023년 96세 나이가 된다. 틀니 끼고 도수 높은 안경을 벗 삼아 일터에서 텃밭에서 푸전거리 만들어 자식들 오기를 기다리고 있다.

노름꾼 폭력쟁이 남편 만나 사랑받지 못하고 살아온 인생. 일분일초가 아깝도록 살을 에듯 팍팍하게 살아오고 손발 아끼지 않고 몸이 으스러지도록 일만 해온 용정댁은 점점 기억력이 없어지고 야위어간다는 것을 스스로 느끼면서 버리고 떠난다는 생각에 잠을 못 이루고 있다.

'어머님의 손을 놓고 돌아설 때에 부엉새도 울었다네. 나도 울었소.' 점례는 자식들 떠난 빈집을 지키며 홀로 읊조리고 있다. 지나온 과거는 오롯이 흔적으로 남아 한숨과 한탄으로 눈물을 훔치고 있다. 자신도 모르게 입 밖으로 '비 내리는 고모령' 노래를 부르며. 어머니 손을 놓고 돌아설 적이란 말 한마디에 눈물을 쏟고 만다. 구구절절이 들려오는 노래 가사가 자신의 삶을 대변한 듯하다.

'영산강 굽이도는 푸른 물결 다시 오건만, 똑딱선 서울 간 님 똑딱선 서울 간 님 기다리는 영산강 처녀……' 용정댁은 마음에 그리는 애절한 사랑님을 기다리고 있는 듯 술 한 잔 드시고 기분이 좋을 때는 '영산강 처녀'를 부르곤 한다.

가난하고 어려운 시절 영산강으로 쑥부쟁이 나물 뜯으려 다니면서 지나가는 똑딱선 배를 볼 때마다 사랑하는 옛 님을 간절하게 부르곤 한다.

함께했던 이웃들이 하나둘 세상을 떠나고 이제 마을을 지키는 늙은이로 남아있다. 세상 모든 것이 변해버린 현실 앞에 잠시 자신의 못난 모습을 뒤돌아본다. 내가 무엇을 잘못했기에 과보를 받았고 내가 부족한 것이 무엇이기에 가시밭길 같은 세상을 살아왔는지 본존님 모든 천지신명에게 묻고 싶다.

못난 남편 만나 남들 소소히 누리는 행복과 따뜻하고 애절한 사랑 한번 느껴보지 못하고 지나가 버린 세월이 야속하다. 천생 여자로 태어났고 사랑받으려 태어난 여인이었는데 세상은 가혹했다.

나라의 재앙인 일제강점기와 한국전쟁은 그런다고 치더라도 씨만 뿌리고 떠나버린 남편을 원망할 시간도 없었다. 앉은뱅이 되어 다 죽어간 큰딸 주심이 척추결핵병을 고치려고 병원 문을 수없이 들락거렸고 큰아들 천식병 고치려고 전국을 돌아다니며 키워냈던 지난 세월이 주마등처럼 지나간다. 그렇게 아들딸 사남매를 내 손으로 일군 세월이 오롯이 책임으로 남아 임무 완성의 끝을 맺으려고 최선을 다한 것밖에 무엇이 있었던고, 그 흔적 남기려고 밤마다 부엉새도 울고 나도 울었는지 모르겠다.

아직도 처녀 시절, 가슴에는 말발굽 뛰는 소리와 같은 두근거린 가슴은 살아있는데 펼쳐보지도 못하고 보내버린 것은 한으로 남을 수밖에 없다. 누가 청춘 하면 가슴이 뛴다고 했나 점례에겐 청춘은 없었다.

피워보지 못한 꽃, 겪어보지 못한 청춘, 꽃을 보며 가슴 설레던 마음이 이제는 모두 사라지고 떨어지고 뒹구는 가을 단풍이 자신의 처지와 닮아있다.

무엇을
얻으려고 살았는고
무엇을
남기고자 살았는고
자신의 책임인 양
기도하는 마음으로
살아왔던 지난 세월.

외줄 타기
지나온 길
단풍 되어 떠돌다
꽃보다 아름다운
윤슬의 저녁노을.

누가
이 여인을 탓하리오
한 생각 바꾸니
세상이 내 것인걸
임무 완성 끝내고
발걸음도 가볍게
먼 길 떠나려 한다.

가을이 지난 저녁노을 반짝이는 윤슬을 보고 있다. 관절
마디마디 굽어진 허리, 흐려진 눈동자 거동 불편해도 느려진
마음을 곱게 단장하고 부질없던 지난 세월 접어두고 인생

종착역에 빈손으로 도착했다.

애비 없는 자식이란 말 안 듣기 위해 강하게 키우려고 애를 썼고 남편 없는 소리 듣기 싫어 언행에 각별히 조심하며 당당하게 살았던 소설 같은 지낸 세월, 자식 앞장세워 인생 고개 넘고 너머 가을 단풍 됐으니 원도 없고 한도 없다.

이승에 태어나 한바탕 꿈꾸듯 지내왔던 세월, 잘도 이겨냈다는 안도의 한숨을 내며 편안히 잠들고 싶다. 꽃보다 아름다운 단풍, 곱게 물들어 버린 내 모습, 저승꽃 핀 얼굴과 잔주름 속에 숨어있는 점례만이 만든 고귀한 꽃이 되고 싶다. 세월이 흘러도 자식들에게 남긴 점례의 흔적은 길이 빛날 것이다.

살아온 인생, 쥐고 있는 모래알처럼 빠지고 아무것도 없다. 지내놓고 보니 살만한 세상 고마운 사람들, 친정어머니와 약속한 언약 지키려고 다짐하며 살았던 인생, 저승에 계신 부모님 만나면 얼싸안고 말하리라, '하늘 높이 우러러 부끄럽지 않게' 살았노라고.

한바탕 웃으며
훌훌 털고 떠납니다.

태어나게 해주신
어머니 감사하고
본존님 의지하며
몸 아끼지 않고
살아왔네.

필연이든 우연이든
올가미 같은 인연들
인생 마무리
미련 없이
먼 길 떠나간다.

꽃보다 아름다운
이 여인을
감히 누가 꺾을 수 있겠는가?

단편소설

하늘을 날다

– 弘海 이재근

초판 1쇄 찍은 날 | 2024년 10월 10일
초판 1쇄 펴낸 날 | 2024년 10월 15일

지은이 | 이 재 근
펴낸이 | 최 봉 석
디자인 | 정 일 기
펴낸곳 | 동산문학사
출판 등록 | 제611-82-66472호
주소 | 광주광역시 남구 대남대로 340, 4층(월산동)
전화 | (062)233-0803
팩스 | (062)233-0806
이메일 | dsmunhak@hanmail.net

값 15,000원

ISBN 979-11-94249-06-1 03810